MIRA®

Der Preis dieses Bandes versteht sich einschließlich der
gesetzlichen Mehrwertsteuer.

Umwelthinweis:
Dieses Buch wurde auf chlor- und säurefreiem Papier gedruckt.

Jessica Trapp

Hochzeit mit einem Unbekannten

Roman

Aus dem Amerikanischen von
Nina Hawranke

MIRA®

MIRA® TASCHENBUCH
Band 25630
1. Auflage: November 2012

MIRA® TASCHENBÜCHER
erscheinen in der Harlequin Enterprises GmbH,
Valentinskamp 24, 20354 Hamburg
Geschäftsführer: Thomas Beckmann

Titel der nordamerikanischen Originalausgabe:
Defiant

erschienen bei: Zebra Books, New York

Dieses Werk wurde vermittelt durch die
Literarische Agentur Thomas Schlück GmbH, 30827 Garbsen.

Konzeption/Reihengestaltung: fredebold&partner gmbh, Köln
Umschlaggestaltung: pecher und soiron, Köln
Redaktion: Bettina Lahrs
Titelabbildung: Harlequin Enterprises S.A., Schweiz
Satz: GGP Media GmbH, Pößneck
Druck und Bindearbeiten: CPI – Ebner & Spiegel, Ulm
Printed in Germany
Dieses Buch wurde auf FSC®-zertifiziertem Papier gedruckt.
ISBN 978-3-86278-477-6

www.mira-taschenbuch.de

1. KAPITEL

Jared St. John strich mit dem Daumen über das Schnitzwerk an seinem Stab und überlegte, wie er Lady Gwyneth am besten eine Strähne ihres Haars rauben konnte. Das Klosterleben war bekanntermaßen fade, und vielleicht vermochte ein kleines Andenken an die Welt, die er nach seinem Gelübde missen würde, sein Sehnen nach einer Heimstatt und Landbesitz zu lindern – Dinge, die ein gemeiner Falkner niemals haben würde. Vor allem keiner mit einem Herzen so schwarz wie dem seinen.

Er zog das Messer aus der Kordel, die ihm als Gürtel diente. Gwyneths schimmernde Mähne wirkte so verführerisch auf ihn wie ein Schatz auf einen Piraten. Es war weder blond noch weiß, sondern eine Mischung aus goldenen und silbernen Flechten, so als sei sie nicht rein menschlich, als hafte ihr etwas Überirdisches an – etwas von Fee oder Elfe. Die lichte Pracht fiel ihr glänzend über die Hüften bis zur Mitte ihrer Oberschenkel, und die Enden kräuselten sich leicht und strichen ihr um die Beine.

Die stattliche schwarz-weiß gefiederte Falkendame auf seiner Schulter grub ihre Fänge in die Lederpolsterung, die er unter der Kleidung trug, als wolle sie ihren Unmut über sein anstößiges Begehren zum Ausdruck bringen.

„Ruhig, Aeliana", raunte Jared dem Raubvogel zu. „Ich will doch nur eine winzige Locke. Da, an ihrer Schulter steht eine ab. Sie wird es gar nicht merken."

Geschickt verbarg er die Klinge in den Falten seiner Mönchskutte.

Der Vogel plusterte sich auf bei dieser Bewegung.

„Wir werden später auf die Jagd gehen, meine Freundin", murmelte Jared der Falkendame beschwichtigend zu. Er reckte sich und beobachtete, wie seine Beute sich einen Weg durch die Menschenmenge bahnte, die sich auf Windrose Castle eingefunden hatte. „Eine kleine Strähne wird nicht weiter auffallen."

Aelianas Federn streiften Jareds Wange, und es schien, als verstehe sie jedes Wort und missbillige, was er sagte.

„Vielleicht könnte ich ihr etwas als Entschädigung geben", überlegte er laut. Sein Besitz war großenteils bereits dem Kirchenschatz zugeflossen, und so hatte er nur noch seinen Falken, seinen Stab und in seinem Beutel ein kleines Buch. Ja, das Buch wäre ein geeignetes Geschenk. Es war kostbar und so gülden wie Gwyneths Haar. Der ursprüngliche Ledereinband war dem Alter anheimgefallen, und so hatte er einen hölzernen angefertigt und ihn eigenhändig mit Schnitzwerk und Blattgold verziert. Etwas Derartiges sollte jedermanns Gerechtigkeitsempfinden zufriedenstellen.

Just in dem Moment brach die Menge in Pfiffe und Jubelrufe aus, als zolle sie seinem Entschluss Beifall, doch er wusste, dass niemand ihn auch nur beachtete. Aus Seide gewirkte Fahnen flatterten im Wind, Gaukler vollführten Kunststücke auf dem Rasen, und im hinteren Teil des Burghofs war eine Arena für das Turnier abgetrennt worden. Krämer schoben Karren vor sich her, auf denen sich Blumen, Äpfel und allerlei Tand türmten. Kinder jagten mit rudernden Armen und fliegenden Beinen einen Ball über den Platz, eine wilde Meute kleiner Hunde war ihnen dicht auf den Fersen.

Lady Gwyneth wandte den Kopf. Jared stockte der Atem. Viele der Damen auf diesem Fest waren hübsch, doch ihre Schönheit war schier blendend.

Ihre Haut war alabasterfarben, die Augen von leuchtendem Blau. Das Kinn lief ein wenig spitz zu, und ihre Ohren waren zierlich. An ihrem Finger funkelte ein Saphirring.

Nie zuvor hatte er eine Frau wie sie gesehen.

Bezaubernd.

Ihm klopfte das Herz. Er umklammerte seinen Stab fester und versuchte, den Blick von ihr abzuwenden, doch es gelang ihm nicht.

Verdammt. Ein Grund mehr, ins Kloster zu gehen – um nie mehr auch nur in die Nähe einer Frau zu kommen. Eine hätte sein Leben bereits fast zerstört – hatte ihm Familie und Herz zerrissen. Ein Dasein als Mönch mochte ihn von seinen Sünden reinwaschen.

Gwyneth lächelte einem Kind zu, und auf ihrer linken Wange erschien ein Grübchen. Sie richtete ein paar freundliche Worte an eine Greisin und neigte sich im Gehen einem Hund zu, um ihm den Kopf zu tätscheln.

Alles an ihr strahlte Güte und Fürsorge aus – was er von sich selbst nicht behaupten konnte. Nicht nach dem, was er seinem Bruder angetan hatte.

Er schloss die Augen.

Eine Frau wie sie verdiente er nicht.

Kurz dachte er an seine Mutter. Mit ihrem sorgsam frisierten Haar, den funkelnden Juwelen und den glanzvollen Gewändern prunkte sie wie ein Heiligenschrein in einer Kathedrale. Und wie die Heiligenfiguren in der Kirche sah auch sie stets durch ihn hindurch. Er wusste wenig über seine Mutter und erhaschte nur dann und wann einen flüchtigen Blick auf sie, wenn sie im Burghof spazieren ging, während er mit den Falken der Burg arbeitete. Er war nichts als ihre Schande, ihr Bastard – der Beweis ihrer Untreue.

Jared verbannte die Erinnerung aus seinen Gedanken.

Die Menge johlte und lärmte ohrenbetäubend, und auf Schritt und Tritt rempelten die Menschen einander an. Wenn er flink war, konnte er vorschnellen und im Vorbeigehen eine Strähne abtrennen, ohne dass Lady Gwyneth es merkte. Er würde die Haare flechten und bei sich tragen, damit sie ihn daran erinnerten, dass es im Leben mehr gab, als auf kalten Steinfliesen zu knien und endlos lateinische Verse zu murmeln: eine Zukunft, die er zwar verdiente, der er jedoch nicht gerade entgegenfieberte. Es war seine Pflicht, auf diese Weise die Zwietracht zu tilgen, die er zwischen sich und seinen Bruder gebracht hatte. Es war seine Pflicht, Buße zu tun für die Frau und das Kind, die er auf dem Gewissen hatte.

„Ich dachte, du hättest mit Weibern nichts mehr zu schaffen." Sein Halbbruder Rafe war neben ihm aufgetaucht – der ehelich und adelig geborene Sohn, der im Wohnturm aufgewachsen war statt in den Verschlägen, in denen die Falkner hausten. Rafe knuffte Jared gegen den Arm und hätte dabei fast die dampfenden Fleischpasteten und den Brotlaib fallen lassen, die er hielt.

Verflucht sei er! Eilig ließ Jared das scharfe Messer in den Falten der Kutte verschwinden, klemmte sich seinen Stab in die Armbeuge und nahm eine der Pasteten.

„Pass doch auf!", fuhr er Rafe an.

Einen Augenblick lang starrten sie sich an. Aeliana schlug mit den Flügeln.

Rafe war kleiner als Jared, dafür aber ein wenig stämmiger. In scharfem Gegensatz zu Jareds schlichter Kutte trug er modische grüne Stiefel mit silbernen Schnallen und einen kunstvoll bestickten Surcot. Er hakte den Daumen seiner nun freien Hand in den Gürtel und baute sich breitbeinig vor Jared auf.

So viel böses Blut zwischen ihnen.

„Fast wäre unser Essen im Dreck gelandet", knurrte Jared. Er vermied es, die Vergangenheit zur Sprache zu bringen. Rafes Verlobte. Eine bildschöne Frau. Eine leidenschaftliche Liaison. Die Bezichtigung, er habe sie geschändet. Schließlich ihr Tod. Und der des ungeborenen Kindes. Deshalb musste er ins Kloster gehen – um sich wegzusperren. Nie wieder durfte er seinem Fleisch trauen.

Ein Hauch von Lavendel lag plötzlich in der Luft. Lady Gwyneth glitt vorbei, und ihre sinnlich gerundeten Hüften schwangen hin und her.

Zur Hölle mit Rafe und dass er ausgerechnet jetzt hatte auftauchen müssen! Somit war die Gelegenheit dahin, ihr eine Flechte zu stehlen. Sein Gewissen regte sich, doch er rang es nieder; schließlich hatte er ihr nur eine Haarsträhne und nicht etwa Jungfräulichkeit, Seele oder Leben nehmen wollen. Anders als in Colettes Fall. Und dem seiner kleinen Tochter, die in ihr herangewachsen war.

Die Menge teilte sich vor Lady Gwyneth, als sei sie eine Prinzessin. Sie hatte sich herausgeputzt – mit silbern und blau schimmernder Seide, Saphirgeschmeide und Hermelinsäumen. Zarte Satinschühchen schmückten ihre Füße. Durch ihre überirdische Schönheit stach sie hervor – es war, als schwebe sie, anstatt wie ein gewöhnlicher Sterblicher zu gehen. Sie hatte fein geschwungene Brauen, und ihre Lippen waren voll.

„Mach den Mund zu, Jared." Rafe hob sein Trinkhorn und nahm einen Schluck Bier. „Du tust ja so, als hättest du noch nie ein Weib gesehen. Und das nach all dem, was du …"

Finster funkelte Jared seinen Bruder an, trat einen Schritt vor und gab sich dem heimlichen Vergnügen hin, bewundernd zu verfolgen, wie Gwyneth den Hals drehte und die Horde junger Männer grüßte, die allesamt gekommen waren, auf diesem Fest um ihre Hand zu wetteifern. Ihr Haar war eine gold- und silberfarben schillernde Wolke.

„Sie ist umwerfend", flüsterte er.

Sie war ein Engel. Das Herrlichste, das er je gesehen hatte. Sie war Licht und Glanz verglichen mit der Düsternis und Kälte in seinem Innern. Er sehnte sich danach, seine Zunge über die Haut an ihrer Schulter gleiten zu lassen, Begierde in ihr zu wecken.

Rafe verdrehte die Augen. „Pah. Lass uns später ins Freudenhaus gehen. Eine Frau ist doch wie die andere."

Wut stieg in Jared auf.

„Mir liegt nichts an Huren", erwiderte er mit mehr Frömmigkeit, als er empfand. Sicherheitshalber griff er nach dem Holzkreuz, das ihm an einer Kordel um den Hals hing. Er fühlte sich schuldig, weil er in unreiner Weise an die feengleiche Lady Gwyneth gedacht hatte und weil er ihr eine Locke hatte stehlen wollen. Bald schon würde er sein Gelübde ablegen – würde ein Mann des Friedens werden und allein nach himmlischen Reichtümern streben. Nie wieder würde er eine Frau kosten.

Er steckte das Messer zurück in die Kordel, die ihm als Gürtel diente.

Aeliana war unruhig, ein Flügel streifte Jareds Gesicht.

Lady Gwyneth blieb stehen. Sie beachtete ihre zahlreichen Verehrer nicht weiter, nahm ein kleines Mädchen auf den Arm, setzte es sich auf die Hüfte und kitzelte es an den Zehen.

Jareds Herz tat einen Sprung, als sie lachend in das Gekicher des Mädchens einfiel und ihre weiß-goldene Mähne sich mit den braunen Locken des Kindes vermengte.

Was für eine wunderbare Gemahlin sie sein würde.

Wenn er sich doch nur das Novizengewand vom Leibe reißen und mit seinem Stab um ihre Hand ringen könnte, wie all die anderen Männer es beim heutigen Turnier tun würden.

Missmutig sah er an sich hinab und musterte die einfache braune Kutte und die Ledersandalen. Selbst wenn er sich von der Schuld befreien könnte, die ihn ins Kloster trieb, könnte er mit seinem mageren Falknerlohn doch nie für eine Frau wie Gwyneth aufkommen. Er war nicht von edlem Geblüt; und es brauchte schon eine Festung mit starken Mauern, um sie vor all den Recken zu schützen, die sie würden rauben wollen.

Zudem hatte sie ihn nicht einmal angesehen.

Sie stand viel zu weit über ihm.

Ihr Vater – zumindest nahm er an, dass es ihr Vater war – runzelte die Stirn und räusperte sich. Er war ein ältlicher Herr mit reich bestickter Tunika, Zeremonienschwert, grauem Bart, zwei tiefen Furchen zwischen den Brauen und einer Haltung, aus der Missfallen sprach.

Das Lächeln auf dem Gesicht von Jareds Engel erstarrte. Gwyneth setzte das Mädchen ab und wandte den Blick stur geradeaus. Tiefe Schwermut trübte ihre himmelblauen Augen.

Traurigkeit überkam Jared. Er schnippte mit den Fingern gegen seinen Stab; das Holz schmiegte sich fest und glatt in seine Handfläche. Auch Gwyneth widerstrebte es offenkundig, hier zu sein – und wie ein Siegespreis präsentiert zu werden.

Vermutlich diente sie ihrer Familie lediglich als Schachfigur und war wie er gezwungen, einen Lebenspfad einzuschlagen, der ihr überhaupt nicht zusagte. Mit hängenden Schultern folgte sie dem Graubart zu einer Loge auf den erhöhten Rängen an der Längsseite des Platzes, von wo aus sie dem Turnier zuschauen würde. Über ihnen wehten Banner.

Waren das etwa Tränen in ihren Augen? Unmöglich, es aus dieser Entfernung zu erkennen.

Der Drang, sie zu schützen, wallte in seinem Herzen auf. Wäre sie sein, so könnte sie so viele Säuglinge und Kinder im Arm halten, wie sie wollte. Nie würde er die Stirn runzeln, weil sie einem Mädchen die Zehen kitzelte.

Ihre Hüften schwangen hin und her, als sie die Treppe erklomm. Seine Männlichkeit regte sich.

Rafe lachte rau. „Oh, die da drüben ist schon ein hübsches Ding. Sieh dir ihren Allerwertesten an. Ich hätte nicht übel Lust, ihr den Rock zu lüpfen und sie mir einmal so richtig vorzunehmen."

Voller Zorn fuhr Jared herum. Vergessen war die Schuld, vergessen waren alle Gründe, aus denen er ein Mann Gottes werden und ein Leben in Enthaltsamkeit und Frieden führen wollte.

Er schlug seinem Bruder mitten ins Gesicht.

Gwyneth of Windrose betrachtete das gesenkte Haupt des gut aussehenden Novizen, der das Tischgebet sprach. Sie wünschte, auch sie könne sich ins Kloster flüchten, anstatt hier mit halb entblößtem Busen vorgeführt zu werden. Als Erbin von Windrose und Eignerin eines erklecklichen Witwengedinges in Gestalt von Ländereien war sie ein begehrter Preis, und das Bemühen ihres Vaters, sie mit dem lukrativsten Bewerber zu vermählen, stieß sie ab. Irgendwie musste sie ihn davon überzeugen, dass es besser sei, noch ein wenig zu warten – weil keiner der anwesenden jungen Gecken reich oder mächtig genug sei.

Wenn es ihr doch nur gestattet wäre, selbst über ihren Besitz und ihr Schicksal zu entscheiden – einen Mann brauchte sie nun wirklich nicht dafür. Das Anwesen, das ihre Mutter ihr vermacht hatte, damit Gwyneth im Alter und verwitwet ihr Auskommen haben würde, war klein, aber gewinnbringend – und warf alles ab, was sie brauchte. Windrose könnte an eine ihrer Schwestern gehen, und sie könnte in Freiheit anstatt an Pflichten gebunden leben.

Das Gebet endete, und der junge Novize hob den Kopf. Du liebe Güte, wie hochgewachsen er war. Und breite Schultern hatte er. Er richtete seine grünen Augen auf sie, und ihre Blicke trafen sich. Auf der Stelle fühlte sie sich ihm zugetan. Im Gegensatz zu den übrigen Burschen schaute er ihr unverwandt ins Gesicht und nicht auf den Busen. Er hatte glattes dunkles Haar, und auf seinen markanten Zügen lag ein Ausdruck, den sie nicht so recht zu deuten wusste.

Sie warf sich das Haar über die Schulter und lächelte ihn an. Er schien freundlich zu sein. Harmlos. Eine willkommene Erholung nach den schamlos lüsternen Blicken, die sie heute zumeist über sich hatte ergehen lassen müssen.

„Auf die Schönheit der Lady Gwyneth!“, krähte ein fetter, angetrunkener Edelmann und prostete ihr zu, wobei er das Muster seines blauen Brokatwamses mit dem ersten Bissen seines Mahls besudelt hatte.

Der Duft von gebratenem Wildbret und Zimtäpfeln durchzog die Große Halle.

Ivan of Westland, ein junger Lord mit stutzerhafter spitzenverzierter Tunika und Schnabelschuhen, deren lange Spitzen an den Knien festgebunden waren, riss sich den mit Federn geschmückten Hut vom Kopf und drückte ihn an die Brust. „Holde Gwyneth, mein Liebchen“, stimmte er galant an.

Ein weiterer Mann hob den Humpen und verschüttete braunes Bier, als er sich vorneigte, um die jugendlich runden Hügel zu begutachten, die ihr über den rechteckigen Ausschnitt quollen. „Auf Gwyneths Erhebungen, äh, Erhabenheit!“, fiel er ein.

Anzügliches Gelächter erscholl in der Halle.

Möge eine Seuche sie allesamt niederstrecken!

Unauffällig sah Gwyneth zu dem jungen Mönch hinüber,

weil sie sich nach einem gütigen Gesicht sehnte, nach jemandem, der sie nicht als einen Gegenstand der Begierde betrachtete, doch er hatte sich abgewandt. Offenbar war er abgestoßen. Etwa von ihr?

Sie biss die Zähne zusammen und starrte ihren Vater an. *Er* hatte darauf bestanden, dass sie das, was sie besaß, so unverhohlen zur Geltung brachte wie eine Dirne im Freudenhaus. Sie selbst hatte sich nichts vorzuwerfen! So viel Haut zeigte sie sonst nie. Es war unschicklich! Sie wünschte sich Schürze und Nadel herbei, hätte sich gern mit irgendetwas Nützlichem beschäftigt. So wie ihre Mutter es stets getan hatte.

Ihre Schwester Brenna, die ihr an der aufgebockten Tafel gegenübersaß, bedachte sie mit einem sengenden Blick. Sie hatte ein grünes Gewand aus feiner Seide an und trug das rote Haar elegant verschlungen und hochgesteckt, wobei ein paar lange, lockige Flechten herabhingen und die Narbe auf ihrer Wange verbargen. „Flittchen", zischte sie. Sie machte aus ihrer Feindseligkeit keinen Hehl.

Brennas unangebrachte Eifersucht traf Gwyneth, als habe man ihr eine Klinge in den Bauch gerammt. Noch vor wenigen Monaten hatten sie gemeinsam Kuchen stibitzt und sich unter der Treppe des Nordturms versteckt.

Doch dann war ihre Mutter gestorben.

Damit hatte sich alles geändert. Ihre Freundschaft. Ihre Beziehung. Die Zuneigung zwischen ihnen.

Gwyneth sank auf ihrem Stuhl zusammen, um sich so unsichtbar wie möglich zu machen, und starrte auf ihre Hände und auf den Saphirring ihrer Mutter am Zeigefinger. Sie wünschte, sie könne in die Vergangenheit reisen.

Brenna schob den gefüllten Lachs auf ihrer Platte so lange zusammen, bis daraus zwei rosafarbene Brüste geworden waren. Lüstern schielte sie auf die Hügel nieder und äffte damit spöttisch nach, was die Männer den Großteil des Tages über mit der Schwester getan hatten.

Gwyneth spürte ihre Ohren heiß werden. „Das sage ich

Vater“, flüsterte sie und trat unter dem Tisch nach Brenna. Es war eine leere Drohung, denn ihr Vater würde allenfalls *sie* dafür strafen, dass sie sich während des Festes zankte, anstatt die Rolle der Gastgeberin und Burgherrin zu spielen. Sie zwang sich zu einer aufrechten und gesitteten Haltung. So wie ihre Mutter es gewollt hätte.

Brenna ließ auf anzügliche Weise ihre Zunge spielen.

„Der Schlag soll dich treffen!“, formte Gwyneth mit dem Mund, wobei sie sorgsam darauf achtete, ihr Gesicht so zu drehen, dass ihr Vater nichts mitbekam.

Auf der Empore stimmten die Musiker ihre Instrumente. Ein Minnesänger trällerte eine Ode auf die Farbe und den Glanz ihres Haars.

Wahrlich, sie hatte all die dummen Loblieder schon so oft gehört, dass sie in ihren Ohren längst alle gleich klangen.

„Oh, Gwyneth“, sang der Barde. „Nichts übertrifft Eurer Tressen Sammetschein, nicht einmal morgenrotgoldenes Elfenbein.“

Aus den Augenwinkeln sah sie, dass Ivan sich die Lippen leckte, während der junge Mönch die seinen angewidert verzog.

Das Blut stieg ihr in die Wangen. Sie stieß ihr Speisemesser in ein mit Rosmarin gewürztes Stück Hasenfleisch und unterdrückte so den Drang zu schreien. Um die Wahrheit zu sagen, hätte sie ihre Mähne längst auf Schulterhöhe gekappt, würde sie nicht den Zorn ihres Vaters fürchten. Die Art und Weise, wie Männer sich in ihrer Gegenwart verhielten, war einfach albern!

Verärgert funkelte Brenna sie an. „Gib ruhig zu, dass du all das Getue um dich genießt.“

Gwyneth wurde eng ums Herz; ihre Schwester musste doch wissen, dass sie keinerlei Einfluss auf die Liederwahl des Barden hatte.

„Du brüstest dich wie ein Pfau“, zischte Brenna. „Wie du da kokettierst und schöntust, um allen Männern den Kopf zu verdrehen.“

„Das ist nicht wahr!“

„Pah, ich habe doch gesehen, wie du diesen Mönch da angestarrt …“

„Deine *Eifersucht* ist bemitleidenswert.“

„Und deine *Eitelkeit* ist so groß, dass du selbst einen Mann Gottes betören willst und …“

„Nun gehst du zu weit.“

Gwyneth wandte sich ab von der höhnischen Miene ihrer Schwester und den abscheulichen Hügeln aus Lachs auf deren Speiseplatte und ließ den Blick über das Meer aus Gesichtern schweifen. Wenn sie doch nur jemanden entdecken würde, der ihren Schmerz zu lindern vermochte. Dabei redete sie sich ein, dass sie gar nicht unbedingt nach dem Mönch Ausschau hielt.

Emily, ein Mädchen, mit dem sie erst seit diesem Sommer befreundet war, drehte sich weg, als Gwyneth sie zaghaft anlächelte.

Ob dieses Sieges hüstelte Brenna, und Emily blickte zu ihr hinüber, sah die Hügel aus Fisch auf der Platte und kicherte verhalten.

Brennende Röte kroch Gwyneths Hals hinab und ließ selbst ihre Schultern noch glühen.

„Gwyneth wird eine gar vorzügliche Gemahlin abgeben“, hörte sie ihren Vater dröhnend verkünden, als sei dies kein Festmahl, sondern eine Versteigerung. „Sie besitzt gute, breite Hüften, um Erben zur Welt zu bringen.“

Die vielen hundert flackernden Kerzen, welche die Halle erhellten, verwirbelten zu einer schwindelerregenden Farbenschau, und die Stimme ihres Vaters schien aus weiter Ferne zu kommen.

Verzweifelt wünschte sie, sich die Ohren zuhalten, aufspringen und davonlaufen zu können – irgendetwas zu tun, statt hier zu sitzen und vorzugeben, all dies sei normal. Doch sie blieb, spielte mit dem Ring ihrer Mutter, drückte den Rücken durch und straffte die Schultern. Eine Dame darf nie die Schultern hängen lassen, hatte ihre Mutter ihr eingebläut.

„Und sie hat den Busen ihrer Mutter.“

„Vater, ich bitte Euch!“, wies sie ihn zurecht. Er warf ihr einen strengen Blick zu, mit dem er sie warnte, sich nicht noch einmal einzumischen.

„Und selbst der Barde besingt ihre Schönheit.“

Weil Ihr ihn dafür bezahlt habt, wollte sie hinausschreien, starrte stattdessen jedoch auf die Tischplatte und betete, das Mahl möge endlich ausklingen. Inzwischen war sie so weit, dass sie sogar den alten Blake, den Latrinenputzer, geheiratet hätte, wenn nur die Festlichkeiten dadurch ein Ende gefunden hätten.

„Seht Euch nur ihr Gesicht an, werte Herren, so fein, so weiblich ...“

„Vat...“

„Und sie stickt in kleinsten Stichen. Ihre zarten Hände werden einem Mann jeden Wunsch erfüllen.“

Das Gejohle in der Halle wurde lauter.

Gwyneth erhob sich, unfähig, die Ausführungen ihres Vaters noch länger zu ertragen.

„Wo willst du hin, Tochter?“, donnerte er. Sein grauer Bart zuckte.

Sie brachte ein unsicheres Lächeln zustande. „Ich ... will nur rasch in die Küche. Das Bier wird knapp.“

Er runzelte die Stirn und schob seinen Unterkiefer vor und zurück. „Weise Brenna an, das zu ...“

„Mylady?“ Jemand berührte sie an der Schulter.

Erschrocken fuhr sie herum und keuchte überrascht auf. Der Novize! Von Nahem war er gar noch ansehnlicher. Seine Augen waren von einem berückenden Grün – Frühlingsgras, durchzogen von den dunkleren Tönen des Sommers. Die Lippen waren geradezu sündhaft üppig. Sein hochgewachsener, breitschultriger Leib wirkte in der klösterlichen Gewandung kläglich fehl am Platze, und die schlichte Aufmachung vermochte seine Anziehungskraft nicht zu schmälern. Sie fragte sich, wie sein dunkles Haar wohl aussehen mochte, wenn es erst einmal kurz geschnitten und mit einer Tonsur versehen war. Es kam ihr wie ein Verbrechen vor, etwas derart Vollkommenes zu verschandeln.

„Ich wollte Euch dies hier geben, Lady Gwyneth."

Er hielt ein kleines Buch in der Hand. Der Deckel war aus dünnem Holz gefertigt, das mit Blattgold überzogen und an den Rändern mit kunstvollem Schnitzwerk verziert war.

Mit großen Augen betrachtete sie die Gabe. „Ihr wollt mir ein Buch schenken?" Wie, um alles in der Welt, kam ein Mönch zu so etwas Wertvollem? Und weshalb wollte er es ihr schenken?

Mit einem Mal schien er verlegen und rastlos.

Brenna schnalzte ungehalten. „Einen Mann Gottes zu verführen ist Sünde", raunte sie. „Ich habe gesehen, wie du ihn angeschaut hast."

Grundgütiger!

„Ich kann nicht lesen", platzte sie heraus und spürte, wie ihr das Blut in die Wangen schoss, bis hoch zu den Ohren.

Ihr Vater räusperte sich. „Es besteht auch keine Notwendigkeit für Frauen, lesen zu können."

Der Mönch straffte die Schultern. Er überragte ihren Vater um mehrere Zoll. Dann zwinkerte er ihr zu – ein ganz und gar nicht mönchisches Gebaren! Sie spürte heiße Stiche im Magen und hatte das starke Gefühl, dass all seine finsteren Blicke von vorhin den anderen und nicht etwa ihr gegolten hatten und dass sie beide durch ein verschwörerisches Band geeint waren – weil er ihr Unbehagen spürte und wusste, wie unwohl sie sich dabei fühlte, auf derart ungebührliche Weise vorgeführt zu werden. Sie selbst wollte eine respektable Dame sein, sittsam und würdevoll, wie ihre Mutter.

„In dem Büchlein geht es um die Stellung der Frau", erklärte der Mönch ernst, doch das Funkeln in seinen Augen strafte seine Miene Lügen.

Gwyneth wurde warm ums Herz. Also hatte sie an diesem schauderhaften Ort doch einen Freund.

Ihr Vater gab einen lauten grunzenden Laut von sich. „Ein wenig Benehmen zu lernen würde meiner Tochter durchaus gut anstehen."

„Vielleicht sollte ihr erster Schritt sein, sich züchtiger zu kleiden."

„Es war nicht meine Entscheidung, dieses …", widersprach sie.

Doch da hatte der Mönch ihr schon den kleinen Band in die Hand gelegt und drückte sanft ihre Finger. Ihre Haut prickelte unter seiner Berührung, und der Einwand erstarb ihr in der Kehle. Wer war er nur? Und stand er nun auf ihrer Seite oder nicht?

„Frauen sollten sich an ihre Pflichten halten und Gemahl und Kinder umsorgen, nicht lesen", entgegnete ihr Vater und streckte die Hand nach dem Buch aus. „Habt Dank für das Geschenk, Mönch. Ich werde es ihrer Mitgift beifügen."

„*Nay!*" Gwyneth presste die Gabe an die Brust. Wahrscheinlich wollte er es verkaufen oder eine Gefälligkeit damit vergüten!

Ihr Vater trat einen Schritt vor. „Gib es mir." Sein grauer Bart stand in alle Richtungen ab und bauschte sich um seine Lippen.

Entschlossen wich sie zurück. Die Luft in der Großen Halle war zum Schneiden dick und ein wenig trüb, obwohl sie die Mägde vergangene Woche erst angewiesen hatte, auszukehren und frische Binsen einzustreuen.

Die Finger ihres Vaters legten sich auf den vergoldeten Holzeinband.

„Es gehört mir", wandte sie ein.

„Tochter." Eine Warnung schwang in dem Wort mit.

Jäh wirbelte sie herum und rannte auf die Tür an der Längsseite der Großen Halle zu.

„Gwyneth!", hörte sie ihn brüllen, doch sie stürmte kopflos hinaus, nur fort von all diesen Menschen. Sie wusste, dass sie später für ihre Unbesonnenheit würde büßen müssen – weil ihr widerborstiges Betragen all die Pläne ihres Vaters, eine vorteilhafte Ehe zu arrangieren, zunichtemachte. Doch das war ihr einerlei. Das Buch des jungen Mönchs würde er ihr nicht nehmen.

„Auf Nimmerwiedersehen", hörte sie Brenna hinter sich kichern. „Vielleicht spielen die Musikanten nun, da du nicht mehr mit Kirchenmännern schäkerst, ein paar anständige Weisen."

Gwyneth brannten die Augen.

Sie blinzelte die Tränen fort, kämpfte gegen den heftigen Schmerz an, der sie mit sich fortzureißen drohte, und floh durch das Portal des Wohnturms und die Treppe hinab. Dabei umklammerte sie das Buch so fest, dass ihr die Finger wehtaten. Womöglich gelang es ihr ja, Adele aufspüren, ihre jüngere Schwester, der es irgendwie gelungen war, den Festlichkeiten zu entkommen.

Sie würde einen Gatten wählen, später. Würde sich in ein pflichterfülltes Leben schicken – das Buch aber würde sie ihrem Vater nicht lassen. Und sie würde lesen lernen.

2. KAPITEL

Der Duft von Regen lag in der Luft, als Gwyneth mit wild klopfendem Herzen auf den Hain am Fluss zueilte. Ihre Gedanken überschlugen sich, während sie über Steine und Grasinseln sprang, um ihre Satinschuhe nicht zu beschmutzen.

Besser, sie verbarg sich, bis ihr Vater sich beruhigt hatte.

Sie hielt einen Augenblick inne, um wieder zu Atem zu kommen, und lehnte sich an eine riesige Eiche, eine Hand auf die Brust gepresst. Wenn sie doch nur die Pläne ihres Vaters durchkreuzen könnte, sie an den Meistbietenden zu verhökern.

Während sie darauf wartete, dass ihr Herz ruhiger schlug, ging ihr auf, dass sie noch immer das Buch des jungen Mönchs hielt. Neugierig drehte sie es in den Händen und begutachtete den Einband. Das Werk war klein und erlesen – gerade einmal so groß wie ihre Handfläche – und viel zu kostbar, um es einfach einer Fremden zu schenken. Der Buchdeckel war aus dünnem Holz und mit Blattgold überzogen. Ein kunstfertig eingeschnitzter Drache zierte die Oberfläche.

Weshalb nur hatte er es ihr geschenkt?

Ratlos schlug sie es auf und dachte an seine seltsame Äußerung, dass es in dem Buch um die Stellung der Frau gehe. Es verwirrte sie, dass er ihr schelmisch zugezwinkert und sie angelächelt hatte – als habe er ihr einen Witz erzählt. So verhielt sich kein Mönch, und sie argwöhnte, dass das Buch keineswegs Erbauliches für die Damenwelt enthielt.

Die Schrift war adrett und bestand aus wunderschön geschwungenen Bögen und Linien verschiedener Länge und Höhe, eine Kunst für sich. Angestrengt starrte sie auf die Seiten, blätterte wahllos umher und drehte das Buch mal in diese, mal in jene Richtung, in dem Bemühen, den Sinn der Worte zu entschlüsseln. Auf einer Seite erspähte sie ein „A“, auf einer anderen dreimal den Buchstaben „T“, doch die übrigen Lettern kannte sie nicht.

Vorsichtig strich sie über die Schnitzereien auf dem Deckel und bewunderte, wie akribisch der Künstler vorgegangen war. Das Werk stellte einen prächtig gewirkten Drachen mit sorgsam herausgearbeiteten Schuppen und einem langen, gewundenen Schwanz dar. Die Flügel – gespreizt und ebenfalls formvollendet gefertigt – schienen sie zu locken, sich doch ebenfalls in den Himmel aufzuschwingen.

Warum hatte der Mönch ihr etwas derart Kostspieliges geschenkt? Und weshalb sein rätselhaftes Gebaren?

Fragen, aber keine Antworten.

Enttäuscht schlug sie einige Male leicht mit der flachen Hand auf den Einband.

Ihr Vater behauptete immer, Frauen müssten nicht lesen können; Kirche und Gesellschaft predigten, mit der Bildung der Frau vergeude man nur Zeit und Mittel – es sei eine sündhafte Verschwendung. Doch in Gwyneth war Neugier entbrannt. Sie wollte wissen, was in diesem Buch stand. Bestimmt frönte man dem Genuss der Sünde doch nicht allzu ausgiebig damit, dass man einfach nur lesen lernte.

Sie schob sich das Büchlein ins Mieder und beschloss, von dem jungen Mönch Antworten einzufordern, wenn sie zum Fest zurückkehrte.

Gwyneth zupfte an ihrem Gewand, doch das Mieder war so tief ausgeschnitten, dass der Buchrücken oben hervorlugte, wie sehr sie den kleinen Band auch zurechtschob. Sie runzelte die Stirn, einmal mehr wütend auf ihren Vater, weil er darauf bestanden hatte, dass sie so viel von ihrem Busen zeigte. Verärgert drückte sie ihre Brüste nach unten und wünschte, sie wären noch immer so flach wie vor einem Jahr. Ihr Körper hatte sich so sehr verändert in den vergangenen Monaten, als hause ein Tier unter ihrer Haut – das mal hier und mal dort einen Hügel aufwarf.

Das Gefühl tiefer Verlassenheit ließ sie innerlich frösteln. Ihr eigener Leib hatte sie betrogen, war an Stellen gewachsen, die einst eben gewesen waren, und ließ nun jeden Monat Blut an ihren Schenkeln hinabrinnen. Sie wünschte sich ihre Puppen zurück, ihre Schwester, die gewohnten Kleider – die schlichten Cotten und robusten Lederstiefel, eine Gewandung, in der man ungehindert einen Ball vor sich hertreten konnte. Diese weite, modische Houppelande mit ihren unanständig üppig gestalteten Säumen und den feinen Stickereien war so empfindlich, dass sie für nichts anderes taugte, als Männern lüsterne Blicke zu entlocken und Frauen eifersüchtig zu machen.

In diesem Moment durchschnitt der Schrei einer Frau die Stille und riss Gwyneth aus ihren düsteren Grübeleien.

Voller Sorge zuckte sie zusammen, da sie fürchtete, ihre jüngere Schwester Adele könne geschrien haben. Sie war nicht beim Festmahl gewesen und ging oft mit ihren beiden Hunden im Wald spazieren.

Wieder schrie jemand. Es klang wie ein waidwundes Tier. Gwyneth fuhr herum. „Adele?“

Einen langen Steinwurf entfernt sah sie durch die dicht stehenden Bäume hindurch Farben leuchten – Töne von Blau, Rot und Purpur –, die sich scharf vom Grün und Braun des Waldes abhoben. Ein großer Mann mit dunklem Haar, gestutztem Bart und grausamen Zügen hatte sich über ein Mädchen hergemacht und warf es zu Boden. Nicht Adele. Das Mädchen dort war nicht von Stand.

Die junge Frau stürzte, der Rock rutschte ihr bis zu den Hüften hoch, und der Mann nestelte an seinen Hosen. Sie drehte sich auf die Seite und versuchte sich freizustrampeln, wofür er ihr ins Gesicht schlug.

Mitfühlend zuckte Gwyneth zusammen. Ihre Beine waren plötzlich butterweich. Sie stolperte vorwärts und klammerte sich Halt suchend an einen jungen Baum. Sie sollte wegrennen, Hilfe holen.

Der Kerl riss sich das Beinkleid herunter. Ein Stück Fleisch, einer Wurst nicht unähnlich, schnellte hervor. Seine Tunika hing schief, und die Kleidung verriet seine noble Herkunft. Er trug extravagante grüne Lederstiefel mit silbernen Schließen. „Lieg schon still, Mädchen“, hörte Gwyneth ihn knurren.

Wieder ertönte ein Schrei, erneut gefolgt von einer schallenden Ohrfeige.

Das Mädchen zog den Kopf ein und hob schützend die Arme vors Gesicht.

Galle stieg Gwyneth in die Kehle, als der Mann sich auf die Frau warf. Mit den Lenden drängte er ihr zwischen die Schenkel und zwang sie so, die Beine zu spreizen. Sie schrie nicht mehr, sondern gab einen klagenden Laut von sich wie eine gepfählte Kuh.

Nay.

Nay.

Nay.

Empörung und Zorn mischten sich unter das Grauen, das Gwyneth empfand, und sie hätte sich ohrfeigen können, weil sie hilflos dastand, während eine andere Frau geschändet wurde. Sie musste etwas tun. *Irgendetwas.*

Ihr Blick ging zurück nach Windrose. Über den Baumkronen waren die Türme zu sehen, doch die Burg war zu weit weg, um Hilfe zu holen.

Mit wild pochendem Herzen duckte sie sich und hielt verzweifelt nach etwas Ausschau, das sich als Waffe verwenden ließ.

„Vermaledeites Kleid“, murmelte sie, als sich ihr ellenlange nutzlose Seide um die Beine schlang. Bei jedem Herzschlag spürte sie das Büchlein in ihrem Mieder. Sie musste leise sein, mucksmäuschenstill, durfte nicht einen Laut von sich geben – und musste ihr Köpfchen einsetzen statt rohe Gewalt.

Sie schloss die Hand um einen abgebrochenen Ast und versuchte ihn aufzuheben, doch er rührte sich nicht. Welch Fluch, als Frau geboren zu sein.

Vorsichtig griff sie nach einem anderen, der nur etwa vier Fuß lang war und so dick wie das Handgelenk einer Frau. Das Holz war rau und trocken und kratzte ihr über die Haut. Sie würde sich von hinten an den Burschen heranschleichen und ihm den

Knüppel über den Kopf ziehen. Es dürfte ihr doch wohl gelingen, ihn so lange abzulenken, dass das Mädchen fliehen konnte.

Und dann würde der Rohling womöglich über sie herfallen …

Gwyneth umklammerte den Prügel fester.

Stock, Verstand, Überraschungsmoment – diese Waffen mussten genügen.

Bitte, Gott, flehte sie stumm und wünschte, sie wäre in der letzten Woche nicht so nachlässig gewesen mit ihren Gebeten. Heilige Maria, Muttergottes, versuchte sie es erneut. Vielleicht brachte Maria ja mehr Verständnis für religiöse Säumigkeit auf als Gott selbst.

Sie würde zweimal täglich zur Messe gehen und beichten, dass sie eine über die Fliesen krabbelnde Spinne beobachtet hatte, statt den Gebeten und Chorälen zu lauschen.

Mit angehaltenem Atem schlich sie so leise wie möglich durchs Unterholz und näherte sich dem Mann Schritt um Schritt von hinten. Der Wüstling grub gerade die Finger in die Brüste seines Opfers und quetschte sie, wodurch sie ganz merkwürdig aussahen. Das Gesicht der jungen Frau war schmerzverzerrt, doch sie wehrte sich nicht länger. Schweißgeruch hing in der Luft.

„Uh, uh, uh“, grunzte der Kerl. Immer wieder stieß er mit den Hüften in die Falten ihres Rocks.

Entschlossenheit machte sich in Gwyneth breit. In diesem Augenblick hasste sie Männer. Alle Männer. Was sie da sah, würde auch ihr Schicksal sein, sobald sie erst in die Ehe verkauft worden war. Vielleicht fände es in ihrem Fall auf einem weichen, sauberen Bett und nicht auf dem erdigen Waldboden statt – doch alle Frauen erwartete dasselbe Los. Sie waren gezwungen, sich den viehischen Gelüsten eines Mannes hinzugeben.

Das Mädchen verdrehte die Augen, das Gesicht zu einer Grimasse verzogen.

Gwyneth spürte einen heißen Klumpen im Magen. Ihre Satinschühchen versanken im Schlamm und machten grässlich schmatzende Geräusche, während sie sich anpirschte, doch der Halunke wandte sich nicht um.

Er hielt nicht einmal inne in seinem Tun.

Sie setzte einen Fuß vor den anderen, ein ums andere Mal. Nur noch fünf Schritte, und sie würde über ihm sein. Der Gestank ungewaschener Leiber und eines widerlich süßen Duftwassers stieg ihr in die Nase.

Der Saum ihres Gewands verhakte sich in einem Dornenzweig und ließ sie taumelnd zum Stehen kommen. Dieses verwünschte Kleid. Wenn sie wieder zu Hause war, würde sie ihr Mütchen daran kühlen und all die Ellen an Spitze und Seide in Fetzen reißen.

Sie drehte sich, um den Rock zu befreien, doch dadurch verfing sich noch ein weiterer Abschnitt in den Dornen.

Verflixt!

Sie zog kräftiger, und das Geräusch reißenden Tuchs durchschnitt die Luft.

Jäh verstummten die Grunzlaute des Mannes, und er wandte sich um. Seine Augen weiteten sich.

Ein eisiger Knoten bildete sich in Gwyneths Brust, und einen Herzschlag lang konnte sie nicht atmen.

Vor Furcht zu kopflos, um zu denken, riss sie sich los, preschte vor und schmetterte dem Mann ihre Waffe gegen die Stirn. Der Knüppel barst entzwei.

Keuchend verkrampfte sie die Finger so fest um das Stück, das ihr geblieben war, dass ihre Handflächen taub wurden.

Schwankend versuchte er aufzustehen und griff nach ihr. „Du kleines, liederliches Miststück.“ Er zog die dunklen Brauen zusammen und fletschte die Zähne.

Oh, ihr Heiligen! Oh, gütige Jungfrau! Er würde sie töten. Mit einem Aufschrei schwang sie den nun kurzen Prügel erneut und hieb dem Kerl damit ins Gesicht.

„Lauf weg! Lauf!“, rief sie dem Mädchen zu. Wenigstens eine von ihnen musste entkommen.

Von blindem Entsetzen erfasst, schlug sie noch einmal zu.

Sie hörte es knirschen. Auf den Wangen des Grobians erschienen rote Striemen, Blut rann ihm aus der Nase aufs Kinn.

Er jaulte auf. Seine Augen glühten vor Zorn. Grünlich schwarz. Wie ein finsterer, böser Geist, der dem Moor entfleucht war.

„Dafür wirst zu zahlen, du Hure." Voller Zorn stürzte er sich auf sie.

Die Taubheit in ihren Händen kroch ihr die Arme hinauf, bis zu den Schultern, ja bis hinab in die Beine.

Wieder ließ sie den Knüppel niederfahren. *Wupp. Wupp. Wupp.* Und noch einmal: *wupp*.

Schwankend kam er auf die Füße, stolperte jedoch über die heruntergezogenen Hosen, verdrehte die Augen und brach über dem Mädchen zusammen.

Ächzend schob die junge Frau ihn von sich. Sein Leib landete klatschend im Morast. Neben ihm sammelte sich Blut zu einer Pfütze.

Die Frau strich ihre Kleider glatt, die aus einem besudelten Bauernrock und einer schlichten Bluse bestanden, und erhob sich.

Gwyneths Atem ging unregelmäßig und stoßweise. Sie drückte sich eine Hand an die Brust; das Buch war noch dort. Ihr taten die Schultern weh, und sie wollte nichts lieber, als zurück nach Windrose zu hasten. Das Fest, das ihr vor wenigen Augenblicken noch so unerträglich vorgekommen war, erschien ihr im Vergleich hiermit geradezu anheimelnd.

Der Mann zuckte, oder vielleicht glitt er auch nur tiefer in den Schlamm. Blut strömte ihm übers Gesicht, und seine Nase hing schief.

„Hm, ich denke, dem habt Ihr's gezeigt", sagte das Mädchen, strich sich die Hände am Rock ab und rückte die Bluse zurecht, sodass sie wieder ihre Brüste bedeckte.

Gwyneths Rückgrat schien sie nicht länger aufrecht halten zu wollen. Eine Welle der Übelkeit überkam sie.

„Hab noch nie ein Edelfräulein so etwas tun sehen." Die junge Frau legte den Kopf schräg und sah ungerührt von Gwyneth zu dem Mann im Laub, neben dem sich rotes Blut mit braunem Schlick mischte. „Habt Dank, Mylady."

Erstaunt starrte Gwyneth sie an. Zum ersten Mal seit Beginn der Tortur nahm sie die Frau richtig wahr. Sie mochte zwei, drei Jahre älter sein als sie und war ungefähr so groß wie sie selbst, trug jedoch geflickte einfache Kleidung und keinerlei Schmuck. Ihre abgerissene Gewandung roch nach einer Art billigem Duftwasser und männlichem Schweiß. Das braune Haar war kraus, die Nase leicht gebogen. Sie hatte hohe Wangenknochen und ein großes Muttermal auf dem Kinn. Doch trotz ihrer biederen Erscheinung trug sie das Kinn erhoben und hielt sich sehr gerade. In ihren braunen Augen glomm unergründliche Weisheit.

Gwyneth wusste nicht so recht, was sie sagen sollte, und suchte an dem Mädchen nach Anzeichen von Verzweiflung, nach einem Hinweis darauf, dass es gleich schluchzend zusammenbrechen würde. Vielleicht sollte sie es mit zur Burg nehmen. Dass es jammernd zu Boden sinken würde, war doch gewiss nur eine Frage der Zeit.

Statt zusammenzubrechen, starrte das Mädchen zurück, eine Hand in die Hüfte gestemmt.

Nach einem langen Schweigen, in dem sich abzeichnete, dass offenbar kein Zusammenbruch erfolgen würde, fragte Gwyneth: „Geht es dir gut?"

„Jetzt umso besser." Die junge Frau lächelte matt, und ihre Mundwinkel bebten. Sonst kündete nichts davon, dass das gerade Durchlittene sie mitgenommen hatte. Sie hob ihren gelben Schal auf und schlang ihn sich um die Schultern.

Gwyneth streckte die Hand aus und tätschelte der anderen unbeholfen den Arm. Sie wollte ihr Mitgefühl zeigen, wusste jedoch nicht so recht, wie. Da sie in den vergangenen Monaten, seit ihre Mutter gestorben war, keine Freundinnen gehabt hatte, war sie mit unangenehmen Situationen wie diesen überfordert. Sie ertappte sich dabei, dass sie sich in Förmlichkeit flüchtete und damit an der Oberfläche dessen blieb, was sie eigentlich hätte tun sollen. Deshalb versuchte sie sich vorzustellen, was ihre Mutter wohl getan hätte, die eine überaus fähige Burgherrin gewesen war.

Vielleicht sollte sie die Frau in den Arm nehmen. Doch das schien ihr nicht angebracht. Schließlich war sie eine Gemeine und, nach ihrem Äußeren zu urteilen, nicht einmal eine besonders wohlhabende. Obendrein war sie schmutzig.

Beide blickten nun auf den Mann hinab. Seine mit Schlamm beschmutzte Tunika war nach oben geklappt, entblößte ihn bis zu den Hüften und gab sein heruntergezogenes Beinkleid preis. Seine Rute lag schlaff auf einem Schenkel.

Wieder stieg Gwyneth bittere Galle in die Kehle. Sie hob eine Hand an den Mund und wandte den Blick ab.

Über ihnen kreiste ein einsamer Falke. Seine schwarz-weißen Flügel glänzten in der untergehenden Sonne. Ein Omen?

Die Augen des Mannes waren noch immer seltsam weit geöffnet. Sie waren dunkelgrün, fast schwarz, wirkten jedoch glasig und stumpf.

Er rührte sich nicht.

„Meint Ihr, er ist tot, Mylady?“

3. KAPITEL

Tot?

Die Frage, ob er tot sei, klang so gelassen, als habe das Mädchen sich erkundigt, ob man mit der Suppe fertig sei, hatte auf Gwyneth jedoch dieselbe Wirkung wie eine in den Bauch gerammte Faust.

Sie versteifte sich und drehte sich so, dass sie nun einen nahe gelegenen Busch im Blick hatte. „Ach was. Wir werden jetzt einfach gehen, und wenn er zu sich kommt, wird er sich fragen, was ihm wohl widerfahren sein mag." Ihr Vater würde jetzt sicher schon fuchsteufelswild sein, deshalb musste sie schleunigst zum Fest zurück. Für jeden weiteren Augenblick, den sie trödelte, würde sie mehr Fragen zu beantworten haben. Vermutlich würde er sie für ihren Ungehorsam seinen Gürtel spüren lassen. „Ich mache mich besser auf den Heimweg."

Aus dem Trinkhorn des Mannes rann Bier, und der saure Geruch umhüllte seinen reglosen Körper. Es geschähe ihm nur recht, mit hämmernden Kopfschmerzen und heruntergezogenen Hosen aufzuwachen, die sich ihm würdelos um die Beine gewickelt hatten. Vielleicht würde ihm die Sonne gar seine Männlichkeit versengen, bis sie scharlachrot war. Oder vielleicht käme ja auch ein wildes Tier und biss ihm den Zipfel ab, sodass er sich nie wieder einer Frau würde aufzwingen können.

Entschlossen wandte sie sich zum Gehen.

„*Nay*, Mylady. Ich denke, er ist wirklich tot." Die junge Frau hielt Gwyneth zurück, indem sie ihr zaghaft einen Finger auf den Arm legte, ehe sie sich den Zusammengesunkenen näher besah.

„Selbstredend ist er *nicht* tot." Gwyneth würde nicht einmal die Möglichkeit in Erwägung ziehen. „Ich werde jetzt gehen."

„Hm."

Ihr drohte sich der Magen umzudrehen. Sie tat zwei Schritte zurück. Natürlich war der Mann nicht tot. Das war unmöglich. Undenkbar. Sie konnte doch keinen Menschen umgebracht haben. Sorgsam hob sie den Saum ihrer Houppelande, um sich auf den Rückweg zu begeben, und sah, dass diese an einer Seite Risse und an der Unterkante braune, mit Rot durchmischte Flecken aufwies. Ihr Vater würde kochen vor Wut.

Hinter sich hörte sie es rascheln, so als wippe das Mädchen im Laub mit dem Fuß. „Mylady, wieso habt Ihr mir geholfen, wenn es Euch dabei doch gar nicht um mich ging? Kommt mir ganz schön selbstsüchtig vor."

Zornentbrannt fuhr Gwyneth herum. Das ausladende Gewand wirbelte ihr um die Fußknöchel. „Ich habe dir gerade das Leben gerettet, Mädchen, und du wagst es, mich selbstsüchtig zu nennen?" Gott allein wusste, was ihr Vater mit ihr tun würde, wenn er ihr Kleid sah. Sie hätte sich umdrehen und fortlaufen sollen, als sie das Mädchen zum ersten Mal schreien hörte.

„Vergebt mir, Mylady, aber Ihr habt mir nicht das Leben gerettet, sondern nur einen Mann dabei unterbrochen, mich zu besteigen."

Verärgert funkelte Gwyneth die Frau mit den zerzausten Haaren an und stemmte die Hände in die Hüften. „Er hat dir wehgetan."

„Wohl wahr, aber es war eben nur ein Ritt und nicht mehr. Zudem war sein Stecken so weich und kurz, wie man sich's nur wünschen kann. Wenn wir den Kerl hier liegen lassen, wird man mir die Schuld zuschieben, und dann blüht mir Ärgeres, als ohne Euer Eingreifen geschehen wäre."

„Er ist nicht tot."

Die junge Frau rückte den gelben Schal um ihren Schultern zurecht und sah zwischen dem gen Himmel blickenden Schurken und Gwyneth hin und her. „Vergebt mir nochmals, Mylady, aber ich denke doch, dass es so ist."

Gwyneth lief es eiskalt den Rücken hinunter. Er war nicht tot. Das konnte nicht sein. Es wäre schlicht ungerecht von ihm, vor ihren Augen einfach tot umzufallen.

Sie starrte auf ihn hinab, auf die Arme und Beine, die er

scheinbar lässig von sich gestreckt hatte, auf die weiße Haut und die leblose Lanze, die zwischen der hochgeschlagenen Tunika und den heruntergezogenen Hosen zum Vorschein kamen, auf sein verschmutztes schwarzes Haar … und all das Blut auf seinem Gesicht.

Um seinen Kopf herum hatte sich ein roter Pfuhl gebildet. Seine blicklosen Augen waren nach oben auf die Baumkronen gerichtet. Gwyneth versuchte, nicht auf seine Nacktheit zu achten, und neigte sich vor, um festzustellen, ob seine Brust sich hob und senkte.

Nichts. Nicht die kleinste Bewegung.

Sie beugte sich weiter hinab.

Noch immer nichts.

Als sie sich aufrichtete, drehte sich der Wald um sie herum ein wenig; die Farben verschwammen, als habe sie zu viel Met getrunken. Oh, Allmächtiger.

Hilflos fasste sie sich an die Kehle. Weshalb hatte sie das Fest verlassen? Warum nur? Wie sollte sie all dies ihrem Vater erklären?

„Also gut, kommt." Die junge Frau legte Gwyneth eine Hand auf die Schulter. „Schaffen wir ihn fort, *aye*? Wir werden ihn mit Steinen beschweren und im Fluss versenken." Sie umklammerte ein Bein des Mannes und zog. Der Körper bewegte sich einige Fingerbreit auf das Wasser zu, ehe das Mädchen keuchend innehielt. „Helft Ihr mir nun, oder wollt Ihr weitergaffen, Mylady?"

Bestürzt wich Gwyneth zurück.

Tot.

Mausetot.

Erloschen.

Unwiederbringlich entseelt.

Beißende Galle stieg ihr die Kehle hinauf und brannte ihr auf der Zunge und im Rachen. Sie presste sich die Hände auf den Magen, wandte sich ab und würgte trocken über einem Blätterhaufen, bis der Krampf schließlich abflaute.

In ihrem Kopf wirbelte alles durcheinander, ihre Gedanken verhedderten sich wie Stickgarn. Sie hätte die Burg nicht verlassen, sondern stattdessen umherstolzieren sollen, wie ihr Vater es gewünscht hatte, um den Erstbesten zu ehelichen, der sich ihr angeboten hätte. Nun würde man sie holen und in den Kerker werfen. Sie erschauderte. Man würde sie als Mörderin brandmarken.

„Mylady?“ Das Mädchen trat neben sie und legte ihr den Arm um die Schulter. Der Wind schien aufzufrischen und wirbelte Laub auf. Oder vielleicht trog sie auch das Schwindelgefühl. Ihr knickten die Beine weg, doch das Mädchen stützte sie. „Mylady, hört auf. Er war ein böser Mensch und hat es nicht verdient, dass Euch wegen ihm schlecht wird, seid versichert. Die Erde ist ohne ihn besser dran.“

Die Erde war mit Blut besudelt.

Mörderin.

Wie sollte sie nur die Blicke der Menschen ertragen, wenn dies ans Licht käme? Kein anständiger Mann würde sie noch heiraten wollen, nun, da Blut an ihren Händen klebte.

Womöglich enterbte ihr Vater sie gar …

Sie versuchte, tief durchzuatmen, doch ihre Brust war wie zugeschnürt und machte es ihr unmöglich, Luft zu bekommen. Hustend begann sie erneut zu würgen.

Die junge Frau neigte sich vor und strich ihr die Schweißperlen von der Schläfe. Wie konnte sie nur so ruhig sein, während sie selbst das Gefühl hatte, als sei die Welt aus den Fugen geraten?

Gwyneth betrachtete sie. Ihre Züge – das Muttermal am Kinn, die großen Augen, das krause Haar – schienen ineinanderzufließen wie Wachs.

„Mein Name ist Irma, Mylady. Wie lautet der Eure?“

„G…G…Gwyneth of Windrose“, stammelte sie. „Sehr erfreut“, fügte sie aus Gewohnheit an.

Der simple Akt des Vorstellens war etwas, das sich vertraut anfühlte. Gwyneth hatte genügend Erfahrung darin, bei festlichen Anlässen und Turnieren vorgestellt zu werden. Als sie dieses Mal tief Luft holte, gelang es ihr.

„Na dann, Lady Gwyneth, packt ein Bein." Irma legte ihre staubigen Hände um einen Knöchel des Mannes.

Entschlossen rang Gwyneth ihren Widerwillen nieder, widmete sich der anstehenden Aufgabe und ergriff die andere Fessel des Mannes. In den grünen Lederstiefeln saß noch ein Rest seiner Körperwärme.

Sie fröstelte. Gemeinsam zerrten sie den Leib Richtung Fluss.

Wie hatte sie nur einen Mann umbringen können? Wie hatte sie nur …

„Er hat's verdient, Mylady", sagte Irma, als habe sie ihre Gedanken gelesen.

Ihre Stimme wirkte beruhigend auf Gwyneth, die ein Wechselbad der Gefühle durchlebte. Sie griff sich kurz an die Brust und spürte dort den mit Schnitzwerk verzierten Einband des Buches, das ihr der junge Mönch geschenkt hatte. Ein Buch aus einer vergangenen Zeit. Ein Schatz. Ein Anker in einer toll gewordenen Welt.

Lang ausgestreckt schleifte der Körper des Mannes hinter ihnen über den Boden. Der Kopf, der über Baumwurzeln und Äste holperte, pflügte Laub und Zweige beiseite. Eine purpurrote Spur kennzeichnete ihren Weg.

Schaudernd blickte Gwyneth geradeaus und richtete ihre Aufmerksamkeit auf das Plätschern des Flusses, die knorrigen Äste der Bäume, darauf, wie sich das Gras und die Blätter unter ihren Füßen anfühlten – auf alles, nur nicht auf die schreckliche Tat, die sie begangen hatte.

Als sie am Wasser waren, sammelte Irma Flusssteine und stopfte sie dem Mann in Tunika und Beinkleid. Sie band seinen Beutel los und steckte ihn sich in den Ausschnitt.

Scharf sog Gwyneth ob dieses gefühllosen, raffgierigen Verhaltens die Luft ein. Sie spürte, wie ihr noch mehr Blut aus den Wangen wich, als wolle es aus ihrem Körper hinausströmen und sich mit dem des Toten vereinen.

Irma schob einen weiteren Stein in die Tunika des Mannes. „Verzeiht, Mylady, aber nicht ich habe jemanden umgebracht – sondern Ihr. Also helft mir, reicht mir noch einen Stein."

Bebend und ohne weiter nachzudenken, bückte sich Gwyneth und tat, wie Irma ihr geheißen. Sie sah den Buchrücken aus ihrem Mieder hervorlugen und zwang sich, ihre Gedanken darauf zu lenken – darauf, dass sie lesen lernen und sich über die Alltagswelt erheben würde wie der geschnitzte Drache auf dem Einband.

Der Stein, den sie aufhob, lag ihr kalt und fest in der Hand, ein kleines Stückchen Wirklichkeit in dieser turbulenten Welt. Die Blutspur vermengte sich mit dem Schlamm und gab diesem eine dunkle, trübe Farbe. Die Spur würden sie noch abdecken müssen, ehe sie gingen. Ihr Verstand suchte fieberhaft nach einer Ausflucht, mit der sie dem Vater ihre lange Abwesenheit erklären konnte. Sollte sie alles beichten?

Nay.

Sie zwang sich zur Ruhe. Als Erstes musste sie sich des Toten entledigen. Dann zurück zum Fest eilen. Ihren Vater beschwichtigen. So müsste es gehen. Ganz einfach.

Schließlich waren Tunika und Hosen des Mannes – Letztere hatte Irma wieder hochgezogen – bis zum Bersten mit Steinen gefüllt. Er sah aus wie eine bucklige, übermäßig gestopfte Vogelscheuche.

Irma zog ihm die Stiefel mit derselben kühlen Zweckmäßigkeit aus, mit der sie sich schon seines Beutels bemächtigt hatte. Es war ungewöhnliches Schuhwerk – grünes Leder mit modischen Silberschnallen – und würde wahrscheinlich einen hohen Preis erzielen. Auch das Trinkhorn warf sie auf den Haufen.

„So, fertig", sagte sie und schob Stiefel und Trinkhorn neben ein junges Bäumchen ganz in der Nähe. „Helft mir, ihn zu dem Felsen da zu ziehen und runterzustoßen. Dort ist das Wasser tiefer. Man wird ihn niemals finden, und wenn doch, sind wir längst über alle Berge."

Entsetzt über ihr eigenes Handeln, aber wohl wissend, dass

sie keine andere Wahl hatte, folgte Gwyneth den Anweisungen.

„Niemand darf je davon erfahren", sagte sie. Es klang verzagt. Sollte ihre Tat ans Licht kommen, würde man sie ins Verlies stecken und ächten. Ihr Vater würde ihr nie verzeihen, wenn sie seine Pläne, eine anständige Ehe zu arrangieren, zunichtemachte.

„Natürlich nicht, Herzchen. Niemand wird es erfahren."

Sie standen auf dem Felsen und beobachteten, wie der Mann in die Tiefe sank und der sprudelnde Fluss ihn verschlang. Blasen stiegen an die Oberfläche und zerplatzten. Selbst als er nicht mehr zu sehen war, blieben sie noch eine ganze Weile stehen. Keine von ihnen sprach.

„Was tut Ihr eigentlich hier, Mylady?", fragte Irma schließlich. „Abgesehen davon, Mädchen wie mich zu retten, meine ich."

Gwyneth blinzelte, als erwache sie aus einem Schlummer. Die Ereignisse des Tages kamen ihr vage und unwirklich vor.

„Es gab ein Fest ... Viele Menschen waren da ... Ich habe mich erdrückt gefühlt", berichtete sie stockend.

Irma legte den Kopf schief, wie sie es vorhin schon getan hatte. Scharf sah sie Gwyneth an. „Da ist noch mehr, nicht wahr?"

Sie nickte, doch verglichen mit Vergewaltigung und Mord, kamen ihr diese anderen Schwierigkeiten belanglos und unwichtig vor.

„Meine Schwester war gemein zu mir", sagte sie. Es war, als würde das Eingeständnis von etwas derart Nichtigem das bedrückende Gefühl in ihrer Brust ein wenig lindern. So als würden die Dinge dadurch wieder alltäglich und als müsse sie sich allein mit den Verwicklungen des Erwachsenwerdens herumplagen und nicht etwa mit der Sünde, einen Mann gemordet zu haben.

Vielleicht konnte auch sie ihr Leben der Kirche weihen, so wie der junge, ansehnliche Mönch, der ihr das Buch gegeben hatte. „Seit ich erwachsen bin, ist mein Vater entschlossen, mich für seine politischen Ziele zu benutzen. Es liegt in meiner Pflicht und Verantwortung, die Rolle der Burgherrin zu übernehmen." Sie zog das Buch aus dem Mieder, begutachtete den vergoldeten Drachen auf dem Deckel und stellte erleichtert fest, dass das Bändchen keinen Schaden genommen hatte. Es war ein Andenken aus der Zeit, in der sie noch keine Mörderin gewesen war. „Sogar Fremde stecken mir Bücher mit Erbaulichem über die Stellung der Frau zu", fuhr sie fort, wobei sie in Gedanken jedoch vor sich sah, wie der Mönch ihr zugezwinkert hatte.

„Pah", machte Irma und verschränkte die Arme. „Über die Stellung der Frau kann ich Euch auch einiges erzählen. Aber nur weiter. Ihr seid also hergekommen, um dem ganzen Pomp zu entfliehen?"

„Ich hatte gehofft, meine jüngere Schwester zu finden. Sie streift oft mit ihren Hunden durch den Wald."

Irma warf einen vielsagenden Blick auf Gwyneths Ausschnitt mit dem dank des Brustbands üppig gewölbten Busen. „Ja, besser die Tiere des Waldes als die des Festes."

Gwyneth zuckte mit den Schultern. Sie schämte sich, davon angefangen, ja sich überhaupt daran gestört zu haben, dass Brenna und Emily sie nicht mochten. Schließlich hatte sie ihnen nichts getan. Im Gegensatz zu diesem Mann. Mit einem Mal machte sich die Aufregung bemerkbar, und ihre Hände begannen zu zittern.

„Ich finde, Ihr solltet von Eurer Schönheit Gebrauch machen", fuhr Irma fort. „Bei Eurem Aussehen könntet Ihr alles haben, was Ihr wollt."

„Alles außer Freundschaft …"

„Pah, solche Freunde braucht Ihr nicht. Denkt an das, was Ihr selbst wollt."

Sie wollte sagen, dass sie sich durchaus wünschte, von ihrer Schwester geliebt, von ihrem Vater beachtet und von den Bediensteten respektiert zu werden, doch da sie so etwas wie kameradschaftliche Verbundenheit zu Irma verspürte, biss sie sich auf die Zunge. „Eine Edelfrau lebt für die Pflicht."

„Vielleicht. Aber wäre ich adelig und so schön wie Ihr, wäre ich die begehrteste Frau in ganz England. Ich würde Respekt verlangen und Macht ausüben und alles zum Besseren verändern."

Gwyneth schnaubte. Die Dreistigkeit des Mädchens entsetzte sie. Eine Frau, die Macht ausübte wie ein Mann? „Eine Frau hat zu heiraten und sich um den Haushalt des Gemahls zu kümmern. Ich muss zurück zu meinem Vater." Sie sollte wirklich nach Hause gehen und derlei Flausen den Rücken kehren.

„Seht Euch nur einmal Euer wundervolles Haar an", sagte Irma. „Die Farbe ist wunderschön, es ist lang und voll wie das einer Prinzessin."

„Ich würde es liebend gern abschneiden."

„*Nay*, Mylady, sagt das nicht. Mit Eurem Aussehen und Eurer Stärke könntet Ihr Männer beherrschen, anstatt Euch von ihnen beherrschen zu lassen."

Der Gedanke war so verlockend, dass Gwyneth unwillkürlich Tränen in die Augen traten. Sie wünschte, sie könnte eine solch ruhmreiche Frau sein. Doch die Männer, die sie kannte, jagten ihr Angst ein, und nun schnürte ihr auch noch der Gedanke daran, sich einer Hochzeitsnacht stellen und das Gleiche wie Irma durchleben zu müssen, vor Widerwillen die Kehle zu.

„I…ich bin nicht stark." Jäh verspürte sie heftige Sehnsucht nach ihren Puppen, verdrängte sie jedoch. Als sie hergekommen war, hatte sie sich noch wie ein Kind gefühlt, doch die Dinge hatten sich geändert.

„Vielleicht nicht im Moment, nachdem Ihr gerade erst einen Mann getötet habt. Aber Ihr könntet eine große Frau werden, die in der Welt für mehr Gerechtigkeit zwischen Männern und Frauen sorgt, so wie Ihr es heute getan habt."

Der Vorschlag klang eindeutig frevelhaft. Und doch hatte sie seit dem Tod ihrer Mutter tatsächlich für Ordnung im Wohnturm gesorgt – die Mägde angewiesen, die Teppiche ausgeklopft, die Vorratskammern beaufsichtigt. Womöglich wäre es lediglich der nächste Schritt, auch in der Welt für Ordnung zu sorgen.

Sie sträubte sich nicht länger gegen Irmas Worte, sondern besah sich die Risse in ihrer Houppelande und die Hände, mit denen sie soeben einen Knüppel gepackt und einem Mann den Schädel eingeschlagen hatte. „Ich werde nie wieder jemanden umbringen!"

„Natürlich nicht."

„Was meinst du dann?"

Irma nahm ihre Hand, und die Geste verblüffte Gwyneth. Einen Freundschaftsbeweis hatte sie schon so lange nicht mehr erhalten, dass ihr Herz einen kleinen Sprung tat. Seit ihre Mutter gestorben und ihr die Rolle der Burgherrin zugefallen war, schienen all ihre Freundinnen aus Kindheitstagen verschwunden zu sein.

„Ich weiß von Frauen", erwiderte Irma, „denen durch Männer Unrecht widerfahren ist. Eine Edeldame wie Ihr könnte etwas bewirken. Ihr könntet Euch mit Eurer blendenden Schönheit Zutritt zu Orten verschaffen, an die reizlose Bauerntrampel wie ich niemals gelangen." Sie fuhr sich über das Muttermal am Kinn.

Eine Träne rann Gwyneth über die Wange, doch innerlich spürte sie eine Hoffnung aufkeimen, die sich schon ein Jahr lang nicht mehr geregt hatte. Die Aussicht, dass das Leben doch mehr bereithalten mochte als eine endlose Abfolge von albernen Festen mit tratschenden Matronen, lüstern stierenden Männern und kichernden grausamen Mädchen, hatte ihren Reiz. Ihre Mutter war eine großartige Frau gewesen – bescheiden und warmherzig. Sie hatte, wo immer möglich, etwas bewirkt, doch letzten Endes schien sie doch wenig mehr getan zu haben, als Vaters Socken zu flicken.

Gwyneth wollte … mehr.

Irma wischte ihr mit dem Daumen die Tränen vom Kinn.

Noch eine zärtliche Geste. Etwas, das auch ihre Mutter getan hätte. Doch ihre Mutter war nicht mehr da. Ihre einzige Verbündete war tot.

Es beschämte sie, wie sehr sie sich nach dieser Zärtlichkeit sehnte, und so rührte sie sich nicht, wich nicht davor zurück, hieß sie aber auch nicht willkommen.

„Ihr habt so wunderschöne blaue Augen. Sie werden noch ganz verquollen aussehen, wenn Ihr weiter weint, und das wollt Ihr doch sicher nicht." Irma schnalzte missbilligend. „Ihr könntet Euch ruhig die Augen schwarz umranden."

Im Geiste sah sie das Kreuz des jungen Mönchs vor sich. „Das tun nur Dirnen."

„Und Königinnen. Wie Kleopatra."

Gwyneth schaute von der Blutspur zwischen den Bäumen zum Fluss, auf dessen Grund der Tote ruhte. Es war angenehmer, sich als Königin denn als Mörderin zu sehen. Versonnen fuhr sie mit dem Finger über den Buchrücken. Gewiss waren Königinnen des Lesens mächtig. Sie würde den jungen Mönch ausfindig machen und ihn bitten, es ihr beizubringen.

„So, wie Ihr ausseht, könnt Ihr unmöglich zur Burg zurück. Euer Kleid muss genäht werden, und Euer Haar ist ganz zerzaust."

Gwyneth betrachtete ihr unordentliches Gewand, rieb versuchsweise über einen Schmutzfleck auf der blauen Seide und zupfte sich ein Blatt aus den Haaren.

„Wir werden die Schleifspur verwischen, und dann kommt Ihr mit mir und lasst Euch die Augen ein wenig schminken. Das wird Euch Farbe verleihen – Ihr seid blass wie ein Geist." Irmas Stimme war fest, entschieden und gütig. „Ich werde Euch auch von den Frauen berichten, denen Ihr helfen könnt. Ich möchte Eure Freundin sein."

Freundin. Wie wundervoll es wäre, wieder eine Freundin zu haben.

„Außerdem könnt Ihr dann auch gleich meine kleine Tochter kennenlernen."

Eine Tochter? Irma konnte doch unmöglich alt genug für eine Tochter sein. „W... wie alt bist du denn?"

„Keine Ahnung. Wozu auch? Wie alt seid Ihr?"

„Fünfzehn Sommer."

„Muss wohl schön sein, so etwas zu wissen."

Sie sahen sich einen Augenblick an, ehe Irma die verdutzte Gwyneth beherzt bei der Hand nahm und mit sich zog, fort vom Flussufer, fort von dem Mann auf dem schlammigen Grund. Fort von Unschuld und Kindheit und all den Dingen, die ihr noch vor wenigen Stunden so ungemein wichtig erschienen waren.

„Helft mir, die Blutspur zu verwischen, und dann nichts wie weg."

Gwyneth stellte fest, dass sie nicht die Entschlossenheit aufbrachte, sich zu sträuben. Die Verlockung, wieder eine Freundin zu haben und ein Leben zu führen, das mehr versprach als ein Dasein als Spielfigur in der Schachpartie ihres Vaters, erfüllte sie mit Zuversicht. Zumindest würde es nicht schaden, sich einmal anzusehen, was dieses seltsame Mädchen ihr zu bieten hatte.

Neugierig und ein wenig mitgenommen vom Geschehenen folgte sie Irma.

4. KAPITEL

Drei Jahre später

Wasser tropfte.
Mondlicht drang herein.
Ratten huschten umher.

Drei Jahre. Drei verfluchte Jahre, und noch immer keine Hoffnung darauf, freigelassen zu werden. Jared St. John ließ sich gegen das feuchte Mauerwerk in diesem Dreckloch von Kerker sinken, in dem er saß, vergessen und verlassen. Dicke Schwielen und rote, wulstige Narben verunstalteten seine Hand- und Fußgelenke dort, wo die eisernen Schellen scheuerten. Seine Hände und Füße waren schmutzverkrustet.

In ihm loderte der Zorn wie ein Höllenfeuer. Bei Gott, er war unschuldig – war einfach nur auf dem Weg ins Kloster gewesen – und nicht verantwortlich für den Tod seines Bruders Rafe. Wütend durchbohrte er eine fadenscheinige Stelle seiner Mönchskutte mit dem Finger.

Sie hatten keinerlei Beweise.

Sie hatten nicht einmal Grund, ihn zu verdächtigen.

Sie hatten gar nichts.

Und dennoch war er hier. Bettete sich auf Rattenpisse und hatte nur das Mondlicht als Gefährten.

Einmal mehr ging er in Gedanken die Gegebenheiten durch: sein Bruder, die Frau, die sie beide gehabt hatten, und seines Bruders Tod.

Er brummte verächtlich. Das alles war seine Schuld. Wäre er nicht Colettes Zauber erlegen, wäre er nie des Mordes bezichtigt worden. Colette hatte bewiesen, welch niederträchtige Schlingen Weiber zu weben, welche Qual sie zu entfesseln wussten. Sie hatte bewiesen, wie Frauen Kopf und Seele eines Mannes betören konnten, indem sie seinen Leib umgarnten. Seiner Erfahrung nach nutzten Frauen ihre Reize, um den Verstand eines Mannes zu vernebeln und ihn dazu zu bringen, in unvernünftigen Bahnen zu denken, bis sein Leben in Scherben lag. Colettes glänzend schwarzes Haar, ihre raue Stimme, die federleichte Berührung ihrer Finger hatten ihn berauscht. Er hatte sie leidenschaftlich geliebt – bis sie ihn betrogen hatte.

Gwyneths berückend schönes Gesicht mit den leicht schräg stehenden Augen und dem spitzen Kinn erschien vor seinem inneren Auge. In scharfem Gegensatz zur dunklen Colette war Gwyneth ein Engel des Lichts gewesen. Er schüttelte den Kopf in dem Bemühen, die Erinnerung loszuwerden, ehe der unvermeidliche Schmerz ihm die Brust zerriss. Als er sie zuletzt gesehen hatte, war sie die reine Unschuld gewesen – hatte Kinder auf den Arm gehoben und das tief ausgeschnittene Gewand gehasst, das ihr Vater sie hatte tragen lassen. Ein Leuchtfeuer weiblicher Ehrbarkeit.

Er rang seine ohnmächtige Wut nieder, griff in die schäbige, verschmutzte Kutte und zog eine Strähne weiß-goldenen Haars hervor. Die Strähne, mit flinken Fingern von Gwyneths Mähne geraubt, als sie von dem Buch abgelenkt wurde, das er ihr geschenkt hatte.

Das Ritual war stets dasselbe: Er hielt sich die geflochtene Locke an die Nase, atmete tief ein – obgleich sie ihren Lavendelduft lange verloren hatte – und rief sich seine liebreizende Gwyneth vor Augen, die so unberührt von der Welt war und ein glückliches, zufriedenes Leben führte. Dann entflocht er das Haar ganz behutsam, glättete es und flocht es geschickt erneut zu einem Zopf. Selbst im schummrigen Licht der Kerkerzelle schimmerte es.

Das sorgsam zelebrierte Ritual nahm seine Aufmerksamkeit in Beschlag und brachte ihn zur Ruhe. Die Erinnerung an Gwyneth hatte ihn am Leben und bei Verstand gehalten. Er sah sie im Geiste mit einem Kind auf der Hüfte vor sich. Ob sie inzwischen lesen konnte?

Er hörte ein Flattern.

Aeliana, die Falkendame, zwängte sich durch die Gitterstäbe des kleinen, weit oben angebrachten Fensters. Ihr schwarzweißes Gefieder glänzte im Mondlicht, und ihre gelben Augen, immerzu scharf und wissend, beobachteten ihn.

Ihm ging das Herz auf. Es war so seltsam wie tröstlich, dass sie ihn nicht verlassen hatte. Er hatte ihren Strick gelöst, als man ihn ergriff, denn er würde es nicht ertragen, wenn ihr ein Leid geschehen wäre. Die meisten Falken hätten sich schon beim ersten Anzeichen von Ungemach auf und davon gemacht und ihren Falkner im Stich gelassen.

Nicht so seine Aeliana.

Sie schlug mit den Flügeln und glitt in die Zelle. In ihren Fängen hielt sie eine Taube, die sie ihm vor die Füße fallen ließ.

„Meine teure Freundin", murmelte er. Ihre Treue wärmte und rührte ihn. Ihrer Zuwendung war es zu verdanken, dass seine Muskeln nicht längst erschlafft waren, denn die Wärter gaben ihm nur dünnen Brei zu essen. Er rupfte die tote Taube, zog ihr die Haut ab und grub dankbar die Zähne ins rohe Fleisch.

Schlüssel rasselten. Die Zellentür öffnete sich unter dem Quietschen und Schaben müden Metalls. Herein kam der Wärter, der ihm seine tägliche Schale wässerigen Eintopfs brachte. Er war ein Mann von mittlerer Größe, mit einer breiten, flachen Nase und stämmigen Beinen.

„Was'n das?"

Der Kerkerknecht hatte Aeliana noch nie gesehen. Erschrocken flatterte sie auf und ging mit kampfbereit ausgestreckten Klauen auf den Mann los, der da so plötzlich in die Zelle stapfte.

„Aeliana!", rief Jared.

Verblüfft schrie der Wärter auf.

In hohem Bogen flog die Schale durch die Luft, braune Pampe spritzte über den Steinboden. Der Mann wedelte mit den Armen, sodass sie wirkten wie das Schlangenhaar der Medusa, und versuchte, Gesicht und Augen vor dem Angriff des Falken zu schützen. Er stolperte erst in die eine, dann in die andere Richtung, und als er in den Brei trat, glitt er mit seinen Stiefeln aus und geriet ins Schlingern. Mit einem dumpfen Laut schlug sein Schädel auf den Steinen auf.

Mitfühlend zuckte Jared zusammen.

Der Mann blieb reglos liegen, die Schlüssel neben den Beinen.

„Wärter?“, versuchte Jared es.

Der rührte sich nicht.

„Wärter?“

Sollte ihm das Glück nun endlich doch noch hold sein?

Er atmete einmal tief die modrige Kerkerluft ein, streckte ein gefesseltes Bein aus und tastete nach dem Schlüsselbund. Mit einem Zeh erreichte er ihn. Ächzend reckte er sich noch ein Stückchen und noch eins, bis er die Schlüssel schließlich zu sich heranziehen konnte.

Ein Funken Hoffnung glomm in ihm auf. Drei Jahre, doch keinen Tag länger. Bald würde er frei sein. *Nay*, nicht wahrhaft frei – nicht bis er den Mörder seines Bruders gefunden und seinen eigenen Namen reingewaschen hatte.

Wenige Augenblicke später schlich Jared geduckt aus dem Gefängnis. Aeliana schwebte über ihm.

Irgendwo bellten Hunde. Vermutlich hatte man inzwischen einen Suchtrupp nach ihm losgeschickt. Er eilte durch Straßen und schmale Gassen, atmete in tiefen Zügen die Freiheit ein und sah sich nach einem Versteck um. Die salzige, fischige Brise, die vom nahen Hafen herüberwehte, roch himmlisch.

Er ballte die Hände zu Fäusten, öffnete und schloss sie. Schweiß rann ihm den Rücken hinunter. Die Narben an seinen Füßen zwickten und zogen.

Seine Wut wich Entschlossenheit. Sie würden ihn nicht fassen. Er würde den Mörder seines Bruders finden. Und er wollte ihn zahlen lassen.

5. KAPITEL

Lady Gwyneth hielt sich ein nach Lavendel duftendes Tüchlein vor die Nase und fluchte im Stillen, als sie den Blick über all die Jammergestalten schweifen ließ, die auf dem schimmeligen Heu des Frauenkerkers vor sich hin moderten. Der Gestank von Rattenmist hing schwer in der Luft und schnürte ihr die Kehle zu.

Sie erschauderte, wie stets, wenn sie diesen Ort aufsuchte, und zwang sich, die Frauen in den Zellen kühl in Augenschein zu nehmen. Zwang sich zu Gefühllosigkeit. Zwang sich, ihre Aufmerksamkeit ganz auf ihren Auftrag zu richten, zwei dieser Frauen zu retten, anstatt sich der hilflosen Wut über die hundert Verbleibenden hinzugeben, die sie bis ins Mark schmerzte und ihr das Herz schwer werden ließ.

Die Bäckersfrau Blythe, die aufgrund der Trinkschulden ihres Mannes hier war, lag an der feuchten Mauer, einen dünnen Schal um die Schultern geschlungen. So hatte sie in den vergangenen drei Monaten fast immer dagelegen, die Augen geschlossen und das Gesicht zur Decke gewandt.

Elfreda, einst eine untersetzte Matrone, war jedes Mal, wenn Gwyneth kam, ein wenig dünner. Sie war hier wegen des Hochverrats, den ihr Bruder begangen hatte. Die vermeintliche Anschuldigung gegen sie lautete, auch sie habe „des Königs Feinde unterstützt“, doch es stand außer Zweifel, dass sie nur als Unterpfand für ihren Bruder diente.

Und dann war da noch Elizabeth, ein dunkelhaariges Mädchen, das vergangene Woche hergebracht worden war. Niemand wusste genau, woher die Kleine kam oder wie alt sie war. Ein Bauer und seine Frau hatten sie auf den Treppenstufen einer Kirche aufgelesen mit nichts als einem knappen Kittel am Leib. Womöglich hatte sie zuvor in einem Waisenhaus gelebt, doch das ließ sich nicht ermitteln, da sie entweder nicht sprechen konnte oder wollte. Ihre aristokratisch wirkende Nase ließ die Vermutung zu, dass sie der Bastard eines Edelmanns war.

Sie teilte sich mit, indem sie grunzende Laute von sich gab und mit den Händen gestikulierte. Man hatte sie eingesperrt, weil sie einem Mann den Geldbeutel vom Gürtel geschnitten hatte.

Heißer Zorn pulste Gwyneth durchs Blut und schickte flammende Hitze bis zu ihrem Nacken hinauf, doch sie bemühte sich um eine unbewegte Miene und eine Haltung, die nichts preisgab. Alle Frauen in diesem elenden Loch waren nur aufgrund der Missetaten verantwortungsloser Männer hier gelandet!

In ihrem Mieder steckte das kleine Buch, das ihr vor drei Jahren jener gut aussehende Mönch geschenkt hatte. Er war anders gewesen. Er hatte gewollt, dass sie lesen lernte und ihren Verstand einsetzte. Doch lesen konnte sie noch immer nicht – sie hatte die vergangenen drei Jahre damit zugebracht, bis spät in die Nacht hinein Ärmel zu besticken und mit Bordüren zu versehen, um Geld zu verdienen, von dem sie dann Frauen freikaufte. Sie hatte den Mönch nie wiedergesehen, aber dennoch stand der geschnitzte Drache auf dem Einband in ihren Augen für Hoffnung; für die Hoffnung aller Frauen, zu lernen, sich zu entwickeln und etwas aus sich zu machen – sich wie Drachen zu den Wolken aufzuschwingen. Gwyneth hatte all ihren Schmuck veräußert, bis auf den Saphirring, der ihrer Mutter gehört hatte.

Vor wenigen Monaten war der Sturm, den ihr Vater durch sein Handeln gegen den König heraufbeschworen hatte, schließlich losgebrochen – in was für eine verzwickte Lage er seine Familie damit gebracht hatte! Dieser verwünschte Tor! Seit er verbannt worden war, war Gwyneth geschäftiger denn je gewesen. Nur einer glücklichen Fügung war es zu verdanken, dass das Schicksal sie und ihre Schwestern nicht ins Bordell verschlagen hatte. Jedenfalls hatte sich ihr keine Gelegenheit geboten, nach den Ländereien zu sehen, die ihre Mutter ihr vermacht hatte.

Der unangenehme Blick des Kerkerknechts, massig wie ein Bulle, riss sie aus ihren Grübeleien. Er hatte eine große Nase, und ein Ohrläppchen war ein gutes Stück größer als das andere.

Da sie ihn noch nie gesehen hatte, nahm sie an, dass er neu war. Dennoch war ihr seine Sorte vertraut: ungeschlacht, einfältig und schon durch ein wenig weibliche Zuwendung zu betören. Nicht gewohnt, von Edeldamen auch nur beachtet zu werden.

„Ich komme wegen der beiden Frauen, die heute zum Schiff geschafft werden sollen." Sie setzte ein besonders bezauberndes Lächeln auf und klimperte mit den Wimpern.

Seine Augen wurden groß, und er wirkte überrumpelt. Ein Verhalten, mit dem sie bei Männern inzwischen rechnete. Sie legte den Kopf schräg, sodass ihr die weiß-blonde Mähne über ein Auge und die Brust fiel. Die Enden kringelten sich unterhalb ihrer Hüften.

Er stierte sie an; den Mund weit offen, nahm er begierig in sich auf, wie die Locken ihre Rundungen umspielten.

Dieser Narr!

Sie hätte ihr Haar längst in Nackenhöhe gekappt, wenn das Mannsvolk sich nicht so hervorragend davon blenden ließe.

Während er noch immer wie vom Donner gerührt dastand, griff Gwyneth in ihren seidenen Surcot, kramte ein paar Münzen aus dem Beutel an ihrem Gürtel und reichte sie ihm. Bestechungsgeld. Nicht viel, doch nach dem Blick zu urteilen, mit dem er ihren Körper regelrecht verschlang, sollte es genügen.

„Nun?", fragte sie, ohne unter seinem unziemlichen Starren zusammenzuschrumpfen. Dies war der gefährlichste Teil des ganzen Ablaufs – der Punkt, an dem er sich entschied, das Geld zu nehmen oder nicht.

„Der Richter ..."

„... hat mir die Erlaubnis erteilt, sie mitzunehmen." Sie legte ihm eine Hand auf den Unterarm, in der stummen Bitte nachzugeben.

Versonnen zupfte er sich am kürzeren seiner beiden Ohrläppchen. Offensichtlich war ihm mulmig bei der Sache.

„Ich bitte Euch, Master Aufseher", drängte sie, denn sie wollte ihm nicht allzu viel Zeit zum Nachdenken geben. Vermutlich hatte ihn nie zuvor irgendwer mit „Master" angeredet. Männer schienen auf kleine Respektbekundungen stets gut anzusprechen, vor allem gemeine von weit niedrigerem Stand als sie selbst.

Er warf sich in die Brust.

Sie lächelte ihn abwartend an.

Es dauerte nicht lange, ehe er die Münzen in seinem Beutel verschwinden ließ und nickte.

Sieg! Innerlich strahlte sie. Es war diese Mischung aus Charme und gebieterischem Auftreten, der die meisten Männer erlagen. Gwyneth schenkte ihnen ein liebliches Lächeln und brachte ihnen zugleich eine Spur Achtung entgegen, und schon taten sie, was sie verlangte. Es hatte sich ein ums andere Mal bewährt, und sie fragte sich, ob wohl alle Männer so oberflächlich waren, dass sie sich so leicht von Schöntuerei und einem hübschen Gesicht hereinlegen ließen.

Deine Schönheit ist ein Geschenk Gottes, hatte Irma ihr beschieden. Setz sie zu deinem Vorteil ein. Lerne zu betören. Anfangs war ihr diese Haltung frevlerisch vorgekommen, doch die Frauen, die sie auf diese Weise gerettet hatte, hatten ihr das Schuldgefühl schon bald genommen.

„Dort hinten, Mylady“, brummte der Wärter. Unwirsch deutete er den nasskalten Gang entlang auf zwei Frauen, die kauernd darauf warteten, zum Sklavenschiff gebracht zu werden. Die Obrigkeit nannte diese Schiffe natürlich nicht Sklavenschiffe, doch nichts anderes waren sie.

Den Frauen, die verschifft wurden, stand ein Leben voller Knochenarbeit in Elend und freudlosem Dahindämmern bevor. Sie mussten entweder Zwangsarbeit verrichten, wanderten ins Bordell oder – sofern sie ansehnlich genug waren – in einen Harem.

Benommen wandte Gwyneth sich von den Frauen in den Zellen ab und schritt auf die beiden zu, die sie heute würde retten können. Tamsin, eine Hure, und Norma, die Bastardtochter eines Edelmanns, wie man ihr gesagt hatte.

Zwei weitere also. Sie hatte zwei weitere Frauen erlöst. Doch wie viele andere würden auf den Schiffen landen und fortgebracht werden, ehe sie den Handel mit Menschenseelen würde unterbinden können?

Wenn sie doch nur Handhabe über ihre Ländereien hätte und damit vielleicht über einen Ort verfügen würde, an dem sie den Frauen irgendein Handwerk beibringen könnte!

Sie seufzte bedrückt. Es war ihr gelungen, eine lange Reihe an ungeeigneten Heiratskandidaten abzuwehren, doch sie hatte ihrem Vater nicht die Erlaubnis abringen können, das ihr vermachte Anwesen selbst zu verwalten.

So vieles war geschehen: Ihr Vater saß in Italien im Exil, und Montgomery, der Gemahl ihrer Schwester, war zum Oberherrn der väterlichen Burg ernannt worden. Noch mehr Verdruss! Montgomery verabscheute Gwyneth, weshalb er ihr niemals ihr Eigentum überantworten würde. Zudem hatte sie Wind davon bekommen, dass wieder einmal geplant war, sie zu verheiraten.

Gwyneth spürte noch immer Elizabeths große grüne Augen auf sich, während sie in den kühlen, nebligen Morgen hinaustrat und mit den zwei Frauen im Schlepptau die gepflasterte Straße entlangging.

Eigentlich hätte sie sich über die beiden Erretteten freuen müssen, doch stattdessen hatte sie ein flaues Gefühl im Magen. Gewiss würde man das Kind mit dem nächsten Schiff fortschicken, sofern Gwyneth nicht die Mittel aufbrachte, es zu befreien.

Nichts war wichtiger, als das Dilemma um ihr Witwengedinge zu lösen. Sie musste endlich Verfügungsgewalt darüber haben. Denn sie durfte das Kind nicht einfach im Stich lassen, ohne jede Hoffnung auf eine Zukunft.

6. KAPITEL

Eine Heirat schon morgen ist undenkbar!", hielt Gwyneth ihrer Schwester Brenna entgegen, als sie sich abends am Schachbrett gegenübersaßen. Im Kamin brannte Feuer, dennoch lag ein frostiger Hauch in der Luft.

„Zu heiraten ist die Pflicht einer Edeldame."

Gwyneth schleuderte den weißen Turm über das Spielbrett und stieß damit einen Bauern um. „Was ist nur mit dir geschehen, seit du Montgomery begegnet bist?" Ihre Beziehung, die bereits ein wenig einvernehmlicher schien, hatte erneut einen Dämpfer erhalten.

„Ich habe einfach begriffen, wie wichtig die Verpflichtung zu heiraten ist", erwiderte Brenna.

Gwyneth schnappte sich eine weitere Figur vom Brett. Sie hatte ganz entschieden keine Zeit für etwas so Törichtes wie die Ehe. Nicht solange tagtäglich Frauen in irgendwelchen Kerkern geschändet und ermordet wurden.

Ein Gemahl würde sie von hier fortbringen, weit weg von ihrer Aufgabe und den zu Unrecht eingesperrten Frauen, die auf sie angewiesen waren.

„Sag diesem Ungeheuer, das du Gatten schimpfst, er soll mir mein Land überlassen, damit ich selbst darüber verfügen kann! Es besteht keinerlei Grund für mich, irgendwen zu heiraten!" Hingegen gab es unzählige, die dagegen sprachen.

Sie erhob sich so schwungvoll, dass das Spielbrett zu kippen drohte, dann aber doch liegen blieb. Bauern, Springer und Türme purzelten in die Binsen, nur die beiden Königinnen blieben standhaft.

„Das *Ungeheuer* ist zufällig mein Gemahl und unser neuer Oberherr", entgegnete Brenna, griff sich die schwarze Königin und drehte sie in den Händen.

„Von mir aus kann er des Teufels Hausschwein sein", fauchte Gwyneth und unterstrich ihre Worte, indem sie mit dem Finger auf ihre Schwester wies und sie wütend anfunkelte. Der Saphirring ihrer Mutter – ein Symbol der Macht – steckte nach wie vor an ihrem Zeigefinger, doch was zählte dieser Tand überhaupt noch, seit Brenna vor geraumer Zeit James Vaughn of Montgomery geheiratet hatte.

Von da an war ihre Freiheit Stück um Stück beschnitten worden. Ihr Vater war im Exil, und ihre Schwester Brenna hatte sich zur Burgherrin aufgeschwungen. Und das Schlimmste: Montgomery bestand darauf, dass Gwyneth heiratete – und ihre Ländereien, aus denen sie eine Bildungsstätte für Frauen machen wollte, sollten als Lockmittel herhalten.

Brenna saß mit dem Rücken zum Kamin, und der Feuerschein warf einen Schatten, der die Narbe auf ihrer Wange dunkel und erhaben hervortreten ließ. „Du wirst dich seinen Anweisungen fügen“, erwiderte sie schneidend. Noch immer umklammerte sie die schwarze Königin und klopfte damit gegen die blaue Seide ihres Ärmels.

„Ich werde niemanden heiraten! Das Land wurde mir von Mutter vermacht, und zwar mir allein.“

Ein unbehagliches Schweigen folgte. Erst kürzlich hatten Brenna und sie erfahren, dass sie unterschiedliche Mütter hatten. Noch eine Wunde, die ihr Vater ihnen zugefügt hatte.

„Es ist widernatürlich für eine Frau, nicht zu heiraten“, wandte Brenna ein. „Das Aufgebot ist bereits bestellt.“

Durchdringend starrte Gwyneth ihre Schwester an. Plötzlich begriff sie, und die Erkenntnis war wie eine scharfe zweischneidige Klinge. „Das ist allein *dein* Werk und nicht das deines Gemahls!“

Zumindest besaß Brenna den Anstand zu erröten. Die Narbe auf ihrer Wange wurde noch einen Ton dunkler.

Es durchbohrte ihr das Herz, wie rasch Brenna ihren Stand als Frau des Oberherrn zu nutzen gelernt hatte, um so etwas zu tun.

„Von allen Bosheiten ausgerechnet diese!“ Das ging nun wahrlich zu weit. „Du missgünstiges kleines Luder!“

„*Nay*, Schwester, nicht Missgunst steckt dahinter, sondern

Sorge. Eine Frau von deiner Schönheit, die auch noch Erbin eines wohlbestellten Anwesens ist, mag durchaus geraubt werden oder einen Krieg auslösen …"

Gwyneth schnitt ihr das Wort ab, indem sie die Hand hob.

„Schlimm genug, dass in Küche und Waschhaus dank deiner Aufsicht inzwischen eine solche Misswirtschaft herrscht. Nun kommandierst du mich auch noch wie eine vermaledeite Königin herum", zischte Gwyneth. „Du brauchst gar nicht so zu tun, als ginge es dir um mein Wohlergehen. Ich weiß genau, dass du dich nicht im Mindesten um unsere Familie scherst. Und was ist mit Vater – hast du ihn über deiner noch so jungen Ehe schon völlig vergessen?"

„Für Vater wird gesorgt. Wir haben doch erst letzte Woche ein Sendschreiben erhalten." Brenna stand auf und streckte ihr die Hände entgegen, die Handflächen in einer Geste schwesterlicher Güte nach oben gekehrt. „Ich bitte dich, Gwyneth. Mit dem Mann, den wir für dich gewählt haben, machst du eine gute Partie. Das alles ist nur zu deinem Besten."

„Zu *deinem* Besten, meinst du wohl. Du willst mich nur loswerden, damit dein Gatte unser Land weiter ausbluten kann. Schlägt er dich immer noch, so wie zuvor?"

Brenna mochte heute glücklich wirken, doch nie würde Gwyneth ihrem Schwager vergeben, was er ihr zunächst nach der Eheschließung angetan hatte, ehe die beiden sich ausgesöhnt hatten.

„Gwyneth …"

„Ah, da seid Ihr ja, Frau", dröhnte eine männliche Stimme vom Eingang der Großen Halle her.

Gwyneth fuhr herum und erblickte Montgomery, der mit langen Schritten auf sie zukam. Dieser verfluchte Koloss. Was Brenna an ihm fand, war jenseits ihres Fassungsvermögens. Er führte sich auf wie ein Kaiser. Er war zu groß. Seine Schultern zu breit. Die Stimme zu herrisch. Er war ganz in Schwarz gewandet, sodass man ihn leicht mit dem Leibhaftigen selbst verwechseln mochte.

Verächtlich ließ sie den Blick über Montgomerys Gestalt wandern und entdeckte, dass ihre Schwester Saum und Ausschnitt seiner Tunika mit kleinen grünen Ranken bemalt hatte – bemalt! Welche Frau *malte* Borten auf ein Gewand, anstatt sie zu sticken?

Empörend.

Brenna war nie besonders geschickt mit der Sticknadel gewesen, doch umso begabter mit dem Pinsel. Dass sie ihr Talent genutzt hatte, um die Kleidung ihres widerwärtigen Gemahls höchst sorgfältig mit hübschen filigranen Mustern zu verzieren, bereitete Gwyneth pochende Kopfschmerzen hinter einem Auge. Montgomery hatte den Menschen hier viel Kummer beschert. Wie konnte Brenna es wagen, sie alle derart zu verraten!

Voller Wut darüber, dass ihre Schwester diesem Ungeheuer auf solch abstoßende Weise ergeben war und ihr eigen Fleisch und Blut in die Ehe verkaufen wollte, griff Gwyneth sich Brennas noch immer ausgestreckte Hand und spuckte hinein.

„Igitt!", quiekte die.

„Ha!" Die kleine Genugtuung war nicht viel, aber besser als nichts.

Breit lächelnd ließ sie Brennas Hand fahren, schob sich an Montgomery vorbei und huschte zum Ausgang. Mit einem Ruck zog sie das schwere Eichenportal auf und stürmte hinaus in den Burghof. Irgendwie würde sie schon einen Weg finden, die Heiratspläne zu vereiteln.

„Gwyneth!", hörte sie die beiden wie im Chor rufen, doch sie wandte sich nicht um.

„Seid verflucht, alle beide!", gab sie über die Schulter zurück. „Ich werde niemanden heiraten!"

„Komm zurück, Schwester!" Brennas Stimme gellte über den Hof.

„Soll ich ihr hinterher?", war nun Montgomery zu hören.

„*Nay*, ich bin es, auf die sie wütend ist. Ich …"

Gwyneth hörte hinter sich Füße scharren und einen Wortwechsel zwischen Brenna und dem Ungeheuer, doch was gesagt wurde, konnte sie nicht länger ausmachen. Ihr Haar schwebte wie eine Wolke hinter ihr her, da ihr die Kapuze des Umhangs vom Kopf geglitten war. Keuchend floh sie von Windrose, um mit Irma zu sprechen, der einzigen wahren Freundin, die sie auf der Welt hatte.

„Findet Euch damit ab, Mädchen", donnerte Montgomery hinter ihr her, als sie unter den Baldachin der Bäume tauchte und den geheimen Pfad in Richtung Stadt einschlug. „Die Hochzeit ist morgen früh."

Die brutale Faust der Entschlossenheit legte sich wie eine Eisenzwinge um Jared St. John, als er seinen Blick über die Ländereien von Windrose schweifen ließ und spürte, dass er näher denn je davorstand, den Mörder seines Bruders zu stellen. Der Durst nach Rache für die Ungerechtigkeit, drei Jahre Freiheit eingebüßt zu haben, kochte bitter in ihm hoch.

Rafes Trinkhorn war damals gefunden worden, und Jared hatte munkeln hören, dass unten am Hafen ein Bursche in grünen Stiefeln mit Silberschnallen umherstolziert sei.

Zwei lange Monate hatte er sich vor der Obrigkeit verborgen und war den Klauen der Gesetzeshüter tatsächlich entronnen. Oft war er des Nachts durch Hundegebell aus dem Schlaf hochgeschreckt, überzeugt davon, dass sie ihn nun fassen würden, doch bislang war es ihm gelungen, auf freiem Fuß zu bleiben.

Jared ergriff seinen Stab – es war ein neuer Stab, er hatte ihn aus einem jungen Baum geschnitten. Er ragte beinahe so hoch auf wie er selbst und lag ihm fest in der Hand. Am oberen Ende hatte er einen Drachen ins Holz geschnitzt, dessen schlangengleicher Schwanz sich bis nach unten wand. Das Ganze wirkte noch ein wenig unvollkommen, und Jared hatte vor, weitere Muster einzuarbeiten, war jedoch mit dieser ersten Schöpfung schon recht zufrieden. Er hatte gar einen kleinen roten Stein für das Auge des Drachen gefunden. Sein Geschick mit dem Messer hatte er in den drei Jahren nicht eingebüßt.

Aeliana hockte auf seiner Schulter. Von seinem Standort auf einem Hügel oberhalb von Windrose Castle aus sah er zu, wie die Schatten in dem Städtchen um die Burg herum allmählich länger wurden. Ein weiterer Tag ging zu Ende, die Zeit schien viel zu schnell zu verrinnen. Er umklammerte den Stab, das ganze Sehnen darauf ausgerichtet, seinen Namen reinzuwaschen und seine Ehre wiederherzustellen.

Doch ein Mönch würde er nun nicht mehr werden. Für ihn war Gott tot – war Gott gestorben und hatte eine kalte Leere in seiner Seele zurückgelassen. Im Gegensatz zu Josef in der Bibel war Jared nicht in der Lage gewesen, dem Lockruf des Weibes seines Nächsten zu widerstehen. Seine Verantwortungslosigkeit hatte jene Frau umgebracht – und mit ihr ein unschuldiges Kind. Er hatte Buße tun wollen, doch stattdessen war sein Bruder gestorben und er selbst im Kerker gelandet. Was bewies, dass Gott ihn verlassen hatte.

Die untergehende Sonne tauchte die Dächer in hellrotes Feuer. Frösche quakten. Vögel richteten sich auf der Traufe des Kirchendachs für die Nacht ein und untermalten alles mit ihrem unablässigen Gezwitscher. Handwerker strebten nach getaner Arbeit durch die gepflasterten Gassen heim zu ihren Hütten und Häusern, die Werkzeuge ihres jeweiligen Gewerbes zu einem Bündel verschnürt. Vor dem Bäckerladen hatte sich eine Menschenschlange gebildet – Frauen, die Fleischpasteten für das Nachtmahl erstanden.

Irgendwo dort unten verbarg sich inmitten des Stadt- und Burgvolks die Wahrheit; dort würde er all die Antworten finden, die er brauchte.

Ruhelos drehte er den Stab in seinen Händen. Es drängte ihn, loszueilen und das Rätsel zu lösen. Das glatte Holz schmiegte sich in seine Handflächen, und der eingeschnitzte Drache am oberen Ende wand sich mal hierhin, mal dorthin.

Rafes toter Leib war von einem Fischer gefunden worden. Seine Tunika war mit Steinen beschwert gewesen, die Stiefel hatte man ihm abgenommen. Wenn Jared nur die Stiefel aufspüren konnte, hätte er eine Spur, die ihn geradewegs zum Mörder führen würde. Dann könnte er seinen Ruf wiederherstellen und den wahren Schurken für all die Nächte büßen lassen, die er im Verlies gehockt hatte.

Aeliana schlug unruhig mit den Flügeln, und die Federn streiften seine Wange. Ihr leichter, moschusartiger Geruch stieg ihm in die Nase.

„Ganz ruhig, meine Freundin", murmelte er. Er zwang sich, die Hände still zu halten, kniff die Augen zusammen und betrachtete die Türme der Burg. „Bald werden wir dafür sorgen, dass der Mörder seinen gerechten Lohn erhält. Dann musst du nicht länger mit mir durch die Lande ziehen und in Höhlen nächtigen. Das dürfte dir gefallen, mein Mädchen, hm?"

Die Falkendame ruckte wie zur Antwort mit dem Kopf; die gelben Augen spähten gen Himmel. Sie plusterte sich auf. Sicher wäre sie gern noch länger geflogen, doch sie waren gerade erst von der Jagd zurück, und allmählich mussten sie sich für die Nacht in der Höhle einrichten, die ihnen seit einiger Zeit als Unterschlupf diente.

Jared schmerzte der Rücken vom Kreuz bis hoch zu den Schulterblättern. Mit dieser Verspannung begehrte sein Leib gegen die Vermummung auf, die Jared sich zugelegt hatte und die darin bestand, ein Humpeln vorzutäuschen und sich kleiner und gebrechlicher zu geben, als er war. Die verhaltenen Nachforschungen, die er in den vergangenen Monaten angestellt hatte, widersprachen seiner bevorzugten Vorgehensweise des geradlinigen Gesprächs. Meistens trug er eine Kapuze, und er hatte sich als Tarnung einen Kinn- und Oberlippenbart wachsen lassen – um sich sowohl von dem glatt rasierten Mönch als auch von dem struppigen Gefangenen zu unterscheiden, der er bis vor Kurzem gewesen war. Auf diese

Weise würde man ihn nicht erkennen.

Wie viel einfacher es doch wäre, mit gezücktem Schwert vorzupreschen und zu hauen und zu schlachten. Die einzige Spur, die er hatte, führte zum „Bald Cock“, einem Freudenhaus im Armenviertel der Stadt. Einige der Frauen dort hatten einen Kerl mit auffälligen Stiefeln gesehen – grün mit Silberschnallen. Rafes Stiefel.

Jared rollte mit den Schultern.

Aufgebracht schlug Aeliana mit den Flügeln und grub ihm schmerzhaft die Klauen durch die Lederpolsterung hindurch ins Fleisch. Offenkundig brachte sie nicht länger Geduld für seine Grübeleien auf. Sie wollte jagen, und wenn sie schon nicht jagen konnte, wollte sie fressen.

Er verzog das Gesicht, entspannte die Schultern und wandte sich der Höhle zu.

Zunächst würde er Aeliana füttern, damit sie ruhen konnte, und danach würde er sich zum Hurenhaus aufmachen, wo er immer wieder Auskünfte eingeholt hatte. Er würde sich von der kraushaarigen Dirne namens Irma baden und sich die ärgsten Verspannungen aus den Schultern kneten lassen. Sie hatte sanfte Hände und ein loses, geschwätziges Mundwerk, und sie fragte nie, weshalb er sie nicht körperlich begehrte.

Es verlangte ihn nicht nach einer Hure – und auch nach keiner anderen Frau. Liebe war nichts als ein Trugbild, und Lust verhexte nur eines Mannes Seele.

Seine Aeliana, treu und verständig, war das einzige weibliche Wesen, dem er trauen konnte. Selbst seine Mutter hatte ihn zurückgewiesen.

Dass er ungerechtfertigt in den Kerker gesteckt worden war, nagte an ihm. Seine ganze Leidenschaft war in Rachsucht aufgegangen. Die Narben an Hand- und Fußgelenken – rot und wulstig – sowie die weißen Male an seinen Beinen gaben seinem Groll stetig Nahrung.

Jared stapfte in die Höhle, fütterte Aeliana und beschloss,

sein eigenes Nachtmahl ausfallen zu lassen. Er seufzte. Vielleicht hatte Irma ihm ein paar aufschlussreiche Gerüchte zu bieten – oder eine Information, die ihn seinem Ziel einen Schritt näher brachte, seinen guten Ruf wiederherzustellen und den Mörder seiner gerechten Strafe zuzuführen.

7. KAPITEL

Nach Atem ringend zog sich Gwyneth die Kapuze wieder über den Kopf und schlug den Umhang enger um ihren Körper. Sie hatte den schlichten, abgewetzten gewählt, den sie immer trug, wenn Heimlichkeit erforderlich war. Mit einem kräftigen Ruck schob sie die gut geölte Hintertür des „Bald Cock“, eines billigen Freudenhauses, auf und trat ein, um nach Irma zu suchen – so wie stets, wenn sie Trost und Rat brauchte.

Heirat kam für eine Frau dem Tode gleich – zunächst der elendige Vollzug der Ehe, dann das Dasein als Zuchtstute. Und sofern eine Frau dies überlebte, führte sie ein bedeutungsloses Leben in völliger Unterwerfung unter ihren Gatten.

Gwyneth hatte eine weit wichtigere Aufgabe zu erfüllen. Irma und sie würden einen Plan schmieden, damit die Vermählung morgen nicht stattfand.

Der bittere Gestank von Bier, Schweiß und Wollust stach ihr in die Nase, als sie das Bordell durchquerte. Schlammklumpen bedeckten den Boden, und Wandleuchter und Wände waren von einer schmierigen Schicht überzogen.

Schon allein der Schmutz überall stieß sie ab, bewies er doch das niedere Wesen des Mannes und dass dieser sich um nichts scherte, als in einen Frauenleib hineinzustoßen, bis seine widerwärtige Lust gestillt war.

Die Hintertür führte in die Küche und nicht in den Hauptraum. Bierfässer und Stapel dreckigen Geschirrs reihten sich entlang der Schränke. Dirnen und einige Küchenjungen kamen und gingen durch eine Schwingtür. Ein Mädchen, das kaum sieben Sommer alt war, tunkte halbherzig Bierhumpen in eine Schüssel mit trübem Wasser. Ein anderes, kaum älteres Kind trocknete die Humpen mit einem schmuddeligen Lappen ab, ehe eine der hereinstürmenden Huren ihm das Gefäß aus der Hand riss, mit Bier füllte und durch die Schwingtür wieder hinausrauschte.

Das Durcheinander um sie her machte Gwyneth ganz kribbelig. Niemanden kümmerte es, dass die Becher nicht ordentlich gespült, die Tischtücher besudelt und die Schränke von Fliegen bevölkert waren. Überall an den Wänden lagen wahllos Dinge aufgehäuft, und es juckte ihr in den Fingern, sich einen Besen zu greifen.

In einer Ecke spielten fünf Kinder mit hölzernen Bauklötzen, aus denen sie eine Art Turm errichteten. Unter ihnen war auch Irmas Tochter Kiera.

„Lady Gwyn!“, rief die Kleine und sprang auf die Füße. Ihr Haar war vom selben Mausbraun wie das ihrer Mutter und stand ihr in wilden Locken vom Kopf ab. Ihr zerknittertes Kleidchen wies dort, wo die Knie waren, zwei Schmutzflecke auf.

„Pst!“, machte Gwyneth und hob das Kind in die Arme. „Wo ist deine Mutter?“

Das Mädchen wies mit dem Daumen zur Tür, die in die Haupthalle des Freudenhauses führte. „Arbeiten“, erwiderte es gleichmütig.

Es schmerzte Gwyneth, wie einerlei dem Mädchen das Gewerbe seiner Mutter war. Ihr selbst drehte sich schon beim bloßen Gedanken an die Vereinigung von Mann und Frau der Magen um.

Es war abstoßend. Nichts als abstoßend.

Vermutlich würde auch Kiera in wenigen Jahren Männern zu Diensten sein, sofern es Gwyneth nicht gelang, sich ihrer Ländereien zu bemächtigen und die Kleine von diesem erbärmlichen Ort fortzuholen.

Durch die Tür sah sie Lord Ashland und Master Baker an der Wand stehen. Selbst Lord Mallory war hier.

Letztlich kamen sie alle, um die Ware zu kosten – das zumindest behauptete Irma.

„Habt Ihr mir einen Apfel mitgebracht, Lady Gwyn?“

„Dieses Mal nicht, Kind. Ich muss mit deiner Mutter reden“, sagte Gwyneth und setzte Kiera wieder ab.

Die schob enttäuscht die Unterlippe vor. „Aber Ihr habt's doch versprochen."

„Ich weiß, mein Schatz, aber dieser Besuch ist dringlich, und ich hatte keine Zeit für Vorbereitungen. Geh, und spiel mit deinen Bauklötzen, und morgen komme ich mit zwei Äpfeln und einem Kamm für dich wieder."

Die Augen des Kindes wurden groß. „Mit einem Kamm? Aus Silber und Juwelen?"

Mit einem juwelenbesetzten Silberkamm hätte Gwyneth zwei Frauen freikaufen können.

Zärtlich tätschelte sie dem Mädchen den Kopf. „*Nay*, doch er wird kunstvoll gearbeitet sein, versprochen." Sie würde einfach Brennas Kamm stibitzen.

„Abgemacht, Lady Gwyn. Ich werde die ganze Nacht davon träumen." Das Kind wandte sich ab und hüpfte zurück zu den anderen.

Gwyneth brach es fast das Herz. Sie wollte mehr für das Mädchen als nur einen Kamm. Sie wollte, dass es unterrichtet wurde und sich auch praktische Fertigkeiten aneignete. Dass es etwas lernte, um seinen Lebensunterhalt nicht mit gespreizten Beinen verdienen zu müssen.

Derart in ihrem Vorsatz bestärkt, zog sich Gwyneth die Kapuze tiefer ins Gesicht, um nicht erkannt zu werden, und schritt auf die Schwingtür zu.

Die Ausdünstungen des Bordells – Schweiß und Sinnlichkeit und billiges Duftwasser – wurden beißender, als sie in die Haupthalle trat. Es widerte sie an, wie ruchlos die Männer ihren Blick über die entblößte Haut allenthalben gleiten ließen und wie sie Frauenkörper missbrauchten, um ihre hemmungslosen Triebe zu befriedigen.

Mehrmals schon hatte sie Irma dazu angehalten, fortzugehen, doch ihre Freundin hatte über diesen Gedanken stets nur geschmunzelt.

Durch den Dunst hindurch erblickte sie Irma, die, das Gesicht von wilden braunen Locken umgeben, auf einem wackeligen dreibeinigen Schemel saß und einen Bierhumpen hielt. Sie lächelte, kicherte dann und wann und hatte ihre großen Augen auf einen beleibten Herrn gerichtet, der mindestens fünfundzwanzig Jahre älter war als sie. Er hatte einen Schmerbauch, und das Spitzentuch um seinen Kragen wurde von einer kostbar aussehenden Nadel gehalten.

„Psst! Irma!", flüsterte Gwyneth. Sie hielt sich im Hintergrund und betete, dass ihre Verkleidung wirken möge und keiner der Kunden sie weiter beachtete. Sie hatte sich nicht umziehen können nach dem Streit mit ihrer Schwester. Unter dem schäbigen Umhang, den sie sich rasch aus dem geheimen Versteck in den Stallungen gegriffen hatte, trug sie noch immer eine reich bestickte Houppelande. Das Gewand würde auffallen, und das Letzte, was sie wollte, war männliche Aufmerksamkeit. Wenn sie entdeckt würde, wäre sie erledigt.

Irma wandte sich um und erkannte Gwyneth sofort. Sie warf ihr diesen besonderen Blick zu, der immer wieder wohltuend auf Gwyneth wirkte, weil sowohl weltgewandte Weisheit als auch Wärme daraus sprachen.

Sie glitt vom Hocker, ließ den gaffenden Kunden einfach mitten im Satz sitzen und hatte ihn schon vergessen. Gwyneth war sicher, dass die Freundin sich ohnehin keinen Deut um das geschert hatte, was er sagte.

Irma hatte ihr beigebracht, die Augen mit einem schwarzen Lidstrich zu umranden. Sie hatte ihr gezeigt, wie sie sich beim Gehen in den Hüften wiegen musste. Und Irma hatte sie gelehrt, wie sie Männer umgarnen, wie sie Anteilnahme heucheln konnte; wie sie erreichte, was sie wollte. Diese Fertigkeiten hatten ihr schon gute Dienste geleistet, wenn sie Frauen aus dem Kerker befreite.

„Was ist denn passiert, Liebes?" Irma schlang die Arme um Gwyneth.

„Ohhhhhh", stöhnte sie und drückte ihre Freundin fest an sich. „Ich soll heiraten."

„Verstehe." Der gelbe Schal um Irmas Schultern, der der Welt kundtat, dass sie eine Hure war, roch durchdringend nach Duftwasser. Sie trug ein blaues Kleid. Der ausgeleierte Saum des tiefen Ausschnitts wies drei Risse auf, vermutlich das Werk eines übereifrigen Kunden.

So unangebracht es auch war, verlangte es Gwyneth nach Nadel und Faden. Dabei waren derlei Mühen sinnlos – das Leben einer Frau wurde stets rascher aufgetrennt, als man die losen Enden wieder vernähen konnte. War ihre Mutter nicht der wandelnde Beweis dafür gewesen? So viel sie auch geflickt und gestopft hatte, hatte dies ihren Vater doch nicht friedlicher gemacht oder verhindert, dass er sich auf törichte Weise selbst ins Exil beförderte. Nun, da Montgomery Oberherr war, schien Gwyneths Vermählung unausweichlich.

Irma schlängelte sich an Tischen und Dienstmägden vorbei und führte Gwyneth in die Abgeschiedenheit eines Winkels. Mädchen schlenderten hin und her, wackelten mit den Hüften und ließen verheißungsvoll die Brüste wippen. Bier schwappte über. Männer grölten. Ein Spielmann gab ein schlüpfriges Lied zum Besten. Eine Dirne in Zigeunerkluft wiegte sich zur Musik, wobei sie ein Tablett mit brennenden Kerzen über dem Kopf balancierte. Talgrauch hing in der Luft.

„Bislang bist du doch noch jedem Anwärter entkommen“, meinte Irma, nachdem sie sich auf einer Bank niedergelassen hatten. Die Tischplatte vor ihnen war voller Krümel und Weinflecken.

„Aber nur dank Brennas Hilfe“, klagte Gwyneth. „Nun, da sie verheiratet ist, schlägt sie sich auf die Seite ihres Gemahls. Es ist, als habe sie ihren ganzen Kampfgeist verloren. Verflucht sei der Kerl.“

„Hm. Bleib hier, Herzchen. Ich hol uns einen Krug Wein, und dann schmieden wir einen Plan, ja?“

Einen Plan. Irma hatte immer einen Plan. Noch nie waren sie beide in eine Lage geraten, aus der sie sich nicht auch wieder hinausgestohlen hatten. Gemeinsam hatten sie schon Richter und Kerkermeister zum Narren gehalten. Eine Frau nach der anderen hatten sie so aus dem Verlies geholt.

Gwyneth atmete tief durch, um sich zu beruhigen, und widerstand dem Drang, ihren Kopf auf die Tischplatte sinken zu lassen. Sie sah ihrer Freundin nach, die wieder in das Getümmel des Bordells eintauchte. Irma schwang beim Gehen die Hüften und schenkte den anderen Frauen ein unbeschwertes Lächeln. Trotz ihrer Arbeitsbedingungen und der widerwärtigen Weise, wie sie ihr Leben bestritt, war ihre Haltung so gelöst und sorglos wie die eines Kindes.

Irma konnte kommen und gehen, wie es ihr beliebte, sie konnte ausspucken und Bier trinken und Pferde ungesattelt reiten. Sie wurde nie eingesperrt, in eine Houppelande gesteckt oder in spitz zulaufende, drückende Schuhe gezwängt.

Ein Krug Bier wurde vor ihr abgestellt, und Irma goss das Gebräu in zwei Humpen.

„Kein Wein heute Abend. Ist zu verwässert."

Gwyneths Brust krampfte sich schmerzhaft zusammen. Sie legte die Hände um ihr Trinkgefäß. Als Tochter eines wohlhabenden Barons mangelte es ihr nie an Wein. Sie sollte dankbar sein, ein solches Leben führen zu dürfen, doch innerlich fühlte sie sich vernichtet.

Die „Äbtissin", wie die Vorsteherin eines Freudenhauses ironischerweise genannt wurde, warf ihr einen wütenden Blick zu. Sie war eine hochgewachsene, dürre Erscheinung, und ihre mürrische Miene hätte es mit jeder Nonne aufnehmen können. Die Frau hatte alle Hände voll damit zu tun, Irmas geschmähtem Kunden um den Bart zu streichen und seinen angekratzten Stolz wieder zu richten.

Mit einem verärgerten Schnauben griff Gwyneth in den Beutel an ihrem Miedergürtel, holte zwei Münzen heraus und gab sie ihrer Freundin. „Hier. Das sollte die Äbtissin aufmuntern."

Irma schmunzelte. „Die muntert so schnell nichts auf, außer dass ihre Mädchen gleich mehrmals die Nacht ihre Beine breit machen. Aber meine Kunden zahlen gut, deshalb setzt sie mir nicht zu. Ich werd's dennoch behalten und ihr die

Hälfte geben. So kann ich mir die Nacht freinehmen."
Eine Weile saßen sie in einträchtigem Schweigen da.
„Warum weigerst du dich nicht einfach, den Burschen zu heiraten?", fragte Irma schließlich und kam damit wieder auf das Wesentliche zu sprechen.
Gwyneth malte mit dem Zeigefinger Kringel auf den Tisch. „Das ist nicht ... so einfach."
„Selbstredend ist es das. Du sagst Nein, und gut ist's."
Wenn sie das doch nur könnte. Wäre es doch tatsächlich so einfach. Aber Irma würde das Leben, das Gwyneth führte, nie begreifen – die Familienbande, die Regeln, die Pflichten.
Sie fuhr mit dem Finger die Holzmaserung entlang und starrte auf die Bierkruste, die sich in einem Astloch abgesetzt hatte.
„Das Abkommen muss gütlich aufgehoben werden", erklärte sie endlich. „Ich bin durch meine Ehre gebunden."
„Pah", machte Irma und schnippte einen Krümel vom Tisch. „Ehre ist was für Männer. Wir Frauen haben bessere Mittel."
Gwyneth seufzte und lächelte verhalten. Die eigensinnigen Anschauungen ihrer Freundin amüsierten sie. Irmas Lebenswandel gestattete ihr Freiheiten, die Gwyneth nie haben würde. „Doch selbst wenn ich mich vor dieser Ehe drücken könnte, würde der nächste Bewerber nicht lange auf sich warten lassen. Und nach ihm käme ein anderer. So geht es nun schon seit Jah..."
„Aber es wäre doch nicht das erste Mal, dass du dich drückst, und ..."
„Es ist Edelfrauen nun einmal bestimmt, zu heiraten und dem Gemahl Erben zu gebären", fiel sie Irma kläglich ins Wort und wiederholte damit, was ihre Schwester gesagt hatte. „Es ist unser Los, Eigentum und Zuchtstute zu sein."
Irma legte den Kopf schief und setzte diesen besonderen Blick auf, der von ungeahnten Möglichkeiten sprach und stets vorausging, wenn sie wieder einmal mit etwas Ungeheuerlichem aufwartete.

Ein Augenblick verstrich. Die Spannung war beinahe mit Händen zu greifen. In einer Ecke sang der Spielmann ein weiteres zotiges Lied. Das Gekicher der Freudenmädchen erinnerte Gwyneth an den Londoner Königshof. In vielerlei Hinsicht ging es bei Hofe genauso zu – auch dort wurden Frauen für Geld verschachert.

Flüchtig dachte sie an die dunkelhaarige Elizabeth im Kerker – wahrscheinlich versuchte der Wärter bereits, sie in die Schuldknechtschaft oder Sklaverei zu verkaufen. Das Kind konnte nicht einmal für sich sprechen. Oft hockte es einfach an die modrige Mauer gelehnt da, kaute auf den Enden seines glatten dunklen Haars und starrte zu den Spinnweben hinauf.

Irma trommelte mit den Fingernägeln gegen ihren Bierhumpen, eine Angewohnheit, die Gwyneth ebenfalls nicht vergönnt war – das sei nicht *damenhaft*, hatte ihr Lehrer sie getadelt, als sie ihre Freundin eines Abends beim Nachtmahl unwillkürlich nachgeahmt hatte. Die Rute, die ihr dafür über die Fingerknöchel gezogen worden war, hatte ihr die Lektion dauerhaft eingebrannt.

„Heraus damit", sagte sie endlich, weil sie es nicht länger aushielt. Noch immer klopfte Irma gegen den Humpen, den Blick nach links gewandt und leicht nach oben gerichtet, wie stets, wenn sie tief in Gedanken versunken war.

Gwyneth schnippte mit dem Finger.

Irma blinzelte, als müsse sie erst ins Hier und Jetzt zurückfinden. Aus ihren wachen Augen strahlte innere Kraft. „Du solltest heiraten."

Verdrossen griff Gwyneth ihren Becher und ließ den Blick über das geschäftige Treiben im Raum gleiten. Hunderte Talgkerzen flackerten, Rauch kräuselte sich in der Luft. An der Schanktheke sah sie eine Gruppe wettergegerbter Raubeine, die einander die Arme um die Schultern gelegt hatten und eine Kette bildeten. Sie hoben prostend die Humpen und begleiteten den Spielmann mit ihrem lauten, trunkenen Gesang.

„Hast du mir nicht zugehört? Ich *werde* heiraten. Morgen früh."

„*Nay*, was ich meine, ist, du solltest noch heute Nacht heiraten."

Gwyneth verschluckte sich und musste sich Nase und Mund zuhalten, um das Bier nicht quer über den Tisch zu speien.

„Heute Nacht?", japste sie, als sie sich wieder erholt hatte.

„*Aye*, aber nicht irgendeinen närrischen Lord. Einen Mann deiner Wahl – einen, den du nach Belieben beherrschen, lenken und gar fortschicken kannst."

„Das habe ich versucht. Doch Vater hat meine Wahl nie gutgeheißen, und Montgomery, der neue Oberherr, ist noch weit schlimmer! Auf Vater hatte ich wenigstens ein bisschen Einfluss. Ich kenne noch nicht einmal den Namen des Burschen, den sie für mich ausgesucht haben."

Irma erwiderte nichts darauf, sondern reckte sich und ließ den Blick durchs Bordell schweifen. „Wir wär's mit dem da?" Sie wies auf einen blonden Jüngling mit geckenhaftem Hut.

Gwyneth verzog das Gesicht. Der Knabe war ja noch grün hinter den Ohren.

„Wir könnten ihn entführen", fuhr Irma fort. „Ihm ein Schlafmittel einflößen und ihn zur Kirche schleifen. Wir suchen Bruder Giffard und zwingen ihn, euch beide zu vermählen. Sicherheitshalber kannst du den Burschen ja auch noch nehmen, ehe du ihn mit einem Beutel Gold seiner Wege schickst."

Der Plan war völlig abwegig.

Verärgert über Irmas Wahnwitz, schlug Gwyneth mit der Hand auf den Tisch, was nicht so recht zu ihr passte. Sie hätte sich gar nicht erst hierher bemühen sollen. „Das ist doch lächerlich. Und töricht obendrein."

Unbewegt sah Irma sie an, dann kicherten sie beide. Wie befreiend es doch war, sich derart undamenhaft zu benehmen, ohne gleich scharf zurechtgewiesen oder mit einem Gertenstreich auf die Handfläche gezüchtigt zu werden.

„Dass du ihn nehmen sollst, hat dir nicht gefallen, oder?“, fragte Irma.

Gwyneth zuckte zusammen, schwieg jedoch und drängte die Flut an unangenehmen Erinnerungen daran zurück, wie ein Mann ihre Freundin geschändet hatte.

Irma kratzte sich am Kopf, ließ erneut den Blick schweifen und betrachtete nachdenklich die freizügig gewandeten Damen und deren herausgeputzte Kundschaft.

„Der da wäre was für dich.“ Sie zeigte auf einen hochgewachsenen Mann, der über sein Bier gebeugt allein an einem Ecktisch saß. Er hatte sich seine derbe braune Kapuze tief ins Gesicht gezogen, sodass Gwyneth seine Züge nicht ausmachen konnte. Neben ihm lehnte ein langer, hölzerner Stab, in dessen oberes Ende ein Drache eingeschnitzt war. „Er heißt Jared.“

Schon im Aufstehen begriffen, bedachte Gwyneth die Freundin mit einem gereizten Blick. Sie würde jetzt nach Windrose zurückgehen und die Nacht damit zubringen, auf ihrem Bett zu liegen und zu weinen. „Ich will keinen Mann.“

Wieder legte Irma den Kopf schräg. „Alle Edeldamen wollen einen Mann.“

„Ich nicht.“ Gwyneth erschauderte, als sie noch einmal vor sich sah, wie Irma im Dreck unter diesem grunzenden Rohling lag, der wieder und wieder in sie hineinstieß. Sie wollte all das nicht. Und sie wollte auch keine Kinder. Die Frauen, die sie aus dem Kerker holte, brauchten sie dringender, als irgendein Mann Erben benötigte. „Ich möchte niemals heiraten.“

„Hör mir doch erst mal zu.“ Irma fasste sie am Unterarm und hielt sie fest. „Dieser Jared kommt jede Woche her und bezahlt mich dafür, dass ich ihn bade. Das ist alles. Er ist entmannt. Muss etwas mit den Wundmalen an seinen Beinen zu tun haben, denn er verlangt nie nach einem ordentlichen Ritt. Er hat lange Wülste von den Lenden bis zu den Knien, und selbst wenn ich ihn berühre, bleibt er schlaff wie eine gekochte Möhre.“

Bei Irmas Vergleich musste sie trotz der Trostlosigkeit in ihrem Herzen erneut lachen.

„Er hat mir mal erzählt“, fuhr ihre Freundin fort, „dass sein einziger Wunsch eine Hütte im Wald und ein Ort sind, an dem er Falken züchten kann. Er ist Falkner, und ein gutherziger obendrein. Er redet mit mir wie mit einer Dame und hat mich nie auch nur zu kneifen versucht. Es ist, als ob ihm irgendwas auf dem Herzen lastet. Er kommt her, trinkt sein Bier, wir gehen in eines der Schlafgemächer, und ich bade ihn. Bei ihm müsstest du dir keine Gedanken machen wegen der körperlichen Seite der Ehe.“

Gwyneth schürzte die Lippen; Irmas verrückter Plan gefiel ihr allmählich doch, je länger sie ihn ausführte. „Ich kann nicht glauben, dass ich dir überhaupt zuhöre“, murmelte sie trotzdem.

„Er ist ein Gemeiner – heirate ihn einfach, gib ihm Gold, und schick ihn fort. Kaum anzunehmen, dass er sich eine andere Frau suchen würde, entmannt wie er ist.“

Gwyneth drehte sich auf der Bank und betrachtete den Mann eingehend, um herauszufinden, ob Irma die Wahrheit sagte. Er hatte sich ihnen etwas zugewandt, sodass sie unter seine Kapuze lugen konnte. Auf seinem nach wie vor im Schatten liegenden Gesicht vermengten sich auf anziehende Weise Dunkelheit und Licht. Sein Haar war glatt und dunkel und reichte ihm bis über die Schultern. Er hatte geschwungene Brauen, einen Schnauzbart, und das Kinn zierte ein Ziegenbärtchen. Die Farbe seiner Augen konnte sie nicht erkennen, doch seine Miene schien ernst. Auf sie jedenfalls machte er einen etwas unheilvollen Eindruck.

„Bist du dir sicher, dass er entmannt ist?“, fragte sie misstrauisch.

Irma nickte. „Ganz sicher. Wenn ich ihn bade, regt sich dort unten gar nichts. Er ist der freundlichste Bursche, der mir je begegnet ist – nicht dass irgendein Mann wahrhaft freundlich ist, denn sie alle haben eine schwarze, schmutzige Seele. Aber der da hat nie auch nur versucht, mir an den Busen zu gehen.“

In dem Bemühen, besser unter die Kapuze des Mannes blicken zu können, lehnte Gwyneth sich vor. Düsternis überschattete seine Wangen. Er sah alles andere als freundlich aus.

Er wirkte tödlich.

Dennoch ... Irma hasste Männer. Wenn er daher so gutherzig war, dass er damit ihre Achtung gewonnen hatte, musste er schon etwas Besonderes sein. Ein Mann, der in einem Freudenhaus keine Frau zu begrapschen versuchte, war in der Tat selten. Und Irma wusste weit mehr über Männer als sie.

Womöglich hatte das Vorhaben doch etwas für sich.

„Vielleicht ist er einfältig", mutmaßte Gwyneth.

„Umso besser. Damit wir euch beide vermählen können, brauchen wir schließlich nicht seinen Kopf, sondern nur seine Hand."

Die Umkehrung der Rollen, der Gedanke, dass hier ein Mann und einmal nicht eine Frau in die Ehe gezwungen werden sollte, ließ ein Gefühl der Macht in Gwyneth aufwallen.

„Aber wir können doch nicht einfach einen Mann rauben", wandte sie besonnen ein. Ein weniger besonnener Teil von ihr fragte sich allerdings, ob dieser Plan, so fragwürdig er auch war, nicht vielleicht aufgehen mochte. Das würde bedeuten, dass sie nicht länger von Heiratsanträgen bedrängt und geplagt würde, aus denen sie sich herauswinden musste.

„Warum nicht?"

„Weil es ... das hat es noch nie gegeben."

„Nun ja, bis jetzt noch nicht. Wir flößen ihm etwas ein, in das wir Kräuter getan haben, und dann spazieren wir ganz einfach mit ihm hinaus. Er hat keine Freunde, jedenfalls hab ich ihn nie mit welchen gesehen, also wird ihn niemand vermissen. Wir gehen mit ihm zur Kirche auf der anderen Flussseite. Er wird sich so brav wie ein Lämmchen geben, dich mit Freuden heiraten und dir für den Rest deines Lebens ergeben sein."

Versonnen kaute Gwyneth an einem Fingernagel, ließ die Hand jedoch wieder sinken. Diese Angewohnheit hatte man ihr ebenfalls vor einigen Jahren ausgetrieben – zur Strafe hatte sie die Einfriedung schrubben müssen, bis ihr die Finger bluteten. Sie hatte keineswegs die Absicht, wieder damit anzufangen.

„Glaubst du wirklich?“

„Natürlich, Herzchen! Nichts leichter als das.“

Ihr Blick glitt von Irma zu dem Mann und zurück. „Er ist furchtbar groß.“

„Aber lahm. Seine Beine sind vernarbt, als habe der Leibhaftige selbst ihn in den Klauen gehabt.“

Ohne weitere Einwände abzuwarten, stand Irma auf, das Gesicht von krausen Locken umspielt. „Komm mit“, forderte sie Gwyneth auf, zog sie auch schon auf die Füße und schob sie auf die hinteren Räumlichkeiten des Bordells zu, wo Küche und Vorratskammern lagen.

Als sie an dem fraglichen Mann vorbeikamen, spürte Gwyneth seinen Blick. Flüchtig schaute sie ihn an, und dieses Mal konnte sie die Schatten unter der Kapuze durchdringen.

Seine Augen waren dunkler als alles, was sie je gesehen hatte. Dunkler als Mitternacht.

Unwillkürlich zog sie sich die eigene Kapuze tiefer ins Gesicht und hoffte, dass er keinen Blick auf ihr Haar erhascht hatte. Zu viele Troubadoure hatten dieses ihr so eigene Merkmal schon besungen, und daher war es besser, es bedeckt zu halten. Denn ihr Haar hätte sie zweifellos verraten.

In der Küche machte sich Irma eifrig daran, getrocknete Kräuter zusammenzusuchen und in frisch eingeschenktes Bier zu rühren.

Kiera kam zu ihrer Mutter gerannt und umklammerte deren Beine, ehe sie sich Gwyneth zuwandte. „Lady Gwyn.“

Gwyneth hob sie hoch. Der Geruch des Bordells nach Bier, Schweiß und Unzucht haftete am Kittel der Kleinen, obgleich Irma bemüht war, sie hier im hinteren Teil zu halten. Gwyneth wurde eng ums Herz. Es war nicht richtig, dass Kinder in einem Hurenhaus aufwuchsen.

„Hier“, sagte Irma, nahm Kiera und reichte Gwyneth den Humpen. „Bring ihm das an den Tisch, und schenk ihm ein Lächeln. Er wird benommen sein, ehe du dich’s versiehst.“

„Ich kann das nicht!", schnaubte Gwyneth, doch dann blickte sie in Kieras große braune Augen, so unschuldig wie die eines Rehs.

Auf ihrem Anwesen könnte sie diesem Kind und vielen anderen Obdach bieten – so wie dem dunkelhaarigen Mädchen, das nicht sprach.

„Selbstredend kannst du. Nichts leichter als das. Und dann heiratest du ihn und bist all deine Sorgen los."

Sie umklammerte das Bier so fest, dass ihre Fingerknöchel weiß hervortraten. War es machbar?

„Na los!", drängte Irma. „Du wirst so oder so heiraten, da kann es genauso gut jemand sein, den du dir selbst ausgesucht hast."

Mit einem Mal fühlte sie sich verwegen. Weshalb sollte sie sich ihren Gemahl eigentlich nicht selbst aussuchen? Ihren eigenen Weg gehen? Nicht durch Pflicht und Ehre gebunden sein? Frauen Zuflucht bieten können?

Schwester und Schwager würden schäumen vor Wut.

Dieser Gedanke ließ sie den ersten Schritt tun. Welch Vergnügen es sein würde, Brennas Gesicht zu betrachten, wenn sie ihr eröffnete, dass sie die Dinge selbst in die Hand genommen hatte. Es würde Montgomery ganz recht geschehen, vor dem Mann, dem sie versprochen war, zu Kreuze kriechen zu müssen. Vermutlich würde es ihn sogar etwas kosten, das Verlöbnis zu lösen. So ein Pech aber auch.

„Also hinaus mit dir." Irma hielt ihr die Tür zur Haupthalle auf.

„Warum ich? Weshalb kannst nicht du ihm das Kräuterbier bringen?"

„Weil *du* diejenige bist, die ihn heiraten wird", erwiderte Irma. „Da kannst du ihn dir gleich einmal aus der Nähe anschauen."

Gwyneth dachte kurz nach. „Ich brauche eine Verkleidung."

„In Ordnung."

Wenige Augenblicke später trug sie ein tief ausgeschnittenes hellrotes Kleid. Ihr Haar war unter einem roten, mit Federn besetzten Kopfputz verborgen, über den sie zusätzlich noch eine Kapuze gezogen hatte. Irma puderte ihr das Gesicht weiß, eine andere Frau umrandete ihr die Augen schwarz. Auch ein wenig Rot wurde ihr auf die Wangen getupft und verrieben.

Irma schnalzte. „Goldrichtig. Du siehst umwerfend aus, überhaupt nicht mehr wie die gestriegelte Dame, die du warst, als du gekommen bist. Keiner der Kunden hier wird dich erkennen."

Gwyneth nahm all ihren Mut zusammen und versuchte, Irmas Gang nachzuahmen. Gemessenen Schrittes und mit schwingenden Hüften schlenderte sie aus der Küche und hinüber zu Jareds Tisch. Es konnte doch nicht so schwer sein. Sie musste nur zu ihm gehen, das Bier hinstellen, zurück in die Küche flüchten und warten, bis er getrunken hatte. Gwyneth war es gewohnt, Männer zu betören, damit sie ihr zu Willen waren – zwar nicht im Hurengewand, aber auch in dieser Verkleidung sollte es so schwierig nicht sein.

Der Mann hob den Kopf und sah sie durchdringend an. Seine Augen kamen ihr vertraut vor, doch sie vermochte sein Gesicht nicht einzuordnen. Rasch durchforstete sie ihr Gedächtnis. Er war nicht von Stand, da war sie gewiss. Vermutlich jemand, dem sie bei einem ihrer Ausflüge in die Stadt begegnet war.

„Wer bist du?", fragte er.

Ihre Knie drohten nachzugeben, doch sie rang sich ein Lächeln ab. *Eure Braut.* „Ich bin neu."

Seine dunklen Brauen zogen sich zusammen, und er legte einen Finger an seinen Kinnbart. „Ich warte auf Irma. Wo ist sie?"

Irma? Er fragte nach Irma?

„Ich dachte, Ihr wäret vielleicht einem Humpen Bier nicht abgeneigt." Sie ließ ihre Stimme kokett und ein wenig schüchtern klingen, so wie Irma es ihr beigebracht hatte.

Er griff nicht nach dem Becher. „Ich möchte nur Irma und ein Bad."

Vielleicht sollte sie das Bier wieder zurück in die Küche bringen. *Nay*, das würde sie nur dumm aussehen lassen. Also stellte sie es vor ihm auf den Tisch.

Dann änderte sie ihre Taktik ein wenig. „Irma ist gleich da“, versicherte sie. „Sie war es, die mir aufgetragen hat, Euch das Bier zu bringen, weil sie nicht sofort zu Euch kommen konnte.“ So, das sollte ihn in Sicherheit wiegen. „Heute Abend kostet Euch das Bier auch nichts.“

Sein Blick huschte vom Rot auf ihren Wangen zu ihrer Kapuze und wieder zurück. „Kenne ich dich?“

Furcht packte sie. Falls er sie zuvor schon einmal gesehen hatte und sie erkannte, war es aus. „Selbstredend nicht. Ich bin erst seit Kurzem hier.“ Zu spät merkte sie, dass sich aristokratischer Hochmut in ihre Stimme gestohlen hatte.

Sie wandte das Gesicht ab und erwog, einfach in die Küche zurückzugehen.

Er streckte die Hand aus, als wolle er ihr die Kapuze abstreifen.

Entsetzt schnappte Gwyneth nach Luft, wich zurück und konnte gerade noch den Drang unterdrücken, ihn für sein dreistes Gebaren zu schlagen. Wie konnte er es wagen! Doch natürlich konnte er. Er hielt sie für eine Hure.

„Ich möchte sehen, wer mich bedient“, sagte er.

„Es ist doch wohl nicht nötig, dass ich die Kapuze abnehme.“ Gwyneth zog sich den Stoff noch ein wenig tiefer ins Gesicht.

Argwöhnisch betrachtete er sie. „Bist du wirklich eine Dirne? So, wie du sprichst …“ Er brach ab.

Ihr zog sich der Magen zusammen. Wenn er wüsste, wer sie war, hätte er sicherlich längst etwas gesagt. Sie fuhr sich mit der Zunge über die Lippen, fest entschlossen, diese Begegnung tapfer zu meistern.

Seine Augen weiteten sich, als er die Bewegung ihrer Zunge verfolgte. Sie waren nicht schwarz, erkannte sie, sondern grün. Moosgrün. Ein ausgefallenes Grün. Die ihr so vertraute männliche Regung erfüllte sie mit Zufriedenheit, und sie spürte, wie sie zuversichtlicher wurde.

„Ich werd Euch den da mal abnehmen“, sagte sie keck und entwand ihm den fast leeren Humpen, den er hielt. „Und schauen, wo Irma bleibt.“ Sorgsam darauf bedacht, dass ihr Haar bedeckt blieb, ließ sie den Umhang vorn am Hals auseinanderklaffen und schob ihren Busen vor, wie sie es bei den anderen Mädchen gesehen hatte.

Widerstandslos überließ er ihr den Becher, und eine Welle der Erleichterung überkam sie.

Sieg.

Mit einem Blick, der entwaffnend wirken sollte, wandte sie sich um und sah noch einmal über die Schulter zurück. Dann schritt sie gemächlich zu Irma hinüber, die mit Kiera auf dem Arm hinten bei der Tür stand, wo sie gerade so eben außer Sicht war.

Jared hob das mit Kräutern versetzte Bier.

„Ausgezeichnet“, raunte Irma, als Gwyneth bei ihr war. „Lass ihm ein wenig Zeit, und er gibt keinen Pieps mehr von sich.“

Ein Taumel erfasste Gwyneth. So fintenreich sie sich im Kerker auch gab, hatte sie doch noch nie etwas so ungemein Schändliches und Waghalsiges getan. Ein schwindelerregendes Gefühl weiblicher Stärke durchströmte sie.

Die Äbtissin ging vorbei und bedachte sie beide mit einem sengenden Blick. Gwyneth zog sich erneut die Kapuze ins Gesicht, sodass es überschattet war, und sann über die Möglichkeit einer Ehe mit einem Mann nach, den sie lenken konnte. Sie würde Herrin über ihren Besitz sein. Würde einen Ort haben, an den sie Kiera und Irma und Elizabeth und viele andere bringen konnte. Sie würde Gold haben, über das sie selbst verfügen konnte. Und sie würde frei sein.

Nach einer halben Ewigkeit ließ der Mann endlich den Kopf sinken.

Irma kam auf die Füße und riss Gwyneth aus ihren Gedanken. Sie schickte Kiera zum Spielen in eine Ecke, in der bereits zwei Kinder hockten.

Die Äbtissin blickte zu ihm hinüber, das verkniffene Gesicht finster verzogen. Männer durften hier nicht schlafen; das war gegen die Regeln des Bordells, schlecht fürs Geschäft.

Sie steuerten auf Jared zu, der laut seufzte.

„Ihr müsst jetzt gehen", redete Irma ihm gut zu. „Hoch mit Euch." Sie legte ihm einen Arm um die Schultern und versuchte, ihn auf die Beine zu ziehen.

Er rührte sich nicht.

Mit einem Blick forderte Irma Gwyneth auf, ihn von der anderen Seite zu stützen.

Aufgeregt umfasste sie seine Taille, und gemeinsam richteten sie ihn auf. Ihr Tun erinnerte sie vage an den letzten Mann, den sie gemeinsam geschleppt hatten.

Jared war schwer, und sein Gewicht drohte sie niederzudrücken. Er roch schwach nach Leder und einem Leben im Freien, ein überaus männlicher Duft, den sie nie zuvor gekostet hatte. Berauschend beinahe.

Entschieden schüttelte sie den törichten Gedanken ab. Sich von ihm angezogen zu fühlen war nicht das, was sie wollte. Ihre Verbindung würde eine rein geschäftliche sein – so wie der Kauf eines Brotes oder einer Fleischpastete. Sie würde ihn heiraten, ihm ein wenig Gold geben und ihn dann seiner Wege schicken.

Er wankte, die Beine zittrig von den Kräutern. „Was? Oh. Wollt doch gar nich' so viel trink…"

„Kommt, Herzchen. Wir haben ein feines Bettchen für Euch, da könnt Ihr Euch ausschlafen", sagte Irma und zerrte ihn noch etwas weiter hoch.

Schwankend schleppten sie ihn in die Küche. Benommen und nur halb bei Besinnung, setzte er einen Fuß vor den anderen und murmelte unverständliche Worte. Endlich erreichten sie mit ihrer schweren Last die Hintertür.

Die Freiheit war nur noch einen Gemahl weit entfernt.

8. KAPITEL

Die Pocken allen Frauen!

Jared St. John kniete gefesselt und geknebelt auf dem kalten Steinboden einer kleinen Kirche unweit des Freudenhauses. Sobald er sich befreit hätte, würde er die Hure büßen lassen, die ihm da ein Messer in den Rücken presste, das schwor er sich.

Er würde sie um Gnade winseln lassen, die er ihr nicht gewähren würde.

Ins Gefängnis würde er sie werfen lassen.

Er würde dafür sorgen, dass sie als Hexe verurteilt auf dem Scheiterhaufen landete.

„Vorwärts", befahl sie. „Zum Altar. Nur noch ein paar Schritte."

Sein Stolz – ein wilder Barbar, der in seiner Brust auf Kriegstrommeln eindrosch – brüllte vor Wut auf, als sich ihm die Messerspitze zwischen die Schulterblätter bohrte und diese Hure ihn aufforderte, sich in die gewünschte Richtung zu bewegen. Der leichte, stechende Schmerz wurde durch das Schwindelgefühl verstärkt, sodass er beinahe zu Boden gegangen wäre.

Sie hatte ihn getäuscht.

Sie hatte ihn betäubt.

Sie hatte ihn entführt.

Nicht allein, sondern zusammen mit dieser kraushaarigen Irma, zu der er wochenlang zuvorkommend gewesen war – die er viel zu hoch entlohnt hatte für nichts weiter als ein Bad und etwas Tratsch.

„Ihr seid zu schwer, um getragen zu werden", erklärte Irma mit dieser rauen Stimme, die Jared inzwischen mit ihren flinken, sanften Fingern verband, mit denen sie ihn Woche um Woche im Bordell gebadet hatte. „Also bewegt Euch schon, na los, damit wir das Portal schließen können. Die Zeremonie dauert nicht lange, und dann könnt Ihr weiterziehen."

Es wird keine Zeremonie geben, wollte er schreien. Speichel sickerte ihm aus dem geknebelten Mund und troff ihm vom Kinn.

Er sah alles verschwommen, und die Frau, die ihm das Messer in den Rücken drückte, erschien ihm mal mehr und mal weniger deutlich. Sie wirkte gepflegter als die übrigen Dirnen – ja regelrecht anziehend, um die Wahrheit zu sagen.

Jared versuchte, ihre Züge auszumachen, doch er sah zu verschwommen, um sie eingehend mustern zu können.

Umso heißer loderte der Hass in ihm auf. Er hätte sie angespien, wäre sein Mund nicht voll Wolle gewesen.

Er hatte Schwierigkeiten, sich aufrecht zu halten, weil sich ihm der Kopf drehte, und es kostete ihn all seine Kraft, nicht zu stürzen.

Hinter ihm schlug das Portal mit einem Knall zu, der unheilvoll durch die Kirche hallte. Seine gefesselten Arme brannten, und er stemmte sich gegen das Seil, bis es ihm in die Handgelenke schnitt.

Mühsam zwang er Luft durch seine Nase, blinzelte und mühte sich, auf den Füßen zu bleiben. Womit hatten sie ihn betäubt? Seine Zunge fühlte sich dick und schwer an, als er sie gegen den wollenen Knebel drückte, den man ihm in den Mund geschoben hatte.

„Wer bist du?“, murmelte er, doch die Frage kam als verquastes, unverständliches Lautgemenge heraus.

Die Hübsche blickte unruhig zu ihrer Begleiterin hinüber. „Irma, das ist …“

Gelassen zuckte Irma mit den Schultern. „Also gut, er ist wohl doch nicht so gefügig, wie ich gedacht hab. Wir werden einfach die Vermählung hinter uns bringen, und danach seid ihr beide frei. Er wird’s schon verschmerzen, wenn wir es ihm erst mal erklärt haben. Ich sag’s dir, er ist harmlos.“

„Ich bin mir nicht sicher, ob …“

„Nun mach schon, und heirate ihn endlich. Schau, Bruder Giffard ist bereit, mitsamt Bibel.“

Jared hob den Kopf und starrte den hochgewachsenen, schlaksigen Mann in der braunen Mönchskutte an, der ein paar Schritte vor Jared barfüßig beim Altar stand. Er hatte abscheulich behaarte Füße, eine Tonsur und Brauen, die so stark zusammengezogen waren, dass sich ihm lange Furchen quer über die Stirn zogen.

„Vielleicht sollten wir das besser nicht …“, setzte der Mönch an, doch Irma brachte ihn durch ein Fingerschnippen zum Schweigen.

Die Klinge verschwand aus Jareds Rücken, und nun wies die schöne Hure damit auf den Mönch. Ihr ausgestreckter Arm war gerade und unbewegt, so als gehöre sie zur königlichen Familie und spreche das Urteil über einen Verräter. Hochmütig und gebieterisch. „Beginnt.“

Verdammte Prinzessin. Ihr Kleid war rot wie das einer Dirne, aber wenn er sich einer Sache gewiss war, dann der, dass sie keine gemeine Hure war. Doch wer war sie dann?

Nicht, dass es von Belang war. Wer immer sie war, er würde seine Freude daran haben, ihr den Stolz auszutreiben, sie niederzuhalten und zu zwingen, vom Boden zu essen wie ein Straßenköter. Er öffnete und schloss die Hände, um die Taubheit abzuwehren, die ihm in die Finger kroch; sein Körper musste ebenso wach sein wie sein Geist, wenn er den Klauen dieses Drachen entfliehen wollte.

Der Mönch räusperte sich. „Dies entspricht nicht gerade der herkömmlichen Vorgehensweise …“

„Tut es endlich, Giffard. Heute Abend mangelt es mir an Geduld“, unterbrach ihn Prinzessin Hure. „Gewiss könnt Ihr derlei Unregelmäßigkeiten mit der Kirche klären. Immerhin kennt Ihr den Bischof.“

„Aber ich bin mir nicht sicher, ob dies rechtens …“

Irma trat vor und flüsterte ihm etwas ins Ohr. Oberhalb seiner Kutte kroch Röte hoch, stieg ihm in die Wangen und breitete sich weiter aus, bis sogar seine Ohrläppchen feuerrot glühten.

Er befingerte seine Bibel, räusperte sich und begann, lateinische Worte zu murmeln. „*Vis accipere hic praesentem in tuam legitimam uxorem …*"

Wahrhaftig, dieser Mönch wurde erpresst. Er war genauso sehr Opfer dieses Betrugs wie Jared selbst.

Hunger nach Gerechtigkeit erfasste ihn, stach ihm in den Magen und brannte kalt in seinen Adern. Er schüttelte den Kopf in dem Bemühen, seinen Verstand von den letzten Spuren der Betäubung zu befreien. Das Hanfseil zerkratzte ihm die Haut und fraß sich ihm ins Fleisch.

Erneut überkam ihn Schwindel. Bittere Galle stieg ihm die Kehle hoch.

Das Kircheninnere zerfloss zu einem bombastischen Farbenspiel. Der große, mit Buntglasregenbögen gesprenkelte Raum nahm sich mit seinen riesigen Säulen und blutrünstigen religiösen Bildnissen wie ein erstickend enges Grab aus – ein Grab mitsamt Sensenmännern und Seelen, die zur Hölle fahren würden.

Knurrend kämpfte er gegen Seil, Galle und Schwindel an. Da er nun kniete, konnte er nur vor und zurück schaukeln, wobei ihm sein Haar ums Gesicht fächelte.

Der Kirchenmann, der das unheilige Sakrament vollzog, beachtete seinen Zorn nicht und leierte weiter seinen Text herunter. „*… iuxta ritum sanctae matris …*"

Rücksichtslos. Unbarmherzig. Töricht.

Er hätte Jared lieber die letzte Ölung verpassen sollen, als die Zeremonie der Eheschließung abzuhalten. Er schwor sich, dass er Genugtuung verlangen würde, und wenn es das Letzte wäre, was er tat.

„Ganz ruhig." Als er durch sein Aufbegehren zu kippen drohte, legte ihm die Prinzessin ihre feingliedrige Hand auf die Schulter und streichelte ihn wie einen verängstigten Hund.

Die Wut schmeckte so scharf, dass sie selbst das saure Aroma des wollenen Knebels überdeckte. Er schwenkte herum und stieß ihren Arm mit dem Kopf fort.

Die Bewegung brachte ihn aus dem Gleichgewicht. Er fiel um, landete hart auf dem Bauch und lag der Hure nun lang ausgestreckt zu Füßen.

Sofort kniete sie nieder und legte ihm eine Hand auf die Stirn. Ihre Finger waren warm und gar nicht schlangengleich, wie er geglaubt hatte. „Irma, wir können das nicht tun."

„Pah, er wird's schon verwinden. Er ist nur etwas aufgebracht, weil sein Stolz sich sträubt. Ich kenne die Männer. Der da ist zahm."

Zahm? Er würde ihr zeigen, wie zahm er war.

Mühsam rollte Jared sich auf die Seite und blinzelte zu den beiden Weibern hoch, die ihn betrachteten. In Irmas Miene las er kaum Mitgefühl, doch die Augen seiner angehenden Braut waren weit aufgerissen. Eine Strähne glänzenden Haars hatte sich unter der Kapuze hervorgestohlen.

Er starrte die auffällige Locke an und wünschte, er könne ihr die Kapuze herunterreißen, um mehr von ihrem Haar zu sehen.

Gwyneth of Windrose? Sein Engel des Lichts?

Der Verrat lastete wie ein Backstein auf seiner Brust. Wie konnte Gwyneth, nach der er sich so sehr verzehrt hatte, diese Harpyie vor ihm sein?

Wieder sah er sie an. Zum ersten Mal verschwamm ihr Gesicht nicht vor seinen Augen. *Nay.* Diese Frau hier war älter und hatte scharfe, strenge Züge, die durch die dicke Schicht von Bleiweiß, dunklem Lidstrich und Wangenrot umso stärker betont wurden. Ihr fehlte der frische Glanz des Mädchens aus seiner Erinnerung.

Also nicht Gwyneth.

Dies war eine Dame von Welt, keine unschuldige Maid.

Sie schenkte ihm ein schmales Lächeln, und er zuckte zusammen, als er ihre makellos weißen Zähne sah. Eigentlich hätten es Fänge sein sollen, von denen Gift troff. Doch selbst gefesselt und gedemütigt, wie er war, erkannte er, dass sie eine Frau war, deren Schönheit der seiner Gwyneth in nichts nachstand.

Der Gedanke machte ihn wütend. Er wollte nicht, dass die

Erinnerung an das Mädchen, dem er sein Buch geschenkt hatte, von einer Hure befleckt wurde.

Sein Körper allerdings betrog ihn, und beschämt spürte er, wie seine Lenden heiß zum Leben erwachten.

Diese Frau war eine Teufelin.

Eine Harpyie.

Eine Verführerin.

Der Leibhaftige wohnte ihr inne.

Ihre Anmut war die Ausgeburt eines berechnenden Verstands – eines Verstands, der Männer zu betören wusste und sie willkürlich zu wirr faselnden Tölpeln machte, nur um sie dem eigenen Willen zu beugen. Aus ihren großen blauen Augen sprach Unschuld, doch Hüften, schmale Taille und formvollendete Brüste schienen wie geschaffen für Sinnlichkeit.

Er wollte sie auf der Stelle sowohl nehmen als auch töten.

„Wir wollen Euch kein Leid zufügen, Sir", sagte sie sanft. Ihr Lächeln wurde noch eine Spur herzlicher. Zweifellos hatte sie damit schon so manchen Burschen willfährig gemacht.

Doch ein solcher Bursche war er nicht.

Schaukelnd stemmte er sich gegen den Boden und mühte sich, auf die Beine zu kommen, doch seine Glieder gehorchten ihm nicht. Seine Schultern verkrampften sich, und er wusste, er hätte seine Seele verkauft, nur um dieser Frau ins Gesicht spucken, sie erniedrigen und ihr den Hochmut aus dem Antlitz kratzen zu können.

Unbehaglich scharrte der Mönch mit den haarigen Füßen. „Ich fürchte, der Abt wird …"

Die Prinzessin brachte ihn mit einer Handbewegung zum Schweigen.

Hure.

„Ich möchte Euch für die erlittene Unbill entlohnen", sagte sie an Jared gewandt.

Und auch ich würde Euch nur zu gern dafür entlohnen, dachte er grimmig.

Kerzenlicht fing sich in ihrem kunstvollen Kopfputz, als

sie sich zu ihm hinabbeugte. Einen wahnwitzigen Augenblick lang wollte er nichts lieber, als sie mit einer Hand zu Boden zu drücken und ihr mit der anderen den Putz herunterzureißen, damit er seine Feindin besser in Augenschein nehmen konnte. Der Gedanke daran, sie beschämt und ihres Stolzes beraubt zu sehen, sandte eine heftige Glutwelle durch seinen Leib. Welch reinstes Vergnügen es wäre, ihr die Schmach Maß um Maß heimzuzahlen. Er wollte, dass sie nie mehr in der Lage wäre, ihr hübsches Köpfchen zurückzuwerfen und einen Mann mit ihrem Blick dazu zu verleiten, Gift zu trinken.

Er kämpfte und versuchte erneut aufzustehen.

„Lmgn!", knurrte er durch den Knebel hindurch. Besser brachte er die Worte „Lasst mich gehen" nicht heraus.

Unbewegt sahen die beiden Frauen ihn an.

Ein schmerzhaftes Pochen breitete sich hinter seinen Augen aus. Es entsprang Zorn, Demütigung und Hilflosigkeit. Sich von zwei Weibsbildern übertölpeln und einfangen zu lassen! Von Mädchen! Nicht einmal kräftig waren die zwei. Kleine, bedeutungslose Rangen. Nichts konnte entwürdigender sein.

Einen kurzen, aber qualvoll überwältigenden Moment lang sah er sich erneut inmitten von Rattenkot im Verlies schmoren.

Missmutig schüttelte er die Erinnerung ab, richtete seine Aufmerksamkeit wieder auf die Gegenwart und beschloss, sich zu befreien. Die Pocken allen behexend schönen Weibern! Lieber ein mausgraues Mauerblümchen, das seinem Gemahl dankbar jeden Wunsch von den Augen ablas. Eine stille Frau. Ein friedvolles Leben. Das war es, was er sich wünschte.

Stattdessen …

„Kommt, ich helfe Euch auf." Prinzessin Hure umfasste mit festem Griff seinen Oberarm und zog.

In Jareds Brust brannte es, als winde sich darin eine Schlangenbrut, die es in die Freiheit drängte.

Er sah auf ihre Finger hinab. Lilienweiße Hände. Makellose Nagelhäutchen. Gefeilte Nägel. Die Hände bebten leicht.

Ein Schauer lief ihm den Nacken hinab.

Mochte diese Frau auch in einem Bordell gewesen sein, so war sie doch keine gewöhnliche Dirne. Diese Hände gehörten einer Dame. Einer Dame, die unbedingt heiraten wollte. Ihrem Haar nach zu urteilen, mochte sie gar eine Cousine von Gwyneth sein.

Wütend knurrte er sie an, kämpfte sich aber mit ihrer Hilfe wieder auf die Knie. Dame oder nicht, für die hier begangenen Taten würde sie bezahlen.

Er atmete tief durch, um sich zu beruhigen, legte den Kopf schräg und ließ zu, dass seine Wut der Neugier etwas Raum gewährte. Er musste sich von der Vernunft leiten lassen. Einen Plan erstellen, um sich zu befreien. Sich in der Kirche umsehen und auf einen Weg sinnen, seine Fesseln zu lösen.

Ein Mann durfte nicht einfach zur Heirat gezwungen werden. Welche Frau konnte so etwas auch nur erwägen?

Wie sollten sie die Ehe vollziehen? Die Vorstellung, seine Lenden könnten schwellen, während ihm ein Messer in den Hals schnitt, war geradezu lachhaft.

Der Geistliche, der die Trauung vornahm, stammelte noch ein paar Worte und blickte ihn schließlich erwartungsvoll an.

Jareds Knie begannen, von den Steinfliesen zu schmerzen. Wann dieser Schar Einfaltspinsel wohl aufging, dass er das Ehegelübde in geknebeltem Zustand nicht einmal dann hätte ablegen können, wenn er gewollt hätte?

Durch die Buntglasfenster fiel Licht herein, besprenkelte die Anwesenden und malte blaue und grüne Punkte auf Gesicht und schlichten Umhang der Dame. Stille legte sich über den Altarraum.

Der Mönch ließ den Blick von der Prinzessin zu Irma, weiter zu Jared und wieder zur Prinzessin wandern. „Er ist, äh … geknebelt."

Scharfsinnig. Wirklich gottverdammt scharfsinnig. Jared unterdrückte das Verlangen, vor seinen Häschern die Augen zu verdrehen.

„Wir … wir sollten, äh … ihm den Knebel entfernen." Die

stockende Sprache des Mönchs bestätigte Jared, dass er dieser Zeremonie ebenso unfreiwillig beiwohnte wie er selbst.

Zu schade aber auch, denn er würde für sein Mitwirken dennoch büßen.

„Seid ein braver Junge, dann werde ich Euch den Knebel herausnehmen."

Junge? Sie hatte ihn gerade einen *Jungen* geschimpft!

Die heiße Wut in seiner Magengrube gefror zu Eis. Die Anspannung wich aus seinen Schultern, während seine Entschlossenheit sich festigte. Noch ehe diese Farce zu Ende war, würde sie ihn ihren Herrn nennen. Er würde sie vor sich auf die Knie zwingen, so wie er gerade vor ihr kniete.

Doch derlei Ziele ließen sich nicht durch kopflosen Zorn erreichen, sondern nur durch eiskalte Berechnung.

Also nickte er.

Die feine Hure berührte die Enden des Knebels, fuhr mit den Fingern an Jareds Wangen entlang und zerzauste ihm auf der Suche nach dem Knoten am Hinterkopf das Haar. Sie duftete nach Lavendel und Unschuld – ein Widerspruch zu ihrem Tun. Sie duftete wie Gwyneth. Rasch schüttelte er den Gedanken ab.

Eine ihrer Brüste streifte seine Nase. Sie zuckte zusammen und rückte ein kleines Stück ab, um ihn nicht noch einmal zu berühren. Ihm kam der finstere Gedanke, dass sie es womöglich abstoßend oder beängstigend fand, ihn zu berühren. Ein Werkzeug, das er nutzen konnte?

Er neigte sich vor, überbrückte die schmale Kluft zwischen ihnen, lehnte den Kopf gegen ihren Busen und rieb sich daran.

Keuchend riss sie ihm die raue Wolle aus dem Mund und stolperte zurück, die Augen weit aufgerissen.

„Keine Angst, meine Liebe, bald ist er fort", meldete sich Irma zu Wort. Sie trat vor, um die Prinzessin zu stützen.

Jareds Mundwinkel waren vom Knebel aufgescheuert und brannten. Entschlossen, Haltung zu bewahren und der Frau vor ihm nicht ins Gesicht zu spucken, richtete er seine Aufmerksamkeit darauf, seinen Kiefer einige Male kreisen zu lassen. Er musste die Fesseln loswerden, und es würde ihm nur dienlich sein, nichts zu unternehmen, was sie dazu veranlassen könnte, die Seile enger zu schnüren.

„Wie lautet dein …?“ Seine Stimme klang heiser. „Wie lautet Euer Name?“ Er fuhr sich mit der Zunge durch den Mund, um ihn zu befeuchten.

„Der geht Euch nichts an“, entgegnete Irma hastig. „Einander vorgestellt werdet ihr später.“ Sie wandte sich Giffard zu. „Was nun?“

Der Mönch wippte einige Male mit dem Fuß. „Nur noch das Jawort.“

„Ihr könnt mir Euren Namen nicht vorenthalten, *Eheweib*.“ Jared spie ihr das Wort vor die Füße, obgleich sie noch gar nicht vermählt waren. Und es auch niemals sein würden.

Plötzlich drückte ihm Irma das Messer in den Rücken. Dieses Mal schnitt die Klinge tiefer. Bis aufs Blut. Flüssigkeit rann ihm den Rücken hinab und sickerte in seine grobe Tunika.

Er wand den Oberkörper und bog die Schultern durch, um dem Messer zu entgehen, ehe es ihm das Rückgrat durchtrennte.

„Sprecht das Ehegelübde“, verlangte Irma. Ihre Augen glühten. „Wir haben nicht die ganze Nacht Zeit.“ Das Muttermal auf ihrem Kinn bebte.

Die Prinzessin zuckte zusammen und biss sich auf die Unterlippe. „Irma?“

„Gleich ist’s geschafft. Mit dem da müssen wir keine Gnade haben. Wenn wir ihn jetzt laufen lassen, sind wir erledigt. Bring es einfach zu Ende, und gut ist’s. Denk nur an das, was du einst getan hast. Das hier ist allemal besser. Wir tun dies nur zu deinem Besten.“

Die Prinzessin erblasste.

Der Mönch befingerte wieder seine Bibel.

„Nun sprich schon die Worte, Hundsfott“, drängte Irma.

„Fahr zur Hölle“, presste Jared hervor. Sengende Wut verzehrte seine Entschlossenheit, Ruhe zu bewahren. Er wehrte sich und riss am Seil, weil er aufspringen und kämpfen wollte.

„Du wirst sie heiraten!" Irma schlug ihm ins Gesicht.

Diese verfluchte Hure. „Mögen die Pocken dich dahinraffen, Dirne."

„Gleichfalls, du Hundsfott."

„Irma! Lass das!" Die Prinzessin trat zwischen sie. „Bitte, Sir, wir meinen es nicht böse. Diese Angelegenheit soll uns beiden zum Vorteil gereichen. Ich habe Gold für Euch."

Gold.

Wenn er Gold hätte, könnte er sich eine Falkenzucht aufbauen, sobald sein Name erst einmal reingewaschen wäre. Er könnte Falken ausbilden und sich eine kleine Kate leisten – ein friedvolles Leben führen.

„Wie viel Gold?"

„Reichlich davon. Mir geht es nur darum, rechtmäßig vermählt zu sein. Es ist nichts weiter als ein Tauschhandel zwischen uns. Und es tut mir aufrichtig leid, dass wir Euch auf diese Weise hergebracht haben."

Blinzelnd musterte er sie. „Wer seid Ihr?"

Ihre Unterlippe zitterte, doch sie blieb stumm. Der Ring an ihrem Finger funkelte im Kerzenschein.

Kalte Wut rauschte ihm durch die Adern. Sobald er frei wäre, würde er ihr den Ring entreißen – würde er ihr all diesen Zierrat abnehmen. Nie wieder würde sie sich hochmütig und erhaben geben.

Es kostete ihn einige Mühe, eine unbewegte Miene zu machen und abzuwarten.

„Ich bin die Tochter eines Edelmanns, und ich muss heiraten. Ich möchte mich von Herzen für die Unannehmlichkeiten entschuldigen."

Unannehmlichkeiten? Teufel auch, sie wollte ihn *heiraten*! War sie vielleicht geistesschwach?

„Wir werden Euch freilassen und …", setzte sie an.

„Schon gut, gegen eine Ehe habe ich nichts einzuwenden",

fiel er ihr kühl ins Wort. Er würde ihr Gold, ihr Land, ihren ganzen Besitz an sich reißen. Durch eine Ehe könnte er sie ihr ganzes Leben lang für diesen Tag büßen lassen.

Diese vermaledeite Prinzessin schien tatsächlich entschlossen, erst das Ehegelübde hinter sich zu bringen, bevor sie ihm die Fesseln abnahm! Das war ärgerlich. Empörend. Himmelschreiend.

Es juckte ihn in den Fingern, sie an den Haaren auf den Kirchenboden zu reißen und zu nehmen, nur um ihr und sich selbst zu beweisen, dass es letzten Endes nur einen Herrn geben würde.

„Wie lautet Euer Name?“, verlangte er zu wissen.

„Gwy…“

Irma schlug ihr die Hand vor den Mund. „Je weniger er weiß, desto besser. Heirate ihn, nimm dir dein Land, und schick ihn fort. Die Ehe lässt sich annullieren.“

Gwy?

Gwyneth?

Gwyneth of Windrose?

Nay.

Niemals.

Schon zuvor hatte er diese Möglichkeit erwogen und wieder verworfen.

Nay, dies war nicht seine Gwyneth – das Mädchen, nach dem er sich gesehnt, nach dem er sich verzehrt hatte. Das Mädchen, dessen Haarlocke er geflochten in seinem Beutel trug.

Eingehend betrachtete Jared das stolz erhobene Kinn und die geraden Schultern. In seiner Erinnerung sah er eine Maid von fünfzehn Sommern, die jugendliche Frische ausstrahlte – und keine grellbunte Verführerin. Die Frau dort vor ihm war ohne Zweifel schön genug, um seine Gwyneth zu sein, doch sie wirkte auch sehr weltlich, mit Puder und Wangenrot und einem widerwärtigen Kopfputz. Zudem ergab es keinen Sinn, dass eine Frau, der die Verehrer zu Füßen lagen, sich einen Bordellgänger erwählen sollte.

„Wer seid Ihr?“, verlangte er nochmals zu wissen.

„Ich heiße … Gwendolyn.“

Sie log, so viel stand fest.

„Weshalb habt Ihr mich gewählt?“, fragte er, weil er mehr erfahren wollte.

„Schweigt, alle miteinander!“ Der Mönch bedachte sie mit einem düsteren Blick und begann nun doch erneut, lateinische Verse zu murmeln, anstatt nur noch das Jawort abzuwarten.

Jared biss die Zähne zusammen und kämpfte den Drang nieder, die Zeremonie zu stören und Antworten einzufordern. Während er in den vergangenen beiden Monaten nach dem Mörder seines Bruders gesucht hatte, hatte er gelernt, wie nützlich es sein konnte, geduldig zu sein und sich als armen Burschen von niederem Stand zu geben. Er sank noch ein wenig mehr in sich zusammen, um kleiner zu wirken.

Angestrengt starrte er auf ihren gefiederten Kopfputz und wünschte, er könne ihn herunterzerren und ihr Haar entblößen. Wenn er es statt nur einer Strähne ganz sähe, könnte er sich die Wahrheit womöglich zusammenreimen und eine Erklärung verlangen.

Er hielt die Fesseln straff gespannt und zählte die Steinfliesen. Um sich zu befreien, musste er den richtigen Augenblick abwarten. Danach würde er die Prinzessin mit eben dem Seil binden, das nun ihn hielt, und schnurstracks mit ihr zu den von Irma erwähnten Ländereien aufbrechen und sie in Besitz nehmen.

Wer immer sie war, er würde ihr Gold nehmen. Und sich an ihr rächen.

„Ich will“, sagte er, als Bruder Giffard ihn aufforderte.

Seine Braut räusperte sich leise und wandte sich ihm zu, als der Mönch die Zeremonie für vollendet erklärte.

Jared spannte die Schenkel an und machte sich bereit für den Angriff. Zunächst würde er sich seine Frau vornehmen, sie zu Boden zerren und den Kerzenhalter zu seiner Rechten ergreifen, um den Mönch besinnungslos zu schlagen. Irma würde dann irgendwann auch noch an die Reihe kommen.

„Es ist vollbracht. Habt Dank dafür, dass Ihr eingewilligt habt“, sagte die feine Hure sanft und trat hinter ihn. Er roch den Lavendelduft und spürte, wie ihr Körper seinen Nacken streifte, als sie sich vorneigte, um den Knoten des Seils zu lösen. Ihre weiche, weibliche Art passte so gar nicht zu dem, was sie tat, und machte es umso abscheulicher. „Ich möchte Euch wirklich kein Leid zufügen.“

„Und was war mit dem Messer, das Ihr mir in den Rücken gebohrt habt?“

Sie zog am Seil, und er spürte, wie es lockerer wurde. Er bewegte die Finger und wandte den Kopf, um die Frau, die nun sein Eheweib war, flüchtig in Augenschein zu nehmen. Heftige Erregung packte ihn angesichts des bevorstehenden Sieges.

Leise glitt das Seil auf die Marmorfliesen. Er spannte die Beine noch ein wenig stärker an, sprungbereit. Nur noch ein Augenblick. Noch ein Augenblick, und er würde die Oberhand gewinnen.

Er ließ die Hände kreisen, rechtsherum, linksherum und wieder rechtsherum.

Endlich sprang er auf die Füße und wirbelte zu der ihm frisch angetrauten Frau herum. Vor dem inneren Auge sah er bereits, wie seine Gemahlin in den Stock gelegt und ihr der Hals lang gezogen wurde. Wie hilflos sie sich derart zur Schau gestellt fühlen würde.

Keuchend riss sie die Augen auf, so weit, dass er fast laut aufgelacht hätte.

Mit einem Satz war er bei ihr, schlug ihr den Kopfputz herunter und packte ihr Haar dicht am Ansatz. Rote Federn regneten auf die Fliesen nieder. Er drückte sie nach unten, sodass sie vornübergebeugt dastand, eine Haltung, an die sie sich schon einmal gewöhnen sollte.

Sie schrie, und der Laut hallte vielfach in der Kirche wider.

Aus den Augenwinkeln sah er, wie der Mönch sich anpirschte. Ohne das Haar seiner Gefangenen loszulassen, fuhr er auf dem Absatz herum und griff sich den nächstbesten Kerzenhalter, so wie er es sich im Kopf zurechtgelegt hatte.

Die langen Spitzkerzen rollten über den Boden davon und verspritzten Wachs. Ächzend ließ er die schwere vergoldete Waffe auf den Schädel des Mönchs niederkrachen.

Der jaulte auf und schlug lang hin; seine braune Kutte umflatterte ihn wie Schmetterlingsflügel. Reglos blieb er neben einer der Kerzen liegen.

Gut.

Die Frau versuchte, sich seinem Griff zu entwinden, und ruckte mit dem Kopf hin und her.

„Hört auf!“ Er umklammerte ihre Mähne fester und drückte sie noch weiter nach unten.

Ihr Leib gab wie erwartet nach. Zwar wehrte sie sich weiterhin, doch sie war zierlich und daher leicht zu bändigen. So, wie er sie hielt, konnte er sie führen, wohin er wollte – oder sie auf Händen und Knien kriechen lassen, wie sie es mit ihm getan hatte. Das würde ihrem Stolz den ersten Dämpfer versetzen.

„Haltet still“, knurrte er.

Ihr hochgestecktes Haar hatte sich gelöst, und die Spitzen schleiften über den Boden wie der Wischlappen einer Putzmagd. Er trat darauf und nagelte sie fest. Sie sollte spüren, wie machtlos sie war, wie töricht sie sich verhalten hatte. Er wollte, dass sie um Gnade flehte, dass sie bettelte.

Ein Schauder durchlief ihren Körper, und sie schrie erneut. „Lasst mich los!“

„Auf die Knie.“

Als sie nicht umgehend gehorchte, drückte er sie leicht nach unten, sodass sie gezwungen war, in die Knie zu gehen.

„Lasst mich!“

„So viel Hochmut, Prinzessin.“

„Wie könnt Ihr es wagen! Ihr …“

In diesem Augenblick flog ein großer, golden funkelnder Gegenstand quer durch die Kirche auf Jared zu. Er wich zur Seite aus, doch zu spät. Eine schwere Bibel traf ihn an der Schläfe, und die Metallbeschläge schürften ihm die Wange auf.

Wie durch einen Nebel sah er noch, dass Irma in einer Nische neben einer offenen Truhe stand, dann sank er auch schon benommen zu Boden und gab das Haar seiner Gefangenen frei.

9. KAPITEL

Gwyneths Gedanken überschlugen sich, als sie fieberhaft versuchte, einen Plan zu ersinnen. Irma und sie waren dabei, den ohnmächtigen, blutbefleckten Leib ihres Gemahls aus dem Bauch der Schubkarre auf eine schmale Pritsche zu hieven. Sie standen in der aus nur einem Raum bestehenden Unterkunft, die einem Stammkunden von Irma gehörte, der derzeit woanders weilte. Das Gelass war bescheiden ausgestattet, aber sauber, und hatte roh gezimmerte Holzwände und einen blank gefegten Dielenboden. Irma zündete eine Talgkerze an. Der dunkle, beißende Qualm erfüllte die Luft.

Jareds Kopfwunde war nur eine kleine Scharte, aus der jedoch ein ganzes Meer an Blut zu strömen schien – zunächst in Rinnsalen, später in langsam hervorquellenden Tropfen. Eine scharlachrote Spur zog sich von der Schubkarre über die Dielenbretter bis zum Bett, und auch seine Tunika hatte sich mit der klebrigen roten Flüssigkeit vollgesogen. Irma schleuderte seinen Stab neben die Liege, wo er laut klappernd landete.

Du liebe Güte! Was sollten sie bloß mit ihm tun?

Hilflos und gefügig hatte er doch sein sollen!

Stattdessen hatte sie einen Drachen entfesselt, als sie ihn losgebunden hatte.

Sein massiger Körper landete plumpsend auf der Matratze. Erneut durchrieselte sie Angst.

Sie presste die Finger auf die Wunde, um die Blutung zu stillen. Seine Kopfwunde musste genäht werden.

„Was sollen wir bloß tun?“, fragte sie, dieses Mal laut.

Auf dem Weg durch die dunklen, gepflasterten Gassen hierher hatte sie sich diese Frage immer wieder gestellt. Sie konnten ihn weder freilassen noch sich an die Obrigkeit wenden oder …

„Vergiften“, erwiderte Irma verschmitzt und riss Gwyneth damit aus ihren aufgewühlten Gedanken.

Ihr wurde flau. „Verkneif dir deine finsteren Späße."

„Ich spaße nicht, es ist die beste Lösung. Wir töten ihn und versenken ihn ganz einfach im Fluss, so wie damals."

Gwyneth starrte ihre Freundin an, entsetzt darüber, wie kalt sie war. „Wir werden keinen Mord begehen!" Es lag ihr auf der Zunge zu sagen, dass sie keine Mörderin sei, doch die Worte blieben ihr im Halse stecken. Schließlich hatte sie bereits einen Mann umgebracht.

Vielsagend zuckte Irma mit den Schultern. „Nun gut. Aber wenn du vernünftig wärst, würdest du es tun."

„Wir tun es aber nicht."

„Schade, dass die Bibel ihm nicht den Schädel eingeschlagen hat. Meinst du, Bruder Giffard hat das Blut noch vor dem ersten Kirchgänger beseitigen können?"

„Ganz bestimmt."

Giffard hatte ihnen geholfen, Jared auf die Schubkarre zu heben, ehe er sie hastig hinausgescheucht hatte, zweifellos mehr um seine eigene Sicherheit denn um die der beiden Frauen besorgt.

Nachdenklich betrachtete Gwyneth den Mann auf der Pritsche und hoffte auf eine Eingebung. Sie musste ihren Verstand einsetzen und einen Schritt nach dem anderen bewältigen. Gewiss fiel ihnen irgendetwas ein. Sie könnte Adele einweihen und bei ihr Hilfe finden. Womöglich könnte sie gar ihrem Vater in Italien eine Nachricht zukommen lassen.

Und was sollte sie ihrer Familie erzählen? Dass sie im Bordell einen Mann aufgegabelt und ihn gezwungen hatte, sie zu heiraten? Beinahe hätte sie laut aufgestöhnt. Welch ein närrischer, hohlköpfiger Plan das doch gewesen war.

Sie trat vor und beschloss, ihn erst einmal am Bett festzuzurren, danach etwas zu suchen, womit sie die Blutung stillen konnte, und sich anschließend die Zeit zu nehmen, ein wenig auf und ab zu gehen und darüber nachzugrübeln, was zu tun sei. Vielleicht sollte sie die Schränke aufräumen. Wenn sie Dinge ordnete, bekam sie stets einen klaren Kopf.

Flink fesselte sie seine Handgelenke und Knöchel an die Bettpfosten und trat zurück, um ihr Werk zu begutachten. Durch seinen langen Körperwuchs und die breiten Schultern ragte er an allen Seiten über die schmale Liegestatt hinaus.

Gebunden wie ein Geschenk der Hölle.

Auf seiner Tunika war Blut, teils getrocknet, teils noch immer rot und klebrig.

„Wir müssen ihn waschen“, wandte sie sich an Irma, die die Vorhänge zugezogen und im kleinen Kamin ein Feuer entzündet hatte. „Such nach Tüchern, und still die Blutung. Wenn wir eine Nadel finden, werde ich die Wunde nähen.“

Irma zuckte mit den Schultern. „Wie du willst. Aber die Wunde behelligt ihn nicht weiter, sie blutet ja kaum noch.“

„Wir können ihn nicht einfach so liegen lassen. Er muss genäht werden.“

„Hab im Leben noch nie irgendwen genäht.“

„Nun, ich schon“, entgegnete Gwyneth. „Du kannst mir helfen, ihn sauber zu machen.“

„Ich bade ihn doch schon jede Woche“, wandte Irma ein.

„Eben drum.“

„Nichts da! Wir müssen ihn loswerden, nicht herausputzen, als ob wir ihn der Königin vorführen wollten.“

Wieder betrachtete Gwyneth den Mann. Sie war wütend auf Irma. „Wie hast du ihn jede Woche baden und dabei nicht wissen können, wie stark er ist? Schau dir seinen Leib an. Noch nie habe ich so viel Kraft gesehen.“

Irma schnalzte. „Er hatte doch immer nur diesen Stab bei sich. Außerdem ist ein Kerl wie der andere. Allesamt große, plumpe Trottel.“

„Dann hilfst du mir also nicht?“

„Hm. Wir sollten ihn vergiften, und gut ist's. Ich muss nur schnell zurück zum Bordell und etwas von dem geheimen Vorrat an …“

„*Nay!*“

„Wie unvernünftig du bist. Du kannst doch nicht mit einem

solchen Burschen an der Seite leben. Wenn deine Familie das herausfindet, bist du erledigt."

Gwyneth krampfte die Hände in ihren Rock. *Denk nach, Mädchen, denk nach.* „Wir müssen es meiner Familie sagen."

„Was willst du deinen Leuten denn erzählen? Dass du einen Mann entführt und geheiratet hast und er nun an ein Bett gefesselt in einer Kammer nahe der Kirche liegt?", spottete Irma. „Dieser neue Oberherr, den ihr da habt, dieser Montgomery, wird dir dafür den Kopf abreißen."

„Nicht wenn ..." Gwyneth durchquerte zweimal die Kammer; von einem Ende zum anderen waren es nur wenige Schritte. „Nicht wenn wir ihnen erzählen, dass er es war, der *mich* entführt hat."

Irma legte den Kopf schief. „Was ist der Unterschied zwischen diesem Weg und dem, ihn zu vergiften? Lord Montgomery wird ihn enthaupten lassen, wenn du ihm das sagst. Und wie er das tun wird."

Gwyneth war, als laufe ihr ein straffer Strick durchs Rückgrat, der ihre Schultern schmerzhaft spannte und ihr den Rücken bis zum Nacken hinauf zusammenzog. Sie ließ sich auf einen Stuhl mit Sprossenlehne sinken und vergrub das Gesicht in den Händen. „Was habe ich mir nur dabei gedacht?"

„Na, na." Irma trat neben sie und tätschelte ihr die Schulter. „Ich geh nur rasch zum Bordell und hol ein wenig Tollkirsche."

So ruckartig fuhr Gwyneth hoch, dass sie beinahe den Stuhl umgeworfen hätte. „Wir werden ihn nicht ermorden!"

Irmas Miene wirkte säuerlich, als habe sie gerade eine Zitrone verspeist. „Warum nicht? Du hast es schon mal getan."

„Das hier ist nicht dasselbe! Er hat nichts verbrochen!"

„Doch, hat er. Wir wissen nur nicht, was. Ein Kerl ist doch genau wie der andere."

„Du bist doch diejenige, die mir versichert hat, dieser hier sei anders!"

„Tja, nun." Irma fühlte sich sichtlich unwohl. „Dann muss ich wohl falsch gelegen haben." Ein unbehagliches Schweigen folgte, ehe Irma zur Tür rauschte. „Ich hol nur eben die Tollkirsche", sagte sie im Hinausgehen.

„Warte!"

Doch das Knallen der Tür war die einzige Antwort.

Gwyneth starrte die Tür an und fragte sich, ob sie ihrer Freundin hinterherlaufen sollte oder nicht. Doch schließlich wandte sie sich langsam wieder dem Mann auf der Matratze zu.

Sein Gesicht war vom Ansatz seines dichten dunklen Haars bis zum Kinnbart mit Blut und Dreck verschmiert, und der Kopf war ihm zur Seite gefallen.

Ein Anflug von Schuldgefühl stieg in ihr auf, doch sie rang es nieder. Er hatte vorhin in der Kirche keinen Grund gehabt, sich so aufzuführen! Sie hätten ihn doch gehen lassen, sobald sie, Gwyneth, Herrin über ihre Ländereien gewesen wäre. Sie hätten ihn seiner Wege ziehen lassen, mit genügend Gold für ein angenehmes Leben. Er war nur ein Gemeiner! Ein Falkner! Was sie ihm geboten hatte, war weit über seinem Stand. Er hätte dankbar sein sollen! Lediglich ein paar Wochen lang hätte er mitspielen müssen, um genügend Gold für eine eigene Falkenzucht zu haben. Stattdessen hatte er sich wie ein Berserker gebärdet.

Diese Gedanken ließen ihre Furcht erneut aufflammen. Ein Schritt nach dem anderen, redete sie ihrem zermürbten Geist zu. Ein Schritt nach dem anderen.

Tief atmete sie durch und durchstöberte die Kammer nach etwas, mit dem sie die Verletzung verbinden konnte. Ihre Finger damit zu beschäftigen, die Wunde zu versorgen, war allemal besser, als händeringend herumzustehen und sich mit der Frage zu quälen, was sie nur mit ihm machen sollte.

Das Gelass war klein, doch sie stellte fest, dass es sauber und recht gut ausgestattet war. In den Ecken fanden sich weder Staub noch Spinngewebe, was ihrem Ordnungssinn behagte und sie ein wenig ruhiger stimmte.

Auf einer Anrichte an der Wand stand ein Krug Wasser, und in einem Schrank beim Fenster fand sie Stoffstreifen, Nadeln,

Garn und anderes grundlegendes Haushaltsgerät. Alles war fein säuberlich sortiert. Die aufgeräumte Reinlichkeit ließ sie ihre Fassung zurückgewinnen. Jedenfalls verstand sich hier jemand auf Haushaltsführung.

Sie sammelte zusammen, was sie brauchte, und kehrte zu dem an die Liege gebundenen Mann – ihrem Gemahl – zurück. Gemahl! Welch ein fremd anmutendes Wort. Ein fremd anmutendes Wort für einen Fremden.

Zum wohl hundertsten Mal seit dem Vorfall in der Kirche schalt Gwyneth sich im Stillen für diesen schwachsinnigen Plan. Wie hatte sie das je für einen guten Einfall halten können?

Selbstredend mussten sie die Ehe annullieren. Es wäre gewiss ein Leichtes, sie als nicht rechtens erklären und aufheben zu lassen. Gewiss doch. Allerdings … Was war, wenn dieser ihr frisch angetraute Gemahl sich widerspenstig zeigte?

Schaudernd schob sie den Gedanken beiseite, beugte sich über Jared und zwang sich, ihn kühl und mit Abstand zu betrachten.

Sie würde seine Wunde nähen, und wenn er aufwachte, würden sie gesittet miteinander reden und zu einer Einigung gelangen. Sicherlich könnte sie ihm begreiflich machen, dass ihr Vorhaben ihnen beiden zum Nutzen gereichen würde. Wenn nicht, konnten sie die Ehe sofort annullieren lassen und diese scheußliche Nacht einfach vergessen.

Sie goss Wasser aus dem Tonkrug in eine Schüssel, zog sich den Kopfputz herunter und wusch sich weißen Puder und Lidstrich ab. Denn sie wollte ihm so schlicht und aufrichtig wie möglich entgegentreten.

Nachdem sie nun alles überdacht hatte, war sie gelöster. Sie drückte einige Augenblicke lang ein Tuch auf die Kopfwunde. Als diese nicht aufhörte zu bluten, rieb sie die Haut um die Wunde herum sauber, so gut es ging, fädelte Garn ein und nähte die Verletzung flink und mit kleinen Stichen.

Jared stöhnte einige Male, wachte jedoch nicht auf.

Sorgfältig begutachtete sie ihre Arbeit und zog die Haut behutsam hierhin und dorthin, um sicherzugehen, dass die Naht hielt. Er würde eine Narbe zurückbehalten, allerdings keine große – ihre Stiche waren winzig und ebenmäßig. Schließlich hatte sie mit ihrer hochgeschätzten Stickkunst Gold verdient, um die Wärter im Kerker zu bestechen. Bruder Giffard nutzte sein Dasein als Wanderprediger, um im Geheimen für Gwyneth Ärmel an die Damen des Königshofs zu verkaufen.

Ihre Mutter wäre stolz auf sie. Zufrieden tauchte sie das Tuch in die Wasserschüssel, um auch den Rest von Jared zu reinigen.

Das klare Wasser wurde allmählich rot, als sie den Lappen wieder und wieder auswrang. Langsam kam sein Gesicht zum Vorschein.

Eine kleine weiße Narbe unter seinem linken Auge fühlte sich leicht erhaben an, als sie mit dem Finger darüberstrich, und sein rabenschwarzes Haar war seidenweich und dicht. Der Haaransatz über der Stirn bildete einen Zacken, und der Bart um Mund und Kinn war ordentlich getrimmt.

Sie hielt in ihrem Tun inne, um ihn anzusehen.

Grundgütiger, wie schön er war – vor allem für einen Mann von niederem Stand. Glänzendes dunkles Haar, hohe Wangenknochen, volle Lippen und eine fast aristokratisch geformte Nase. Verzaubert fuhr sie mit den Fingern seine Züge nach. Sein Kinn war ein wenig zu spitz, und seine Brauen waren eine Spur zu geschwungen. Diese beiden weiblichen Merkmale in einem ansonsten vollkommen männlichen Antlitz faszinierten sie.

Nie zuvor hatte sie einen Mann wie ihn gesehen. Er atmete in tiefen, langen Zügen, und sie überlegte, ob sie ihn wecken sollte. Mit dem Finger malte sie eine Linie auf seine Wange, schob Haarsträhnen beiseite und drehte sein Gesicht nach oben, damit sie es eingehend mustern konnte.

In ihrem Bauch stieg eine wohlige Hitze auf, und einen flüchtigen Moment lang wünschte sie, sie könne ihn behalten, wie er war – gefesselt zu ihrem reinen Vergnügen. Ein Mann, der ganz ihr gehörte. Ein Gemahl, den sie vollkommen beherrschen konnte.

Dieses sündige Ansinnen weckte ihr Gewissen. Welch verruchter Gedanke!

Sachte wandte sie sein Gesicht von einer Seite zur anderen, um es zu mustern.

Auf einmal blinzelte sie.

Der Mönch?

Der junge Mönch?

Sie mochte es kaum glauben, umfasste sein Kinn fester und beugte sich weiter vor, um ihn genauer in Augenschein nehmen zu können.

Er war es, kein Zweifel. Er war der Mann, der ihr das Buch mit dem Dracheneinband geschenkt hatte. Das Buch, das sie auch jetzt am Herzen trug. Er war jetzt älter, härter – zwischen seinen Brauen stand eine Falte. Sie strich sie glatt und fragte sich, was ihm wohl widerfahren war.

„Ausgerechnet", flüsterte sie, genauso verblüfft wie ratlos.

Wie kam es, dass er hier war? Ins Kloster war er ganz offensichtlich nicht gegangen. Weshalb nicht?

Neugierig und fasziniert strich sie mit den Fingern an seinem Hals hinab und löste die Kordel seiner Tunika. Sie sagte sich, dass sie ihn waschen, dass sie ihn von all dem Blut befreien musste, doch in ihrem Herzen wusste sie, dass sie sich selbst etwas vormachte. Er war der einzige Mann, mit dem sie sich je verbunden gefühlt hatte. Das kleine Buch, das er ihr gegeben hatte, drückte an ihren Busen, wo sie es seit nunmehr drei Jahren trug. Der Schwanz des Drachen hatte einige Goldschuppen eingebüßt, weil sie das Werk so oft in Händen gehalten und die Seiten durchgeblättert hatte.

Sie schob Jareds Tunika hoch und keuchte auf, als sie die kräftigen Muskelstränge sah, die sich auf seinem Bauch wölbten. Du lieber Himmel! Er war so ganz anders als ihr eigener weicher, leicht gerundeter milchweißer Bauch. Der seine war braun gebrannt, fest und wie gemeißelt.

Ohne nachzudenken, legte sie ihm die flache Hand auf den Nabel. Hitze sickerte von seinem Leib in ihre Finger. Ihr wurde schwindelig, und rasch zog sie die Hand zurück.

Während sie sich mit einer Hand Luft zufächelte, griff sie mit der anderen nach dem Lappen. Sie würde nur ihre Christenpflicht tun und ihn säubern. Aber behalten durfte sie ihn nicht, mochte sein Leib auch noch so schön sein. Er war gefährlich. Unberechenbar. Hatte er das nicht in der Kirche bewiesen?

Zudem hatte sie kein Verlangen nach dem Fleische eines Mannes – denn es brachte einer Frau nichts als Pein.

Mit dem feuchten Tuch fuhr sie ihm über die Täler und Hügel von Brust und Bauch, wobei sie ihre Finger hier und da auf seiner Haut verweilen ließ. So viel lockende Männlichkeit.

Schwer zu glauben, dass er entmannt sein sollte, doch Irma hatte ausdrücklich betont, dass seine Lanze sich nie hob.

Sie wollte die Tunika noch ein wenig höher schieben, doch sie ließ sich nicht bewegen, weil der Stoff durch das getrocknete Blut an der Haut klebte. Gerade setzte sie an, seine Handgelenke loszubinden, als sie innehielt.

In der Kirche hatte er sie allzu schnell auf die Knie gezwungen. Besser, ihn gefesselt zu lassen, bis sie zu einer Einigung gekommen waren.

Sie nahm ein Messer und zerschnitt erst die Vorderseite seiner Gewandung und dann die Ärmel. Seine Kleidung war ohnehin ruiniert; Irma sollte später neue auftreiben.

Die Fetzen fielen zu Boden, wo sie in einem Haufen liegen blieben. Gwyneths Augen weiteten sich, als sie sah, wie breit seine Brust war. Schon angekleidet hatte er groß gewirkt, doch entblößt war er weit mehr als das. Kraftvoll. Gewaltig.

Im Geiste zählte sie, wie viele Handspannen es von einer Schulter zur anderen waren. Er war stark. So verflixt stark.

Sie überlegte, ob sie ihm nicht besser noch etwas von dem Schlaftrunk in seine Kehle zwingen sollte, anstatt ihn zu wecken. Sollte es ihm gelingen, sich zu befreien, so mochte Gott allein wissen, was er tun würde. Sie fuhr sich mit der Hand durchs Haar und rieb sich die Kopfhaut da, wo er sie gepackt und festgehalten hatte, um sie geradezu mühelos niederzudrücken. Wahrlich, der Kampf zwischen ihnen konnte nicht mit Körperkraft ausgetragen werden. Gottlob war er seiner Manneskraft beraubt und würde die Ehe nicht vollziehen können. Vielleicht hatte er deswegen ins Kloster gehen wollen.

Seine nackte Brust hob und senkte sich unter tiefen, gleichmäßigen Atemzügen. Wieder tauchte sie das Tuch ins Wasser, entschlossen, ihn weiter zu waschen und sich dabei einen Plan zurechtzulegen, wie sie ihn für ihr Ansinnen gewinnen konnte. Sie würde ihm freundlich begegnen, ihn anlächeln, seinen Verstand ihrem Willen beugen. Schließlich hatte sie genügend Übung darin, sich Männer geneigt zu machen.

Hin und her glitt der Lappen über seine Haut.

Plötzlich stockte Gwyneth und starrte Jared an. Er war festgebunden und vollkommen hilflos. Sie musste ihn gar nicht betören – sie konnte mit ihm tun, was sie wollte!

Die pure Macht, die sie als Frau auf einmal hatte, ließ sie erschaudern.

Wie überaus verlockend!

Ihr ganzes Leben lang hatte sie auf die eine oder andere Weise unter der Fuchtel eines Mannes gestanden, zunächst unter der ihres Vaters und danach unter der von Lord Montgomery, seit ihr Vater im Exil war. Ihr ganzes Leben lang hatte sie Männer beeinflusst, umschmeichelt und beschwatzt, damit sie ihr gefällig waren. Und hier war nun einer, bei dem sich dies alles erübrigte. Sie konnte einfach über ihn verfügen – konnte nach Gutdünken mit ihm verfahren. Konnte ihn entkleiden und waschen. *Ihn küssen.*

Ihn küssen?

Woher war dieser Gedanke gekommen?

Nay, sie würde ihn nicht küssen.

Aber sattsehen würde sie sich an ihm, bis er wieder zu sich kam – sie würde ihn begaffen, wie Männer gemeinhin Frauen begafften. Es würde die reinste Wonne sein, dem Mannsvolk im Namen aller Frauen einen Schlag zu verpassen, indem ausnahmsweise einmal eine Dame einen Herrn anzüglich anstarrte statt umgekehrt.

Immerhin war er – bis die Ehe annulliert wäre – ihr Gemahl. Wieder überkamen sie Gewissensbisse, doch sie schob sie von sich. Er hatte unleugbar in die Ehe eingewilligt, und er war derjenige gewesen, der hinterher sein Versprechen gebrochen hatte.

Begeistert von der Möglichkeit, einen Mann zu erkunden, strich sie ihm sanft mit dem Finger über den Bauch. Dabei streifte ihr Handgelenk den Bereich darunter, wo die Beinlinge an die Bruche genestelt waren.

Dort zuckte etwas und schien sich wie von selbst zu heben.

Gwyneth konnte den Blick nicht abwenden. Ihre Augen weiteten sich. Wieder zuckte es.

Hatte Irma sich geirrt?

Voller Neugier berührte sie den Stoff nahe seinen Lenden. Unter ihren Fingern bildete sich eine Beule.

Sie keuchte; sündige Erregung erfasste sie.

Rasch zog sie die Hand zurück und legte sie in ihren Schoß. Kurz darauf verschwand die Schwellung.

Und Irma hatte ihr erzählt, er verspüre kein männliches Begehren, er sei unfähig, einer Frau beizuwohnen!

Sie hielt den Blick weiter auf seine Lenden gerichtet, doch nichts zuckte mehr dort. Vielleicht hatte sie sich das Ganze nur eingebildet. Genau, sie musste es sich eingebildet haben.

Einige Momente verstrichen, ehe sie sich zögerlich vorbeugte, um den Bereich schüchtern zu mustern. Nichts. Nicht das Geringste. Keinerlei Bewegung. Doch was würde geschehen, wenn sie die Stelle erneut berührte?

Sündiges Begehren wallte in ihr auf.

Sie sollte so etwas nicht tun. Es war verworfen! Abscheulich!

Flüchtig betrachtete sie sein Gesicht. Er schlief noch immer. Außer ihr war niemand hier. Niemand würde es je erfahren.

Zaghaft streckte sie die Hand aus und stupste das Ding unter seiner Leinenbruche an.

Es ruckte hoch.

Neugierig lehnte sie sich zurück und wartete.

Die Schwellung sank wieder in sich zusammen, doch Gwyneth hatte ihre Form dieses Mal besser erkennen können.

Mit großen Augen stieß sie es erneut an. Nun wuchs es stärker, wurde dicker und fester. Sie schlug sich die Hand vor den Mund und kicherte. Wie Irma sich getäuscht hatte.

Sie rang einen letzten hartnäckigen Anflug von Skrupel nieder und streckte noch einmal die Hand aus, nachdem sich die Erhebung wieder verflüchtigt hatte. Behutsam drückte sie das Ding – selbst durch den Leinenstoff hindurch konnte sie ausmachen, dass es länglich und fleischig war. Unter ihren Fingern wurde es steif, und sie gluckste.

Welch Spaß, welch schändliches Vergnügen, mit dem Leib eines Mannes zu spielen! Männer waren solch tumbe, schwachköpfige Wesen, dass sie ihre Glieder nicht einmal im Schlaf in der Gewalt hatten.

Da schlug Jared die Augen auf, und sein Blick bohrte sich in ihren.

Das entzückte Kichern erstarb ihr auf den Lippen, und sie riss die Hand zurück, als sei sie geschlagen worden.

Solch durchdringende Augen hatte sie nie zuvor gesehen. Schattierungen von Schwarz, durchsetzt mit hellgrünem Achat, glänzten im Kerzenschein. Die Augen wirkten beinahe, als gehörten sie keinem Menschen, sondern einer Kreatur, die aus der Unterwelt gekrochen war.

Es waren ganz und gar nicht die Augen eines schwachköpfigen Toren.

10. KAPITEL

Jareds Augen wurden vor Wut schmal, während er die Frau, die gleichsam wie ein Bussard über ihm kreiste, finster anblitzte. Das schrille Kichern, das bis gerade noch ihrem Schlund entwichen war, hatte sich schmerzhafter in seinen Schädel gebohrt als die Bibelbeschläge. Sie hatte ihn betatscht, hatte mit ihm gespielt, an ihm herumgefingert.

Glühender Zorn kroch ihm heiß den Rücken hinauf und färbte seine Wangen. Er sah ihre Gestalt wie durch einen roten Nebel hindurch und nahm ihre Züge nur verschwommen wahr, während er versuchte, sich freizukämpfen.

„Ruhig, Sir."

Arme und Beine taten ihm weh von den Fesseln, die ihn am Bett festhielten. Sein Rücken fühlte sich steif an, und hinter seinen Schläfen pochte es stechend.

„Dafür werdet Ihr zahlen!" Wild zerrte er an den Seilen, mit denen seine Handgelenke ans Bettgestell gebunden waren. Die Pritsche ruckelte und klapperte auf den Dielenbrettern.

Rasch sprang sie zurück. „Ich bitte Euch, Sir." Sie wurde blass und krampfte die Hände in den Rock. Diese fahrige Geste dämpfte seine Wut keineswegs. Er mochte nicht glauben, wie sehr man ihn gedemütigt hatte. Und dennoch war es geschehen.

Die Seile hielten. Mit Mühe zügelte er seinen Ingrimm. „Lasst mich sofort frei, dann kommt Ihr besser davon."

Schweigen.

Ein langes Schweigen, das ihn zur Weißglut brachte.

Schließlich atmete sie tief durch und schüttelte leicht den Kopf – so als wolle sie ihr Unbehagen abschütteln wie ein Hund Wasser. Sie straffte die Schultern, fuhr sich übers Haar und begegnete seinem Blick.

Blinzelnd versuchte Jared, ihr Gesicht zu erkennen, doch durch die Kräuter und den Schlag gegen den Kopf sah er alles unscharf. Ihr Bild zerfloss immer wieder.

„Ich kann Euch mit Gold entlohnen“, sagte sie. „Ihr müsst lediglich tun, was ich …“

„Glaubt Ihr tatsächlich, dass das, was Ihr mir angetan habt, mit etwas so Profanem wie Gold vergolten werden kann?“

Sie erbleichte. „Wahrlich, wir haben es nicht bös' gemeint.“

„Ich bin kein Spielzeug, mit dem man beliebig hantieren kann.“ Er hob den Kopf und stemmte sich gegen die Fesseln. Vielleicht schaffte er es, das Bett zu kippen und sich so zu befreien. „Bindet mich los, Mädchen.“

Sie drehte den Kopf zur Tür. Die Bewegung ließ ihr Haar im Kerzenlicht schimmern. Es fiel ihr offen über den Rücken, eine Flut aus Silber und Gold. Die Mähne umfloss ihre Kurven und zeichnete die Umrisse ihres Körpers formvollendet nach, sodass er sie trotz seiner verschwommenen Sicht erkennen konnte.

Düster funkelte er sie an und wünschte, er könne sich die Augen reiben und den Nebel fortwischen.

„Wirklich, Sir, dies alles ist ein schreckliches Missverständnis.“

Jared brummte und bedauerte zutiefst, dass er nicht von der Liege aufspringen, sie bei den Schultern packen und ordentlich schütteln konnte.

„Bitte, wir müssen reden. Ich kann Euch Gold geben – viel Gold –, und dann steht es Euch frei zu gehen“, erklärte sie. „Dieser Handel dient uns beiden.“

Er sah nicht mehr ganz so unscharf wie zuvor. Blinzelnd mühte er sich, seine Sehkraft weiter zu schärfen. In diesem Augenblick ging die Tür auf, und Irma schob sich hindurch. Wasser tropfte auf die Dielen, und zu ihren Füßen bildete sich eine Pfütze. Sie trug noch immer denselben grellbunten Aufzug wie in der Kirche, der jedoch nun mit Schlamm und Regen bespritzt war.

Die Wangen der Dirne waren mit Rot bemalt – offenbar hatte sie die Farbe aufgefrischt. Vermutlich hatte sie einem oder zwei Kunden beigewohnt, während sie fort gewesen war. Widerlich.

Er drehte sich der Frau zu, die er geheiratet hatte, und maß sie, so gut er dies mit seiner unklaren Sicht vermochte: Die Hurengewandung, die sie im Freudenhaus getragen hatte, war verschwunden, und an ihre Stelle war ein feines Kleid aus blauer Seide getreten, dessen geschlitzte Ärmel und eckiger Ausschnitt mit raffiniertem Stickwerk verziert waren. Die Frau wandte ihm den Rücken zu, und die langen Flechten ihres prachtvollen Haars wellten sich weit hinab.

Allmächtiger.

Zischend fuhr ihm die Klinge des Verrats ins Fleisch und traf ihn mit voller Wucht. Schon zuvor hatte er gemutmaßt, dass es sich um Gwyneth of Windrose handeln könnte. Noch gestern hätte er freudig eingewilligt, die Dame zu heiraten, von der er so lange schon träumte.

Eine Welle der Übelkeit überrollte ihn, und einen Moment lang wünschte er, seine Augen mögen ihn noch immer trügen.

Gwyneth.

Gwyneth of Windrose.

Seine Gwyneth.

Keine andere Frau nannte solches Haar ihr Eigen. Es glich der Locke, die er in seinem Beutel als Andenken an alles trug, was auf der Welt gut und richtig war – als Zeichen dafür, dass es immer Hoffnung gab, wie schwarz das Leben auch scheinen mochte.

Sein Stolz erlosch, und er heulte empört auf und stemmte sich nochmals gegen die Fesseln. Erneut kochte Wut in ihm hoch.

„Oh, bitte, Sir“, flehte Gwyneth und wich zurück.

Doch er wehrte sich weiter gegen die Seile und musterte dabei das schamlos intrigante Weib, das er geheiratet hatte. Sie hatte sich das Gesicht gewaschen und trug nicht länger die Isebel-Male einer Hure. Wahrlich, sie sah so rein und frisch aus wie eine Jungfrau bei Hofe – und doppelt so berückend wie zuvor. Eine Königin. Eine Göttin unter Sterblichen. Der Gedanke vertiefte seinen Abscheu noch. Der Leibhaftige selbst hatte ihr diese Schönheit verliehen.

Der Unterschied zwischen den beiden Frauen war so augenfällig – die eine war majestätisch, die andere gewöhnlich –, dass ihre Freundschaft ihn wunderte.

Irma durchquerte die Kammer mit undamenhaft schweren Schritten, eine Frau mit einem Auftrag. „Das Schiff legt bald ab. Der Kerkermeister sagt, er nimmt den Burschen im Tausch gegen diese Elizabeth. So schlagen wir zwei Fliegen mit einer Klappe."

Gwyneth starrte ihre Freundin an, eine Hand an die Brust gedrückt.

„Entweder das oder eben die Tollkirsche." Irma hielt ein Tongefäß hoch.

Tollkirsche! Sie wollten ihn vergiften?

Gwyneth rührte sich nicht.

„Hier kann er jedenfalls nicht bleiben", fuhr Irma fort. „Überhaupt sollten wir gar nicht hier sein. Und wir müssen ihn waschen und verkaufsfertig herrichten, meinte der Wärter. Einen verdreckten Kerl nehmen sie nicht."

Jared rüttelte am Bettgestell und riss an den Seilen.

Irma fuhr sich mit dem Daumen über das Muttermal am Kinn.

„*Nay*", wandte Gwyneth ein. „Ich weiß eine bessere Lösung."

„Eine bessere Lösung gibt's nicht." Irma eilte zum Schrank und durchkramte dessen Inhalt. „Wir müssen ihn loswerden. Schiff oder Gift. Wo ist nur der Wein? Ich brauch Wein, um die Tollkirsche hineinzutun."

Diese Hexen! Jared ruckte an den Fesseln und bäumte sich auf. Das Bett hüpfte auf und nieder und klapperte laut auf den Dielen. „Lasst mich frei!"

Gwyneth wich noch ein Stück zurück.

„Sorg dafür, dass er still ist!", wies Irma sie an. Tontöpfe schlugen gegeneinander, während Irma hastig den Schrank durchstöberte. „Hol's der Teufel, kein Wein!" Sie fuhr herum und huschte zur Tür wie die räudige Ratte, die sie in Jareds

Augen war. „Ich lauf nur schnell zum Bordell rüber. Bring ihn zum Schweigen, ehe irgendwer ihn hört."

„Warte doch!", rief Gwyneth, doch da war die Tür schon hinter Irma zugefallen.

Mögen sie beide im tiefsten Höllenschlund braten! Ächzend warf Jared seinen Körper auf der Matratze herum und brachte das Bett damit fast zum Kippen. Er musste sich befreien! Die Liege rückte von der Wand ab und hüpfte in die Mitte der Kammer, wobei sie gegen den Stuhl mit der Sprossenlehne stieß, auf dem Gwyneth eben noch gesessen hatte.

Der Rauch vom Kaminfeuer hing wie schwarzer, unglückseliger Nebel in der Luft. Die Seile schnitten ihm in die Haut und schmerzten wie Wespenstiche. Das Bettgestell rumpelte und polterte über die Dielen und hopste hierhin und dorthin.

Doch die Fesseln hielten.

Verflucht!

Der Gnade von Weibern ausgeliefert zu sein war gewiss die schlimmste aller Höllenqualen!

Seine ihm frisch angetraute Gemahlin streckte beschwichtigend die Hand aus. „So hört doch auf! Ihr werdet Euch sonst noch verletzen."

„Bindet mich los, Frau!" Seine Stimme war rau.

Die Hände in die Hüften gestemmt, blickte sie auf ihn herab, als sei er ein Kind, das es zu tadeln gelte. „Wir haben Euch weder ein Leid zufügen noch Euch peinigen wollen. Euer Verhalten ist ungebührlich."

„Ungebührlich!" Die Haut an seinen Hand- und Fußgelenken brannte. Sein Stolz verlangte nach Rache. Und seine Lenden – verdammt seien sie – pulsierten noch immer heiß von ihren Fingern, als ob dieser Teil seines Leibes sich nicht im Mindesten darum scherte, dass er nach wie vor gebunden war und dieses Weib dort nach Belieben mit ihm verfahren konnte.

Hochmütig hob sie das Kinn. „Wenn Ihr Euch nur beruhigen wolltet, könnten wir reden."

Dieses überhebliche Frauenzimmer.

Er ließ davon ab, sich auf der Matratze hin und her zu werfen. Auch wenn seine Würde Schaden nahm, brachte ihm sein Aufbegehren nichts ein. Das Hanfseil würde nicht reißen, und solange er gefesselt war, hatte sie die Oberhand.

„Schon besser“, säuselte sie.

Er biss die Zähne zusammen angesichts ihres herablassenden Tonfalls und zwang sich, ruhig zu sprechen, so als wende er sich an eine Geistesschwache. „Ich möchte losgebunden werden, damit wir uns *vernünftig* unterhalten können.“ Als könne er sich tatsächlich vernünftig mit einer Frau unterhalten, die ihn aus dem Bordell entführt und zur Heirat gezwungen hatte und nun beabsichtigte, ihn entweder zu vergiften oder auf irgendein Schiff zu verfrachten.

Ein Grund mehr, weshalb ein Mann niemals einer Frau trauen sollte – er war freundlich zu Irma gewesen, und so vergalt sie es ihm. Er hatte Gwyneth stets als eine Art Leitstern betrachtet, und dabei war sie genauso niederträchtig wie alle übrigen Weiber.

Die Verführerin trat näher und strich ihm mit der Fingerspitze über die Schulter. Wieder erwachte seine Lanze zum Leben, als sehne sie sich nach der Berührung dieser Frau. Verdammt noch mal!

„Rührt mich nicht an!“, presste er hervor. Scham und Schmach ließen tiefen Groll in ihm aufbrodeln, als er erkannte, dass er sie nicht aufhalten konnte, wenn sie seine Lenden kichernd zu befingern wünschte wie vorhin.

Doch sie ließ sich nicht beirren und legte ihm die Hand auf die Schulter. Sie wusste es! Sie wusste, welche Wirkung sie auf ihn hatte. Wie herzlos sie war.

Draußen prasselte der Regen gegen die Tür, und Jared vertiefte sich in dieses Geräusch. Alles war ihm recht, wenn es ihn nur von der Schönheit dort vor ihm ablenkte.

Unauffällig tastete er die Teile des Bettrahmens ab, die er erreichen konnte, um scharfe Kanten oder Nägel zu finden, an denen er die Seile durchschaben konnte.

Er suchte nach etwas, irgendetwas, das ihm das Gefühl verlieh, nicht machtlos zu sein.

„Sir, bitte, so hört mich doch an." Hochmütig aufgerichtet stand sie da – eine Haltung, die sie vermutlich schon oft eingesetzt hatte, um Männer dazu zu bringen, ihr zu verfallen. Ihre Stimme nahm einen verführerischen Klang an. „Ich werde dafür sorgen, dass sich all dies für Euch lohnt. Ich will Euch Gold geben, und danach steht es Euch frei zu gehen."

Da wurde ihm klar, was sie wollte. Sie wollte mit ihrem Verbrechen ungestraft davonkommen und ihn fortschicken. Sein Name auf der Heiratsurkunde war alles, was sie brauchte. Sie wollte ihn weder vergiften noch Irmas Plan in die Tat umsetzen und ihn auf ein Schiff schaffen. Ihr einziger Wunsch war, dass er fortging, aus ihrem Leben verschwand und so tat, als habe sie ihn nicht gedemütigt und verletzt. Sie wollte tun, was immer ihr beliebte, ihn wie ein niederes Wesen davonjagen und sich den Folgen ihres Handelns entziehen.

Ungeheuerlich!

Er beschloss, sie dafür büßen zu lassen. Sie war diejenige gewesen, die auf dieser Heirat bestanden hatte, und verheiratet würden sie bleiben. Es würde kein Schiff und kein Gift geben – und *keine* Annullierung.

Sie mussten ihre Verbindung nur noch körperlich besiegeln, um sie unverbrüchlich zu machen. Ihre beste Freundin war eine Hure, sie selbst hatte sich im Bordell sichtlich wohlgefühlt, und als er zu sich gekommen war, hatte sie an seiner Lanze herumgespielt – und dabei gelacht: Wahrlich, sie war keine Jungfrau mehr. Und sein Leib war mehr als bereit.

Sobald er frei wäre, würde sie ihm gehören und tun, was *ihm* beliebte. Er würde sie für den Rest ihres Lebens bestrafen, Punktum.

Tief atmete er durch und richtete seine Aufmerksamkeit erneut darauf, sich seiner Fesseln zu entledigen. Er wusste, dass die Taue bereits ausgefranst waren und sich auflösten. Gewiss reichte ein letztes Sträuben. Ein letztes Zerren.

Er betrachtete sie, als sie durch die Kammer schritt, den Rücken gerade, die Schultern gestrafft. Ihr Haar, ein Vorhang aus schimmernder Seide, fiel ihr bis zu den Oberschenkeln hinab. Alles an ihr strahlte Überlegenheit und dünkelhafte Anmaßung aus. Sie wandte den Kopf und sah ihn über die Schulter hinweg an. Wahrhaft prächtig war sie anzuschauen. Ein lockendes Weib, das es gewohnt war, sich Männer zu Willen zu machen, sie zu foppen, mit ihnen zu spielen und sie für die eigenen Ziele zu missbrauchen.

Der Drang, zu bezwingen und zu erobern, pochte in ihm, so stark wie das Pulsieren in seinen Lenden.

Gwyneth stellte das Tongefäß mit dem Gift in den Schrank.

Er sammelte all seine Kraft und stemmte sich noch einmal gegen die Seile, zog und zerrte. Heftiger Schmerz schoss ihm in die Handgelenke; seine Oberarme drohten zu bersten; seine Bauchmuskeln zitterten vor Anstrengung. Nicht nachlassen. Weiter. Er spürte, wie ein Strang riss. Zäh floss die Zeit dahin.

Einige Male schritt sie noch hin und her, ihre Schühchen lautlos auf den Dielen.

Ein weiterer Strang riss und noch einer.

Ein letzter kräftiger Ruck, und er war frei. Mit einem wilden Triumphschrei fuhr er hoch, der Sieg rauschte ihm durchs Blut. Er taumelte vom Bett und hechtete auf seine Beute zu.

Sie schrie auf und wich zurück. Ihr Haar umwogte sie, die Flechten flogen in alle Richtungen. Mit zwei Schritten war er bei ihr.

Rasch packte er sie bei den Schultern, zerrte sie zur Liege und warf sie kurzerhand auf die Matratze.

Ihr Atem entwich mit einem für ihn befriedigenden Zischen aus ihren Lungen. Ihre Augen waren riesig – zwei Vollmonde –, und die Eroberungslust durchströmte ihn wie ein reißender Fluss. Sie war sein, ganz und gar. Dieses Mal würde er wachsam bleiben. Was in der Kirche geschehen war, würde sich nicht wiederholen.

Ihr Leib, warm und weiblich, sank unter ihm aufs Bett.

Ein uraltes drängendes Verlangen nach Einnahme und Unterwerfung loderte in ihm auf, versengte ihn und forderte Tribut für seinen Stolz, Vergeltung für die Schmach, die seinem Körper widerfahren war.

„Ihr seid mein“, knurrte er, die Worte ein Schlachtruf, der tief aus seinem Innern kam. Langsam schob er ihren Rock hoch.

Gwyneth keuchte. Sie wusste nicht, was sie tun oder denken sollte, als er sich mit seinem riesigen Leib auf sie warf und in die Matratze drückte. Er war gewaltig, ein Koloss.

Fassungslos versuchte sie, ihn von sich zu schieben, doch es war, als mühe sie sich, alleine ein Katapult zu bewegen.

„Was haltet Ihr davon, Gemahlin?“ Sein Atem war warm und süß und seine Stimme tief und grollend, doch das Wort „Gemahlin“ troff vor Spott.

Ihr Herz pochte wild; sie wand sich, um sich zu befreien. Durch ihr Mieder hindurch spürte sie die warme nackte Haut seines Oberkörpers. Er fühlte sich so überaus männlich an. „Lasst mich los!“

Er bog ihr die Arme über den Kopf und hielt ihre Handgelenke mit eisernem Griff einer Hand umklammert.

Grauen schnürte ihr die Kehle zu. Sie krümmte sich, sträubte und wand sich, doch er hielt sie fest. „Lasst mich los! Hört auf!“, schrie sie, überwältigt von dieser abrupten Wende des Geschehens – diesem Machtwechsel.

„Haltet still, Gemahlin. Ihr gehört nun mir, und ich kann mich Eurer bemächtigen, wie es *mir* gefällt. Es stand Euch nicht zu, meinen Leib derart zu begaffen, und nun werde ich mit dem Euren dasselbe tun.“

Hörbar stieß sie den Atem aus und drehte den Kopf zur Seite. Nun, da sie die Lage nicht länger beherrschte, wurde sie von Beklemmung erfasst.

Wieder wand sie sich unter ihm wie ein Insekt, das sich in einem Netz verfangen hatte. „Herunter von mir!“

„*Nay.*“

Er sprach das Wort leise und ruhig, doch es lag eine Entschlossenheit darin, als habe er es hinausgeschrien.

Ein Schauer überlief sie.

Sie spürte, wie er mit seiner riesigen, rauen Hand über die weiche Haut ihres Schenkels fuhr. Spürte seine Fingerspitzen, heiß und besitzergreifend. Blut schoss ihr in die Wangen. Hatte er sich etwa genauso gefühlt? Hilflos? Verletzlich?

„Haltet ein!"

„*Nay.*"

Er ließ die Handfläche an ihrem Bein nach oben gleiten bis zu der Stelle, wo ihre Schenkel sich trafen. Seine Hand war warm und fest, aber nicht grob. Empfindsamkeit durchzuckte sie, und eine tief sitzende Furcht wallte auf.

Heilige Jungfrau. Nicht so! Nicht mit hochgeschlagenen Röcken, genommen wie eine gemeine Dirne. Doch die Nässe zwischen ihren Schenkeln schien sie zu narren und zu verhöhnen. Denn eben noch *hatte* sie ihn begehrt und sich nichts sehnlicher gewünscht, als eins mit ihm zu sein.

Aber sie wollte, dass diese Vereinigung auf ihren Bedingungen fußte und nicht auf den seinen. Dieser Mann war eindeutig nicht geeignet für ihre Zwecke, und wenn die Ehe erst vollzogen war, würde sie ihn nie wieder loswerden.

„Bitte." Es klang erstickt.

„War es nicht das, was Euch vorschwebte?", fragte er. Noch immer war seine Stimme sanft, doch etwas Hartes schwang darin mit. Macht. Pure Macht. „Einen Mann in Euch zu haben?"

„*Nay*", leugnete sie. Doch so war es. Sie hatte ihn gewollt. Sie hatte wissen wollen, wie es sich anfühlte, seine Lanze in sich zu haben.

Beherrschte Wut glomm in seinen Augen. Sie spürte die Wildheit, die in Wellen von ihm ausging, so als wäre sein Zorn greifbar. „Ihr haltet Männer für Spielzeug, nicht wahr? Seid Ihr nicht eben dies gewohnt – Männer, die sich überschlagen, um Euch zu Willen zu sein?"

Gwyneth blinzelte. „*Nay ...*"

„Das reicht." Jäh ließ er von ihr ab, riss sie unsanft hoch, sodass sie vor ihm saß, und drehte sie auf den Bauch, schob eine Hand unter ihr durch und zerrte sie erneut hoch. Nun kniete sie und hing zugleich bäuchlings über seinem Arm. Im Laken auf der Pritsche war der Abdruck ihrer beider Körper zu sehen.

Sie zappelte und versuchte, sich ihm zu entziehen. „Das ist nicht ..."

„Pst." Wie beiläufig warf er ihr den Rock über die Schultern. Die blaue Seide bauschte sich neben ihrem Kopf. Das Geräusch reißenden Stoffs ertönte, und kühle Luft strich ihr über den bloßen Hintern. Ihr Unterkleid wurde fortgeschleudert.

Knurrend presste er sie fest an seine stattlich geschwollene Männlichkeit und beugte sich über sie, sodass sein Mund neben ihrem Ohr war. Wie ein Wilder grub er die Zähne in die weiche Haut ihres Halses. Kalte Schauer überliefen ihren überhitzten Körper, und schwacher Schmerz bohrte sich ihr ins Fleisch.

Er brachte ihr keine Wunde bei, sondern hielt sie fest wie ein Löwe, der eine Löwin bespringt. So Furcht einflößend er auch war, spürte sie doch, dass er sich gänzlich in der Gewalt hatte. Die Welt um sie herum begann sich zu drehen, als Angst und Begierde sie gleichermaßen durchtosten wie ein Sturm.

Die Angst verstand sie. Doch das berauschende Maß an Begierde erschreckte sie.

Ihre Unterarme kribbelten qualvoll, und die Erinnerung daran, wie er sie in der Kirche festgehalten und wie er die Liege allein durch seine Körperstärke quer durch die Kammer hatte springen lassen, ließ sie frösteln. Er war kräftig. Machtvoll. Er konnte sie verletzen, womöglich gar töten, wenn er sie gewaltsam nahm.

Seine feste Berührung hatte jedoch nichts Rohes an sich, bis auf die Zähne, die er ihr in den Hals grub.

Fieberhaft zwang sie sich nachzudenken, verzweifelt darauf bedacht, einen Weg zu finden, ihn zu besänftigen und mit einem Beutel Gold abzuspeisen. Die Ehe zu vollziehen war undenkbar. Diesen Mann konnte sie nicht beherrschen.

„Es besteht keine Notwendigkeit, das zu tun“, setzte sie an und hoffte, dass ihre Stimme ruhig und vernünftig klang. „Ich wollte …“

„… mich gefesselt und hilflos daliegen lassen, um mit mir machen zu können, was Euch gerade in den Sinn kommt. Meinen Leib begrapschen, meinen Schoß befingern und mich verspotten und dann entweder vergiften oder auf ein Schiff schaffen, damit ich Euch aus dem Wege bin. Ihr wolltet mich benutzen.“

Wo sein Mund gewesen war, fühlte sich ihre Haut heiß an und prickelte. Sie verspürte Gewissensbisse. „Ich wollte Euch nicht verspot…“

„Ach nein? Ich habe aber Eure Hände auf mir gespürt. Ich dachte, es sei ein Traum, bis ich aufwachte und einen Bussard auf mich herabstarren sah, der mein Gemächt in seinen Klauen hielt.“

Seine Worte beschämten sie. Wusste er auch, wie eingehend sie sich seinen Schultern gewidmet hatte, wie sie mit dem Finger die Muskelstränge auf seinem Bauch entlanggefahren war, wie sie sich in dem sündigen Vergnügen erging, seinen Leib zu erkunden? Und er sah einen Bussard in ihr? Ein solch hässliches, plumpes Wesen?

Sie schüttelte sich angesichts der demütigenden Erinnerung und wandte den Kopf, bemüht, Jared über ihre Schulter hinweg anzublicken. „Bitte! Wir müssen die Ehe annullieren lassen. Wenn Ihr mich schändet …“

„Es hat nichts mit Schändung zu tun, wenn ein Mann seiner Frau beiwohnt.“ Die Worte klangen so verhängnisvoll endgültig, als habe er Gesetz und Kirche gesammelt hinter sich.

Gwyneth schluckte. Ihr ging auf, wie hilflos sie in dieser Lage war, in die sie selbst sich gebracht hatte.

„Zudem“, fuhr er fort, „bin ich nicht so blind, dass mir entgangen wäre, wie sehr es Euch ergötzt hat, meinen Körper zu erkunden …“

Gänsehaut breitete sich auf ihren Pobacken aus. Als sie ihn berührt hatte, war ihr warm, ja heiß gewesen.

„Ihr habt Euch recht gründlich mit meinen Armen befasst und mir mit den Fingern über die Schultern gestrichen."

Sie wand sich zur Seite und versuchte, ihren Rock wieder zurückzuschlagen und Jared von sich zu stoßen. Sein Unterarm klemmte ihr den Magen ein, und er hatte sich so tief über sie gebeugt, dass sein Leib sich fest an sie schmiegte, seine Schenkel an die ihren, seine Lenden an ihr bloßes Hinterteil und seine Brust an ihren Rücken gepresst. Den freien Arm schob er jetzt knapp unterhalb ihres Schlüsselbeins quer über ihre Brust, sodass sie an seinen Körper gezwängt wurde und sich nicht mehr rühren konnte.

Ein befremdlicher Anflug von Lust flammte in ihr auf. Ihre Schultern verspannten sich, und ihr Bauch zog sich bang zusammen. Sie konnte ihn unmöglich wollen. Nicht so.

„Herunter von mir!"

„Oh, nein, mein gefangenes Vögelchen. Und bedenkt, dass Ihr diejenige gewesen seid, die dies begonnen und geglaubt hat, sie könne einen Mann einfach betäuben und demütigen, ohne dafür zahlen zu müssen."

Verflixter männlicher Stolz! „Ihr seid nicht von Stand, und ich hatte die Absicht, Euch reich zu entlohnen! Herunter mit Euch, zieht Eurer Wege, Falkner. Mein Oberherr wird Euch töten lassen dafür, dass Ihr es gewagt habt, Hand an mich, eine Edeldame, zu legen."

Er lachte laut auf. „Ich bin Euer Gemahl, Frau, Euer Herr und Meister und somit nun Eure Familie. Ihr seid mein und habt Euch meinen Befehlen zu beugen." Er drängte gegen das weiche Fleisch zwischen ihren Beinen. Zwar drang er nicht in sie ein, ließ jedoch keinen Zweifel an dem, was bald kommen würde.

„*Nay!*" Ganz gleich, auf welch törichte Weise sich ihr Körper auch zu ihm hingezogen fühlen mochte, konnte sie doch keine Ehe mit einem wie ihm führen. Zu mannhaft war er, zu viel Eroberer steckte in ihm. Sie brauchte einen Gemahl, den sie lenken konnte. Sollte diese Ehe vollzogen werden …

Sie keuchte auf, als sie vorwärts aufs Bett gestoßen wurde,

sodass ihr Hinterteil hoch in die Luft ragte und ihr Gesicht in die Matratze gedrückt wurde. „Hört auf!" Das grobe Leinenlaken schürfte ihr die Schulter auf, als sie strampelnd nach vorn zu entkommen suchte.

Mit einem einzigen kraftvollen Stoß drang er in sie ein.

Ein Schrei entrang sich ihrer Kehle, als der Schmerz ihren Schoß zu zerreißen drohte.

Jäh hielt er inne. Regte sich nicht. Als sei er mit einem Mal zu Granit erstarrt. Er gab sie nicht frei, doch er bewegte sich auch nicht.

„Verflucht will ich sein", murmelte er.

Eine verwirrende Mischung aus Hitze und Angst durchbrannte Gwyneth. Weshalb nur hatte sie ihn berührt? Wieder versuchte sie, sich ihm zu entwinden, doch er hielt sie fest.

„Ich hätte Euch verbluten lassen sollen", zischte sie. „Oder Euch vergiften, wie Irma mir geraten hat."

Sie spürte ihn erbeben.

„Ihr wart noch Jungfrau!" Es kam wie eine Anklage heraus.

Wut schäumte in ihr auf. „Selbstredend war ich Jungfrau, Schwachkopf. Schließlich bin ich von adeliger Herkunft."

Er knurrte ob der Beleidigung, doch inzwischen war ihr alles einerlei. Wut und Schmerz ergriffen Besitz von ihr. Sie wollte ihren Körper dazu bringen, sich zu wehren, musste jedoch feststellen, dass ihr der Wille dazu fehlte.

Die Luft flirrte förmlich vor Spannung.

Jared nahm die Hand von ihrer Brust und löste sich von Gwyneth.

Langsam glitt er aus ihr heraus. „Ihr wart in einem Freudenhaus, und als ich aufgewacht bin, habt Ihr meinen Leib gestreichelt und liebkost. Es gab für mich keinen Grund zu der Annahme, dass Ihr noch unberührt seid, *Gemahlin*." Er klang aufgebracht.

Gwyneth reckte das Kinn ein wenig und wappnete sich für das, was auch immer als Nächstes kommen würde.

Ein Schauer durchlief ihn; sie spürte seine Lenden erzittern, und dann waren ihre Körper getrennt. Sie fühlte sich besudelt und entblößt.

Steif ließ sie sich auf die Seite fallen und zog die Knie an. Sie mühte sich, den Rock wieder herunterzuziehen, doch ihre Finger waren zu schwach, um den Samtstoff zu greifen. Ihr schmerzte die Brust, und die Quelle des Schmerzes schien in ihrem Bauch zu sein.

Die Matratze senkte sich, als Jared sich neben sie legte, sich auf einen Ellbogen stützte und sie sanft an der Schulter berührte.

Zu verstört, um sich zu regen, wehrte sie sich nicht einmal. Sie hatte das seltsame Gefühl, als habe sich ihr Verstand von ihrem Leib gelöst, und als sie erkannte, dass ihr Leben sich unabänderlich zum Schlimmeren gewandelt hatte, begann sie hemmungslos zu zittern.

11. KAPITEL

Mit klopfendem Herzen beobachtete Gwyneth, wie Jared sich aufsetzte, die breiten Schultern angespannt. Sie versuchte, ihre wirren Gedanken zu ordnen. Zwischen ihren Beinen sickerte Feuchtigkeit hervor. Die Stelle brannte, und ein merkwürdiger Geruch breitete sich aus.

Sein Gebaren hatte sich gänzlich gewandelt. Fort war der grimmige, Furcht einflößende Grobian, der seine Zähne in sie geschlagen und versucht hatte, sie wie ein wildes Tier zu beherrschen. Doch noch immer raste ihr Puls so sehr, dass sie eine Ader an ihrem Hals pochen spürte.

Zwischen seinen flammenden grünen Augen hatte sich eine Falte gebildet; in seinem Blick meinte sie Besorgnis, vielleicht gar Reue zu erkennen. Der Schnauzbart über seinen Lippen betonte die nach unten weisenden Mundwinkel noch.

Dabei hatte sich dieser Mund gerade noch zu einem Knurren verzogen.

Sie bebte am ganzen Körper, und ihre Zähne schlugen aufeinander. Ihr Leib fühlte sich wund und geschändet an. Sie wusste nicht, ob sie weglaufen, weinen oder schreien oder alles gleichzeitig tun sollte, doch ihr Verstand schien zu gelähmt, um auch nur irgendetwas veranlassen zu können. Würde dieser Mann doch verschwinden, vergehen wie Morgennebel. Doch er war zu kalt, zu stark, um sich einfach so aufzulösen – kein Sonnenstrahl würde je seine Finsternis durchdringen und ihn verbrennen.

Jared atmete tief aus. Er rieb die Kuppe von Daumen und Mittelfinger aneinander, ließ sie umeinander kreisen, und Gwyneth fragte sich, ob er sie erneut niederdrücken würde. Die Geste wirkte unverfänglich und passte nicht so recht zu dem Ingrimm, den sie noch vor wenigen Augenblicken an ihm bemerkt hatte.

Sie versuchte aufzustehen und ihren verworrenen Geist auf

das zu richten, was als Nächstes zu tun war, doch ihr Körper schien so träge und zähflüssig wie Schlick. Wie entsetzlich es doch war, eine Frau zu sein, das schwache Geschlecht, das unfähig war zu kämpfen und wie ein Tier genommen werden konnte.

Und die Folgen ihrer körperlichen Vereinigung – sie waren nun unauflöslich vermählt, und eine Annullierung war unmöglich – waren das Schlimmste von allem.

Sie strich über die Vertiefungen, die seine Zähne hinterlassen hatten.

„Ich werde Euch waschen", sagte Jared nach einer Weile. Kurz legte er ihr die Hand auf die Schulter, ehe er sich von der schmalen Pritsche schob und seine Beinlinge hochzog und festzurrte.

Die Welt war gleichsam aus den Fugen geraten. Das Beben, das sie innerlich schüttelte, schien sich nicht etwa zu legen, sondern zuzunehmen. Ihr Leib war kalt, geradezu eisig, so als erfriere sie von innen heraus. Wie konnte sich Irma Nacht für Nacht in diesem widerwärtigen Akt ergehen?

Gwyneth hob den Kopf und starrte zur Tür. Wenn sie doch nur vom Bett gleiten, aus der Kammer hasten und nach Hause laufen könnte. Sie wollte dem Kerl entfliehen, den sie sich, welch Graus, zum Gemahl erwählt hatte. Keiner der Männer, die ihr Vater ausgesucht hatte, waren so schauderhaft wie der, den sie sich selbst erkoren hatte.

Kraftlos mühte sie sich, die Beine über die Bettkante zu schwingen, doch sie fühlten sich bleiern an und widersetzten sich ihrem Befehl, aufzustehen und zu fliehen.

Gleich darauf kam Jared mit dem Tuch zurück, mit dem sie zuvor ihn gewaschen hatte. Der Hohn des Ganzen blieb ihr nicht verborgen. Wie töricht von ihr, zu glauben, dass sie seinen Körper mustern könne, ohne dafür zu büßen.

Die Liege knarrte, als er sich setzte, seine Hüfte nur um Haaresbreite von ihr getrennt. Ekel überkam sie, und ihre Schultern versteiften sich.

Nay.

Es war kein Ekel, erkannte sie voller Abscheu vor sich selbst. Ekel hätte sie zurückweichen lassen und in ihr den Wunsch geweckt, ihn umzubringen, so wie sie vor all den Jahren den Wüstling umgebracht hatte, der über Irma hergefallen war. Vor Jareds körperlicher Nähe ekelte sie sich hingegen nicht, nicht einmal nach dem, was soeben zwischen ihnen vorgefallen war.

Bei diesem Gedanken begann sie erneut zu zittern.

Sie hatte gegen den Vollzug der Ehe aufbegehrt, weil sie einen Gemahl wollte, der sich ergeben ihrem Willen beugte. Sie hatte dagegen aufbegehrt, auf welche Weise er sie genommen hatte, weil sein Vorgehen ihr Angst eingejagt hatte.

Ihr Körper jedoch war voller *Verlangen* nach ihm gewesen, nicht voller Ekel.

Dies war Verrat der übelsten Sorte – dass ihr Geist sich das eine wünschte, während ihr Leib sich nach etwas gänzlich anderem sehnte.

Nur wenige Augenblicke ehe er seine Lanze in ihr versenkt hatte, hatte sie ihn gewollt, hatte sie ihn, bereits feucht, begehrt. Es waren verwirrende, widersprüchliche Empfindungen, die sie durchpulsten wie die Klänge von Zigeunermusikanten, die mit ihren Fideln eher gegen- als miteinander spielten.

Das bestürzte sie. Am liebsten hätte sie sich selbst für ihr Versagen und Gott für die Ungerechtigkeit verflucht, die Frauen widerfuhr – waren Frauen doch stets diejenigen, die bezwungen wurden, und nie die, die bezwangen. Sie bemühte sich, ihre Aufmerksamkeit auf die Bretterwände zu richten, auf die Regentropfen, die durch die Ritzen drangen. Wenn es ihr nur gelänge, ihre Gedanken zu ordnen, würde ihr schon einfallen, was zu tun sei.

Gwyneth zitterte immer noch, zog unwillkürlich die Knie ein wenig höher und rollte sich zusammen. Sie wollte weinen und all die Hilflosigkeit und Demütigung, die sie empfand, aus sich herausspülen. Wie konnte sie überhaupt noch etwas für ihn empfinden, nach all dem, was gerade geschehen war?

Jared berührte ihren Schenkel.

Ihr stockte der Atem, als ihr aufging, dass ihr Rock noch immer um ihren Oberkörper gewickelt war. Sie wollte ihn herunterziehen, um ihre Blöße zu bedecken, doch Jared fasste ihr Handgelenk und drückte es nieder.

Furcht schnürte ihr die Kehle zu. Sie wehrte sich gegen seine Hand.

„Ruhig, Mädchen. Wir werden nicht sofort wiederholen, was wir gerade getan haben."

Nicht sofort? Jedoch in Zukunft? Würde er weiterhin eheliche Rechte einfordern, nun, da das Bündnis besiegelt war? Männer wollten schließlich Erben.

Die Vorstellung, fortan jede Nacht auf diese Weise erniedrigt zu werden, schreckte sie. Etwas derart Fürchterliches mochte sie sich gar nicht vorstellen.

Die straffen, harten Muskelstränge, die seinen Bauch überzogen, tanzten, als er sich ihr zuwandte, sie auf den Rücken drehte und ihr die Beine spreizte. Gwyneth wusste, dass es keinen Zweck hatte, gegen ihn anzukämpfen, und hielt daher still.

Doch die entwürdigende Stellung ihres Körpers beschämte sie, und so kniff sie die Augen fest zu und presste die Schenkel zusammen.

„Entspannt Euch, Mädchen."

Gegen ihren Willen wirkte seine Stimme beruhigend auf sie. Dennoch wandte sie den Kopf ab und hielt sich die Ohren zu. Sie wollte sich nicht beruhigen lassen von diesem Mann, der dafür gesorgt hatte, dass sie sich verwundbar und beraubt fühlte.

Raues Leinen kratzte ihr über die Haut, als Jared mit dem feuchten Lappen über ihren Schenkel fuhr. Rote Schlieren, in denen sich Töne von Purpur bis Scharlachrot mischten, befleckten ihre Beine und sickerten ins Laken. Der Lappen strich über den Hügel ihrer Scham.

Erregung wallte in ihr auf.

Entsetzt, erschrocken und verärgert über den Verrat, den ihr Körper an ihr beging, öffnete sie die Augen einen Spaltbreit. Wenn sie doch nur einen Zauberspruch wüsste, mit dem sie diesen Mann verschwinden lassen könnte.

Seine Hand, groß und schwielig, zeichnete die Konturen ihres Schoßes nach und glitt sanft in die Weichheit ihrer Weiblichkeit. Jared drückte ihre Beine jedoch nicht weiter auseinander, sondern fuhr einfach fort in seinem Tun, sie zu reinigen und zu streicheln.

Die Zeit verrann schleppend, die Augenblicke zogen sich. Alle Grausamkeit war verschwunden, er ging unendlich behutsam vor. Es war, als berühre sie ein vollkommen anderer Mann – ein zärtlicher Liebhaber.

Ohne ihr Zutun entspannten sich ihre Beine ein wenig, gewährten ihm so besseren Zugang, um ihr wundes Inneres vom Blut reinzuwaschen. *Elende Närrin.* Sie verfluchte sich für ihre Schwäche. Für ihren Wahnwitz.

Er hatte den Kopf geneigt, ganz in seine Aufgabe vertieft, und sein seidiges schwarzes Haar fiel herab wie ein mitternachtsdunkler Vorhang. Sein Scheitel verlief in einem wilden Zickzackmuster über den Kopf. Oberlippen- und Kinnbart waren bloße Schatten. Er drang auf die schlimmstmögliche Weise vor – sanft.

Gwyneth verabscheute sich selbst, weil sie so untätig war und zuließ, dass er sie derart vertraulich berührte, und weil sie auch nur erwogen hatte, dieser rohe Mann könne tatsächlich ein zärtlicher Liebhaber sein. Sie grub sich die Fingernägel in die Handflächen, bohrte sie tief hinein, damit ihr der Schmerz lebendig vor Augen führte, wie sich seine Zähne in ihrem Hals angefühlt hatten.

Der Lappen glitt sachte über die empfindsame Weichheit zwischen ihren Schenkeln – er gab sich eindeutig große Mühe, vorsichtig vorzugehen, so als sei ihre Weiblichkeit ein kostbares, zerbrechliches Gefäß.

Sie schob das Kinn vor, entschlossen, einen Weg zu ersinnen, um wieder Herrin der Lage zu werden und nicht länger ratlos dazuliegen. Verzweifelt ballte sie die Hände noch stärker zu Fäusten, bis ihre Knöchel weiß hervortraten und ihr ein Fingernagel die Haut ritzte. Der Schmerz brachte sie wieder zur Besinnung und belebte ihren Willen.

Jared knüllte den Lappen zusammen und warf ihn auf den Boden, wo er mit einem nassen Klatschen auftraf.

„I… I… Ihr dürft jetzt gehen“, stammelte sie, verstummte und räusperte sich, denn sie wollte selbstbewusst und nicht verschüchtert klingen. „Ich werde Euch Gold zukommen lassen.“ Ja, das war der richtige Weg. Mochte die Ehe auch vollzogen sein, so würde sie die Verbindung doch wie einen Geschäftsvertrag behandeln. So als hätten sie Schafe gegen Geld getauscht.

Er zog ihr den Rock über die Beine und strich ihn glatt. Seine grünen Augen glühten, und wieder ließ er die Kuppen von Daumen und Mittelfinger umeinander kreisen. „Ich werde nicht gehen.“

„Wir können die Ehe immer noch annullieren lassen.“ Nun, da sie sprach, fühlte sie sich besser. Ein wenig gestärkt setzte sie sich auf.

„Dafür ist es zu spät.“

„Es besteht kein Anlass für Euch zu bleiben“, versuchte sie es mit Vernunft. „Niemand hat uns zusammen gesehen.“

Laut zu reden gab ihr das Gefühl, weniger verwundbar und mehr Herrin ihrer selbst zu sein. Also verschränkte sie die Arme, reckte das Kinn und zwang sich, sachlich zu denken. Sie war eine starke Frau; sie würde dies überstehen. Ihr war nichts widerfahren, das nicht schon überall auf der Erde und zu allen Zeiten zahllosen anderen Frauen passiert war.

Aber ich hätte die Ausnahme sein sollen, meinte sie eine Stimme in sich klagen zu hören, und ihre Empfindungen drohten sie zu überwältigen. Ich wollte doch einen Mann, auf den ich Einfluss nehmen kann.

„Bitte geht jetzt“, fuhr sie fort, ihre Stimme nun fester als zuvor. Sie wies zur Tür. „Irma wird bald wieder hier sein. Wenn Ihr mit zum Bordell kommt, werde ich dafür sorgen, dass Ihr gut entlohnt werdet.“ So ist’s recht, sagte sie sich. Er ist nichts weiter als ein Deckhengst, der sich ungebärdig verhalten hat. Nun war es an der Zeit, ihn wieder in seine Schranken zu weisen.

„*Nay.*“ Er strich ihr mit der Hand den Arm hinab, eine Geste, die besitzergreifend und beängstigend zugleich wirkte.

Ärgerlich schüttelte sie die vorangegangene Demütigung mit einem Schnauben ab, so wie Irma es vor Jahren getan hatte. „Und ob Ihr jetzt gehen werdet. Ihr seid entlassen.“

„Entlassen?“ In seinen Augen funkelte es gefährlich, sodass er sie einmal mehr an einen Drachen erinnerte. Womöglich trug er deshalb einen Stab mit solch einem geschnitzten Fabeltier bei sich.

Gwyneth atmete tief durch. Er war kein Drache, lediglich ein Bursche niederer Herkunft, ein gemeiner Falkner, ein dummes Versehen. Sie würde den Hochzeitsknoten einfach wieder lösen, so wie sie eine Stickerei auftrennte, wenn sich das Garn verheddert hatte – die Fäden durchschneiden, herausziehen und fortwerfen.

„Es wird Zeit, dass Ihr geht. Besser, Ihr eilt Euch, ehe meine Familie herausfindet, was Ihr getan habt.“

„Was *ich* getan habe?“

Verstohlen fuhr sie sich mit der Zunge über die Lippen. „Ihr habt mich entführt …“

Sein finsterer Blick war so durchdringend, dass sie kurz zauderte. Er musste doch einsehen, in welch heikler Lage er sich befand. Dass er eine Tochter aus dem Hause Windrose nicht so behandeln und ungeschoren davonkommen konnte. „… und mich gezwungen, Euch zu heiraten“, vollendete sie ihren Satz.

„Euch gezwungen!“ Jared sprang so jäh auf, dass die Pritsche ins Wanken geriet. Seine nackte Haut strahlte Hitze aus.

Gwyneth nutzte den vorübergehenden Abstand zwischen ihnen, um ebenfalls auf die Füße zu kommen. Das kleine Messer, mit dem sie den Verband für Jareds Wunde zugeschnitten hatte, lag ganz in der Nähe, und sie stürzte sich darauf, schloss die Finger ums Heft und riss die Waffe weit ausholend nach oben.

„Grundgütiger!“ Jared sprang in dem Moment zurück, in dem die Klinge niedersauste, sodass sie sich ins Fleisch seines Unterarms bohrte. Er riss die Augen auf.

Ha!

Sie raffte die Röcke, wirbelte zur Tür herum und lief. Wenn es sein musste, würde sie den ganzen Weg zurück nach Windrose rennen. Kein gemeiner Barbar würde sie besitzen. Niemals.

Hinter ihr stampften Schritte.

Ihr Herz pochte wild. Sie streckte die Hand nach der Tür aus und riss sie auf. Regen traf ihr Gesicht.

Jared packte ihr Handgelenk.

Nay!

Ihr Körper wurde herumgeschleudert, und sie taumelte und prallte mit einem dumpfen Laut gegen die massive Mauer aus Muskeln, Jareds Brust.

Gwyneth schrie und hieb blindlings auf die Arme ein, die sie umschlangen. „Lasst mich! Ihr habt kein Anrecht auf mich!“

„Oh, und ob.“

Er mühte sich, das kreischende, ungebärdige Mädchen zu bändigen, ehe es sich selbst etwas antun konnte. Scham durchfuhr ihn wie scharfer Wind. Auch wenn er – da sie so feucht gewesen war – mit Leichtigkeit in sie hatte eindringen können, hätte er sie unter keinen Umständen zum Vollzug der Ehe zwingen dürfen. Er war ein Bastard, Abschaum.

„Lasst mich los!“, rief sie und trat nach seinen Beinen, das Gesicht vor Anstrengung gerötet. Geschickt wich er aus, sodass sie nur die Luft traf.

„Beruhigt Euch, Gemahlin.“

Bei dem Wort „Gemahlin“ begann sie erneut zu schreien.

Da er nicht so recht wusste, wie er sie beschwichtigen sollte, ließ er sie los. „So seid doch friedlich, Mädchen.“

Sie sprang zurück, riss die Tür mit so viel Wucht auf, dass sie krachend an die Wand schlug, und stürmte in die Nacht hinaus.

Jared holte tief Luft und bekämpfte den Drang, sie zurückzuholen. So gern er ihr auch die alleinige Schuld zugeschoben und sich in die Überzeugung geflüchtet hätte, dass sie sich dies alles selbst eingebrockt hatte – denn schließlich hatte sie ja ihn aus dem Bordell entführt –, konnte er ihr doch nicht verübeln, dass sie sich vor ihm fürchtete.

Ihre Schritte, durch die Satinschühchen ein wenig gedämpft, hallten in den gepflasterten Gassen wider. Kerzenschein aus den umliegenden Fenstern leuchtete ihr den Weg, doch ansonsten war es finster.

In der Ferne heulte ein Wolf, während Gwyneth auf den Hafen und den „Bald Cock" zuhielt, doch es waren eher die zweibeinigen Wölfe, die Jared Sorge bereiteten.

Er konnte nicht zulassen, dass sie sich allein gegen mögliche Angreifer erwehren musste. Sobald sie sich beruhigt hatte, konnten sie bereden, welchen Kurs sie einschlagen sollten. Eine Ehe ließ sich nicht so leicht wieder lösen. Gwyneth gehörte nun zu ihm. Er warf sich seinen Umhang um die bloßen Schultern.

Dann folgte er ihr mit einigem Abstand.

Keuchend bog Gwyneth um eine weitere Ecke und atmete tief die feuchtkalte Luft ein. Ihre Brust schmerzte. Schatten und Mondlicht huschten über Häuserwände und Kopfsteinpflaster. Der Gestank von Brackwasser und verrottendem Fisch hing in der Luft. Sie umklammerte den Messergriff für den Fall, dass Jared ihr nachlief und sie sich verteidigen musste.

Vorsichtig warf sie einen Blick über die Schulter, sah jedoch nirgends eine Spur von ihm. Den Heiligen sei Dank. Sie kannte die Straßen in diesem Teil der Stadt – sie war sie viele Male gegangen, allerdings nie zu nächtlicher Stunde. Bis zum „Bald Cock" war es nicht weit. Gwyneth ging nun langsamer und hielt sich im Schatten, um nicht aufzufallen und Aufmerksamkeit zu erregen. Sie trug nicht wie sonst den schäbigen Umhang, und sie wusste, dass ihr silbrig-goldenes Haar wie ein Leuchtfeuer in der Dunkelheit hervorstach.

Die Hintertür des Freudenhauses lag unmittelbar vor ihr. Sobald sie sicher im Innern war, würde sie sich überlegen, was sie tun sollte. Seufzend atmete sie aus. Sie hatte es geschafft. Eine Woche lang würde sie jeden Tag zur Messe gehen, schwor sie sich. Zweimal täglich.

Sie schob sich das Messer ins Mieder und brachte die letzten Schritte hinter sich.

Als sie gerade die Finger ans Holz legte, hörte sie neben sich ein Geräusch. Hinter einem Haufen faulenden Unrats trat ein Mann hervor.

Entsetzt schnappte sie nach Luft, als er sich zu seiner vollen Größe aufrichtete. Er war lang und drahtig. Du lieber Himmel! Hastig griff sie nach dem Türriegel.

„Lady Gwyneth?", fragte der Mann. Seine Stimme klang freundlich und melodisch. Jemand hier wusste ihren Namen? Bislang war sie nie erkannt worden, doch sonst hatte sie auch stets ihren abgewetzten Umhang getragen und Haar und Gesicht verborgen.

Sie zog die Tür auf, um schnellstens zu Irma zu gelangen, doch der Mann trat rasch vor und schlug sie wieder zu.

„Nicht so eilig, Lady Gwyneth." Die Stimme blieb melodisch.

Ihr klopfte das Herz, und der Gestank von Mist und Bier stach ihr unangenehm in die Nase – der Ruch des Bösen, eine Verderbtheit, die tiefer reichte als nur bis zur ungewaschenen Haut des Unholds. Sie musste würgen, wollte die Tür aufreißen und trat dagegen, doch der Kerl drängte sich vor, hielt sie zu und verwehrte Gwyneth den Zutritt.

„Irma!", schrie sie verzweifelt. „Hilfe!"

„Pst, Weib. Wir haben einiges zu besprechen."

Bebend wich Gwyneth zurück, in der Hoffnung, ihn dadurch von der Tür wegzulocken, sodass sie mit einem Satz hineingelangen konnte, sobald er abgelenkt war.

Sein dräuender Schatten folgte ihr, und sie war gezwungen, noch weiter zurückzutreten, auf die jenseitige Häuserwand zu.

„Ihr seid ja noch hübscher, als man sich erzählt“, sagte der Mann grinsend. Ihm fehlten drei Schneidezähne. „Habt Ihr nicht einen Kuss für mi…?“

„Zurück“, befahl sie. „Ich werde erwartet.“ Sie klang ruhiger, als ihr zumute war. *Zeige niemals Angst.*

Wieder grinste er unter seiner Kapuze und zeigte die drei Zahnlücken. „Seid besser nett zu mir, Schätzchen, ich weiß von dem Mord. Und ich kenn jemanden, der nach den grünen Stiefeln sucht. Es wurden Fragen laut.“

Gwyneths Augen weiteten sich, und sie stürzte erneut auf die Tür zu. Dieses Mal packte er Gwyneth unsanft am Arm und verdrehte ihn. Sie wimmerte.

„Lass mich los!“

„Ich verlange nur einen geringen Lohn …“ Sein Atem stank.

Sie zerrte, so fest sie konnte. „Irma! Irma!“

„Ruhig, Weib.“

„Hör auf!“ Ihre Stimme überschlug sich, sie trommelte mit den Fäusten auf ihn ein.

Sein Griff wurde umso unnachgiebiger, und er stieß sie vom Hintereingang des Hurenhauses fort.

Gwyneth zog das Messer aus dem Mieder. „Verschwinde!“

Jäh riss er die Hand hoch und schlug ihr heftig ins Gesicht. „Still jetzt.“

Der kräftige Hieb brachte sie ins Taumeln, doch sie umklammerte das Messer fest und fuhr zu dem Schurken herum. Die Klinge schnitt nur Luft. Verflucht!

Hart fasste er sie an den Schultern und warf sie zu Boden.

Schmerz schoss ihr durch die Hüfte. Mit pochendem Herzen rückte sie auf dem Hinterteil von ihm ab, verbissen darauf bedacht, ihm zu entkommen. Der Ausdruck in seinen Augen – die so durchdringend waren wie sein Gestank – ängstigte sie.

Seine Tunika flatterte, als er sich auf sie warf, sodass sie beide in den Dreck gedrückt wurden. Er roch nach schalem Bier.

„Wo ist Euer Geldbeutel, hä?“ Er schob ihr die Hand ins Mieder, quetschte ihr die Brüste.

Sie schrie und trat um sich, so heftig sie konnte, und betete, dass Irma oder eine der anderen Huren sie hören möge. „Zu Hilfe!“

Oh, heilige Jungfrau!

Mit einem Ruck riss der Mann ihr die Hand nach oben.

„Auu!“

„Pst, du Luder.“

Ein stechender Schmerz durchzuckte den kleinen Finger ihrer rechten Hand. Sie öffnete den Mund, um erneut zu schreien, doch der Kerl stieß ihr in die Seite.

„Kein Geschrei mehr, oder ich brech ihn Euch.“

Oh, ihr Heiligen. Oh, Maria. Ihre Unterarme brannten, und sie zitterte so stark, dass ihre Zähne aufeinanderschlugen. Schreckensstarr hielt Gwyneth sich den pochenden Finger, rollte sich so klein wie möglich zusammen und hielt die Augen fest geschlossen. Von Entsetzen übermannt, wartete sie darauf, zu sterben. Die fauligen Ausdünstungen des Kerls über ihr verpesteten die Luft.

Urplötzlich verschwand der Gestank, und mehrere Fuß entfernt ertönte ein dumpfer Schlag. Sie öffnete die Augen. Über ihr ragte Jared wie ein finsterer Schutzengel auf, seine Gestalt umspült vom Mondlicht.

Erleichterung durchflutete sie.

Ihr Angreifer kam auf die Füße und nahm eine abwehrende Haltung ein. „Wir haben nur ’n bisschen geredet“, sagte er mit seiner melodisch näselnden Stimme. „Fragt sie doch mal nach …“

Mit einem Satz sprang Jared vor und zog dem Mann seinen Stab über den Kopf.

Schwer plumpste der Halunke zu Boden.

Gwyneth erschauderte, denn im Geiste sah sie den Mann vor sich, den sie im Wald mit einem Knüppel niedergeschlagen hatte.

Jared betrachtete den reglosen Leib, als überlege er, ob weitere Gewalt nötig sei, ehe er sich ihr mit gerunzelter Stirn zuwandte. Mondlicht fiel auf seinen Kinnbart und erhellte eine Hälfte seines Gesichts.

Er mochte ihr das Leben gerettet haben, doch grün waren sie sich deswegen noch lange nicht. Wachsam rappelte sie sich auf, wohl wissend, dass sie rennen sollte, doch ihre Glieder fühlten sich taub an, wie abgetrennt von ihrem Leib.

Als spüre er ihre Bedenken, bückte er sich und schob die Arme unter ihrem gequälten Körper hindurch. Er hielt noch immer seinen mit Schnitzwerk verzierten Stab. Sie spürte, wie sie vom schmutzigen Boden gehoben wurde, und sank an Jareds warme, breite Brust.

„Alles in Ordnung, Mädchen. Ihr seid jetzt bei mir."

Sie wusste, dass sie sich wehren sollte, denn all das, was in dieser Nacht geschehen war, fühlte sich fürchterlich falsch an. Zu viel stand zwischen ihnen, als dass sie sich seiner behaglichen Wärme hätte hingeben dürfen, doch ihre Arme schlangen sich wie von selbst um seinen Hals. Sie vergrub das Gesicht an seiner Schulter. Er roch frisch und sauber – nach Sandelholz und Gewürzen. Der Duft der Geborgenheit. Tränen brannten ihr in den Augen und rannen ihr die Wangen hinab.

„Ruhig, Liebes, Ihr seid in Sicherheit."

Liebes?

Ihre Hand pochte schmerzhaft, und auch ihre Hüfte tat weh. Sie zitterte am ganzen Leib, und Jareds zärtliche Stärke war zu wohltuend, um ihr widerstehen zu können. Tief atmete sie durch, schmiegte sich an ihn und gab sich dem Trost hin, den er bot.

Ihr Verstand protestierte lautstark. Jared passte nicht zu ihr. Er hatte sich ihr aufgezwungen! Er war kein Mann, den sie beherrschen konnte, und zudem hatte er ihr Schlimmeres angetan als der Kerl, der dort bewegungslos neben der Mauer lag, oder etwa nicht?

Ohne noch einmal einen Blick auf den Kerl am Boden zu

werfen, drehte Jared sich um und trug sie die Gasse hinunter.

Gwyneth war zu erschöpft, um zu kämpfen. Sie schloss die Augen und ergab sich. Morgen, wenn ihr Kopf wieder klar war und ihr Körper weniger schmerzte, würde sie einen Weg finden, dieser Ehe zu entkommen, und sich überlegen, was sie mit Jared tun sollte.

12. KAPITEL

Sie hatte ihn entführt. Ihn zur Heirat gezwungen. Mit dem Messer auf ihn eingestochen. Nahmen die unerhörten Verfehlungen dieser Frau denn kein Ende?

Jared hatte sich den Arm verbunden, in den sie ihm vorhin die Klinge gerammt hatte, und auf dem Leinenstoff zeichnete sich ein hellroter Blutfleck ab. Der Arm pochte, während er seine schlafende Gemahlin auf die Höhle zutrug. Dass sie überhaupt schlafen konnte! Als wäre ihr Gewissen so rein wie das eines Engels.

Feuchte Haarsträhnen klebten ihr am Gesicht, und ihre Lippen waren zu einem weich wirkenden Kussmund geöffnet. Ein Teil von ihm wollte sie zurück in die Stadt schleifen und in den Stock legen lassen, damit sie ihre gerechte Strafe erhielt, doch allein die Vorstellung zerriss ihm schier das Herz. Sie sah so hinreißend und unschuldig aus – so wie die Gwyneth, an die er sich erinnerte. Ganz anders als die schamlose Verführerin, die sie im Bordell gewesen war, oder der Satansbraten, der ihn auf Händen und Knien in die Kirche getrieben hatte.

Kalter Sprühregen nieselte auf sie herab. Er schlang seinen Umhang um Gwyneth und zerbrach sich den Kopf darüber, was er nur mit ihr machen sollte.

Fest stand, dass er ihr nicht trauen durfte, ganz gleich, wie unschuldig sie im Schlaf auch scheinen mochte. Auch sie gehen zu lassen stand außer Frage: Es war offenkundig, dass sie einen Beschützer brauchte. Diese Frau hatte eine verheerende Entscheidung nach der nächsten getroffen und benötigte jemanden, der sie im Zaum hielt.

Jared stieg über einen abgebrochenen Ast und dachte nach. Er spürte, dass Gwyneth sich noch ein wenig enger an seine Brust schmiegte. Sie hatte die Schläfe an seine Schulter gebettet, und ihre geschwungenen rosafarbenen Lippen standen noch immer leicht offen. Ein leises Seufzen entschlüpfte ihr.

Er würde sie nicht gehen lassen, nicht nach dem, was er ihr

angetan hatte. Das Stück Laken mit ihrem jungfräulichen Blut hatte er zusammengefaltet und sich als Beweis in den Gürtel gesteckt.

Verstörend. Diese Frau war vollkommen verstörend. Sie war sowohl naiv als auch gerissen. So wie sie jetzt dalag, hätte niemand geglaubt, dass sie fähig war, einen Mann zu betäuben und zur Ehe zu zwingen.

Vermutlich suchte ihre Familie bereits nach ihr; er musste diesen vermaledeiten Mönch auftreiben, um zu beweisen, dass sie wahrhaft vermählt waren und kein Zweifel daran bestand, dass sie nun ihm gehörte.

Über ihm schrie eine Eule. Frösche quakten. Der Mond war hinter den Wolken verschwunden, und der Wind hatte aufgefrischt und trieb ihm den Regen ins Gesicht.

Sobald er sich um den Falken gekümmert hatte, würde er sich überlegen, was er mit seiner *Gemahlin* anfangen sollte. Es schien, als habe sie ihn nicht erkannt. Er rang einen Anflug von Begehren nieder. Drei Jahre lang hatte er jeden Tag an sie gedacht, während sie sicherlich nicht einen Gedanken an ihn verschwendet hatte.

Doch bis sein Name reingewaschen war, musste er den Mummenschanz fortführen. Wenn sie erfuhr, dass er aus dem Gefängnis geflohen war, würde sie ihn ausliefern.

„Nun, Gwyneth of Windrose“, sagte er und verlagerte sie so, dass sein Arm nicht mehr ganz so arg pochte, „Ihr seid schon ein rechtes Bündel Ungemach.“ Und noch genauso anziehend wie vor drei Jahren.

Gwyneth of Windrose. Welch ein Hohn. Welch ein Rätsel. Was hatte sie in einem Bordell zu suchen gehabt? Wieso hatte sie ihn entführt? Wie waren sie und Irma Freundinnen geworden?

So viele Fragen.

Als Antwort rollte ihr Kopf zur Seite. Wie, um alles in der Welt, konnte sie nur schlafen?

„Ihr habt behauptet, jede Menge Gold zu haben. Weshalb habt Ihr dann nie geheiratet? Eine Dame wie Ihr hat doch gewiss zahlreiche Verehrer.“ Er sprach laut vor sich hin, erwartete jedoch keine Erwiderung von ihr.

Als sie die Höhle erreichten, hatte es fast aufgehört zu regnen. Seine Beine taten weh, der Rücken schmerzte, und seine Arme pochten heftig.

Und die Frau schlief immer noch.

Die Falkendame starrte Gwyneth aus gelben Augen an und bedachte Jared beim Eintreten mit einem unmutigen Laut. Aufgebracht schlug sie auf ihrem Sitz mit den Flügeln; zu lange hatte sie warten müssen.

„Ich weiß, meine Freundin“, sagte er sanft. „Ich hatte nicht geplant, diese Nacht zu heiraten oder auch nur annähernd so lange fort zu sein.“

Im Schein des Mondlichts, das durch den Höhleneingang fiel, legte er Gwyneth auf das Lager aus Wolldecken, das ihm als Bett diente. Sie rekelte sich, kuschelte sich in die Decken und rollte sich auf der Seite liegend zusammen – so friedvoll wie ein Säugling.

Stirnrunzelnd starrte Jared auf sie hinab, rollte mit den Schultern und reckte die Arme nach oben, wobei er beinahe die Höhlendecke berührte.

Aeliana plusterte sich auf, offenbar bemüht, seine Aufmerksamkeit zu erlangen. Sie beäugte Gwyneth argwöhnisch, eindeutig eifersüchtig auf dieses andere weibliche Wesen bei ihm.

Jared lächelte, froh darüber, dass die Falkendame nur gereizt war. Wäre sie aufrichtig erbost statt nur eifersüchtig, hätte er sich Sorgen machen müssen, dass sie sich bei der nächsten Jagd in die Lüfte schwingen und nie wiederkehren würde.

„Morgen früh gehe ich mit dir jagen.“

Der Vogel gab einen verärgerten Laut von sich, als wolle er sagen, dass ein solches Vorhaben schon überfällig sei.

„Ruhig, Aeliana“, murmelte er zärtlich und ließ sich auf dem Lager neben seiner Frau auf die Knie sinken, um sich ein paar Stunden Schlaf zu gönnen. Vielleicht erschien ihm ja im Traum die Antwort auf die Frage, was er mit ihr tun solle.

Ihr Körper war warm, weich und viel zu verführerisch, als er sich neben ihr auf den Decken ausstreckte.

Eine ihrer Locken kringelte sich über seinen Unterarm. Im Dunkeln wirkte die Farbe matt, doch er wusste ja, wie ihr Haar aussah: wie eine schimmernde Schatzkiste voller Gold und Silber, so wie die Strähne in seinem Beutel. Er nahm die Locke, rieb sie zwischen Daumen und Zeigefinger, hielt sie sich an die Nase und atmete tief ein, so wie er es unzählige Male im Kerker getan hatte. Der Lavendelduft war ebenso betörend und köstlich wie das seidige Gefühl.

Er hatte ihr vorhin Angst eingejagt – ja, er hatte es sogar darauf angelegt. Dass sie sich nun so vertrauensvoll an ihn schmiegte, verstärkte seine Gewissensbisse ob des Vorgefallenen noch. Irgendwie würde er es wiedergutmachen und sich mit ihr aussöhnen. Gehen lassen würde er sie nicht, doch wie schon seine Falkendame würde auch sie lernen, dass ein Leben mit ihm besser war als eines ohne ihn. Dafür würde er sorgen. Und dieser Vorsatz machte ihn umso begieriger darauf, Rafes Mörder zu finden und seine Ehre wiederherzustellen.

Er schloss die Augen und zog Gwyneth in seine Arme. Dabei spürte er etwas Hartes, wo eigentlich ihr Busen hätte sein sollen. Verwundert blickte er hinab und bemerkte etwas, das aus ihrem Mieder hervorlugte. Mit den flinken Fingern eines Diebes zog er es hervor.

Ein Buch.

Nein, *das* Buch!

Das Buch, das er ihr vor drei Jahren geschenkt hatte. Er hatte Stunden damit zugebracht, den hölzernen Deckel zu fertigen und mit Schnitzwerk zu verzieren.

Verblüfft strich er über die winzigen unebenen Schuppen des eingeschnitzten Drachen und blätterte durch die Seiten. Weshalb trug sie es bei sich? Was hatte das zu bedeuten? Er wandte sich ihr zu, um sie wachzurütteln und nach einer Erklärung zu verlangen.

„Durchsucht die Höhle!“

„Da, Mylord!“

Vor dem Eingang ertönte das Stampfen von Hufen. Zweige zerbrachen, und Blätter raschelten.

Abrupt setzte Jared sich auf, verstaute das Buch in seinem Beutel und ergriff seinen Stab. Seine Finger fanden die vertraute Stelle, an der sich der Schwanz des Drachen um das Holz wand.

Aeliana kreischte. Gwyneth ruckte aus dem Schlaf hoch und blickte verwirrt und benommen um sich.

„Wo bin …?“

„Leise“, ermahnte er sie und legte ihr sacht einen Finger auf die Lippen. Nach den Geräuschen zu urteilen, mussten dort draußen mindestens vier, fünf Männer sein, und er hatte jeden Vorteil nötig, dessen er habhaft werden konnte.

„Wa…?“

Er hielt ihr den Mund zu.

Gwyneth erbebte, als Jareds Hand ihr die Lippen gegen die Zähne presste. Die albtraumhaften Ereignisse dieser Nacht kamen ihr wieder in den Sinn. Sie wollte sich aufsetzen, nach hinten zurückweichen, um zumindest einen Anflug von Selbstkontrolle zurückzuerlangen.

Eine Pranke landete auf ihrer Schulter, nagelte sie auf dem harten Steinboden fest und machte ihrem Sträuben damit erfolgreich ein Ende. Das Licht, das aus dem vorderen Teil der Höhle zu ihnen drang, war trübe. Schatten tanzten über die Wände, ungeheuer groß und Furcht einflößend.

Ihr Herz pochte wild. Kein Albtraum, sondern Hades.

Sie war in die Unterwelt geraten, ins Reich eines Teufels mit seidig dunklem Haar und stechenden grünen Augen. Erschreckend. Riesig und stark ragte er über ihr auf mit seinen schwarzen Beinlingen und dem nackten Oberkörper unter dem Umhang. Ihr war noch im Gedächtnis, wie mühelos er sich unlängst ihres Leibes bemächtigt hatte. Sie strampelte sich hoch und mühte sich verzweifelt, ihm zu entkommen.

„*Nay!*“, stieß sie hervor, schob ihn von sich und schrie.

„Gwyneth?“, erklang eine Stimme.

Was das vielleicht ihre Familie?

Pferde waren zu hören und die Rufe von Männern. Stimmen und Hufgetrappel hallten durch den Wald vor der Höhle. Laub raschelte. Sie wirbelte zu den Geräuschen herum.

Nur einen Steinwurf vom Eingang entfernt erschien eine kleine Gruppe von Männern, ins Licht der Morgendämmerung getaucht. Montgomery und mehrere seiner Ritter!

Gwyneth jauchzte vor Freude. Es war das erste Mal, dass sie über den Anblick ihres Schwagers glücklich war, denn er würde die gegenwärtige Lage in den Griff bekommen. Erleichterung erfasste sie.

Montgomery ritt ein großes schwarzes Schlachtross. Seine blauen Augen waren unter der Kapuze nicht zu erkennen, doch sie wusste, dass sie blitzten. Sie wünschte, auch ihre Schwestern wären hier, doch sie konnte sie unter den Reitern nicht ausmachen.

„Montgomery! Hier drüben!“ Sie trat Jared mit aller Kraft, kämpfte sich auf die Füße und setzte an, zu ihrem Schwager hinüberzustürmen.

Doch noch ehe sie auch nur einen Schritt tun konnte, legte Jared seine Hand erneut auf ihre Schulter. Er zog Gwyneth an sich und drückte sie an seine Brust. „Nicht so eilig, werte Gemahlin.“

Sie blieb stehen, wandte den Kopf, straffte die Schultern und schaffte es tatsächlich, auf ihn herabzublicken, obwohl er fast einen Kopf größer war als sie. Zu viel stand auf dem Spiel; zu viele Frauen waren auf sie angewiesen. Ihre Ehe musste annulliert werden. „Ich danke Euch, dass Ihr mir das Leben gerettet habt, aber lasst mich nun frei, oder Ihr werdet es bereuen.“

Jareds Griff verstärkte sich, seine Finger gruben sich ihr tiefer in die Haut.

„Was, in drei Teufels Namen, tut Ihr hier, Gwyneth?“, donnerte Montgomery.

„Lasst mich gehen“, befahl sie Jared noch einmal.

„*Nay.*“

„Dann bleibt mir keine andere Wahl“, flüsterte Gwyneth. Sie rang ihr Schuldgefühl nieder, wies auf Jared und rief zu ihrem Schwager hinüber, der wie ein König auf seinem riesigen schwarzen Pferd thronte: „Verhaftet diesen Mann!“

Ungläubig starrte Jared seine Gemahlin an, die nun wild mit den Armen schlug. Welch Untreue und Hinterhältigkeit!

„Ich bin entführt worden!“, rief sie.

Dieses verlogene kleine Frauenzimmer. Und er hatte soeben noch liebevolle Gefühle für sie gehegt!

„Gott bewahre uns vor dem Verrat des Weibes“, murmelte er, zog sein Messer aus dem Gürtel, krallte Gwyneth eine Hand ins Haar und hielt ihr die Klinge an die Kehle. Ihr Puls raste, sodass es unter ihrer Alabasterhaut pochte.

„Helft mir!“, schrie sie. „Dieser Mann hält mich als Geisel fest!“

„Still“, presste Jared hervor. Am liebsten hätte er sich selbst dafür getreten, dass er je warme Zuneigung für sie empfunden hatte. Dabei hatte er doch schon vor langer Zeit gelernt, dass Frauen verräterisch waren und man ihnen nicht trauen konnte, vor allem jenen nicht, die klug oder schön waren – und Gwyneth of Windrose war beides.

„Erklärt Euch!“, wandte sich der hünenhafte Krieger auf dem schwarzen Schlachtross an Jared.

„Man hat mich verschleppt!“, warf Gwyneth ein.

„Das stimmt nicht, Mylord“, setzte Jared an, entschlossen, die Angelegenheit mit Worten zu klären.

„Er …“

Jared hielt ihr den Mund zu und drückte ihr das Messer drohend gegen die Haut.

Gwyneth verstummte, doch er bemerkte das siegesgewisse Funkeln in ihren Augen, während sie zu den Reitern hinüberblickte. Er wusste, dass er ohne den Mönch, der seine Geschichte hätte bestätigen können, schuldig aussah, auch wenn dies alles auf ihre Kappe ging. Sein anfängliches Bauchgefühl, das ihm geraten hatte, sie in den Stock legen zu lassen, war goldrichtig gewesen. Sobald er mit den Reitern fertig war, würde er seinen ursprünglichen Plan in die Tat umsetzen und Gwyneth für den Rest ihres Lebens zu seiner persönlichen Sklavin machen.

„Diese Frau hier hat *mich* entführt, und zwar aus dem …"

Der Anführer lachte laut auf. „Welch plumpe Ausflucht. Tretet zurück von ihr."

Die Flanken der Pferde schimmerten im Licht der Sonne, die als rotgoldenes Rund am Horizont erschien. Insgesamt waren es vier Reiter: der hochgewachsene Anführer, der eine Kapuze trug, ein kleinerer Mann mit silbernen Sporen, ein Bursche, der offenbar der Knappe des Großen war, und Irma, die hinter dem Knappen zu Pferde saß.

Irma! Noch so ein verräterisches Weib! Die Hure saß recht steif auf der Kruppe des Tieres, wurde wie ein hartes Brett durchgeschüttelt und wirkte ängstlich, so als fürchte sie, jeden Augenblick herunterzupurzeln. Sie verkrampfte die Zehen, ihr gelber Schal hing schief, und Jared mutmaßte, dass sie nie zuvor auf einem Pferd gesessen hatte.

Außer Irma waren alle bis unter die Zähne mit Schwertern und Messern bewaffnet. Sogar eine Armbrust machte er aus.

Sie rückten vor, auf den Eingang der Höhle zu.

Gwyneth versuchte, ihm in den Finger zu beißen.

Jared presste ihr die Hand fester auf den Mund und zog sie dichter an sich, damit er sie als Geisel verwenden konnte.

Der Schrei blieb ihr im Halse stecken, und sie erschauderte. Gut so.

Forschend maß er die Männer. Gegen drei auf einmal zu kämpfen – vor allem wenn darunter ein so kräftiger wie der Anführer war – würde nicht leicht werden, doch Jared hatte schon Erfahrung darin.

Er spannte die Schulterblätter an, bereit zum Kampf.

„Ich weiß, wonach dies aussieht, Mylord. Aber bitte erlaubt mir, es zu erklären."

Gwyneth wand sich und versuchte, sich von der Hand auf ihrem Mund zu befreien.

„Schweigt. Ihr werdet damit nicht durchkommen", raunte er ihr ins Haar. Lavendel und Unschuld stiegen ihm in die Nase.

Die Pocken allen Weibern! Gab es denn nichts an ihnen, das aufrichtig und ehrenwert war? Sie hätte so verdorben riechen müssen wie ihr verrottetes Gewissen, doch selbst ihr Duft war trügerisch.

„Fort von ihr", rief einer der Männer und zog ein gefährlich aussehendes Messer. „Krümmt ihr ein Haar, und Ihr seid tot."

Breitbeinig stand Jared da, bereitete sich innerlich auf einen Kampf vor und zwang Gwyneths Kopf noch stärker zur Seite. „Diese Frau ist mein. Kommt nicht näher."

„Jared?", fragte der Anführer verblüfft. Er ließ die Kapuze vom Kopf gleiten, und zum Vorschein kamen die dunklen Züge und strahlend kobaltblauen Augen von James Vaughn.

James?

Ungläubig sah Jared zu ihm hinüber. Er traute seinen Augen kaum.

In jüngeren, wilderen Jahren waren sie gemeinsam zur See gefahren. Damals hatte Jared noch mit dem Dämon von Colettes Erinnerung gerungen, und er hatte geargwöhnt, dass James ebenfalls mit etwas haderte. Sie waren zu betrunken gewesen, als dass sie es je geschafft hätten, sich gegenseitig ihre Geschichte zu erzählen, doch von Anfang an hatte ein Band zwischen ihnen bestanden.

„James? Was, zum Teufel ...?" Er gab Gwyneth nicht frei. Wahrscheinlich war dies nur eine weitere ihrer weibischen Listen. War vielleicht sie die Frau, der James nachgetrauert hatte? Immerhin war sie so schön, dass sie nur ihr hübsches Köpfchen zurückwerfen musste, damit Männer willig für sie in den Tod gingen.

„Jared!", rief James.

Gwyneth erbebte. Mit großen Augen sah sie von einem zum anderen. Womöglich also doch keine List. Sie schien aufrichtig überrascht darüber, dass die beiden sich kannten.

Da Jared nicht wusste, in welcher Beziehung sein alter Freund zu Gwyneth stand, wappnete er sich. Sie war sein, und er würde sie nicht hergeben.

Die beiden anderen Männer tauschten einen Blick und wussten offenbar nicht so recht, was sie von dieser neuen Entwicklung halten sollten. Auch Jared war ratlos.

„Was tust du hier?" James lächelte nicht bei diesen Worten, sondern trieb seinen imposanten schwarzen Hengst vorwärts.

„Dasselbe könnte ich dich fragen", erwiderte Jared in dem Bemühen, auszuloten, wie es zwischen ihnen stand. Sah er da Verlangen in Montgomerys Blick? Eifersucht? Wenn er nun das Messer von Gwyneths Kehle nähme, würde sein Freund ihn dann in die Arme schließen oder auf der Stelle töten? Er vermochte es nicht zu sagen.

„Ich bin hier, um …" James schaute von Gwyneth zu ihm und zurück. Seine Miene war wie versteinert. „… um meine Schwägerin vor ihrer eigenen Torheit zu bewahren."

„Meine mir frisch angetraute Gemahlin ist deine Schwägerin?" Welch Irrwitz. Er verdrängte die heftige Erleichterung darüber, dass Gwyneth und James nicht verlobt waren.

„*Aye*", entgegnete James, stutzte und lachte dann so schallend, dass sein Pferd unruhig mit dem Schweif schlug. „Du hast *Gwyneth* geehelicht?"

Sein spöttischer Tonfall reizte Jared. „*Aye.*"

James musterte Gwyneth eingehend. „Welch Missetat hast du begangen, um eine solche Strafe zu verdienen?", fragte er an Jared gewandt.

Unwillkürlich stieg Wut in Jared auf – wie damals, als Rafe verächtlich von ihr gesprochen hatte. Er gab ihren Mund frei und warf seinem einstigen Freund einen finsteren Blick zu.

Der wies auf Gwyneth. „Kein Mann, der bei Verstand ist, würde *sie* zur Frau haben wollen."

„Dutzende haben um meine Hand angehalten", brachte Gwyneth zu ihrer Verteidigung vor.

„Und Ihr habt sie allesamt abgewiesen“, konterte James, stemmte eine Hand in die Hüfte und führte die Zügel mit der anderen.

Sie reckte das Kinn, doch ihre Wangen wurden eine Spur rosiger. Verlegenheit?

„Ich will sie durchaus zur Frau“, warf Jared ein und kam Gwyneth so unverhofft zu Hilfe, ehe James erneut spöttisch auflachen konnte.

Bewusst sah James auf das Messer, das Jared ihr an die Kehle hielt. „Also hast du sie entführt?“

„Ich will überhaupt keinen Gemahl!“, fauchte Gwyneth, bevor Jared die Bezichtigung parieren konnte. Er spürte, wie sie an seiner Brust erschauderte. „Lasst mich endlich gehen.“

James bedachte Gwyneth mit einem höhnischen Blick. „Ungeachtet dessen, was ich persönlich davon halte, bin ich hier, um meine Schwägerin zu schützen. Daher tritt zurück.“

Jared fühlte, wie die Anspannung aus ihr wich. Erleichtert atmete sie auf.

„Ihr tut besser, was er sagt.“ Nun lag wieder der spöttische Ton in ihrer Stimme.

Das hast du nun davon, dass du sie in Schutz genommen hast, dachte er säuerlich. Frauen waren ein verräterisches Pack, so viel stand fest.

Er ließ den Blick von seinem alten Freund zu seiner Gemahlin wandern und umklammerte das Messer fester. Das Verlangen, sie zu bezwingen, durchzuckte ihn wie ein Peitschenhieb.

„Diese Frau gehört mir“, knurrte er. „Sie wollte mich so sehr, dass sie mich aus dem ‚Bald Cock‘ geraubt hat.“

Eine Woge der Scham überflutete Gwyneth, und es juckte ihr in den Fingern, Jared den Mund zuzuhalten. Zu ihrem Leidwesen konnte sie sich jedoch nicht rühren, solange er ihr die Klinge an den Hals drückte. Von seinem erbarmungslosen Griff tat ihr der Nacken weh, und ihr Leib war noch ganz steif von den Ereignissen der vergangenen Nacht.

„Ich wollte Euch keineswegs. Ich will gar keinen Mann."

„Dafür habt Ihr aber recht bereitwillig neben mir genächtigt."

Einer von Montgomerys Begleitern bewegte sich auf sie zu. Das wurde auch Zeit. Endlich hörten sie auf, Maulaffen feilzuhalten, und ließen sich dazu herab, sie aus ihrer misslichen Lage zu befreien.

Sie zuckte zusammen, als sie spürte, wie Jared das Messer an ihrer Kehle fester packte, und umfasste seine Handgelenke. Die rauen Haare auf seinem Unterarm kitzelten sie an den Handflächen. Noch immer pochte der kleine Finger, den ihr der Angreifer in der Gasse verdreht hatte – der Angreifer, vor dem Jared sie gerettet hatte.

„Seid doch nicht töricht", zischte sie. „Wenn Ihr mich umbringt, werdet Ihr niemals lebend davonkommen."

Als Antwort darauf drehte Jared sich mit ihr so, dass er mit dem Rücken sicher zur Höhlenwand stand. Dann wirbelte er sie herum, sodass sie ihn ansehen musste. Die harte, dünne Messerklinge drückte ihr nun in den Rücken, und mit der anderen Hand packte er ihr Haar.

Gänsehaut bildete sich auf ihren Beinen. „Hört auf!"

Mit grünen Augen funkelte er sie an. Er zwang ihren Kopf so weit zurück, dass sie Mühe hatte zu schlucken, und warf Irma und James einen warnenden Blick zu, der ihnen riet, nicht näher zu kommen. Jäh drückte er ihr einen Kuss auf die Lippen. Besitzergreifend.

„Wa…?", setzte sie an, doch unnachgiebig verschloss er ihr den Mund. Ein strafender Beweis seiner Vormachtstellung. Unter ihren Füßen geriet die Welt ins Wanken, so wie ihre Wirklichkeit aus den Fugen geriet. Er wollte sie tatsächlich küssen?

Gwyneth verkrampfte sich, zwang sich aber, sich wieder zu entspannen, als sie merkte, dass er ihr nichts tun würde. Sobald sie nachgab, tat Jared es ihr nach. Seine Lippen an den ihren wurden weich, ja gar zärtlich. Tief in ihr, tief in ihrem Bauch, regte sich etwas. Ein Sehnen.

Wie von selbst drängte sich ihr Körper fester an ihn, und sie genoss das Gefühl, ihm zu gehören. So als sage ihr eine innere Stimme, dass er nicht beabsichtige, ihr etwas anzutun.

Sie zuckte zurück, verstört von ihren Empfindungen, von ihrem eigenen Gebaren. Jared ließ zu, dass sie ein wenig zurückwich, hielt jedoch weiterhin ihr langes Haar umklammert.

Tiefe Röte stieg ihr in die Wangen. Sie war wütend auf sich, weil sie sich überhaupt auf Jareds Kuss eingelassen hatte. Wie konnte sie nur! Sie sah zu ihrem Schwager hinüber. Missbilligend betrachtete Montgomery sie. Rasch wandte sie sich ab, zu beschämt, um auch nur Irmas Blick zu begegnen. Irma küsste Männer nicht. Niemals.

Jared lachte.

Er wusste es! Er wusste, wie sehr sein Kuss sie berührt hatte. Das Messer lag ihm nun locker in der Hand, und er presste es ihr nicht länger in den Rücken. Ihr ging auf, dass der Kuss nichts als eine Zurschaustellung, eine Bestätigung dafür gewesen war, dass sie ihm gehörte.

Grundgütiger, wie konnte ihr Leib sie nur so hintergehen?

„Ich hasse Euch“, zischte sie.

„Oh, gewiss“, entgegnete er schalkhaft. „Und dennoch seid Ihr mein. Als Gemahlin ebenso wie als Geisel.“

Entsetzt sah sie Montgomery an und wünschte, sie könne fortlaufen und sich irgendwo verkriechen. Gerne hätte sie ihre prickelnden, pochenden Lippen vor den erdrückenden Blicken der kleinen Schar verborgen, doch Jared zwang ihre Hände nach unten und hielt sie mit einer Leichtigkeit fest, als sei sie ein Käfer an einem Bindfaden. Wie hatte sie sich nur seinem Kuss hingeben können? Sie mochte diesen Kerl nicht einmal!

„*Ihr* habt *mich* erwählt“, erinnerte Jared sie.

Seine anmaßende Überheblichkeit ärgerte Gwyneth maßlos. Wie gern hätte sie nach dem Messer gegriffen und es gegen ihn geführt.

Das Blitzen in Montgomerys blauen Augen verhieß nichts Gutes. Er schien versucht, sie kurzerhand beide zu erschlagen. Während er auf Irma deutete, meinte er zu Jared: „Die Dirne da sagt, dass du meine Schwägerin aus dem Bordell verschleppt hast."

„Das stimmt", stieß Gwyneth rasch hervor, ehe Jared etwas erwidern konnte. „Ich habe eine Freundin besucht, und dieser Mann hier hat mich entführt."

Jareds grüne Augen funkelten ob der Lüge. „Diese beiden Frauen haben mich betäubt und ..."

In diesem Augenblick ritt ein weiterer Mann vor. Er trug einen geckenhaften Hut und Schnabelschuhe mit einer beeindruckenden Spitze. Im Gegensatz zu Irma verstand er sich aufs Reiten, und an seinem Gürtel hing ein langes, schmales Schwert.

„Lasst sofort meine Braut los", rief er. „Diese Frau ist *meine* Gemahlin."

13. KAPITEL

Ivan?", brachte Gwyneth erstickt hervor.

Er war ihr vage bekannt, allerdings hatte sie ihn seit Jahren nicht gesehen. Ivan war der jüngere Sohn eines wohlhabenden Lords, der Besitzungen im Norden hielt. Bei den wenigen Gelegenheiten, bei denen sie ihm begegnet war, hatte er auf sie den Eindruck eines Schönlings und Einfaltspinsels gemacht, doch seine zahlreichen Siege bei Duellen und Turnieren wurden weithin gerühmt. Er war wendig und geschickt mit dem Schwert, und nicht selten besangen die Barden seine Fertigkeiten.

„Diese Frau gehört mir." Ungeniert wies Ivan mit dem Finger auf sie.

Nicht noch ein Mann, der sie für sich beanspruchte!

„Die Urkunde ist schon unterzeichnet." Er warf Montgomery einen schrägen Blick zu und nestelte an der Feder, die seinen Hut zierte.

Gwyneth spürte, wie sich Jared hinter ihr versteifte. Durch ihr Kleid hindurch fühlte sie die Hitze seines Körpers.

Hastig maß sie Ivan und überlegte, wie sie diese Wende zu ihrem Vorteil nutzen konnte. Er war schlank und nicht annähernd so kräftig wie Jared, doch auch er hatte breite Schultern, und seine Glieder wirkten sehnig. Er ritt hervorragend; es war, als sei er mit seinem Pferd verschmolzen.

Jared schloss die Hand wieder fester um das Messer.

In starkem Gegensatz zu Ivans stutzerhaftem Auftreten war seine Miene finster entschlossen.

„Gwyneth, schönste Gwyneth, ich werde Euch vor diesem Scheusal retten, das Euch meinen Armen entrissen hat."

Das Euch meinen Armen entrissen hat? Bis zu diesem Moment hatte sie nicht einmal gewusst, wen man als Heiratskandidaten für sie erkoren hatte. Sie erinnerte sich ja kaum an Ivan!

Jared knurrte, ein barbarischer Laut, der tief aus seinem Innern kam. Fest schloss er seinen Arm um ihren Brustkorb, und sie spürte jeden seiner Atemzüge.

Dennoch, sie brauchte einen kühnen Recken – es war offenkundig, dass Montgomery ihr nicht helfen würde. Und prompt hatte Gott ihr einen geschickt. Das *musste* göttliche Fügung sein.

Hoffnung keimte in ihr auf. Sie würde sich dieser Männer der Reihe nach entledigen. Sobald Jared endgültig geschlagen wäre, würde sie auf einen Weg sinnen, sich Ivan vom Halse zu schaffen. Ganz einfach.

„Meine holde Herzensdame", schwadronierte Ivan weiter. „Ihr seid noch bezaubernder, als ich Euch in Erinnerung hatte." Ein schwärmerischer Zug legte sich auf sein Mondgesicht.

Sie widerstand dem Drang, angesichts dieses lächerlichen Ergusses die Augen zu verdrehen. Was für ein Geschwafel. Vielleicht war Jared ja doch das geringere Übel.

„Meine Gwyneth ..."

„Falsch", unterbrach Jared ihn ruhig. „Diese Frau gehört mir. Sie hat mich gezwungen, sie zu heiraten, und verheiratet werden wir bleiben." Die Festigkeit in seiner Stimme jagte Gwyneth einen Schauer über den Rücken. Eine ungute Vorahnung erfüllte sie. Es klang so, als beabsichtige er, ihr ein grauenvolles Leben in Schande zu bescheren.

Nervöse Anspannung machte sich in ihr breit. Sie hatte keine andere Wahl, als Ivan zu benutzen. „Ich werde mich von Euch befreien", hauchte sie. Das würde sie, koste es, was es wolle.

Das frühe Sonnenlicht fing sich im Heft von Ivans Schwert, und der Anblick gab ihr das gute Gefühl, dass er trotz seines eitlen Gebarens in der Lage war zu kämpfen.

Sobald Jared fortgeschickt war, konnte die Ehe annulliert werden, und sie würde ein Leben in Unabhängigkeit und Freiheit führen. Ein Leben, das ihr erlaubte, Elizabeth zu retten. Und Elfreda. Sie würde all ihre Frauen in Sicherheit bringen.

„Ivan ..."

Jared umklammerte ihren Brustkorb fester, doch das Messer schnitt ihr nach wie vor nicht ins Fleisch.

„Lasst es gut sein, mein Junge", rief Jared warnend. „Wir wurden in der Kirche nahe des Hutmacherladens vermählt. Sucht meinetwegen den Mönch, der uns getraut hat, wenn Ihr Euch versichern wollt, aber seht hier." Er zog das herausgerissene Stück Laken mit dem dunklen Blutfleck aus seinem Gürtel.

„*Nay!*" Gwyneth versuchte, sich ihm zu entziehen. „Die Vermählung war nicht rechtens. Ich wurde gezwungen. Die Kirche wird sie nicht anerkennen."

Montgomery hob eine Braue und wandte sich an Irma. „Nun?"

„Ich hab die Wahrheit gesagt, Mylord. Jared hat Gwyneth aus dem Bordell entführt." Irma krampfte die Hand so fest in den gelben Schal, der um ihre Schultern lag, dass die Knöchel weiß hervortraten. Doch ihre Stimme war ruhig, als liege es ihr im Blut, Lügenmärchen zu ersinnen.

„Aus dem Bordell?", wiederholte Ivan mit ungläubiger Miene. Die Hufe seines Pferdes wirbelten Laub auf, als er es hierhin und dorthin wandte, um die Anwesenden nacheinander ins Auge zu fassen.

„Die Dirne lügt", beteuerte Jared. „Frag sie, weshalb Gwyneth im Bordell war, James."

Scharf sog Gwyneth Luft ein. Keine Edeldame würde je auch nur einen Fuß in ein Hurenhaus setzen, und schon gar nicht so oft dort hingehen, wie sie es tat. Falls Ivan sie abwies, hätte Montgomery allen Grund, sie in Jareds Obhut zu lassen. Für den Rest ihres Lebens.

Rasch schürzte sie die Lippen zu einem leichten Schmollmund und fuhr mit der Zunge darüber. Sie wusste, dass dies sowohl unschuldig als auch verführerisch wirkte. Wie erwartet blieb Ivans Blick an ihren Lippen hängen. Es war zu einfach.

„Ich bin lediglich spazieren gegangen." Sie hob die Schulter auf unauffällige und zugleich anzügliche Weise.

„Hört auf, Euch zu winden", raunte Jared und fuhr lauter

fort: „Keine ehrbare Dame würde durch diesen Teil der Stadt flanieren, schon gar nicht ohne Eskorte. Sie ist schuldig."

„Ich habe einen Heiltrank zu einer Frau gebracht, die ein krankes Kind hat und es sich nicht leisten kann, zum Apotheker zu gehen", erwiderte Gwyneth. Sicherheitshalber setzte sie auch noch einen flehenden, arglosen Blick auf. Die meisten „Sünden" – wie beispielsweise der Aufenthalt im falschen Viertel – wurden vergeben, sofern ein Kind im Spiel war und man selbstlos handelte. Irma und sie hatten sich die Geschichte für Augenblicke wie diesen zurechtgelegt, und Gwyneth hatte in der Tat in dieser Gegend schon Kranke besucht und Familien Heilmittel gebracht. Zumindest dieser Teil war nicht geflunkert. „Zudem war ich keineswegs allein. Bruder Giffard, ein Mann Gottes, war bei mir."

Jared schnaubte. Sie spürte, wie er die Muskeln seiner Oberschenkel anspannte.

Um ihn nicht ansehen zu müssen, wandte sie sich Ivan zu. So würde es leichter sein zu lügen.

Ivan strahlte sie an, eindeutig überzeugt von ihren Beteuerungen. Sie rang die Skrupel nieder, die in ihr aufstiegen, da er sie für eine tugendhafte Dame hielt und nicht ahnte, dass sie ihn nur benutzte.

„Jared hat uns angegriffen, mich in die Kirche verschleppt und den Mönch gezwungen, uns zu vermählen, ohne dass das Aufgebot bestellt wurde. Die Ehe ist ungültig."

Jared knurrte. „Verlogene Range", stieß er zwischen zusammengebissenen Zähnen hervor, ehe er sich an Montgomery wandte. „Du schenkst den Lügen dieser Frau doch nicht etwa Glauben?"

Montgomery blickte verächtlich drein. Seine Hände spielten mit den Zügeln, als überlege er, ob er seinen schwarzen Hengst nicht wenden und ohne sie nach Hause reiten solle. Oh, ihr Heiligen! Irgendwie musste sie ihn dazu bringen, sie mit zurück nach Windrose, mit nach Hause, zu nehmen. Trotz des fehlenden Aufgebots würde das Gericht diese Ehe als gültig anerkennen, sollte sie längere Zeit an Jareds Seite bleiben.

Ivan schob sich den gefiederten Hut aus der Stirn und sah Jared finster an. „Ich verlange, dass Ihr meine Braut freigebt."

„Sie ist nicht mehr Eure Braut." Jared umklammerte ihren Körper mit seinem Arm wie eine eiserne Schelle, und sie spürte seinen gleichmäßigen Herzschlag in ihrem Rücken.

Herausfordernd warf Ivan sich in die Brust, was Gwyneth an einen Pfau gemahnte, und richtete den Blick auf Montgomery. „Befehlt ihm, sie freizulassen. Wir haben einen Vertrag."

Die Frösche waren verstummt, und auch Jareds Falke gab keinen Laut von sich. Montgomery ergriff nicht Partei für sie, machte jedoch auch keine Anstalten, seine Männer auf Jared zu hetzen.

Entschlossen trieb Ivan sein Pferd vorwärts, wobei die ausladenden Spitzen seiner Schuhe wippten.

Gwyneth zwang sich, eine unschuldige Miene aufzusetzen und ihr Triumphgefühl nicht zu zeigen, doch in ihrem Herzen verspürte sie Erleichterung darüber, dass sie letzten Endes doch einen Helden haben würde.

Jetzt hob Montgomery die Hand und gebot Ivan Einhalt. „Wenn Ihr die Wahrheit sagt, Gwyneth, wie kommt es dann, dass diese Hure so viel über Euch weiß?"

Gwyneth blieb fast das Herz stehen. Sie bemühte sich um eine unbewegte Miene, während sie fieberhaft nach einer Erwiderung oder einer einleuchtenden Erklärung suchte. Sie wusste nicht, was Irma ihm erzählt hatte, und daher konnte alles, was sie sagte, als Beweis ihrer Unaufrichtigkeit gelten.

Hastig blickte sie zu Irma hinüber, die das Geschehen verfolgte, ihren Rock befingerte und offenbar mit sich haderte, ob sie nicht vom Pferd springen und fortlaufen sollte.

Gwyneth warf ihr einen flehenden Blick zu.

„Mylord", sagte Irma, nachdem sie tief Luft geholt und ihren gelben Schal gerichtet hatte. „Mylady Gwyneth ist ein redlicher Engel der Barmherzigkeit für die Ärmsten unter uns. Sie bringt den Kindern Äpfel und Spielzeug und den Alten Heilmittel und Trost. Alle, die sie kennen, lieben sie, als wär sie die Heilige Maria selbst. Sie hat ein großes Herz und ist unberührt vom Leid der Welt und der Orte, an die sie nun mal gehen muss, um die aufzusuchen, für die sie sorgt. Amy, Tatum und Maude wären ohne ihre liebevolle Güte und Gnade gestorben. Und dieses Kind nun, dem wir gestern den Heiltrank …"

Gwyneth hustete. Wenn Irma fortfuhr, Geschichte um Geschichte zu spinnen und das Ganze kunstvoll auszuschmücken, würde jeder durchschauen, dass sie beide aus dem Stegreif das Blaue vom Himmel logen.

Sie senkte die Lider, um den Eindruck von Sittsamkeit zu erwecken, und sah unter den Wimpern hervor, dass Ivan Irmas Worte aufsog, als seien sie göttliches Manna. Jared hingegen schien innerlich zu toben. Seine sonst grünen Augen wirkten fast schwarz, und an seinem Unterkiefer zuckte es.

„Mylady", hob Ivan an, „Ihr seid so herzensgut und gnädig, wie Ihr liebreizend anzuschauen seid." Er wandte sich Montgomery zu. „Ich bestehe darauf, dass Ihr etwas unternehmt, Mylord."

Finster sah Montgomery ihn an. „Oh, ich habe *durchaus* vor, etwas zu unternehmen. Ich werde nämlich zurück nach Windrose reiten. Offenbar hat das frisch vermählte Paar ein paar Dinge unter sich zu klären."

„Aber Ihr könnt mich doch nicht hierlassen!", rief Gwyneth empört, und ihre Stimme überschlug sich. Wieder versuchte sie, Jareds Armen zu entkommen, doch er hielt sie fest.

„Das habt Ihr Euch selbst zuzuschreiben", entgegnete Montgomery achselzuckend.

„Es sieht so aus, als habe meine Gemahlin keinen Respekt gegenüber der Autorität." Jared schüttelte sie leicht, als wolle er damit seine Worte untermauern.

„Solltest du dieser Frau auch nur ein wenig davon einflößen können, alter Freund, wird dies für uns alle ein Segen sein", entgegnete Montgomery versonnen. „Kommt, Ivan, lassen wir die beiden allein. Wenn wir jetzt zurückreiten, sind wir zeitig wieder auf der Burg. Meine Gemahlin war recht erbost darüber, dass ich ihr nicht erlaubt habe, mit uns zu reiten, und mich erwartet die Aufgabe, sie zu beschwichtigen und aufzumuntern."

Erzürnt machte Gwyneth eine ruckartige Bewegung auf ihn zu, wurde jedoch von Jareds Armen aufgehalten. „Brenna wird außer sich sein!"

Montgomery warf ihr einen missbilligenden Blick zu. „Pah. Ich werde ihr berichten, dass ihre närrische Schwester den Gemahl zurückgewiesen hat, den wir für sie ausgesucht haben, und sich stattdessen im Bordell selbst einen ausgeguckt hat. Was immer Euch von Jareds Seite erwartet, habt Ihr es verdient. Vielleicht gelingt es ja Eurem Gemahl, Euch ein wenig Achtung und Respekt beizubringen."

„Du kannst deiner Frau ausrichten, dass ich Gwyneth nichts zuleide tun werde, solange sie mir gehorcht", sagte Jared. „Das mag sie trösten."

Ihm gehorchen!

„In Ordnung." Montgomery nahm die Zügel auf und wendete sein Pferd gen Windrose. „Das sollte wohl jeder Mann von seinem Weib erwarten dürfen."

Gwyneth keuchte auf, als ihr Schwager und seine Mannen sich anschickten, Richtung Wald zu reiten. Sie konnten sie doch nicht ernsthaft hier zurücklassen – an einen Falkner gebunden, der ihr Leben in der Hand hatte. Sie wusste, dass Montgomery sie nicht mochte, aber immerhin waren sie verwandt!

Montgomery forderte Ivan mit einer Handbewegung auf, ihm zu folgen. „Fürwahr, Ivan, sie sind vermählt, die Ehe ist vollzogen, und Gwyneth ist es nicht wert, dass Ihr Euer Schwert für sie mit Blut besudelt."

Etwas musste geschehen!

Ivans weite blaue Ärmel bauschten sich wie die Schwingen eines aufgebrachten Eisvogels. „*Nay!* Sie war mir versprochen!"

Jared lachte schallend. „Wir wurden auf *ihren* Wunsch hin verheiratet, und hier ist der Beweis dafür, dass die Ehe vollzogen wurde." Er wedelte mit dem blutigen Fetzen, als sei er eine Art Siegesflagge.

„Ihr seid ein Tier!" Wie hatte sie ihn nur küssen können?

„Schweigt, Frau. Dies ist eine Angelegenheit unter Männern."

„Ja, Männer benutzen Frauen fortwährend für ihre Zwecke", fauchte sie.

„Kommt, Ivan." Montgomery nahm erneut die Zügel auf und ritt auf den Wald zu.

„Ich hol Hilfe", formte Irma mit den Lippen, rutschte vom Pferd des Knappen und huschte davon.

„Du da, Irma!", rief Montgomery, nahm jedoch nicht die Verfolgung auf.

Jared setzte an, Gwyneth zurück in die Höhle zu zerren. „Reitet nach Hause, Grünschnabel", sagte er an Ivan gewandt. „Diese Frau gehört mir."

Als sei sie nichts als ein Gegenstand.

Ivan zögerte und blickte von Montgomery zu Jared.

Allmächtiger! Ivan war ihre letzte Hoffnung. Entschieden verdrängte sie alle Skrupel, ihn nur zu benutzen, ohne ihn anschließend heiraten zu wollen, und richtete sich hoheitsvoll auf. Sie musste es für all die Frauen tun, die auf sie angewiesen waren. „Ivan, er hat mich vergangene Nacht entführt. Ihr müsst mir helfen."

Jared versteifte sich. „Vorsicht, Weib."

Entnervt verdrehte Montgomery die Augen.

„Bitte", flehte sie und fuhr sich anmutig mit der Zunge über die Lippen. „Ich kann Euch glücklich machen ..."

Mit einem Aufschrei, so als habe er nur auf ihren Appell gewartet, riss Ivan das Schwert aus der Scheide und preschte mit seinem Pferd auf sie zu.

14. KAPITEL

Gwyneth wurde zur Seite gestoßen und geriet ins Taumeln, als Jared sich duckte und mit gezücktem Messer den Angriff erwartete.

Ivans Pferd donnerte heran.

„Grundgütiger“, hauchte Gwyneth, als Ivan das Schwert so dicht neben ihr auf Jared niederfahren ließ, dass sie nicht sicher war, ob er sie tatsächlich retten oder sie beide töten wollte.

Mit einer fließenden Bewegung trat Jared vor, schirmte sie mit seinem Körper ab und parierte den Hieb, so gut es ging, mit dem Messer. Sein Leib wurde zurückgestoßen, doch sein Arm gab nicht nach.

Ihre Augen weiteten sich angesichts der unbändigen Kraft, die seinen Gliedern innewohnte. Erneut stellte er sich Ivan, der das Schwert bereits zum nächsten Schlag schwang.

Die unlautere Taktik, mit der Ivan den Zweikampf bestritt, erschien ihr seltsam widersprüchlich zu seinen vorhin geäußerten Worten, die gewählt und höflich geklungen hatten. Gebückt stolperte sie rückwärts in Sicherheit, bis sie mit dem Rücken gegen feuchten Stein stieß. Sie roch die schweißnasse Flanke des Pferdes. Das Tier rollte mit den Augen und wirkte, als würde es jeden Moment durchgehen, doch Ivan schien von einer unbeherrschbaren Kampfeslust gepackt und achtete nicht auf sein Ross. Kein Wunder, dass die Barden seine zahlreichen Siege auf dem Turnierfeld besangen. Er verfügte über Talent und eine angeborene Flinkheit.

„Vielleicht könnt Ihr Euch mit diesem Nadelschwertlein da eine Bruche nähen“, zog Ivan Jared auf, als er wieder auf ihn losstürmte. Die Hufe dröhnten auf dem Gestein, und wieder sauste das Schwert nieder.

Dieses Mal ging Jared in die Knie, wurde zurückgeschlagen und in den engeren Teil der Höhle gedrängt. Der Falke schlug aufgeregt mit den Flügeln, zerrte am Strick, der ihn am Sitz festhielt, riss sich schließlich los und flatterte aus der Höhle.

Schwungvoll sprang Ivan aus dem Sattel. Seine Kraft passte so gar nicht zu seiner exzentrischen, herausgeputzten Gewandung.

Sein Hengst, verschreckt dadurch, seines Reiters so plötzlich ledig zu sein, warf den Kopf zurück und jagte an Gwyneth vorbei, wobei er sie streifte. Sie wankte rückwärts.

Um das Gleichgewicht wiederzufinden, machte sie einen Schritt nach hinten, doch ihr Schuh verfing sich im Saum ihres Kleides, und mit rudernden Armen ging sie zu Boden. Neben ihrer Hand stampfte ein Huf auf, der sie nur um Haaresbreite verfehlte.

„Gwyneth! Zurück mit Euch!"

Das war nicht Ivans Stimme. Sondern Jareds.

Er stolperte vorwärts und warf sich zwischen sie und das Pferd.

Rücksichtslos rückte Ivan nach, einen drohenden Ausdruck auf dem Gesicht. Er hatte ihre Anwesenheit offenbar völlig vergessen, als er über Jared herfiel.

Die Höhlenwände schienen sie zu erdrücken. Helle Morgensonne ließ Ivans Schwert aufblitzen. Jareds dunkles Haar wirbelte ihm um den Kopf, als er rasch den Stab aufhob, der ihm eben aus der Hand gefallen war.

Das Herz schlug Gwyneth bis zum Hals. Sie hielt nach einem Durchschlupf Ausschau, durch den sie aus der Höhle entkommen konnte.

Ivans draufgängerischer Kampfstil stand in starkem Gegensatz zu Jareds schier unerschöpflicher Ruhe. Vielleicht hätte sie tatsächlich besser schweigen sollen, statt Ivan zu ermutigen.

Sie schob sich noch ein Stück weiter rückwärts.

Ivan holte aus.

Dieses Mal parierte Jared mit dem Stab. Das Holz ächzte, hielt jedoch stand, und Jared wich zur Seite aus.

Mit dem Messer in der einen und dem Stecken in der anderen Hand, umrundete er Ivan und trat dann ein paar Schritte zurück.

Dieser Zug verwirrte sie, denn damit brachte er sich vorübergehend ins Hintertreffen. Ivan wirbelte herum, wobei er beinahe mit dem Schwert ihren Kopf gestreift hätte.

Sie sprang zurück und begriff plötzlich, dass Jared mit seinem Manöver den Kampf von ihr weglenken und *sie* damit schützen wollte.

Ihr wurde eng ums Herz vor Reue. Sie versuchte, ihr schlechtes Gewissen abzuschütteln, und dachte an all die Frauen im Kerker, die sie retten musste, rief sich in Erinnerung, warum sie Jared loswerden wollte, weshalb sie sogar lügen und betrügen musste, um dies zu erreichen. Dass sie ihm damit unrecht tat, setzte ihr so hartnäckig zu wie die beißenden Ausdünstungen eines Sumpfs.

Sie sah von einem Mann zum anderen. Jared war besonnen und beherrscht, während in Ivans Augen tödliche Entschlossenheit glomm. Grauen packte sie, als sie erkannte, dass dies kein gutartiges Turniergeplänkel war, aus dem der Verlierer mit ein paar blauen Flecken und angekratztem Stolz hervorgehen würde. Hier würde Blut fließen.

Jared mochte vielleicht sogar sterben.

Sein Tod würde für immer auf ihrem Gewissen lasten, so als habe sie ihn eigenhändig umgebracht.

Trotz aller Sünden, die Jared an ihr begangen hatte, durfte man nicht außer Acht lassen, dass er zu dieser Ehe gezwungen worden war. Mochte er auch kein Engel sein, so hatte er doch nicht den Tod verdient.

„Haltet ein!" Sie hob die Arme, in dem Bemühen, den Kampf zu unterbinden. Irgendwie musste sie doch die Streithähne trennen.

„Dafür ist es zu spät, werte Gemahlin." Jared straffte die Schultern. Über ihnen kreiste der Falke, wartend, beobachtend. „Wieder einmal habt Ihr einen Mann dazu gebracht, Euch zu Willen zu sein, und nun bringen wir es auch zu Ende."

„*Aye!*", pflichtete Ivan bei. „Der Sieger bekommt die Frau."

„*Nay!*" Gwyneth huschte aus der Höhle, drauf und dran,

sich zwischen die beiden zu werfen. „Hört auf! Ich bin keine Beute, um die man sich balgt!“

„Fürchtet Euch nicht, Mylady“, rief Ivan, ohne sie auch nur anzusehen. „Ich werde dieses Untier für Euch erlegen, auf dass Ihr für immer von ihm befreit seid.“

Montgomery und seine beiden Männer schirmten die Kämpfenden vor ihr ab, sodass sie nicht zu ihnen durchdringen konnte. Sie wollte sich an ihnen vorbeizwängen, doch sie ließen es nicht zu.

„Bleibt, wo Ihr seid, teure Gemahlin, ich kümmere mich schon um diesen Bengel hier!“

Gwyneth rammte Montgomery den Ellbogen in die Seite, doch er wich keinen Zoll.

Jared und Ivan umschlichen einander nun in geduckter Haltung, kampfbereit. Ivan hatte das Schwert über den Kopf gehoben, während Jared seinen Stab mit beiden Händen vor den Körper hielt. Deutlich waren die Schuppen des ins Holz geschnitzten Drachen zu sehen.

Plötzlich griffen Pranken nach ihr und zerrten sie aus dem Weg. Sie wand sich und glaubte kurz, Jared sei an zwei Orten zugleich, ehe sie merkte, dass Montgomery sie dieses Mal festhielt.

„Besser, Ihr gehorcht Eurem Gemahl“, sagte er grimmig. Sein Ton war nüchtern, doch in seinen leuchtend kobaltblauen Augen blitzte der Zorn. Seine Tunika war mit Schlamm bespritzt, ein Beweis dafür, dass er die ganze Nacht das Land auf der Suche nach ihr durchkämmt hatte.

Verzweifelt wehrte sie sich, versuchte wieder zu den Kämpfenden zu gelangen, doch er brachte sie mehrere Schritte weit fort, wobei er sie halb zog und halb trug. Er war ebenso groß wie Jared und ebenso wenig zu beherrschen.

„Lasst mich los!“

„Nichts da! Ihr könnt von hier aus beobachten, was Eure Unvernunft angerichtet hat. Vielleicht erteilt Euch das eine Lektion in Sachen gutes Benehmen und Anstand.“

Hilflos und mit klopfendem Herzen wandte sie sich wieder dem Kampf zu.

Montgomerys Begleiter lachten und schlossen Wetten ab.

Noch immer umkreisten Jared und Ivan einander, beide geduckt, beide angespannt und wachsam.

„Ich werde diesen Barbaren besiegen und Eure Hand gewinnen, Mylady“, rief Ivan galant. Doch er sah sie dabei nicht an, nicht einmal einen kurzen Augenblick lang. So als seien seine Worte nur Schau. Wie seine Kleidung. Innerlich jedoch war er aus gänzlich anderem Holz geschnitzt.

Ein hässlicher dumpfer Laut war zu hören, und Ivan brach zur Seite weg. Aus seiner Schulter ragte Jareds Messer, und Blut rann ihm über die Tunika.

Einer der Umstehenden pfiff und johlte von seinem Pferd aus, der andere Mann war abgestiegen, um alles aus der Nähe verfolgen zu können.

„Du lieber Himmel!“ Gwyneth wand sich, bemüht, Montgomery zu entkommen.

Jared sprang vor, den Stab umklammernd, wobei eine Hand nah am eingeschnitzten Drachenschwanz lag. Er war schnell und kräftig, dabei jedoch beherrscht; er bewegte sich geschmeidig, anstatt rohe Gewalt zu gebrauchen. Schwungvoll und anmutig führte er den Stab – hoch bis zur Schulter und hinunter zur Hüfte, von einer Seite zur anderen.

Nie zuvor hatte Gwyneth etwas Vergleichbares gesehen. Es war, als bewege er sich durch Magie, als tanze er einen seltsamen, fremdartigen Tanz.

Die beiden Männer umrundeten einander. Angriff. Gegenangriff. Angriff. Gegenangriff.

Dann rissen sie Schwert und Stab gleichzeitig hoch, und im letzten Moment, als Gwyneth schon glaubte, dass die Waffen sich treffen würden, neigte Jared sich zur Seite, holte rasch mit dem Stab aus und ließ das Ende niederfahren. Hart traf es Ivans Hand, und das Schwert fiel zu Boden. Ivan schrie auf und bückte sich, um es aufzuheben, doch Jared war schneller und riss es an sich.

Scharf sogen die Zuschauer die Luft ein, und einer bekundete Beifall. Gwyneth hätte die Hände an die Brust gepresst, wenn sie sich denn hätte rühren können.

Montgomery hielt sie immer noch umklammert, schenkte ihr ansonsten jedoch keinerlei Beachtung.

Jared sprang vor, eindeutig der Sieger. Er warf ihr einen Blick zu, der ihr einen Schauer über den Rücken jagte.

Nay! Nay! Nay!

Das Schwert zielte direkt auf Ivans Brust. „Ergebt Euch."

Die Spitzen von Ivans Schuhen federten auf und ab; er stolperte über seine eigenen Füße und plumpste in den Dreck. Seine absonderliche Kleidung hatte ihn buchstäblich zu Fall gebracht. Schwer atmend und mit rotem Gesicht kroch er auf dem Hintern rückwärts auf die Umstehenden zu.

Jared kam ihm nach, das Schwert erhoben.

Einer der Männer lachte und klatschte kurz. „Seht euch den jungen Gecken an!"

„Ein Narr in närrischen Schuhen!"

„Geschlagen von einem Mann mit nichts als einem Stock."

„Hab noch nie jemanden gesehen, der sich so bewegen kann."

Schützend hielt sich Ivan die Hände vors Gesicht, als Jared über ihm war.

Montgomery sah, dass der Kampf entschieden war, ließ Gwyneth los und ging zu seinen Männern.

Zaghaft machte Gwyneth ein paar Schritte rückwärts, in der Hoffnung, sich unbemerkt zu den Pferden schleichen zu können. Sie musste zu Irma gelangen, zum Bordell, und einen Plan ersinnen. Die vergangenen Stunden waren eine einzige Katastrophe gewesen. Sie tat zwei weitere Schritte. Und noch zwei. Niemand schaute in ihre Richtung. Zweige knackten unter ihren Füßen, doch die Männer waren so sehr von dem Drama zwischen Jared und Ivan gefesselt, dass sie gar nicht auf Gwyneth achteten.

Ihr zitterten die Beine, doch sie zwang sich, besonnen zu

sein und nicht zu hastig zu gehen.

Das Reittier des Knappen, eine mittelgroße Stute, stand ihr am nächsten. Auch der junge Bursche war ganz vom Kampf in den Bann geschlagen. Sie erreichte das Pferd, ganz schwindelig vor Zuversicht, umklammerte die Mähne und schwang sich hinauf.

Ohne einen Blick zurück zu wagen, lenkte sie das Pferd zwischen die Bäume – in gemächlichem Tempo zunächst, bis sie schließlich, als sie immer sicherer war, dass niemand ihr folgte, eine schnellere Gangart anschlug. Sie hoffte, dass sie sich in die richtige Richtung bewegte. Als sie der Freiheit entgegengaloppierte, pochte ihr Herz so heftig, dass sie es bis in die Ohren spürte.

Im Nu hatte sie die Ausläufer der Stadt erreicht. Die frühe Morgensonne beschien die noch geschlossenen Fensterläden an Häusern und Geschäften. Erst wenige Leute waren auf den Beinen – ein Kesselflicker, der seine Waren feilbot, jemand, der einen Heukarren lenkte, einige Fußgänger, ein Zimmermann mit einem Werkzeugbündel –, doch zumeist war es still in den Gassen. Noch immer keine Spur von Jared. Ha! Bestimmt konnte sie sich irgendwo verstecken und sich später nach Windrose durchschlagen. Doch zunächst wollte sie Irma aufsuchen und danach erst ihre Schwestern. Am Tag zuvor war sie angegriffen worden, weil sie nicht vermummt gewesen war, doch heute würde sie vorsichtiger sein. Irgendwie würde sie sich aus dieser Zwangslage befreien.

„Gwyneth! Frau!“, donnerte Jared hinter ihr.

Allmächtiger!

Sie trieb ihr Pferd zum Galopp an und überholte den Heuwagen. Die Hufe hämmerten über die Pflastersteine. Eisiges Prickeln befiel ihre Beine.

Rasch blickte Gwyneth über die Schulter zurück und sah Jared auf Montgomerys Ross heranstürmen. Selbst aus der Entfernung war die Wut, die er ausstrahlte, beinahe greifbar. Entschlossenheit funkelte in seinen Augen.

Oh, ihr Heiligen!

„Schneller! Lauf zu!“, ermunterte sie die Stute und stieß ihr verzweifelt die Fersen in die Flanken.

Doch es dauerte nicht lange, bis Jared sie erreicht hatte und sich zu ihr herüberbeugte, um nach den Zügeln zu greifen.

„Nay!“

Er brachte beide Tiere zum Stehen und zog Gwyneth mit einem Arm aus dem Sattel zu sich aufs Pferd.

Sie wehrte sich und trat um sich. „Lasst mich los!“

„Hört doch auf, Mädchen. Wir werden noch beide …“

Gwyneth schrie auf, als der Boden rasend schnell auf sie zukam. Im letzten Augenblick drehte Jared sie so, dass er ihren Sturz mit seinem Körper abfing. Hart schlug er mit dem Rücken auf dem Pflaster auf, und ihr wich alle Luft aus den Lungen, als sie auf ihm landete.

Hastig rappelte sie sich auf und wollte fortlaufen, doch er packte sie am Handgelenk, noch ehe sie einen Schritt tun konnte. Er zerrte sie hinter sich her, während er die Zügel der Pferde ergriff.

„Zu Hilfe!“

Der Kesselflicker schielte in ihre Richtung.

„Still, Frau!“ Jareds Brust hob und senkte sich unter seinem schweren Atem.

Der Händler sah von einem zum anderen.

Finster starrte Jared ihn an. „Verzeih, guter Mann. Meiner Gemahlin mangelt es an Disziplin. Geh einfach weiter.“

„Eure Gemahlin, sagt Ihr?“

„Aye.“

„Die Ehe wurde erzwungen, ich …“, setzte Gwyneth an, doch bevor sie die Sache erklären konnte, hörte sie erneut Hufgeklapper auf dem Pflaster. Montgomery kam auf dem dritten Pferd auf sie zugefegt und brachte es abrupt zum Halten.

Der Kesselflicker zog sich die Kappe vom Kopf und nickte ehrerbietig. „Lord Montgomery.“

„Sei gegrüßt“, erwiderte Montgomery. „Und zieh weiter.

Die beiden da sind frisch vermählt und müssen sich erst noch zusammenraufen."

Gehorsam senkte der Mann den Kopf.

Gwyneth zuckte schmerzhaft zusammen.

Aus Sicht des Mannsvolks hatte ein Gemahl jedes Recht, sich das Eheweib zu unterwerfen.

„Tut mir leid, dich behelligt haben", sagte Jared in unbekümmertem Ton und grinste. „Ich werde mich jetzt um meine *Gemahlin* kümmern."

„*Nay!*", protestierte Gwyneth, doch der Mann nickte Jared und James zu. Welch verflixte Ungerechtigkeit!

„Sieht so aus, als hättet Ihr genug Schwierigkeiten." Er packte die Holme seines Handkarrens und schob ihn die Gasse hinunter. Pfannen, Messer und silberne Haarkämme klimperten.

Breitbeinig, die Hände in die Hüften gestemmt, baute sich Montgomery vor Jared auf. „Hiermit gebe ich Gwyneth in deine Obhut und wünsche dir viel Glück dabei, sie zu bändigen. Betrachte meinen Hengst als Hochzeitsgeschenk. Das andere Pferd nehme ich mit zurück zu meinen Männern."

Entsetzt schnappte Gwyneth nach Luft. „Ihr könnt mich doch nicht einfach bei ihm zurücklassen!"

„Sicher kann ich." Montgomery nahm Jared die Zügel der Stute ab, auf der Gwyneth geflohen war, stieg auf und ritt davon.

„Aber er hat mich entführt!", rief sie ihm nach.

Sie sah, wie er mit den Schultern zuckte. Dieses Ungeheuer! Wie, um alles in der Welt, konnte ihre Schwester nur Liebe für ihn aufbringen?

„Behaltet Eure Lügen für Euch, Gwyneth", stieß Jared hervor, „oder ich knebele Euch."

Über ihnen schwang ein Fensterladen auf, und eine Frau mit einer Schlafmütze spähte hinunter auf die Straße.

„Bitte!", rief Gwyneth ihr zu, doch sie schlug den Laden so rasch wieder zu, wie sie ihn aufgestoßen hatte. Von ihr war keine Hilfe zu erwarten.

Ein junger Bursche, der Feuerholz trug, blickte zu ihnen herüber.

Womöglich konnte sie sich seiner bedienen.

Sie warf ihr Haar zurück und deutete auf Jared. „Dieser Mann hat mich geraubt."

Der Knabe gaffte sie an, ein ihr vertrautes männliches Verhalten. Gut.

Jared quetschte ihr den Arm und zog sie dicht zu sich heran.

Gwyneth wand sich, doch es war, als kämpfe sie gegen eiserne Ketten an.

Sie spürte seinen Zorn. „Hört *sofort* auf, Frau." Er setzte sie aufs Pferd, schwang sich ebenfalls in den Sattel, riss das Tier herum und galoppierte aus dem Stand an.

15. KAPITEL

Die Pocken allen Weibern!

Verärgerung nagte an Jareds ohnehin schon dünnem Geduldsfaden. Er zog Gwyneth an sich, hielt ihr den Mund zu und überlegte, wie er sie sich am besten gefügig machen konnte. Er musste ihr ein für alle Mal klarmachen, dass er nun ihr Herr war.

Sie wand und wehrte sich, doch zum Glück war James' Schlachtross hervorragend ausgebildet, und überdies war Gwyneth zierlich. Ihre Hüften drückten gegen seine Lenden und ließen sie schwellen, was äußerst unangenehm war. Was hatte diese Frau, die ihn schier zur Raserei brachte, nur an sich, dass sein Leib sich so verhielt?

Doch in seinem Herzen wusste er es. Sie hatte Feuer, war klug, verwegen, eine Herausforderung. Wie sie Ivan an der Nase herumgeführt und benutzt hatte, war über alle Maßen empörend gewesen, aber andererseits musste er ihre Gerissenheit bewundern. So ungern er es auch eingestand, sie nahm ihn gefangen. Wie schon vor Jahren, als er sie zum ersten Mal erblickt hatte.

Ihr liebliches Gesicht und die verführerische Art brachten Männer dazu, törichte Dinge zu tun. Im Bordell hatte sie ihm nur mit ihren wunderschönen himmelblauen Augen zuzwinkern müssen, und schon hatte er sich in ihrem tückischen Netz verfangen. So wie Ivan.

Solange sie die Narretei von Männern ausnutzte, um ihren Willen durchzusetzen, war sie eine verfluchte Gefahr für Frieden, Ordnung und Anstand. Wäre er mit dem Pferd nicht so rasch bei ihr gewesen, hätte einer der Männer in der Gasse es sich zweifellos letztlich doch anders überlegt und wäre Gwyneth zu Hilfe geeilt. Sie an die Kandare zu nehmen war daher unerlässlich.

Gwyneth ruckte den Kopf hin und her, um sich seiner Hand zu entziehen. Sie trabten über das Kopfsteinpflaster auf den

Stadtrand zu. Eine Gasse weiter erklang der Hammer eines Schmieds.

„Wenn Ihr mir schwört, keinen Aufstand zu machen, nehme ich die Hand weg“, sagte er.

Hastig nickte sie, wobei ihre langen Flechten auf und ab hüpften.

Langsam ließ er die Hand sinken und gab ihren Mund frei.

Einige Male schob sie den Kiefer vor und zurück, sagte jedoch nichts. Gut. War sie also doch endlich gebändigt.

Sie kamen an weiteren Häusern und Läden vorbei. Ein junger vierschrötiger Kerl schleppte einen schweren Segeltuchsack die Straße entlang. Seine Stiefel schlugen einen wuchtigen, stampfenden Rhythmus auf dem Pflaster, und in seinem Gürtel steckte ein Messer.

Gwyneth fing seinen Blick ein, und ehe Jared erkannte, was sie plante, neigte sie sich vor, fuhr sich kokett mit der Hand durch das Haar und sah den Knaben keck an. „Heda! Bursche!“

Diese treulose Füchsin! Wütend trieb er sein Pferd erneut zum Galopp an, noch ehe der Junge etwas tun konnte.

Gwyneth keuchte auf, als das Pferd um eine Ecke schoss und ihre Wange gegen Jared gepresst wurde. Sein abwesender Ausdruck ließ ihr vor Angst die Brust eng werden. Sein nackter Oberkörper war schweißnass, und sie konnte seinen Zorn buchstäblich riechen. Am schlimmsten jedoch war, dass sie sich so allein fühlte. So unendlich einsam. Ivan war besiegt, und ihre Familie hatte sie verlassen.

Jared trieb sein Ross zu einem halsbrecherischen Tempo an, und Häuser und Werkstätten flogen nur so vorbei.

Seine nachdenkliche, düstere Miene ließ sie erschauern und stärkte sie in ihrem Entschluss, jemanden aufzutreiben, der ihr helfen würde.

Schließlich zügelte er das Tier. Hammerschläge hallten, und heiße, rußige Luft schlug ihnen entgegen. Gwyneth erkannte, dass sie die Schmiede erreicht hatten, von der sie vorhin noch einige Gassen entfernt gewesen waren. Der Schmied war ein graubärtiger Mann, der schon ein halbes Jahrhundert auf dem Buckel zu haben schien. Er stand neben der Esse und hämmerte auf ein Hufeisen ein.

Seine Brust war unbedeckt, sodass über dem Lederschurz seine gerötete Haut und die enorm muskulösen Oberarme zu sehen waren. Er hielt in seiner Arbeit inne und legte den Hammer neben den Amboss.

Gwyneth schenkte ihm ein besonders strahlendes Lächeln, in der Hoffnung, in ihm einen Verbündeten zu finden, doch er beachtete sie gar nicht.

„Seid willkommen, Mylord“, wandte er sich an Jared, als würde sie sich nicht erbost in dessen Schoß winden oder als drücke er ihr nicht grob die Hand auf den Mund. Wie dunkler, bedrohlicher Nebel machte sich eine unheilvolle Ahnung in ihr breit. „Braucht Ihr etwas?“

„Hast du eine Schandmaske? Meine Frau bedarf einer solchen, und zwar dringend.“

Ein Knebeleisen? Gwyneth lief es kalt über den Rücken. „*Nay …*“ versuchte sie einzuwenden, doch sofort drückte Jared ihr die Hand noch fester auf die Lippen.

In den Augen des Schmieds blitzte es. „Hab in der Tat eine da, Mylord. Ist eins meiner besten Stücke. Hat mich Stunden gekostet, sie zu fertigen.“ Die Lederschürze knarrte, als er zu einem der Wandborde ging. Seine Brust schien zu schwellen.

„Hervorragend.“

Gwyneth spürte ihre Beine weich wie Butter werden, als Jared aus dem Sattel glitt und sie mit sich zog. Er nahm die hölzernen Regale in Augenschein. Hämmer, Raspeln, Feilen, Kneifzangen und verschiedene andere Gerätschaften zur Herstellung von Draht, Rüstung, Kettenhemden, Nägeln und Schwertern lagen überall in der Werkstatt verstreut.

Er drehte ihren Kopf so, dass sie ihn anschauen musste, und blickte sie ruhig an. Zu ruhig. „Ich werde jetzt Euren Mund freigeben. Wenn Ihr auch nur einen Mucks tut, schleife ich Euch augenblicklich zum Pranger und lasse Euch in den Stock legen, anstatt mich mit etwas so Harmlosem wie der Schandmaske zu begnügen." Er verstummte, um die Worte wirken zu lassen.

In ihrem Kreuz sammelte sich Schweiß. Verzweiflung überkam sie, und erneut wand sie sich. Die Erinnerung daran, wie sie vor aller Augen von ihrem Vater gedemütigt wurde, stieg quälend in ihr auf. Fieberhaft suchte sie nach einem Ausweg. Vielleicht sollte sie ihn verführen und auf diese Weise aufhalten.

„Ein Falke, der noch nicht ausgebildet ist, braucht oftmals eine Kappe", fügte er sanft hinzu.

Oh, Gott! Sie war in der Hölle gelandet. Dieser Mann war wahnsinnig.

Doch in seinen Augen, die auf ihr ruhten, blitzte keineswegs der Wahn. Sie waren stechend und scharfsichtig – so als beobachte er jede einzelne ihrer Regungen und wäge sie ab, um seine Bestrafung entsprechend anzupassen und sie nach Belieben zu verschärfen. Sie war es gewohnt, dass Männer sie anstarrten, doch nie zuvor hatte jemand sie so gemustert wie Jared. Er schien ihr durch den Schädel hindurch unmittelbar in den Kopf blicken zu können.

Nay. Direkt in die Seele. Es war, als wisse er um jede Missetat, die sie begangen, um jedes kokette, berechnende Gebaren, das sie je an den Tag gelegt hatte.

Mit seinem Blick verurteilte er sie.

Ich habe das alles nur getan, um Not leidenden Menschen zu helfen, wollte sie zu ihrer Verteidigung ausrufen. Aber von Elizabeth, Blythe, Elfreda und all den übrigen Frauen im Kerker würde er natürlich nie erfahren.

Ihr zitterten die Beine, und auch ihre Finger bebten – was sie vor Jareds wachsamem Blick verbergen musste. Wenn er es merkte, würde er sich nur daran ergötzen und es nutzen, um sie zu unterjochen.

Also hob sie das Kinn, fest entschlossen, sich nichts von der Furcht anmerken zu lassen, mit der sie rang. Vor langer Zeit schon hatte Irma ihr beigebracht, eine selbstsichere Haltung zu wahren und sich von der Meinung anderer nicht berühren zu lassen.

Sie versuchte, den Blick des Schmieds einzufangen, weil sie hoffte, Mitleid zu erregen, doch er hatte nur Augen für seine Handwerkskunst, die er liebevoll begutachtete.

Sonnenlicht spiegelte sich in der Schandmaske, als er sie stolz hochhob. Es war ein kleiner Metallkäfig mit Halszwinge, einer Aussparung für die Nase und einer Metallplatte, mit der die Zunge nach unten gedrückt wurde.

Gwyneth wurde blass und wandte den Blick ab.

„Ein wirklich schönes Stück, ich sag's Euch. Seht, vier flache Streben und ein Verbindungsstück am Scheitel. Hab's so geschmiedet, dass es gerade eben über einen Frauenkopf passt. Das hier …", er zeigte auf das abgerundete Metallstück über dem Kragen, „… steckt man ihr in den Mund, um ihre freche Zunge im Zaum zu halten. Braucht Euch also keine Sorgen mehr zu machen, dass sie herumzetert, denn seid versichert, das wird sie nicht."

Die Stimme des Mannes war seltsam hoch und passte nicht zu den stämmigen Armen und der breiten Brust. Er klang geradezu schadenfroh.

Schaudernd wich sie zurück.

„Hervorragend", sagte Jared noch einmal und fuhr zu Gwyneth herum, sodass ihm das dunkle Haar über ein Auge fiel. „Dann wollen wir mal sehen, ob Euch die Kappe passt."

Gwyneth schüttelte den Kopf und suchte verzweifelt nach einem Weg, ihn von seinem Ansinnen abzubringen. Sie öffnete den Mund, um etwas zu sagen.

„Der Stock", mahnte er kühl.

Sie biss sich auf die Zunge und sah ihn flehentlich an.

Kein Mitgefühl regte sich in seiner Miene. Sein Kiefer war angespannt.

Hektisch blickte sie sich um.

„Fortlaufen bringt Euch nichts, Gemahlin. Ihr werdet nicht weit kommen."

Gwyneth erbebte. Schnell und wendig wie er war, hatte sie keine Chance, ihm zu entfliehen. Ihre beste Verteidigung lag darin, so zu tun, als sei seine Bestrafung völlig wirkungslos, als beeindrucke diese sie nicht im Mindesten. Ferner würde sie ihn dazu verleiten, zu glauben, dass er ihr getrost trauen könne. Vielleicht konnte sie ihn ja vergiften.

Ihr klopfte das Herz, als Jared sie bei den Schultern packte, weiter in die Schmiede schob und auf einen Schemel niederdrückte. Eisern nahm sie sich vor, keine Angst zu zeigen, nicht eine Spur davon. Irgendwie würde sie dies überstehen, und er würde nie erfahren, wie flau ihr war und wie feucht ihre Handflächen sich anfühlten. Sie biss sich auf die Innenseiten der Wangen, um nicht in Tränen auszubrechen und ihn anzubetteln.

Jared winkte den Schmied herbei und nahm die Schandmaske. „Mal sehen, ob sie passt."

Oh, gütiger Himmel. Sie fuhr zusammen, und unter ihren Schulterblättern machte sich ein stechender Schmerz breit. Schweißperlen standen ihr auf der Oberlippe. Rasch fuhr sie mit der Zunge darüber, damit Jared sie nicht sah.

Sie reckte sich, um zu sehen, ob Montgomery ihnen nicht vielleicht doch gefolgt war. Gewiss hätte er sie nicht im Stich gelassen, wüsste er, dass Jared sie in einer Schandmaske vorzuführen gedachte. Sie musste ihrer Schwester eine Nachricht zukommen lassen, musste sie und Montgomery wissen lassen, wie grausam ihr neuer Gemahl sie behandelte.

Inzwischen hatten sich mehrere Stadtbewohner vor der Schmiede zusammengefunden. Eine Frau, die mit einem Knebeleisen zur Schau gestellt wurde, war eine willkommene Unterhaltung. Sie tuschelten und verdrehten die Hälse, um zu erkennen, wer sie war. Gwyneth suchte die Menge nach jemandem ab, der ihr zu Hilfe eilen mochte.

Links sah sie Anna, deren Mann sie ein wenig Kleingeld für seine Frau entlockt hatte. Gold hingegen hatte sie aufgebracht, um Theresa zu retten, ein junges Mädchen mit silberblondem Haar, das etwa sechzehn Sommer alt war.

Diese blickte nun hämisch drein.

Gwyneth erhob sich. Das hatte sie nicht verdient.

Jared legte ihr eine Hand auf die Schulter und drückte sie sanft wieder auf den Hocker.

Der metallene Käfig senkte sich auf ihr Haupt und ziepte ihr im Haar. Die Eisenbänder – eines hinten, eines vorn und jeweils eines an jeder Seite – umschlossen ihren Kopf.

„*Nay!*", rief sie, unfähig, sich länger zu beherrschen, doch da schob sich ihr schon die Metallzunge in den Mund und erstickte ihren Aufschrei. Laut klackend schnappte das Schloss in ihrem Nacken ein. Sie schloss die Augen, wollte fortlaufen, wollte kämpfen und wusste doch, dass jede körperliche Anstrengung vergebens wäre.

Anna kicherte leise, streckte keck die Hand aus und zog Gwyneth am Haar.

In ihrem Kopf drehte sich alles, und ihr wurde schwarz vor Augen. Sie atmete tief ein, um nicht ohnmächtig zu werden. Das wäre die größte Demütigung von allen.

Der Schmied warf sich in die Brust. „Seht Ihr? Sitzt wie angegossen."

„Aaaah", machte Gwyneth. Etwas anderes brachte sie nicht heraus.

Nay.

Nay.

Nay.

Wütend funkelte sie Jared an.

Welch Scheusale Männer doch waren!

Sein Blick hielt dem ihren stand. Dieser Mann war abstoßend! Grässlich! Sie würde ihn vergiften!

„Steht auf", wies er sie an.

Die Meute drängte näher. Ein Mann stieß seinem Nachbarn den Ellbogen in die Seite. „He, das nenne ich mal einen echten Kerl. Der weiß, wie man 'ne Frau zähmt."

„Oh, die wird sich wehren", warf ein Bauernmädchen ein. „Seht euch doch mal ihre Augen an."

„Aber er gewinnt, jede Wette."
„Ach ja?"
„Und ob."
Gwyneth grub die Zähne in die Metallzunge. Aus ihrem Käfig heraus sah sie, wie alle sie verächtlich anstarrten.
Schamesröte stieg ihr in die Wangen.
Jared zog sie auf die Füße, griff nach der Lederleine, die an der Maske befestigt war, und zerrte sie vorwärts.
Als er sie aus der Schmiede führte, teilte sich die Menge, um ihn durchzulassen. Eine Frau war so dreist, die Hand auszustrecken und den Metallkäfig zu berühren, als Gwyneth vorbeiging.
„Das ist ja Gwyneth of Windrose!", rief sie aus.
Eine andere Frau keuchte auf. „Gwyneth?"
„*Aye!*", stieß Anna hervor. „Wurde auch Zeit, dass jemand dem Miststück mal das Maul stopft."
„Hübsch ist sie ja, aber verworfen."
„Ein richtiges Biest."
Miststück? Verworfen? Biest? Am liebsten hätte Gwyneth sich die Ohren zugehalten, um die Ausrufe, das Gejohle und die Schmähungen nicht hören zu müssen, denn all das war weit schlimmer als der Käfig um ihren Kopf. Sie hatte Jared doch nur geheiratet, um bedauernswerten, misshandelten Frauen helfen zu können – Frauen, die den hier anwesenden gar nicht so unähnlich waren! Widerwärtig waren sie, samt und sonders.
Im Gehen hielt sie Ausschau nach jemandem mit freundlichen Augen, nach einem Menschen, der Mitleid mit ihr hatte. Wenn sie doch nur einen Aufruhr anzetteln und die Leute für sich einnehmen könnte.
„Das Weib ist eine Hexe, ich sag's euch. Hat meinen Sohn nur einmal angesehen, und von da an hat der keine andere Frau mehr angeschaut. Schreibt ihr gar Gedichte, aber für die da ist er Luft."
Gwyneth warf der Frau einen vernichtenden Blick zu und reckte das Kinn. Wie konnten sie es wagen, über sie zu rich-

ten? Sie wussten gar nichts über sie! Verflucht seien sie alle!

Trotzig straffte sie die Schultern, obgleich die Wirkung, wie sie wusste, durch den Umstand zunichtegemacht wurde, dass ihr Kopf in einem Käfig steckte und ihre Zunge eingeklemmt war. Verzweifelt schaute sie sich in der Menschenmenge nach einem Mann um, der ihren Blick einfing und bereit war, sich zu ihrem Helden aufzuschwingen.

Sie würde nicht zulassen, dass dieses Volk hier sie bezwungen sah. Sie würde einen Ausweg finden und am Ende obsiegen.

Irgendwie.

Finster sah Gwyneth ihren Peiniger Jared an. Der Mann würde noch den Tag verfluchen, an dem er ihr so übel mitgespielt hatte. Ihre Gedanken überschlugen sich. Sie würde sich wandeln, würde die fügsamste, beste Ehefrau werden, die ihm je begegnet war. Ja, sie war fähig, ihn in Liebe zu ihr entbrennen zu lassen, sofern sie dazu entschlossen war. Und wenn sie das erreicht hätte, würde sie ihn einsam und untröstlich zurücklassen und dafür sorgen, dass er im Kerker landete und für den Rest seines elenden Daseins dort verrottete.

Er würde noch bereuen, sich je mit ihr angelegt zu haben.

16. KAPITEL

Als Gwyneth hochmütig und empört das Kinn hob, wurde Jared von Skrupeln erfasst, die ihm zusetzten wie scharfer Nordwind.

Er biss die Zähne zusammen. Wie konnte sie ihm ein schlechtes Gewissen machen, wenn *er* doch derjenige war, dem man unrecht getan hatte? Eine Schandmaske war eine geringfügige, nicht schmerzhafte Strafe und zudem eine weit mildere, als sie verdient hätte.

Doch das Schuldgefühl nagte unerbittlich an ihm und wurde mit jedem Schweißtropfen auf ihrer Haut, mit jedem Pulsschlag an ihrem Hals stärker. Es war nicht zu übersehen, dass sie all ihren Mut aufbringen musste, um nicht in Kopflosigkeit zu verfallen, sich nicht zu Boden sinken zu lassen und zu schluchzen. Dieses Erlebnis war weitaus schlimmer für sie, als er beabsichtigt hatte.

Er öffnete und schloss die Hände und kämpfte gegen den Drang an, ihr das vermaledeite Ding wieder abzunehmen.

Doch wenn er den Käfig zu bald entfernte, würde sie zweifellos wieder wie zuvor versuchen, einen Burschen aufzutreiben, der ihr beistand – und das lebenslang zu erdulden wäre untragbar.

Verdammt. Er hatte ihr damit doch nur seinen Rang vor Augen führen und sie dazu bringen wollen, Männer nicht länger dazu anzuhalten, für sie den Helden zu spielen. Keineswegs verspürte er das Verlangen, sie in ihrer weiblichen Empfindsamkeit zu verletzen.

„Seht ihr sie?“, feixte eine Frau.

„Ist immer schon ein Luder gewesen.“

Schweißperlen rannen Gwyneth am Hals hinab.

Es zuckte ihm in den Fingern, sie fortzuwischen.

Verflucht. Verflucht. Verflucht.

Hin und her gerissen in seiner Ratlosigkeit, hielt er einfach weiter die Leine der Schandmaske.

Eine kleine Frau mit Leinenhaube schob sich nach vorn und reckte den Hals, um an zwei stämmigen Kerlen vorbeilinsen zu können, die beide eine Axt am Gürtel trugen. „Lasst mich auch mal sehen", meinte sie kichernd.

„Dieses ruchlose Weibsstück."

„Hat meinem Jungen das Herz gestohlen."

„Mir hat sie die Ehe zerstört."

Jared zwang sich, jede mitfühlende Regung für seine Frau zu verdrängen, während er durch die Menge schritt. Wie viele Menschen sich hier versammelt hatten. Und viele davon mochten ihn erkennen. Er bemühte sich, die Haltung eines gekränkten Edelmanns nachzuahmen, denn er konnte es sich nicht leisten, dass man den Mönch oder den Gefangenen von einst in ihm erkannte. Nichts war wichtiger, als seinen Namen reinzuwaschen.

Eine Frau aus der Schar lachte höhnisch.

„Sie hat's verdient, und wie!"

Jared warf ihr einen zornigen Blick zu. Es widerte ihn an, wie sie sich an Gwyneths Schmach ergötzte.

Gwyneth hatte die Stirn in Falten gelegt und hielt sich kerzengerade. Ein Schauer durchlief ihre verkrampften Glieder, und er widerstand dem Verlangen, einen Arm um ihre Schultern zu legen und sie zu beschützen.

Vor was wollte er sie beschützen?

Vor ihm selbst?

Zum Teufel damit!

Diese Frau verdiente keinen Schutz. Sie hatte versucht, ihn umzubringen, hatte auf ihn eingestochen. Dank ihr wären sie beide fast umgekommen.

Wenn er nun nachgab in seinem Entschluss, sie mit der Schandmaske durch die Menge zu führen, würde sie ihn für willensschwach halten. Sie könnte sein Mitleid zu ihren Gunsten nutzen. Irgendein Mann würde sicher vortreten, um für sie einzustehen, damit ihrer beider Leben gefährden und das eigene unweigerlich verwirken.

Der Hüne am Rande des Auflaufs spielte bereits mit dem Stiel seiner Axt, auf deren Blatt sich das Licht brach.

Jared ergriff die Zügel seines Pferdes, fasste die Leine fester, an der er seine Frau hielt, und führte die beiden fort von den Gaffern. Er würde Gwyneth erlösen, sobald sie die Meute hinter sich gelassen hatten.

Zwei Weiber johlten, sichtlich entzückt.

Ein Mann trat zögerlich vor, als wolle er ihnen den Weg verstellen.

Eindringlich sah Jared ihn an, noch ehe Gwyneth ihm einen waidwunden Blick zuwerfen konnte. So Gott wollte, würde das Knebeleisen seiner Gemahlin eine einprägsame Lektion erteilen und ihr abgewöhnen, junge Burschen gegen ihn aufzuwiegeln. Dann müsste er dies nie wieder tun. Nie wieder.

Sie kamen nur langsam voran. Geradezu quälend langsam. Doch er konnte nicht schneller gehen, aus Angst, sie könne stolpern. Bei jedem Schritt quetschte Schuld sein Herz zusammen.

Endlich lag das Stadttor hinter ihnen. Bei der erstbesten Gelegenheit führte Jared sie von der Straße ab und zwischen die Bäume, fort von Gekicher und Getuschel. Endlich allein.

„Setzt Euch“, sagte er und wies auf einen umgekippten Baumstamm.

Sie gehorchte und ließ sich trotz des Käfigs so anmutig wie eine Königin nieder. Offenbar hatte sie sich, nachdem sie vorhin derart durcheinander gewesen war, nun wieder in der Gewalt.

Erstaunlich. Diese aristokratische Würde war so sehr Teil von ihr, dass sie selbst im Angesicht einer vernichtenden Niederlage nicht die Schultern hängen ließ. Er fühlte sich klein ob ihrer Tapferkeit. So als sei er derjenige, der besiegt worden war.

Jared zwang sich, tief durchzuatmen und nicht zu ihr zu eilen, um sie von der Maske zu befreien – er wollte sie nichts von dem Schuldgefühl wissen lassen, gegen das er verzweifelt ankämpfte. Wenn er klug wäre, würde er sie die Maske die ganze Nacht über tragen lassen. Er konnte sich jetzt keine Schwäche erlauben, nicht wenn ein Frieden zwischen ihnen davon abhing, dass er seine Vormacht unter Beweis stellte.

Seine Hoffnung auf ein gemeinsames Leben mit ihr fußte auf ihrer Einsicht, dass er solche Frechheiten nicht dulden würde. Sobald dies geklärt wäre, konnte er ihr mehr Freiheiten zugestehen.

Langsam fuhr er mit dem Finger die Halszwinge der Maske entlang. Die Haut darunter war leicht gerötet, doch das Eisen hatte sie weder verletzt noch Abdrücke hinterlassen. Gut.

So viele Fragen wollte er ihr stellen. Weshalb war sie im Freudenhaus gewesen? Wie war sie auf Irma gestoßen? Wieso hatte sie diese Ehe erzwungen? Welch eine Kluft doch zwischen ihnen lag. Er umrundete sie gemessenen Schrittes und überlegte, wo genau er mit seinen Fragen beginnen und mit ihrer Disziplinierung ansetzen sollte. Wie ein Falke musste auch sie begreifen, dass das Leben mit ihm besser war als ohne ihn.

„Es wird Euch nichts nützen, zu schreien und fortzulaufen. Hier ist niemand. Versteht Ihr?“

Heftig und rasch pochte der Puls an ihrer Kehle, als er ihr in den Nacken griff. Wie gern hätte er sie in die Arme geschlossen und ihre Ängste und Sorgen vertrieben.

Sie starrte an ihm vorbei zu den Bäumen, und er fragte sich, ob sie damit ein Zittern zu unterdrücken suchte oder aber nach Hilfe Ausschau hielt.

„Ich werde Euch das Eisen abnehmen unter der Voraussetzung, dass Ihr all meine Fragen beantwortet.“

Widerstrebend nickte sie, doch in ihren Augen blitzte Unmut.

Gut. Er wollte sie zähmen, nicht aber ihren Willen brechen.

Scharf sah er sie an, um sicherzustellen, dass sie nicht die Absicht hegte, aufzuspringen und in den Wald zu flüchten, ehe er das Schloss aufschnappen ließ. Das Metall strich ihr übers Haar, und einige ihrer langen, glänzenden Strähnen verfingen sich in zwei der Nieten. Jared hielt inne und löste sie behutsam, um ihr nicht wehzutun, dann ließ er die Vorrichtung in ihren Schoß gleiten.

Ihrem Verhalten nach zu urteilten, schien es wirkungsvoller, ihr Angst einzujagen, statt rohe Gewalt anzuwenden.

Gwyneth rieb sich das Gesicht und bewegte den Kiefer, sagte jedoch nichts. Sie hielt die Schultern gestrafft und das Kinn erhoben, doch der hämmernde Puls und die fahrig umherhuschenden Finger straften ihr furchtloses Auftreten Lügen.

Das Sonnenlicht, das durchs Blätterdach drang, fing sich in ihrem Haar und ließ es in hellem Schein aufleuchten. Welch herrlicher Anblick. Trotz allem war sie die berückendste Frau, die er je gesehen hatte. Mit ihrer Alabasterhaut, den hellblauen Augen und dem bemerkenswert schönen Gesicht wirkte sie wie ein Engel. Feenhaft und überirdisch. Ihre Flechten ergossen sich wie ein Wasserfall aus Sonnen- und Mondlicht bis zu den Hüften. Ein Mann konnte sehr wohl darin ertrinken.

„Andere Männer dazu zu verlocken, meine Autorität anzufechten, war töricht", sagte er, strich mit dem Finger ihren Hals entlang und legte ihn auf den hämmernden Puls.

„Ich …"

„Ihr werdet nicht ohne meine Erlaubnis sprechen." Er achtete auf einen schneidenden, barschen Tonfall. Wahrscheinlich wäre es besser für ihn, wenn er ihr nie wieder erlauben würde zu reden, doch dafür war er zu neugierig. „Da Ihr Eure Stimme benutzt habt, um einen Mann dazu zu bringen, sich mir entgegenzustellen, werdet Ihr künftig schweigen und den Mund nur aufmachen, um meine Fragen zu beantworten. Betrachtet es als Teil Eurer neuen Pflichten."

Sie ballte die Hände zu Fäusten, was davon zeugte, wie sehr sie an sich halten musste, um nicht herauszuplatzen und auf ihn einzuwettern.

„Falls Euch dies ohne Hilfsmittel schwerfallen sollte …" Er nahm die Schandmaske von ihrem Schoß und drehte sie in den Händen, als wolle er sie ihr wieder anlegen.

Die Wut in ihren Augen machte furchtsamer Wachsamkeit Platz.

Auch wenn er dieses Vorgehen hasste, hatte er doch keine andere Wahl, als herauszustellen, wie die Macht zwischen ihnen beiden verteilt war.

Sie funkelte ihn an, blieb jedoch stumm.

Gut. Er sah, dass ihre Fingerknöchel weiß hervortraten. Angst? Empörung?

Beides wahrscheinlich.

„Seht mich an."

Ihr Blick schoss zu ihm hoch. Das Blau ihrer Augen hatte die Farbe von Gewitterwolken angenommen, und sie biss sichtlich die Zähne zusammen. Der Augenblick zog sich, während Jared abwartete, um sie auf die Probe zu stellen und zu sehen, wie sie es mit dem Schweigegebot hielt.

Sie öffnete den Mund, als wolle sie etwas einwerfen.

Kurz hob er eine Braue.

Wieder schloss sie den Mund, dieses Mal langsam. Was immer sie hatte entgegnen wollen, blieb ungesagt.

„Sehr gut."

In ihren Augen loderte verächtlicher Groll. Dass sie sich nicht geschlagen gab und etwas von ihrem Hochmut bewahrt hatte, gefiel ihm, ohne dass er sich dies so recht erklären konnte.

Gwyneth senkte den Blick, bevor sie wieder zu ihm aufsah, eine Geste, die bezeugte, dass sie sich ihm unterwarf. Er fragte sich, was dieser kleine Akt sie gekostet haben mochte. Ihm war klar, dass es lediglich eine Finte war; Gwyneth fühlte sich nicht im Geringsten unterworfen und würde bald wieder wie zuvor beeinflussen und umgarnen, doch zumindest konnte sie sich gut verstellen.

„Sehr, sehr gut." Sanft strich er ihr ums Ohr und über die Wange. Sie zuckte zusammen, entzog sich seiner Berührung jedoch nicht.

„Weshalb wart Ihr im Bordell?"

Sie starrte zu Boden.

Wie zur Erinnerung legte er ihr den Metallkäfig wieder in den Schoß, ehe er mit Daumen und Zeigefinger ihr Kinn hob.

„Ich habe Euch nicht erlaubt, den Blick abzuwenden", sagte er ruhig.

In den blauen Tiefen ihrer Augen glomm Zorn. Gut. Mit Zorn wurde er fertig.

Gwyneth fuhr sich mit ihrer kleinen rosa Zunge über die sinnlich volle Unterlippe.

Unwillkürlich regten sich Jareds Lenden, und rasch ließ er ihr Kinn los. Er wollte keine andere Empfindung für sie hegen als den Wunsch, sie zu bezwingen. Keinesfalls Schuldgefühle und erst recht keine Lust. Schuldgefühle machten einen Herrscher schwach, und durch fleischliche Gelüste wurde die Lage nur vertrackter.

Er hatte keine andere Wahl, er musste nüchtern und beherrscht handeln. Diese Frau war ein Falke, den es zu zähmen galt.

Gwyneth funkelte den Mann vor ihr wütend an und bezwang das Verlangen, vom Baumstamm aufzuspringen und ihm den Kinnbart zurechtzustutzen. Sie bohrte sich die Nägel so fest in die Handflächen, dass es schmerzte. Entrüstung, Ärger und Angst verbanden sich in ihr zu einem zähen Gemisch.

Die Schmährufe der Menschen, die herbeigeströmt waren, um ihre Demütigung zu begaffen, schwirrten ihr durch den Kopf.

Miststück.

Biest.

Hexe.

Das ist nicht wahr, das ist nicht wahr, versuchte sie sich zu trösten, doch innerlich war sie mit einem Mal wieder fünfzehn und floh vor den Mädchen, die ihr auf dem Fest mit abfälligen Worten zugesetzt hatten. Du bist klug, mutig, fleißig, eine große Dame, deine Mutter wäre stolz auf dich, sagte sie sich in eben den Worten, die Irma Hunderte Male verwendet hatte. Dennoch hätte sie sich am liebsten unter dem Baumstamm verkrochen, anstatt darauf zu sitzen – sich darunter zusammengerollt und das Gesicht vor der Welt verborgen.

„Ich war im Bordell, weil ich dort meine Freundin Irma besucht habe“, erwiderte sie schlicht. Selbst in ihren Ohren klang sie besiegt. Kraftlos.

Sie strich eine Falte in ihrem Rock glatt, fuhr sich durchs Haar und versuchte, ein wenig Normalität zurückzugewinnen, in sich etwas aufzuspüren, das noch immer Gwyneth of Windrose war. Die im ganzen Land gepriesene Schönheit, die junge Frau, die im Kerker allein mit einem Blick Männerherzen erweichte, die Menschen betörte, ihr zu Willen zu sein, die keine Angst kannte – etwas von der Maske aufzuspüren also, die sie und Irma so sorgfältig erschaffen hatten.

Sie wollte etwas Gescheites sagen, eine Grundlage schaffen, von der aus sie Jared umgarnen konnte, doch die Menschenmenge hatte ihr mit ihren Sticheleien die Maske heruntergerissen. Sie war aufgewühlt und fühlte sich entblößt.

„Wie kam es, dass Ihr Euch mit Irma angefreundet habt?“

Diese Frauen sind auf dich angewiesen, Liebes, hörte sie Irma sagen. Selbstmitleid gilt nicht. Reiß dich zusammen.

Selbstmitleid gilt nicht.

Selbstmitleid gilt nicht.

„Ich weiß, dass unsere Freundschaft ungewöhnlich anmutet“, wich sie aus.

Jared schob einen Daumen in seinen Gürtel. „Ziemlich ungewöhnlich.“

Hinter ihren Schläfen pochte es schmerzhaft, und vor Erschöpfung waren ihre Glieder wie taub. Sie konnte weder fortlaufen noch kämpfen. Da Montgomery die Ehe abgesegnet und Jared den Stadtbewohnern ein regelrechtes Schauspiel geliefert hatte, stand eine Annullierung der Ehe nunmehr außer Frage.

Im Geiste sah sie Elizabeths zusammengesunkene Gestalt vor der schmutzigen Gefängnismauer. Ihre Augen, ein dunkles Moosgrün, blickten stets schwermütig und leer.

Gwyneth presste die Hände an die Brust. So ungern sie es sich eingestand, stach sie doch durch ihre außergewöhnliche

Schönheit und ihre besondere Position als Erbin hervor, wodurch sie wie geschaffen war für ihre Aufgabe. Sie würde nicht aufgeben, was sie begonnen hatte. Sie allein konnte tun, wozu Irma und die anderen Mädchen im Bordell nicht in der Lage waren.

Sie *würde* eine Lösung finden – und Jared dazu bringen, sich ihrem Willen zu fügen. Wenn sie nur ihr Haar kämmen und saubere Kleider anlegen könnte, würde sie sich womöglich stärker und weniger befangen fühlen.

„Erklärt es mir", drängte Jared. Sein mitternachtsfarbenes Haar fiel ihm über die Stirn, sein hochgewachsener Körper ragte vor ihr auf. „Eure Verwandtschaft jedenfalls weiß von dieser Freundschaft nichts."

Der düstere Unterton ließ sie erschauern.

Um Jareds Augen waren Fältchen zu erkennen, so als habe er einst ein freudvolles Leben geführt, von dem anscheinend nicht einmal mehr die Erinnerung übrig war. Jetzte wirkte er nur noch finster und rätselhaft.

Denk nach, Mädchen, denk.

Reiß dich zusammen. Selbstmitleid gilt nicht.

Sollte er erfahren, dass sie jede Woche ins Freudenhaus kam, die Gefängniswärter bestach und einen Mann getötet hatte, würde er weit mehr tun, als sie nur mit der Schandmaske durch die Stadt zu führen.

Vielleicht würde er sie in den Kerker oder ins Tollhaus werfen lassen. Seine geschwungenen Brauen waren teuflisch verzogen, und sie meinte bereits zu spüren, wie die Metallspitze des Knebeleisens ihr die Zunge nach unten drückte, während er sie zum Gefängnis karrte. Schweiß rann ihr von der Stirn.

„Weshalb seid Ihr nicht Mönch geworden?", fragte sie, um das Gespräch in eine andere Richtung zu lenken.

Seine Schultern verspannten sich. „Gott hatte andere Pläne mit mir. Warum seid Ihr mit Irma befreundet?"

Eingehend musterte sie sein Gesicht, bemüht, herauszufinden, wie sie seinen Fragen am besten Einhalt gebieten konnte.

Wie hatte sie nur je glauben können, dass Irma etwas über Männer wusste? Nie wieder würde sie dem Urteilsvermögen ihrer Freundin trauen.

„Was habt Ihr mit mir vor?"

„Schätze, das hängt von Euch ab", erwiderte er sanft, griff nach oben und brach einen Zweig von einem niedrig hängenden Ast ab.

„Was soll das heißen?", hakte sie nach.

„Dass Ihr endlich aufhören werdet, vor mir davonzulaufen und meinen Fragen auszuweichen, und mir stattdessen Antworten liefert."

„Nun gut."

Nie zuvor hatte ein Mann derart viel Macht über sie besessen. Für gewöhnlich lagen sie ihr zu Füßen und himmelten sie an. Jared hingegen schien jede einzelne ihrer Bewegungen abzuschätzen. Von allen schlimmen Dingen, die sie sich je ausgemalt hatte, war diese Ehe der übelste Albtraum überhaupt.

Selbstmitleid gilt nicht, Selbstmitleid gilt nicht, betete sie stumm herunter. Was geschehen war, war geschehen. Sie würde das Beste daraus machen, anstatt der Vergangenheit nachzutrauern. Sie würde schon einen Weg finden, Jared zu beherrschen.

Tief atmete Gwyneth durch. „Wie Ihr wünscht, Mylord", bekräftigte sie noch einmal unbewegt.

Immerhin hatte sie ihn im Bordell dazu verführen können, das mit Kräutern versetzte Bier zu trinken. Sie sah, wie er sie anschaute. Er war durchaus nicht unempfänglich für ihre Reize, und das konnte sie zu ihrem Vorteil nutzen. Wenn sie doch nur einen Kamm hätte und sich herrichten könnte!

„Euer Respekt ist begrüßenswert, dennoch wiederhole ich meine Fragen nicht gern." Der Schnauzbart unterstrich noch seine finstere Miene. Langsam rieb er sich mit den Händen über die Beinlinge, so als suche er nach einer Betätigung, die ihn davon abhielt, die Geduld zu verlieren.

Wie lautete die Frage gleich? Der Mann brachte sie zur Verzweiflung. In ihrem Kopf überschlugen sich Worte, Ereignisse und Bilder, als sie sich aufgeregt zu erinnern suchte, was er sie eben gefragt hatte – denn das Letzte, was sie wollte, war, seinen Zorn noch weiter anzufachen. Zuerst hatte er sie gefragt, weshalb sie im Bordell gewesen war, und danach …

„Ich habe Irma kennengelernt, als ich noch ein Mädchen war“, sagte sie, als ihr wieder einfiel, über was sie eben gesprochen hatten. „Seither sind wir Freundinnen.“ Sie würde ihn gerade so viel wissen lassen, dass sie nicht mit dem Mord herausrücken musste.

„Wie kann eine Hure die Freundin der edlen Gwyneth of Windrose sein, die als die schönste Frau des Landes gilt, als die Maid mit dem funkelnden Haar?“

Sie wand sich unter seinem missbilligenden Blick, strich sich verlegen übers Haar und wünschte, sie könne es unter einem Wimpel verbergen, sodass ihr Kopf bis auf das Gesicht vor seinen Blicken geschützt wäre.

Jared war der Inbegriff herber männlicher Schönheit – kantige Züge und breite Schultern. Im Gegensatz zu ihren wirren Flechten wirkte sein glattes dunkles Haar ordentlich und untadelig. Er trug einen Umhang aus schlichtem Stoff über dem nackten Oberkörper und einfache braune Lederstiefel. Seine Kleidung war gewöhnlich, doch er selbst war es nicht. Wie er sich gab, zeugte von Verstand und innerer Kraft – und damit unterschied er sich gewaltig von jenen Männern, die ihr kopflos verfielen.

Wenn sie baden, ihr Haar kämmen, die Kleider wechseln und etwas schlafen könnte, würde sie vielleicht ein wenig ihres alten Selbstvertrauens zurückgewinnen.

„Ich habe Irma damals während eines Spaziergangs getroffen.“ Sie senkte die Stimme, sodass sie dunkel und rau klang.

Jared schob den Unterkiefer vor und zurück. Er sah sie so scharf an, dass sie das Gefühl hatte, er würde ihr mit seinem Blick die Haut versengen.

„Ihr verheimlicht mir etwas.“

Wieder fuhr sie sich mit der Hand übers Haar. „Das tue ich keineswegs."

Wenn sie doch nur aufstehen und umhergehen könnte. Was hatte dieser Mann nur an sich, das sie so fahrig machte? Ihr schien, als wäre sie durchsichtig und könne nichts vor ihm verbergen.

„Doch. Sagt mir, was es ist."

Der Mord, den sie begangen hatte, stand ihr mit einem Mal wieder lebhaft vor Augen. Verzweifelt versuchte sie, die Erinnerung zu verdrängen, ehe Schuld und Schrecken angesichts der begangenen Tat sich in ihrer Miene widerspiegeln würden. Doch sie nahm den erdigen Duft des Waldes, den kupferartigen Gestank von Blut und die Kühle des Flusses so deutlich wahr, als stünde sie erneut zwischen den Bäumen unweit ihres Zuhauses und halte einen Knüppel in der Hand, um einem Mann den Schädel einzuschlagen. Im Geiste sah sie ihr Opfer trudelnd in den Tiefen des Wassers verschwinden.

Sie krampfte die Finger so fest um die Eisenbänder der Schandmaske, dass ihre Knöchel weiß wurden. Der Käfig lastete schwer auf ihrem Schoß, und das Metall drückte ihr den Stoff des Gewandes ein. Gewiss war es immer noch besser, diese Maske zu tragen, als zu gestehen, dass sie einen Mann gemeuchelt hatte.

„Ich, nun, ich bräuchte kurz ein stilles Örtchen", wand sie sich heraus.

Kräftige männliche Hände landeten mit einem dumpfen Schlag auf dem Baumstamm.

Sie zuckte zusammen. Staub wirbelte auf. Der Schreck fuhr ihr in die Glieder.

Jared senkte den Kopf, bis ihre Nasenspitzen sich fast berührten.

Dass sie ihn je für fähig gehalten hatte, Zärtlichkeit zu zeigen, kam ihr nun töricht vor. Das Knebeleisen lag zwischen ihnen und bohrte sich ihr hart und schwer in den Schoß.

„Haltet mich nicht zum Narren, Gwyneth."

Ihre Blase zog sich zusammen.

„D…d…das habe ich nicht." Zumindest nicht mehr. Nun musste sie sich wirklich erleichtern.

„Stellt meine Geduld nicht auf die Probe, Frau." Er betonte die Worte, als wäre jedes einzelne davon eine Erklärung für sich. Schlimmer noch – er sprach leise, was seinen gemessenen, abgehackten Tonfall umso eindringlicher machte. Ihr Vater schimpfte und tobte, doch dieser Mann hier hatte es nicht nötig, so etwas zu tun.

Mit pochendem Herzen starrte sie ihn an, sah in die lodernden grünen Augen und wartete darauf, dass er ihr mit einer seiner riesigen Hände ins Gesicht schlug.

Sie würde nicht flehen, nicht betteln.

Er trat ein Stück zurück, und wieder zuckte sie zusammen, als er tatsächlich die Hand hob.

Unfähig, hinzusehen, schloss sie bebend die Augen und duckte sich in Erwartung des Schlages.

Ihr Leben war die Hölle geworden.

Schlimmer als die Hölle.

Es war nun das Leben einer verheirateten Frau.

Seine Hand berührte ihre Wange, doch nicht etwa grob, wie sie erwartet hatte. Gwyneth erschauderte, aber noch immer sauste keine Faust nieder, noch immer spürte sie keinen Schmerz, noch immer war nichts so, wie sie befürchtet hatte. Mit seinen Fingern strich er ihr so sanft über die Haut wie die Flügel eines Schmetterlings.

„Ich prügele keine Frauen."

Sie schlug die Augen auf.

„Nicht, dass Ihr es nicht verdient hättet", fügte er schroff an und atmete leidgeprüft aus. „Und Ihr solltet mich in meinem Entschluss nicht über Gebühr auf die Probe stellen. Ihr habt meine Geduld beinahe erschöpft, und daher rate ich Euch, endlich meine Fragen zu beantworten."

Gedankenverloren spielte sie mit der Schandmaske und schnippte mit dem Fingernagel über den Niet an der Oberseite.

„Nun gut.“ Sie räusperte sich und überlegte verzweifelt, welche Teile der Geschichte sie ihm erzählen und welche sie auslassen sollte.

Jared bewegte sich ein wenig von ihr fort, so als wolle er sich wieder in die Gewalt bekommen.

Gwyneth merkte, dass ihre Finger schon gefühllos waren, weil sie die eisernen Bänder der Schandmaske so fest umklammert hielt. Sie löste ihren Griff und zwang sich zur Gelassenheit. Sie war früher bereits Männern entgegengetreten; dieses Mal würde es kaum anders sein. Sie versuchte, sich alles ins Gedächtnis zu rufen, was Irma ihr über das Mannsvolk beigebracht hatte – wie genau sie Kühnheit und Scheu mischen musste, um die exakt richtige Wirkung zu erzielen.

„Als Mädchen bin ich einst von einem bestimmten Fest geflohen …“ Sie straffte die Schultern. Die Erinnerung daran, wie er ihr das Buch geschenkt hatte, kam ihr ungebeten in den Sinn, und sie wollte ihn nicht wissen lassen, dass sie es all die Jahre bei sich getragen hatte. Auch ohne es nachzuprüfen, wusste sie, dass es nicht mehr in ihrem Mieder steckte – vermutlich war es beim Handgemenge herausgefallen.

Erneut hob er ihr Kinn. „Also habt Ihr mich doch erkannt?“

Wenn sie bloß ihr Gesicht bedecken könnte, um die Empfindungen vor ihm zu verbergen, die an die Oberfläche drangen. „Weshalb seid Ihr nicht ins Kloster gegangen?“, fragte sie.

Zwischen seinen Brauen erschien eine tiefe Falte. „Für diese Geschichte ist ein andermal Zeit. Erzählt mir, wie Ihr Irma begegnet seid.“

„Ich bin ihr begegnet, als ich spazieren ging.“ Das kam der Wahrheit nahe genug. „Seitdem sind wir Freundinnen.“ Sie gab ihrem Ton etwas Endgültiges, damit er ihr keine weiteren Fragen stellte.

Er beugte sich vor und strich ihr mit dem Daumen den Hals hinab.

Ihre Zehen wurden eiskalt, als würde all ihr Blut in die Kraft einfließen, die sie benötigte, um seiner Berührung nicht auszuweichen, den Blick nicht auf die Bäume zu richten, um sich nicht abzuwenden von Jared und seinen durchdringenden Augen.

Ein Blatt segelte zu Boden. Ach, könnte sie doch nur aufspringen und davonlaufen.

Gwyneth fasste sich. *Nay.* Sie würde ihm nicht länger mit Furcht begegnen. Seine Reaktion von eben war ihr noch im Gedächtnis, als sie sich mit der Zunge über die Lippen gefahren war. Das würde sie zu nutzen wissen.

Kein gemeiner Falkner würde sie je beherrschen.

17. KAPITEL

Sie log. Versuchte, ihn hinzuhalten. Es gab ein Geheimnis, das sie unter keinen Umständen preisgeben wollte. Unruhig wanderte ihr Blick hin und her, und mit ihren lilienweißen Händen nestelte sie fahrig an ihrem Rock.

Jareds Neugier war geweckt, und er beschloss herauszufinden, warum sie so angespannt war.

Doch die Zeit war knapp. Sein Versuch, sie zum Schweigen zu bringen, hatte sich gegen ihn gewandt. Er hatte nicht damit gerechnet, dass sich eine solche Menschenmasse zusammenfinden würde, als er ihr das Knebeleisen anlegte.

Wenn man ihn erkannte, wäre es nur eine Frage der Zeit, bis man ihn zurück in den Kerker werfen würde, sofern er den wahren Mörder nicht fand. Er griff seinen Stab, als die vertraute Empörung ob des ihm widerfahrenen Unrechts in ihm aufbrodelte. Die Narben an seinen Beinen verlangten nach Rache.

Sie sollten so bald wie möglich zur Höhle aufbrechen und seine Habseligkeiten holen – Abstand zwischen sich und die Stadtbevölkerung bringen und sich in die schützenden Mauern der Burg begeben.

Gwyneth rutschte ein Stück nach vorn, wobei die blaue Seide ihres Gewands über die Rinde kratzte.

Da er argwöhnte, sie wolle aufspringen, trat er näher und berührte sie an der Wange.

Sie erschauderte, und er fürchtete, sie könne kopflos werden wie ein ungezähmter Falke, wenn er ihr keine Bewegungsfreiheit einräumte.

„Kommt, Gwyneth." Er hielt ihr die Hand hin, die Handfläche nach oben gedreht. „Wir wollen nach Aeliana schauen. Ihr könnt mir Eure Geschichte auf dem Weg dorthin erzählen."

Kurz darauf hatte er sie vor sich aufs Pferd gesetzt, und sie machten sich auf zur Höhle. Gwyneths Körper war warm – weich und viel zu weiblich, als dass er gelöst hätte im Sattel sitzen können. Trotz allem, was sich in den vergangenen Stunden ereignet hatte, duftete ihr Haar noch immer nach Lavendel, und sie schien keinen Widerwillen gegen seine Nähe zu empfinden. Sie schmiegte sich so unbefangen an ihn, wie sie es bereits vergangene Nacht getan hatte, was sein Unbehagen noch verstärkte.

„Wie also habt Ihr Euch nun mit Irma angefreundet?“, fragte er erneut, nachdem sie eine Weile geritten waren und Gwyneth keine Anstalten machte, Erklärungen zu liefern.

Er spürte, wie sie zusammenzuckte, als wolle sie nicht darüber sprechen. „Wir sind nahezu gleich alt.“

Jared schloss die Arme fester um sie und wünschte, er könne die Antworten aus ihr herauspressen, doch er zügelte seine Ungeduld. Er hatte sie genug geängstigt, nun musste er Vertrauen zwischen ihnen schaffen, damit sie sich ein gemeinsames Leben aufbauen konnten.

„Weshalb habt Ihr damals das Fest verlassen? Ich habe Euch das Buch geschenkt, und danach seid Ihr hinausgelaufen.“

Tiefe Röte stieg ihr den Nacken hinauf. Interessant. Er berührte ihren Hals, und wieder erschauderte sie.

Das Pferd suchte sich seinen Weg zwischen den Bäumen hindurch. Jared fand den schmalen Pfad, der am Fluss entlang in die Richtung führte, in die sie sich wenden mussten. In der Nähe plätscherte Wasser über Felsen.

„Ich habe das Fest verlassen, weil …“ Sie stockte und spielte mit ihren Haarspitzen.

„Nur weiter.“

„Das ist so lange her“, wich sie aus.

Ihre Leiber wiegten sich im Takt der Huftritte. Jared fühlte die Gänsehaut auf ihren Armen. Unwillkürlich zog er sie näher an sich.

Gwyneth atmete tief durch.

Im Geiste war sie wieder auf dem Fest. Irgendwie hatte dieser lange vergessene Tag es geschafft, den gegenwärtigen zu überlagern.

Sie erinnerte sich, dass die Frauen sie angestarrt hatten, wie ihr Vater mit ihr prahlte und Brenna aus dem rosafarbenen Lachs zwei Brüste geformt hatte.

Der Schmerz nahm ihr die Luft, und sie spürte, wie ihr Stolz in sich zusammenfiel. Jeden Augenblick mochte sie die Fassung verlieren und weinen. Wenn Jared sie dann auslachte, wäre sie am Boden zerstört. Wieder und wieder wickelte sie sich eine Strähne ihres Haars um die Finger.

Obgleich die Gründe, die sie damals zur Flucht vom Fest bewogen hatten, weit weniger heikel waren als ein Eingeständnis ihrer Freveltat, versetzten sie die Gefühle, die mit der Erinnerung einhergingen, doch umso stärker in Aufruhr. Sie verspürte kein Verlangen danach, diesem Mann vom Zwist in ihrer Familie zu berichten. Oder davon, wie sehr sie verachtet worden war, dass die Frauen sie verabscheut und wie begierig die Männer sie angeglotzt hatten. Sie wollte die Bilder, die das Knebeleisen in ihr aufgewühlt hatte, nicht mit ihm teilen.

Trotzig reckte Gwyneth das Kinn und wünschte, sie könne Jared durch ein Blinzeln verschwinden lassen. Er verschwand nicht, doch er drängte auch nicht auf eine Antwort.

Sie wandte das Gesicht zur Seite und zählte die Äste an den vorbeiziehenden Bäumen. Einer. Zwei. Drei. Vier. Fünf. Sechs. Gewiss würden sie die Höhle bald erreichen. Dann würde sie einen Plan erstellen, um ihn loszuwerden.

Jared blieb stumm. Seine Geduld war noch beunruhigender als sein Zorn.

Sieben. Acht.

Die Stille, nur durchbrochen von den stampfenden Hufen im Laub, wurde mit jedem Schritt des Pferdes bleierner und forderte regelrecht dazu auf, sie mit Worten zu füllen. Ganz gleich, mit welchen.

Neun.

„Ich kann mich noch genau an Euren Blick erinnern an jenem Tag. Ihr habt verletzt gewirkt“, sagte Jared schließlich so leise, dass sie zusammenfuhr.

„Die Musikanten.“ Sie wandte sich gerade so weit um, dass sie ihm aus den Augenwinkeln einen missmutigen Blick zuwerfen konnte. „Diese vermaledeiten Musikanten haben einfach nicht aufgehört zu spielen.“

„Ihr seid vom Fest fort, weil die Musik schlecht war?“

„Nicht direkt.“

Er hielt die Zügel mit der einen Hand und strich ihr mit den Fingern der anderen den Arm hinab, wo sie eine verstörend heiße Spur hinterließen.

Gwyneth versteifte sich und schaute wieder stur geradeaus. „Ich meine, *aye*, genau das ist der Grund.“

„*Nay*, das ist er nicht, Gwyneth. Die Wahrheit.“ Sein Arm drückte gegen ihren Oberarm. Besitzergreifend. Als wolle er sagen, dass sie ganz und gar und mitsamt ihrer innigsten Gedanken ihm gehöre.

Tief atmete sie durch, um der Empfindungen Herr zu werden, die in ihr tobten. Vögel zwitscherten, und am Flussufer quakten Frösche.

„Nennt mir den Grund.“ Seine Stimme war fest, sanft, verführerisch. Unwiderstehlich.

„Die Frauen waren gemein zu mir“, platzte sie heraus, ehe sie sich bremsen konnte. Ihr Gesicht brannte. Was für eine lächerliche Begründung.

„Verstehe.“

Sie blinzelte, verwirrt darüber, dass er ihre Erklärung so ruhig hinnahm.

Obwohl er sie noch immer eng umklammert hielt, schienen seine Arme sich zu entspannen.

Selbst ihre Ohren glühten nun. Sie sollte Lästereien längst gewöhnt sein und sich nicht wie eine linkische Göre aufführen, die sich von den gehässigen Bemerkungen alberner Mädchen treffen ließ. Und dennoch fühlte sie sich innerlich wieder wie eine schlaksige Heranwachsende, wozu gewiss auch das heutige Erlebnis beitrug, mit der Schandmaske vorgeführt worden zu sein.

Entschlossen schüttelte sie die Beklommenheit ab und straffte beherzt die Schultern. Sie war nicht länger diese Göre. Nun war sie Gwyneth of Windrose, und entsprechend würde sie handeln. Männer verzehrten sich nach ihr. Frauen beneideten sie. Sie hatte die Kunst der Verführung studiert, erlernt und angewandt und konnte die Dinge so drehen, dass sie ihr zum Vorteil gereichten. Sie konnte gegen Fehl und Unrecht in einer von Männern beherrschten Welt vorgehen. Sie hatte eine Pflicht gegenüber den eingekerkerten Frauen.

Selbstmitleid gilt nicht. Selbstmitleid gilt nicht.

Ihr Herz war unantastbar. Musste es sein. Sie würde Jared wie jeden anderen Mann ihrem Willen beugen.

Vor ihnen lag die Höhle, deren Eingang teilweise von zwei riesigen Eichen verdeckt war.

Jared hielt das Pferd und schwang sich aus dem Sattel. Mit seinen Händen, groß und warm, umfasste er ihre Taille und hob Gwyneth herunter.

Ihre Blicke trafen sich, als sie an seinem Körper hinabglitt. Sie leckte sich die Lippen. Sein Blick wanderte zu ihrer Zunge, und sie sah, wie seine Schultern sich versteiften.

Ah. Damit war sie vertraut. Dies war ein Verhalten, das sie sich zunutze machen konnte, um das Gespräch zurück auf Unverfängliches zu lenken.

In einer routinierten Geste fuhr sie sich langsam mit einem Finger den Hals hinab. Männer finden Frauenhälse sinnlich, zumindest besagten dies Irmas Lektionen.

Seine grünen Augen loderten heiß. Er war ihr so nah, dass Gwyneth die leichte Schwellung zwischen seinen Beinen spürte, doch er sah sie an, als wachse ihr ein Horn aus dem Kopf. „Weshalb versucht Ihr, mich zu verführen?"

„Um Euch von Euren Fragen abzubringen", entgegnete sie, weil sie keinen Grund sah, ihre Gedanken zu verheimlichen.

Jared versteifte sich so jäh, dass er regelrecht zurückprallte. Er legte ihr eine Hand unters Kinn und hob es an. „Gwyneth of Windrose, wo habt Ihr die Kunst der Verführung so mustergültig gelernt, dass Männer Euch auf einen bloßen Blick hin ergeben sind?"

„Ich habe noch nie einen Mann verführt."

„Aber Ihr habt ..."

„Als wir vermählt wurden, war ich Jungfrau", wandte sie ein.

„*Aye*, weil es Euren Zwecken diente und Ihr damit einen Mann gegen den anderen ausspielen konntet."

Unmut flammte in ihr auf. „Ihr habt ja keine Ahnung vom Los der Frauen, von der Ungerechtigkeit ..."

„Ihr wart dabei, mir die Geschichte von Euch und Irma zu erzählen", unterbrach er sie.

Das Thema also wieder! Sie fuhr sich einmal mehr mit der Zunge über die Lippen, entschlossen, ihn von seinem Verhör abzulenken, doch in ihrem Innern fühlte sie sich eher wie eine trotzige Range denn wie eine Verführerin.

Er blieb unbewegt. Unempfänglich.

Träge streckte sie sich und wartete darauf, bei ihm die gewohnte Wirkung auszumachen, ein Zeichen dafür zu entdecken, dass er seine Fragen vergessen hatte.

Nichts. Sein Verhalten gab nichts preis. Als habe er gar nichts bemerkt. Ebenso gut hätte sie ein Baumstumpf sein können.

Gereizt reckte sie das Kinn. „Die Musik war mir zuwider, die Frauen waren gehässig, die Männer haben mich mit ihren Blicken verschlungen, und ich wollte allein sein", sagte sie schneidend.

„Männer verschlingen Euch nach wie vor mit ihren Blicken, doch heute nutzt Ihr es zu Euren Gunsten und begrüßt es, da Ihr die Dinge dadurch steuern könnt. So wie Ihr Ivan dazu getrieben habt, für Euch zu kämpfen. Und wie Ihr versucht, dieses Gespräch zu lenken, indem Ihr Euch über die Lippen leckt, um mich zu zerstreuen."

Für den Bruchteil eines Herzschlags fühlte sich der Tadel in seiner Stimme für sie so an, als habe er ihr auch noch das letzte bisschen Stolz entrissen und ein Messer in den Bauch gestoßen.

Sie hustete, um zu vertuschen, wie sehr sie getroffen war,

und wedelte leichthin und unbefangen, wie sie hoffte, mit der Hand. Arglos. So als wüsste sie nicht im Mindesten, von was er eigentlich redete.

„Dann habt Ihr Euch gestreckt und mich dabei auf einladende Weise berührt."

Wieder stieg ihr Röte ins Gesicht.

Unantastbar.

Sie musste unantastbar sein.

Wie Eis.

Gwyneth biss die Zähne zusammen. Irma hatte viele Stunden darauf verwandt, ihr zu zeigen, wie sie gehen, ihr Haar zurückwerfen, wohin sie ihre Hand legen musste – und Gwyneth hatte geübt, damit sie erreichte, was sie wollte.

Nay, was sie erreichen musste!

Mit seinen Worten lag er richtig, aber wie sonst sollte eine Frau in einer Welt überleben, in der alle Macht bei den Männern lag? Er hatte kein Recht, den Stab über sie zu brechen.

„Damals war ich jung und es nicht gewohnt, angestarrt zu werden. Ich sollte vermählt werden und bin fortgelaufen, um dieser Verbindung zu entgehen."

„Fortgelaufen?" Er fuhr mit dem Finger an ihrem Ärmel entlang und spielte mit den filigranen kleinen Rosenstickereien am Saum, der ihr Handgelenk bedeckte. Zweifellos sah und spürte er, wie ihr Puls raste. Sie trat einen Schritt zurück, doch er folgte ihr, tat ihr jede Bewegung nach.

„Ihr habt mir das Buch geschenkt, und ich dachte, dass ich vielleicht lesen lernen könnte – um mehr zu sein als nur eine Spielfigur auf dem Schachbrett der Männerwelt."

Seine Fingerkuppen auf ihrer Haut verunsicherten sie. Sie fühlten sich sanft und rau zugleich an. Gwyneth war es gewohnt, Männer anzufassen – sie mal am Arm, mal an der Schulter zu berühren –, doch nie hatte es einer gewagt, sie seinerseits anzurühren.

„Also ist es üblich, dass Ihr vor Freiern davonlauft?"

Sie tat noch einen Schritt rückwärts. „Offenbar ja."

„Aha."

Sein Leib war zu groß, ihr zu nah, und es war, als könne er geradewegs in ihren Kopf schauen.

Gwyneth wich ein wenig zurück, um sich den Fingern zu entziehen, die ihr über die Haut strichen und ihr noch stärker als sein Blick das Gefühl gaben, nackt zu sein.

„Wie oft hättet Ihr schon heiraten sollen?"

Sie presste die Lippen zusammen. Ihre persönlichen Angelegenheiten gingen ihn nichts an.

Hinter ihrer linken Schläfe begann es schmerzhaft zu pochen; sie drückte ihre Hand dagegen und überlegte krampfhaft, wie sie die Unterhaltung herumreißen und dabei die Oberhand gewinnen konnte.

Sie wand sich, um sich zu befreien, doch dadurch wurde sie nur umso dichter an ihn gedrängt. Ohne dass sie es verhindern konnte, wurden die Spitzen ihrer Brüste hart und begingen so Verrat an ihr.

Er grinste. Grinste! Dieser Schuft!

„Was amüsiert Euch so?"

„Ich versuche nur, mir Euer übermächtiges Verlangen nach mir für die Zukunft einzuprägen."

„Mein übermächt..." Empört reckte sie das Kinn noch ein wenig höher.

Jared betrachtete bewusst die drallen Knospen und lächelte wölfisch. „Es ist nicht zu übersehen, dass Ihr mich begehrt."

„Ich begehre Euch nicht."

Er hob den Blick und sah ihr in die Augen. „Wie viele Heiratsanträge hat man Euch also gemacht?"

Dass er blitzartig von einem Gedanken zum anderen sprang, verstärkte das Pochen hinter ihrer Schläfe noch. Wie lästig er doch war.

„Schon mehrere." Sie rieb sich die Stirn. „Ich möchte nicht darüber sprechen."

„Aber ich." Eine lange Pause folgte. „Also, wie viele Anträge waren es?"

„Das geht Euch nichts an."

„Vier?", bohrte er.

Du lieber Himmel! Die Zahl der Bewerber war zweistellig. Es waren geradezu beschämend viele gewesen.

Wieso, um alles in der Welt, wollte er das wissen? Etwas in seinem abschätzenden Blick gab ihr das Gefühl, als sei sie hüllenlos zur Messe erschienen.

Unruhig fuhr sie mit den Füßen hin und her und malte mit dem großen Zeh eine Acht ins Laub.

„Sieben?"

Gwyneth wand sich und hätte sich dafür am liebsten selbst geohrfeigt. Mit welchem Recht glaubte er überhaupt, über sie urteilen zu dürfen? „Weshalb seid Ihr kein Mönch mehr?", fragte sie und sah ihm direkt in die Augen. „Hat man Euch aus dem Kloster geworfen, weil Ihr Dinge wissen wolltet, die Euch nichts angehen?"

Schmerz glomm kurz in seinen Augen auf und war gleich wieder verschwunden. Er zuckte mit den Schultern. „Das Leben dort passte nicht zu mir."

„Verstehe." Sie versuchte, seinen abschätzigen Tonfall nachzuahmen.

„Habt Ihr neun Anträge bekommen?"

Verflucht seien er und seine verflixten Fragen!

„Ich habe sie nicht gezählt." Doch das hatte sie sehr wohl. Es waren sechsundzwanzig Heiratsanträge gewesen, und jedem einzelnen hatte sie sich entzogen. Weshalb nur störte sie Jareds Wertung derart? Er war ein Mann wie jeder andere. *Nay*, er war schlimmer – er war ein Mönch, der sein Gelübde verleugnet und den man für nicht würdig befunden hatte, Gott zu dienen.

Gib nie etwas auf die Meinung eines Mannes, hatte Irma sie angewiesen. Sie sind allesamt dumme Trottel, denen es allein um die Fleischeslust geht.

Obgleich offenkundig war, dass Jared sie begehrte, schien er absolut nicht geneigt, diesem Begehren nachzugeben. Vielmehr machte er den Eindruck, als habe er sich gänzlich in der Gewalt.

Sie warf ihr Haar über die Schulter, um ihn aus der Reserve zu locken und ihm etwas von seiner eisernen Beherrschung zu nehmen.

Der Bart über seinen Lippen ging nach unten, als er sie mit einem sengenden Blick voller Missfallen bedachte. So als sei er ein Abt und nicht etwa eine Person, die offenbar aus dem Kloster geworfen worden war.

Herrje. Andere Männer stolperten über ihre eigenen Füße, wenn Gwyneth sie nur lange genug ansah, doch Jared schien blind für ihre Verlockungen zu sein.

Nay. Er war nicht blind für sie. Vielmehr nahm er sie wahr wie jeder andere, aber er geriet nicht ins Stammeln und wurde auch nicht rot. Sie wickelte sich eine Locke um den Finger, ehe sie ihr Haar erneut zurückwarf.

„Wenn Ihr damit weitermacht, verrenkt Ihr Euch noch den Hals."

Wütend funkelte sie ihn an.

Er stand breitbeinig da, und seine mächtigen Schultern zeugten von Stärke und Selbstbeherrschung. Mit dem Daumen fuhr er sich über den Kinnbart, immer hin und her. Sie erinnerte sich daran, dass er auf jenem Fest vor all den Jahren der einzige Mann gewesen war, der ihr ins Gesicht gesehen hatte, anstatt auf ihren Ausschnitt zu starren. Auch jetzt schaute er sie an, als sei ihm mehr an ihr selbst als an ihren Koketterien gelegen.

„Elf?"

Sie wollte nicken, doch er musste etwas in ihrem Blick gesehen haben. Sie wusste, dass er merken würde, wenn sie log.

„Mehr?"

Es war Jahre her, dass es jemandem gelungen war, sie in Verlegenheit zu bringen.

Jared tippte sich ans Kinn und zerzauste sich mit seinen langen Fingern den Bart.

Jetzt riss Gwyneth endgültig der Geduldsfaden. „Sechsundzwanzig!" Sie hätte stolz auf ihre Eroberungen sein sollen, doch aus irgendeinem Grunde schämte sie sich vor Jared dafür und genierte sich deswegen. Vor ihrem inneren Auge sah sie den niedergeschlagenen, verletzten Ausdruck der Abgewiesenen – sah, wie sie selbst mit jedem von ihnen getändelt, mit den Wimpern geklimpert und ihr Haar zurückgeworfen hatte, nur um sie letztlich mit einem knappen Nein abzufertigen. Sie hatte diese Männer nicht kränken wollen, doch in ihrem Herzen wusste sie, dass sie genau das getan hatte. Einige hatten ihr Tand geschenkt, andere einen Schal, wieder andere hatten ihr einen kleinen Gefallen erwiesen. All diese Gaben hatte sie angenommen, die Geschenke dann veräußert und mit den Münzen weitere Frauen aus dem Gefängnis freigekauft. Sie hatte sich eingeredet, Grund genug zu haben, die Bewerber zu benutzen – schließlich war für gewöhnlich ein Mann schuld daran, dass all diese Frauen überhaupt im Kerker saßen.

Jared pfiff leise. „Sechsundzwanzig Heiratsanträge, und Ihr habt Euch einen Gemahl aus dem Bordell gestohlen."

Auch das war ein Opfer an ihre Frauen gewesen, doch das würde Jared kaum kümmern. Sie verschränkte die Arme vor der Brust. „Erinnert mich bloß nicht daran."

Jäh packte er ihre Hand und presste sie auf die flachen Eisenbänder der Schandmaske, eine unmissverständliche Warnung. „Passt auf, wie Ihr mit mir redet. Ich bin keiner der Kerle, mit denen Ihr spielen könnt, um sie dann achtlos fortzuwerfen. Ihr gehört ganz und gar mir, und Ihr *werdet* respektvoll mit mir sprechen."

Sie schluckte ihren Stolz hinunter. „Ich bitte vielmals um Vergebung, Mylord."

„Habt Ihr und Irma je einen von ihnen vergiftet?"

Gwyneth fuhr mit dem Fuß über den felsigen Boden. „*Nay.*"

„Also war ich der Einzige, bei dem Ihr es erwogen habt?"

Wirklich schade, dass sie Irma nicht hatte gewähren lassen. Sie lächelte lieblich. „Ihr solltet achtgeben, was Ihr esst."

Sein Griff um ihre Hand verstärkte sich. „Und Ihr solltet achtgeben, was Ihr sagt."

Forsch hob sie das Kinn, ließ ihre Stimme jedoch unbewegt klingen. „Jawohl, Mylord."

Ihre Blicke trafen sich.

„Wir müssen bald aufbrechen."

Gwyneth sah sich in der Höhle um. „Weshalb lebt Ihr in einer Höhle?"

„Damit mich niemand findet." Seine Schultern sackten nach vorn.

Eine bange Ahnung stieg in ihr auf. Unter seiner Haut lauerte etwas Düsteres, Erschreckendes. An was für einen Mann hatte sie sich da nur gebunden?

„Wer sucht nach Euch?"

Jared öffnete den Mund, um etwas zu sagen, änderte seine Meinung jedoch und schloss ihn wieder. Ihr wurde es kalt ums Herz, als sie in seine grünen Augen schaute.

Dieser Mann war wirklich ein Rätsel. Ein Fremder, dem sie nun gehörte.

„Was meint Ihr damit, dass Euch niemand find…?"

Mit einer ausholenden Handbewegung schnitt er ihr das Wort ab.

In diesem Augenblick hörten sie Hufe, die Laub zermalmten. Jared spannte die Schultern an.

„Wir müssen gehen."

18. KAPITEL

So wie die Sonne allmählich sank, sanken auch Gwyneths Schultern immer tiefer, während sie auf die Besitzungen zuhielten, die sie von ihrer Mutter geerbt hatte. Jareds Brust schmiegte sich an ihren Rücken, und es kam ihr vor, als sei dies schon seit Stunden der Fall. Nicht ein Zucken, ein Atemzug oder eine Bewegung war ihr entgangen. Sein Duft – der berauschende Geruch von Natur und Leder – betörte ihre Sinne.

Den Großteil des Tages hatte Jared ihr mit Fragen über Irma und das Freudenhaus zugesetzt, und sie war es müde, sie abzuwehren.

Aeliana flog über ihnen, und Gwyneth neidete ihr die Freiheit des Fliegens.

Auch das Pferd war erschöpft. Es schwankte mehr, als dass es ging, und erinnerte sie an ein großes, behäbiges Boot mit zerfetzten Segeln.

Sie rutschte leicht zur Seite, um sich bei Gelegenheit von dem nur noch träge ausschreitenden Tier gleiten zu lassen und vor ihrem Entführer in den Wald zu entfliehen. Dort, wo Jareds große Hand ruhte, prickelte ihre Haut, und als sie sich vorsichtig wand, rückte sie mit ihren Brüsten seinen Fingern umso näher.

Die Sonne ging unter, und die Baumkronen erstrahlten purpurfarben. Gwyneths Augen fühlten sich an, als habe jemand Sand hineingestreut, und sie sehnte sich nach einem Bett.

Jared schien es wie üblich nicht eilig zu haben, und Gwyneth war hin- und hergerissen zwischen Unmut über ihr langsames Vorankommen und der Faszination darüber, dass ein Mann so viel Geduld für ein Pferd aufbringen konnte.

Ihr Vater drosch mit der Gerte manchmal so heftig auf sein Reittier ein, dass Fell von den Flanken stob.

Der Hengst entdeckte ein Fleckchen Grün am Wegesrand und steuerte darauf zu. Behutsam lenkte Jared ihn wieder zurück auf die Mitte der Straße. Zwar ließ er das Pferd nicht halten, doch er trieb es auch nicht an, schneller zu laufen.

„Wir kämen besser voran, wenn wir zu Fuß gingen“, murrte Gwyneth und warf der frei dahinsegelnden Aeliana noch einen missgünstigen Blick zu. So gemächlich, wie das Pferd dahintrottete, würde die Nacht über sie hereinbrechen, ehe sie die Burg erreichten.

„Ihr möchtet also lieber zu Fuß gehen?“, fragte Jared.

Sie setzte sich zurecht. Durch die Bewegung nahm sie seine Hände umso nachdrücklicher wahr und spürte noch deutlicher, wie seine langen Finger und breiten Handflächen ihre Rippen umspannten. Männliche Hände.

Die Hitze, die von ihm ausging, war erdrückend, und einmal mehr verwünschte sie den Umstand, ihren Gemahl so schlecht gewählt zu haben.

Gemahl. Herr. Meister.

Aus ihrer Gereiztheit wurde mit jeder vertrauten Wegbiegung zunehmend Zorn – mit jeder Biegung, die sie ihren Ländereien näher brachte. Jared hätte lange verschwunden sein sollen, anstatt sie wie eine Gefangene zu ihrem Besitz zu bringen.

Ihrem Besitz. Nicht seinem.

Im Geiste stellte sie sich vor, dass ihr Volk nur einen Blick auf ihr ausgezehrtes Gesicht werfen musste und sich sogleich zu einer kriegerischen Rotte sammelte, um sich des Eindringlings zu entledigen. Sie atmete einige Male tief durch, um ruhiger zu werden, doch die Nähe seines Körpers machte ihr zu schaffen.

Entmutigt schickte sie sich in den inzwischen quälenden Ritt, schaute betrübt auf die vorbeiziehenden Hecken und versuchte, einen Weg zu ersinnen, sich aus ihrer gegenwärtigen Zwangslage zu befreien. Sollte sie Adele eine Nachricht schicken? Irma bitten, ihr Gift zukommen zu lassen? Bruder Giffard um Rat fragen?

Die Türme ihrer Burg kamen in Sicht, und in ihrem Herzen keimte Hoffnung auf, wie stets, wenn sie ihr Anwesen erblickte. Bald schon würde sie die kleine, aber schmucke Burg sehen, den grünen Rasen, die gekalkten Wände. Der Ort war hervorragend geeignet dafür, zu einer Heimstatt für hilfsbedürftige Frauen zu werden. Sie musste es lediglich schaffen, selbstständig über ihren Besitz verfügen zu können – was ihr all die Jahre versagt geblieben war.

Jareds Körperwärme in ihrem Rücken gemahnte sie daran, dass ihr letzter diesbezüglicher Versuch ganz und gar nicht wie geplant verlaufen war.

Sie kamen an weiteren Hecken vorbei.

Ein fauliger Gestank wehte ihnen entgegen, als sie um die nächste Kurve bogen und die Burganlage unmittelbar vor ihnen lag.

Gwyneth hielt sich Mund und Nase zu. Es wimmelte nur so von Fliegen. Unrat verstopfte den Zufluss zum Burggraben, sodass kein frisches Flusswasser hineinströmen konnte, und auf der Oberfläche der Brühe trieb eine schmierig braune Schicht.

Erschüttert richtete sie sich auf, um das Anwesen besser in Augenschein nehmen zu können. Verwirrt und besorgt legte sie die Stirn in Falten. Ihr letzter Besuch war knapp zwei Jahre her, doch ihr Anwesen, so klein es auch sein mochte, war stets in tadellosem Zustand gewesen.

Das Licht der Abendsonne ließ den Abschaum auf dem Wasser in einem trüben Hellrot erstrahlen.

Fassungslos starrte sie auf das, was sie von ihrer Burg sehen konnte.

Die Mauern bröckelten. Das Dach war marode. Der Rasen verdorrt.

Sie hatte das Gefühl zu ersticken. Ihr kostbares Erbe, ihr Schlüssel zu einem unabhängigen Leben, der Ort, der Frauen ein Obdach bieten sollte, war eine Ruine?

„Heilige Maria!“ Ihr war gesagt worden, dass mit ihren Ländereien alles zum Besten stehe! Als sie das letzte Mal hier gewesen war, hatte sie persönlich einen neuen Kalkanstrich beaufsichtigt, und der Wohnturm hatte im Sonnenschein geradezu geblitzt.

Wut kochte in ihr hoch – und verlieh ihr endlich ein wenig Tatkraft.

Sie drehte den Kopf, um ihren Häscher besser anfunkeln zu können. „Zügelt das Pferd, und lasst mich absteigen“, wies sie Jared scharf an.

„*Nay.*“

Sie spürte, wie ihre Schultern sich verspannten.

Einen Augenblick lang trübte sich ihr Blick, und das Bild der heruntergekommenen Gebäude verschwamm. Sie hätte hier sein und sich um alles kümmern sollen, anstatt die Burg in der Obhut von Männern zu lassen!

„Macht ja nicht gerade viel her, Eure Burg, werte Gemahlin“, sagte Jared gedehnt. „Nach dem, was Ihr mir berichtet habt, habe ich etwas Prachtvolleres erwartet.“

Prachtvoller. Die Burg war durchaus prachtvoller gewesen bei ihrem letzten Aufenthalt hier.

Sie versteifte sich und schickte sich an, vom Pferd zu gleiten, doch Jareds Arm, den er um ihre Brust geschlungen hatte, hinderte sie daran.

„Lasst mich herunter“, forderte sie erneut, entschlossen, herauszufinden, was genau geschehen war. Sie würde schnurstracks zum Verwalter gehen.

Gwyneth spürte Jareds flüsternden Atem im Nacken, als er sie fester an sich drückte. Barbar!

Ein stechender Schmerz fuhr ihr in die Handflächen; sie hatte sich die Nägel in die weiche Haut gebohrt.

Sie schüttelte die Hände aus und wünschte, ihr Dasein als seine Gefangene ebenso leichthin abschütteln zu können. Wie gern wäre sie vom Pferd gesprungen und zum Wohnturm geeilt, um eine Erklärung zu verlangen. Sie reckte den Kopf hierhin und dorthin und nahm die verwahrlosten Wirtschaftsgebäude und die vernachlässigten Außenanlagen auf. Ganze Mauern waren eingestürzt, und Ranken überwucherten die Zisterne.

Vor Bestürzung zog sich ihr der Magen zusammen. Die Burg wirkte wie ein verlassener Friedhof.

Das Sonderbarste aber war die Stille. Diese vollkommene Lautlosigkeit. Kein Handwerker hämmerte. Keine Näherin schwatzte. Es gab keine Kinder, die spielten, keine Hunde, die bellten, und keine Hühner, die gackerten.

Wo waren sie bloß alle? War die Burg überfallen worden, und waren alle Menschen tot? Dann hätte sie doch gewiss Nachricht erhalten …

Auf Schrecken und Besorgnis folgte das schlechte Gewissen, das ihr schwer auf der Brust lastete. Den Sendschreiben, die sie von hier erhalten hatte, war zu entnehmen gewesen, dass alles in Ordnung sei. Man hatte sie betrogen! Belogen!

Sie hätte selbst kommen und sich ein Bild vom Zustand des Anwesens machen sollen! Doch die Ereignisse des vergangenen Jahres – die Verbannung ihres Vaters, die Vermählung der Schwester, die ihnen vom König auferlegte Zwangsherrschaft Montgomerys – hatten sie alle monatelang in Atem gehalten und aufgerieben.

„Bitte", zischte sie. „Ich möchte gern nach den Bewohnern meiner Burg sehen."

Über mit Unkraut bewachsene Rasenstücke ritten sie tiefer in den Hof hinein. Das Pferd schritt so schläfrig dahin, dass Gwyneth glaubte, vor Ungeduld schier aus der Haut fahren zu müssen.

„Ihr bleibt bei mir", befahl Jared.

Sie biss die Zähne zusammen. Die unterschiedliche Stellung von Männern und Frauen war so ungerecht – hatten die Männer doch alle Gewalt.

„Ich laufe nicht fort", versuchte sie ihn zu überreden – und wohin sollte sie sich auch wenden? „Ich möchte nur nach meinem Anwesen schauen."

„Einem Anwesen, das schon seit geraumer Zeit erschreckend vernachlässigt worden ist. Ein paar weitere Augenblicke fallen da nicht ins Gewicht."

Männer hatten zugelassen, dass ihre Burg verfallen war: An dem verschlammten Graben, den pockennarbigen Mauern und dem schadhaften Dach waren ihr Bruder, ihr Vater und Montgomery schuld. Männer, denen allein ihre eigenen Interessen am Herzen lagen und denen die Menschen völlig gleichgültig waren. Sie hatten das Land in Chaos versinken lassen! Und sie, Gwyneth, dann auch noch angelogen!

Eine Frau mit einer Haube auf dem Kopf und zerknitterter Schürze erschien im Portal am oberen Ende der Steintreppe, die hinauf zur Großen Halle führte.

Blinzelnd erkannte Gwyneth Kaitlyn, eine der höhergestellten Mägde, die sich in Abwesenheit der Burgherrin um den Wohnturm kümmerten.

„Kaitlyn."

Sie sah dünner und verhärmter aus als früher. Älter. Ihre Stirn war faltiger geworden, und ihre Mundwinkel wiesen nach unten und gaben ihrer Miene etwas Säuerliches.

„Was ist geschehen? Wo sind die anderen?"

Die Frau zuckte nur mit den Schultern und blickte fragend zu Jared.

„Wo ist mein Verwalter?" Gwyneth deutete auf das brüchige Mauerwerk. „Was ist mit meiner Burg geschehen? Wo ist …?"

In seiner ruhigen Art umschloss Jared ihre Brust fester und setzte ihrem Schwall an Fragen so ein Ende.

„Ich bin der Gemahl dieser Dame, gute Frau", erklärte er, bevor Gwyneth sich sammeln konnte, um den Satz zu beenden.

„Verstehe, Mylord." Kaitlyn nickte kurz und musterte teilnahmslos Gwyneths zerzaustes Haar und die Flecken und Risse, die die blaue Seide ihres Gewands verunzierten. Falls sie verwirrt oder entsetzt war, gab ihr zerfurchtes Gesicht nichts preis, als habe sie schon so viele Schrecken durchlebt, dass einer mehr – obendrein ein so geringfügiger wie die derangierte Verfassung der Burgherrin – für sie nichts weiter als eine leidige Nichtigkeit war.

„Die Vorratskammern sind fast leer, Mylady, Mylord. Der Winter naht. Irvine ist tot. Thomas auch. Ist verhungert, weil ich keine Milch mehr hatte. Meine Brüste sind verdorrt."

Die Bürde, die auf Gwyneths Herz lastete, wurde noch ein wenig schwerer, und ihr Schuldgefühl drohte sie zu überwältigen. „Es sind Kinder gestorben?"

Der Mund der Frau wurde zu einem schmalen Strich, und kurz schien es, als habe allein der Trotz sie am Leben erhalten. „*Aye.*"

Offenbar hatte ihre Ankunft Kaitlyn deshalb nicht überrascht, weil es ihr schlicht egal war.

Gwyneth schob sich das Haar hinter die Schulter. „Kaitlyn, du musst mir erzählen, was passiert ist." Ihr wurde schon ganz flau, wenn sie nur daran dachte, die Einzelheiten zu erfahren, doch sie musste alles wissen.

„*Aye*", bekräftigte Jared. Sie fühlte, wie sich sein Leib hinter ihr versteifte, und sah, dass er die Zügel fester packte.

Die Magd ballte die runzeligen Hände an ihren Seiten zu Fäusten. „Den kleinen Edward, Marys Sohn, hat sich das Fieber geholt. Er hat schließlich keine Luft mehr gekriegt. Wir hatten nichts, um ihm zu helfen."

Gwyneth wurde eng ums Herz. Irgendwie hätte sie dies verhindern müssen. Sie hätte selbst herkommen und nach dem Rechten schauen sollen, um diese Menschen zu beschützen und ihnen zu helfen.

„Seid Ihr gekommen, um uns beizustehen, Mylady? Oder seid Ihr hier, um Euch zu holen, was übrig ist? In der Speisekammer ist nur noch ein kläglicher Rest, der Wein ist geklaut worden, die …"

Aus den Augenwinkeln sah sie, dass Jareds Züge hart wurden. Sie konnte regelrecht spüren, wie er sie verdammte.

Sie räusperte sich und unterbrach die Frau damit mitten im Satz. Um das Vertrauen der Burgbewohner zurückzugewinnen, musste sie beweisen, dass sie das Anwesen führen konnte. Sie brauchte keine Liste der Dinge, die verschwunden waren, sondern eine Aufzählung dessen, was noch vorhanden war. Sie benötigten Nahrungsmittel für den Winter und genügend Feuerholz zum Heizen. Mauern und Dach mussten ausgebessert, die Vorratskammern geordnet und alles Vorhandene gezählt werden.

„Wo ist der Verwalter?“, fragte sie. Sie musste sich einen Überblick darüber verschaffen, was noch vorrätig war und was beschafft werden musste, welche Bediensteten noch auf der Burg waren und wie viele Menschen sie durchbringen musste.

Die Magd warf ihr einen vernichtenden Blick zu, wodurch ihr Gesicht einer Dörrpflaume noch ähnlicher wurde. „Der ist auf und davon, Mylady. Hat das Fleisch und die letzten Äpfel mitgenommen. Euer Vater hat ihn nicht entlohnt.“

Verflucht sei ihr Vater! Besessen von seinem Aufstand gegen den König, waren ihm Pächter und Gesinde völlig gleichgültig geworden.

„Ist jemand hier gewesen, um nach dem Rechten zu sehen?“ Jared ritt vor.

Sofort wandte sich Kaitlyn ihm zu, und Gwyneth spürte, dass sie als Autoritätsperson, an die man sich wenden konnte, nicht länger infrage kam. „*Nay*, Mylord“, sagte die Frau. „In den letzten Monaten nicht. Noch nicht mal, als die Überfälle anfingen.“

Überfälle. Verhungerte Kinder. Gwyneth schnürte es die Kehle zu; am liebsten hätte sie das Gesicht in den Händen verborgen und geweint. Wie hatte sie all das nur zulassen können? So viel Zeit und Kraft hatte sie darauf verwandt, den Frauen im Kerker zu helfen, nicht aber ihren eigenen Untergebenen – sie hatte einfach vorausgesetzt, dass für sie gesorgt wurde.

„Die Ritter haben sich auch davongemacht, und so war niemand da, der uns schützt“, fuhr Kaitlyn fort.

Gwyneth presste die Kiefer aufeinander, um nicht in Tränen auszubrechen. Sie musste stark sein und die Dinge wieder ins Lot bringen. Eine Brise trug ihnen den Gestank des verschlammten Grabens zu. Von hier aus konnte sie den Müll und die schmierige Schicht sehen, die auf der schauderhaften Suppe trieben. Trotz des Ekels widerstand sie dem Drang, sich die Nase zuzuhalten. Sie würde dieselbe Luft atmen wie ihre

Schutzbefohlenen. Gemeinsam würden sie die Dinge richten.

„Hat Montgomery euch denn keine Verteidigung zugesichert, als er Oberherr dieses Anwesens wurde?“, wollte sie wissen. Das war zwar erst einige Monate her, doch sicherlich hätte die Zeit gereicht, um etwas zu unternehmen. Bei der Übernahme der anderen Besitzungen hatte sich ihr Schwager, mochte er auch sonst ein Ungeheuer sein, jedenfalls vorbildlich verhalten; das musste sie ihm zugestehen.

Scharf sog Kaitlyn die Luft ein, als Antwort auf die Frage. „Meine Töchter und ich verstecken uns im Wald oder im Keller, wenn die Plünderer kommen. Zudem sind wir inzwischen recht gut darin, die Vorräte verschwinden zu lassen. Aber meine Jüngste, Abigail, war einmal nicht schnell genug. Sie …“ Wieder lag stumme Anklage in den Augen der Frau. „Wir haben sie im Wald gefunden, mit geschändetem Leib. Haben es nicht geschafft, die Blutung zwischen ihren Beinen zu stillen.“

Gwyneth zuckte zusammen bei der Erinnerung an den eigenen Schmerz, nachdem sie gewaltsam genommen worden war. Dass dies einer Achtjährigen widerfahren sein sollte, war jenseits aller Worte, die dieses abscheuliche Tun hätten benennen können.

„Wir hatten keinen Priester, um sie ordentlich begraben zu lassen …“

„Wann ist das geschehen?“ Jared schwang sich vom Pferd und half auch Gwyneth aus dem Sattel.

„Vor zwei Monaten.“

Eine Hand in die Hüfte gestemmt, nahm er Mauern und Tor eingehend in Augenschein, als versuche er zu ergründen, ob sich jemand dahinter versteckte. „Wer waren die Angreifer? Von wo kamen sie?“

Sein Tonfall, geheimnisvoll und doch entschlossen, machte Gwyneth stutzig. Es war, als sei ihm ein unheilvolles Ereignis aus der Vergangenheit wieder in den Sinn gekommen.

Dunkle Ringe zeichneten sich wie Schatten unter den Augen der Frau ab. „Ich weiß nicht, Mylord.“

„Wir werden dafür sorgen, dass dein Kind ein anständiges Begräbnis erhält“, versprach Gwyneth. „Ein Priester wird die nötigen Gebete sprechen. Dein Verlust tut mir aufrichtig leid.“ Die Worte erschienen ihr nichtssagend und unangebracht, was sich in dem leeren Ausdruck auf Kaitlyns faltigem Gesicht widerspiegelte. Gwyneth fragte sich, ob sie lieber hätte schweigen und die Trauer der Frau unangetastet lassen sollen, statt so zu tun, als ließe deren tiefer Schmerz sich durch ein angemessenes Begräbnis und eine lahme Entschuldigung fortwischen.

„Die Plünderer werden bestraft werden“, warf Jared ein. Trotz seiner schlichten Gewandung hielt er sich wie ein Ritter.

Fast so, als nehme er Anteil.

„Habt ihr zu essen?“, fragte er weiter.

„Ein wenig, Mylord. Steckrübensuppe, drei Hühner und sechs Zwiebeln.“

„Steckrübensuppe! Das ist alles?“ Die schäbigen Mauern des Wohnturms schienen unter der Wucht seiner Stimme zu erzittern – als würden jeden Moment noch ein paar weitere Dachziegel herunterpurzeln.

Kaitlyn zuckte mit den Achseln, wandte den Kopf zur Seite und forderte Jared damit stumm auf, sich umzublicken und selbst in Augenschein zu nehmen, in welch hoffnungsloser Lage sie steckten. „Wir haben auch noch zwei Käselaibe, drei Brote und einen Beutel voll Äpfel.“

Jared pochte ein-, zweimal mit seinem Stab auf die Erde, ehe er auf das Portal wies. „Hol Wasser. Und treib jemanden auf, der Ahnung von Falken hat“, fügte er mit einem Blick auf Aeliana an, die sich auf dem Schornstein des Kamins niedergelassen hatte.

Ohne auf Gwyneths Einwilligung zu warten, wandte er sich um, erklomm die Stufen zum Portal des Wohnturms und stieß es auf. Seinen Stab hielt er wie einen Schild vor sich. Der ins Holz geschnitzte Drache wirkte beinahe lebendig, und das rote Auge funkelte in der Sonne.

Gwyneth folgte ihm, geriet bei seinen weit ausholenden

Schritten jedoch mehrmals ins Stolpern und warf seinem Rücken finstere Blicke zu. Er kannte die Menschen hier nicht einmal und hatte sich nur aufgrund einer Täuschung zum Lord aufschwingen können. Dabei war er nichts als ein Fremdling von niederem Stand, ein Bräutigam wider Willen.

Und doch benahm er sich nicht wie ein Gemeiner. Er sagte und tat das Richtige – wie ein Burgherr. Nachdenklich kaute Gwyneth auf ihrer Unterlippe. Irma hatte ihr versichert, dass er nichts weiter als ein Falkner sei, doch die Freundin hatte auch felsenfest behauptet, er sei entmannt, was von der Wahrheit weit entfernt war. Und schließlich war da noch das Geheimnis darum, weshalb er nicht ins Kloster eingetreten war und warum nach ihm gesucht wurde.

Es gab so vieles, das sie nicht über ihn wusste.

Wenn sich herausstellen sollte, dass er ein Edelmann war, wäre sie ein Leben lang an ihn gebunden. Magensaft stieg ihr sauer die Kehle hoch, und sie kämpfte gegen eine Welle der Übelkeit an.

Sie beschloss, die Oberhand über die Lage zu gewinnen. „Lasst mich gehen, Jared. Ich muss nach den Menschen hier sehen."

„Diese Menschen brauchen jemanden, der sie anständig führen kann."

„Lasst mich frei. Ich bin hier die Herrin."

„Und ich der Herr."

Erzürnt stemmte Gwyneth die Hände in die Hüften. Er verhielt sich ganz und gar nicht wie ein gemeiner Bauer.

„Genug jetzt", schloss er. „Wir werden auf die Jagd gehen. Zusammen."

19. KAPITEL

Auf die Jagd?" Gwyneth verschränkte die Arme vor der Brust und sah Jared gerade in die Augen. „Ich habe noch nicht einmal einen Blick in die Küche geworfen."

„Später." Jared holte einen dicken Lederhandschuh aus seinem Bündel, wies einen Bediensteten an, die übrigen Sachen in die Herrengemächer zu bringen, und reichte einem jungen Burschen die Zügel seines Pferds.

„Euer Volk ist hungrig, und wir werden nicht ruhen, bis es etwas zu essen hat."

„Ich würde es Euch wahrlich danken, wenn *Ihr* den Menschen hier etwas zu essen bringt, aber *ich* weiß nicht das Geringste über die Jagd", wandte sie ein. „Ich werde hierbleiben und mir die Vorratskammern vornehmen."

„Ihr werdet nicht von meiner Seite weichen."

„Aber ich muss meinen Pflichten nachkommen."

„Künftig ist es Eure Pflicht, für mich da zu sein. Ich werde Euch bestimmt nicht hier zurücklassen, damit Ihr einen Aufstand anzetteln könnt."

„Aber …"

„Kommt, Frau."

Gwyneth wippte mit dem Fuß, ohne sich vom Fleck zu rühren. Er hatte recht, das Burgvolk brauchte etwas zu essen – und genau dafür wollte sie sorgen, indem sie Speisekammer und Küche begutachtete und dort für Ordnung sorgte. Sie würde sich das Haar zu einem Zopf flechten, eine einfache Cotte aufstöbern, die sie tragen konnte, und sich gemeinsam mit den Mägden an die Arbeit machen und alles wieder in Schuss bringen. Eine Dame hatte schließlich Pflichten!

„Wenn wir schon gemeinsam gehen müssen, dann können wir die Jagd doch auch auf morgen früh verschieben. Hier muss einiges getan werden."

„*Nay.* Aeliana hat lange genug gewartet, und die Menschen

hier brauchen etwas auf den Teller."

„Kaitlyn sagte doch, dass für das Nachtmahl Käse und Äpfel da seien. Wir werden uns die Vorratskammern anschauen, und morgen fangen wir ganz von vorn an." Vielleicht könnte sie gar ein Bad nehmen.

„Kommt, werte Gemahlin."

Sie rührte sich immer noch nicht. „*Nay.* Geht ohne mich."

„Ganz sicher nicht."

Als auch er stehen blieb, ging ihr auf, dass er warten würde. Wenn nötig, bis in alle Ewigkeit.

So ein Sturkopf.

„Also gut." Sie funkelte ihn an; die blaue Seide ihres Kleids raschelte, als sie vortrat. Ihr wurde schwindelig, und sie streckte Halt suchend die Hand aus. Jared hielt ihr den Arm hin, und unter ihren Fingern spürte sie das Spiel seiner Muskeln. Du liebe Güte, wie müde sie doch war.

Gwyneth konnte sich nicht erinnern, je zuvor so erschöpft oder verzagt gewesen zu sein. Sie rieb sich die Schläfen und merkte, dass ihre Hände dreckverschmiert waren.

Während sie noch um Gleichgewicht rang, erwartete sie fast, dass er sie unwirsch anfahren würde, doch er stand nur da, nicht etwa voller Ungeduld, wie die meisten Männer es getan hätten, sondern mit schier unerschöpflicher Langmut. Mit der Langmut eines Meisterfalkners.

Sie sprach es nicht laut aus, doch sie war ihm dankbar dafür, dass er sie nicht vor aller Augen beschämte, indem er sie zu mehr Eile drängte. Dass sie nachgegeben hatte, schien ihm zu genügen.

Ganz gewiss wäre sie gestolpert und hingeschlagen.

Verblüfft über seine Geduld und zu erschöpft, um aufzubegehren, folgte sie ihm, wobei sie sich darüber ärgerte, sich auf seinen Arm stützen zu müssen. Beine und Rücken taten ihr weh; stechende Schmerzen peinigten ihren Körper von den Fußknöcheln bis hoch zum Nacken. Welch Wahnsinn von ihm, darauf zu bestehen, die Burg sofort wieder zu verlassen, wo sie doch gerade erst angekommen waren und die Anlage sich in einem derart desolaten Zustand befand.

Stunden waren vergangen. Dunkle Schatten huschten über die Wände des Schlafgemachs, während Gwyneth aufmerksam Jareds Atemzügen lauschte und sich fragte, ob sie es wohl bis zur Tür schaffte, ehe er aufwachte.

Ihr krampfte sich der Magen zusammen, während sie überlegte, wie sie vorgehen sollte.

Wie war sie überhaupt ins Bett gekommen? Sie konnte sich nicht erinnern.

Es war schon spät gewesen, als sie von der Jagd zurückgekehrt waren – sie selbst mehr taumelnd als gehend. Sie war in einen Sessel am Kamin gesunken und auf der Stelle eingeschlafen. Jetzt starrte sie einen der Eckpfosten des ausladenden Himmelbetts an, das in den Herrengemächern stand, und versuchte sich zu entsinnen, wie sie vom Sessel ins Bett gelangt war. Noch immer trug sie das blaue Seidengewand – das nun noch zerknautschter war als zuvor. Sie hatte sich das Haar nicht geflochten, wie sie es gemeinhin vor dem Schlafengehen tat, und es lag ihr wirr um den Kopf.

Doch zumindest hatte das Burgvolk frisches Fleisch bekommen.

Dafür war sie Jared durchaus dankbar, auch wenn seine Willkür sie reizte.

Wie seltsam es war, neben einem Mann zu liegen! Er hatte ihr den Rücken zugewandt und sich eine Hand unter die Wange geschoben. Sein glänzendes Haar fiel ihm über die Stirn. Die Strähnen waren ein wenig feucht, als habe er gebadet, und die Enden streiften seine breiten, gebräunten Schultern. Er war – schön, und es zuckte ihr in den Fingern, ihn zu berühren, mit dem Fingernagel sein Schulterblatt entlangzufahren. Schön? Welch grässlicher Gedanke! Zweifellos würde er sie erneut herumkommandieren, sobald er aufwachte.

Für den Rest ihres Lebens.

Diese grausige Vorstellung riss sie aus der Untätigkeit.

Langsam ließ sie einen Knöchel kreisen. Jared kannte sich in der Burg nicht aus, und wenn sie es schaffte, durch die Tür zu entwischen, konnte sie durch das Labyrinth der Gänge bis zum Hinterausgang gelangen und sich durch den Wald bis zur Stadt und zum Bordell durchschlagen.

Sie musste mit Irma reden und einen Plan entwerfen. Gemeinsam würden sie diesen Mann schon schlagen.

Jareds Brust hob und senkte sich unter tiefen, gleichmäßigen Atemzügen.

Mit pochendem Herzen setzte sie sich auf. Fahles Mondlicht stahl sich am geölten Leintuch vorbei, mit dem die Fenster bespannt waren, und beleuchtete einen Teil der Kammer. Die Bettvorhänge bewegten sich wie behäbige Gespenster.

Lautlos und behände glitt sie zur Bettkante. Jared regte sich nicht.

Ein Schauer lief ihr über den Rücken, als ihre Zehen den kalten Boden berührten. Sie stieß mit dem Ellbogen gegen das Tischchen neben dem Bett, doch auch das weckte ihn nicht.

Gwyneth lächelte. Womöglich würde es leichter werden, als sie gedacht hatte.

Den Geschichten zufolge, die sie gehört hatte, besaßen die meisten Krieger einen leichten Schlaf, so wie sie selbst. Vom Bett her hörte sie jedoch nichts als leises, regelmäßiges Atmen.

Sie tastete umher und fand Kerze sowie Feuerstein und Zunder, aber sie machte kein Licht.

Leise schlich sie vorwärts, die Arme ausgestreckt, um nicht in Möbel oder andere Gegenstände zu laufen. Mit einer Hand erspürte sie ihren Umhang, der gefaltet auf einer der Truhen an der Wand lag.

Aeliana kreischte.

Verdammt! Gwyneth wandte sich zum Bett um und lauschte auf Jareds Atem. Dieses Mal vernahm sie kein leises Schnarchen mehr.

Die Falkendame spreizte die Federn und kreischte erneut.

„Schh, schh“, versuchte Gwyneth sie zu beruhigen.

„Aeliana? Gwyneth?“

Jared war wach!

Rasch zog sie die Hand vom Umhang zurück und fuhr sich mit der Zunge über die trockenen Lippen. „Hier, Mylord.“

„Was tut Ihr da?“

Ihr klopfte das Herz bis zum Halse. Unauffällig glitt sie ein Stück vom Umhang weg, dem belastenden Beweis für ihren Fluchtgedanken.

„Ich will zum Abtritt.“

Wieder schrie Aeliana, als würde sie jedes Wort verstehen und Einwand gegen die Lüge erheben.

„Schon gut, meine Schöne“, säuselte sie sanft. „Alles in Ordnung.“

Meine Schöne? Gwyneth hätte nichts lieber getan, als das Tier mit Äpfeln zu stopfen und über dem Feuer zu rösten.

Sie legte sich eine Hand an die Brust, um ihr wild klopfendes Herz zu beruhigen.

„Weshalb seid Ihr da drüben, wenn der Abort doch dort liegt?“

Sie wünschte, sie könne sein Gesicht sehen, doch alles, was sie ausmachen konnte, waren die vagen Umrisse seiner Gestalt auf dem Bett.

„Wenn Ihr zu fliehen versucht, sperre ich Euch hier in unserem Gemach ein.“

Denk nach, Mädchen, denk, hielt sie sich an, während sie fieberhaft nach einer glaubwürdigen Ausrede suchte. „Ich wollte Euch nicht wecken und habe daher keine Kerze angezündet. Als Euer Falke schrie, bin ich vor Schreck vorwärtsgestolpert, in die falsche Richtung.“ *Verfluchtes Vieh.*

Jared erhob sich vom Bett, sodass sie ihn nun deutlicher sah. Sein Körper war so wunderschön anzusehen wie der eines griechischen Gottes. Sein Blick wanderte zur Tür und zurück zu Gwyneth; offenbar überlegte er, ob sie ihn angelogen hatte oder nicht.

Mondschein fiel auf seine bloßen Hüften. Die strammen Muskeln seiner Pobacken spannten und entspannten sich, als er auf sie zuschritt.

Er schloss die Finger um ihr Handgelenk. „Die Wahrheit, Gwyneth."

Sie schwieg und versuchte auch nicht, sich ihm zu entziehen. Ihre Beine verkrampften sich.

„Zum Flüchten ist es zu spät, Ihr seid nun meine Frau."

„Aber Ihr wolltet doch gar nicht heiraten."

„Wie dem auch sei. Es besteht kein Zweifel daran, dass Ihr unfähig seid, auf Euch aufzupassen."

„Unfähig!"

„Jemand muss Euch und Euer Volk ernähren. Vergangene Nacht wäret Ihr beinahe getötet worden."

„Bin ich aber nicht."

„*Aye*, weil ich zur Stelle war."

Gwyneth presste die Lippen zusammen. Es wurmte sie, dass sie ihm zu Dank verpflichtet war.

„Auch die Burganlage zeugt davon, dass Ihr eines Meisters bedürft", fuhr Jared fort.

„Ich bin kein Sklave!"

Er wischte ihre hitzigen Worte mit einer Handbewegung beiseite. „Dann eben eines Burgherrn."

„Ihr seid nur ein Gemeiner, kein Edelmann!"

Jared zuckte mit den Schultern. „Aber immerhin ein Mann und keine Frau." Mondlicht tanzte über seine breiten Schultern. „Und Ihr braucht einen Mann, der sich um dieses Anwesen kümmert."

„Männer haben das Anwesen überhaupt erst in diesen Zustand gebracht."

„Das bezweifele ich. Schließlich ist es das Eure."

„Aber ich bin doch gar nicht hier gewesen!"

„Eben drum. Kommt zurück ins Bett." Er zog sie auf die Matratze zu, zwang sie, einen Schritt zu tun.

Sie versuchte, sich ihm zu entwinden.

Seine Hand schloss sich noch eiserner um ihr Handgelenk und quetschte den dort wild pochenden Puls. Wieder zog er sie leicht in Richtung Bett.

Im Geiste sah sie sich zu einer anderen Matratze gezerrt. Sie erinnerte sich gut daran, wie er sie schon einmal niedergedrückt hatte.

Furcht brandete in ihr auf und legte sich eng um ihre Brust.

Das zerknitterte Leinenlaken verschwamm vor ihren Augen, und stattdessen sah sie die Pritsche in dem kleinen Gelass vor sich. Die Pritsche mit den Blutflecken. Ein Schlachtfeld. Eines, auf dem sie geschlagen worden war.

Gwyneth verzog das Gesicht, als sie sich ausmalte, wie seine riesigen Hände ihr Kleid zerknüllten und nach oben schoben, wie er seinen Arm um ihren Bauch legte und ihre Knie auseinanderzwang …

„*Nay!*" Ihr Fuß traf sein Schienbein, aber er packte sie nur umso fester und klemmte sie in seinem unerbittlichen Griff ein.

Doch er schob ihren Rock nicht hoch, und einen Moment lang war sie verwirrt.

Dann wand sie sich erneut, verzweifelt bemüht, sich zu befreien.

„Ganz ruhig, Mädchen."

Etwas in seiner Stimme ließ sie in ihrem Aufbegehren innehalten. Er sprach tiefer als zuvor und klang gefährlicher.

Keuchend schaute sie ihn an. Sie waren dem Bett kein Stück näher gekommen, sondern standen nach wie vor mitten im Raum.

Sie blinzelte.

Sein Haar, eben noch so seidig und glatt, stand ihm nun wild vom Kopf ab, als hätten Ratten darin Haschen gespielt. Ihr eigenes sah wahrscheinlich nicht anders aus.

„Ich werde Euch nicht wehtun." Seine Schultern waren steif vor Anspannung, als koste es ihn alle Willenskraft, ihr nicht die Beine zu fesseln und sie besinnungslos zu prügeln. „Doch ebenso wenig werde ich Euch gehen lassen. Fügt Euch in Euer neues Leben an meiner Seite, das wird es Euch leichter machen."

Sie sollte sich fügen? Schon allein der Begriff ließ Wut in ihr aufbrodeln. Niemals würde sie sich fügen. Gwyneth hatte gesehen, was Frauen ein solch untertäniges Verhalten einbrachte. Fast glaubte sie, den Gestank des Kerkers zu riechen. Sich einem Mann zu fügen konnte zu einem Dasein führen, wie es schlimmer nicht vorstellbar war.

„Entspannt Euch, Gwyneth." Seine Hände auf ihren Schultern fühlten sich warm und tröstlich an. Mit den Fingern malte er sanft kleine Kreise auf ihre Haut.

Unwillkürlich flammte Hitze in ihrem Bauch auf.

„Bei mir seid Ihr sicher, Gwyneth."

„Sicher!" Das Wort kam als halb erstickter Schrei heraus. „Ihr habt mir die Freiheit geraubt." Sie betrachtete die Falten, die ihr Gewand verunzierten, und es kam ihr so vor, als sei ihr gesamtes Leben in völlige Unordnung geraten.

„*Nay*, Frau. Ich habe nur meinen rechtmäßigen Platz als Euer Herr eingenommen."

„Euren rechtmäßigen Platz! Dies ist meine Burg, nicht die Eure."

„*Ihr* habt die Ehe erzwungen, nicht ich. Lasst uns darüber reden, teure Gemahlin. Vielleicht finden wir ja zu einer Einigung." Er schloss die Arme um sie.

Der Schreck schnürte ihr die Kehle zu, doch seine Umarmung war tröstlich, nicht roh. Er duftete nach Moschus und Sandelholz. Anregend und männlich. Falls er sich seiner Blöße schämte, ließ er es sich nicht anmerken.

Innerlich wollte sie aufschreien. Sie sollte ihn nicht anregend finden! Er war nichts als ein Ärgernis, brachte sie schier zur Verzweiflung.

„Ihr fürchtet Euch." Jared beugte sich herab, drang damit noch tiefer in ihre Grenzen vor und hauchte ihr einen Kuss auf den Hals.

Einen Kuss!

Sie erschauderte, wich zurück, wollte sich nicht ergeben,

doch die heiße Flamme in ihrem Bauch loderte höher. So als würde ihr Leib einem gänzlich fremden Willen unterliegen.

Gwyneth wimmerte, hin- und hergerissen zwischen dem Sehnen, mit seiner Wärme zu verschmelzen, und dem Wunsch, aus der Kammer zu fliehen.

„Schh“, suchte er sie zu besänftigen. Sein ruhiges, beherrschtes Gebaren sagte ihr, dass er wohl keine Wiederholung der grauenvollen Hochzeitsnacht im Sinn hatte.

Behutsam strich er mit einer Hand an ihr hinab bis zu den Kniehöhlen. Als wiege sie nicht mehr als einer ihrer Stickrahmen, hob er sie auf und trug sie zum Bett.

Sie versteifte sich, ihr Leib unnachgiebig wie ein Fels.

Das Mondlicht überzog sein Gesicht mit Mustern aus Licht und Schatten. In seinen grünen Augen las sie Neugier, in die sich Sorge mischte.

Ein paar Haare seines Kinnbarts waren durcheinandergeraten, und sie widerstand dem Drang, sie glatt zu streichen und zu ordnen.

Die Matratze senkte sich unter ihrem Gewicht, und die Bespannung darunter knarrte, als auch Jared sich setzte. Er drehte ihren Körper, bis sie mit dem Rücken zu ihm lag.

Sanft vergrub er seine Hand in ihrer Mähne.

„Wa…?“

„Schh“, ermahnte er sie wieder. „Als wir heute Abend zurückgekommen sind und Ihr im Sessel am Kamin eingenickt seid, habe ich Euch gleich ins Bett getragen. Euer Haar sieht zum Fürchten aus, man findet sogar Blätter darin.“

Ihr Haar? Er machte sich Gedanken darum, wie ihr *Haar* aussah?

„Lasst mich …“

Vorsichtig klaubte er ein paar kleine Zweige heraus und fuhr ihr mit der Hand durch die Locken, wobei seine Finger an einem Knoten hängen blieben.

Gwyneth presste die Augen fest zu, weil sie erwartete, dass er seine großen, männlichen Pranken mit einem Ruck hindurchziehen oder aber sein Messer hervorholen und das Wirrwarr einfach kappen würde. Stattdessen hielt er inne, nahm die Strähne vorsichtig auf und löste sie Haar für Haar.

Ihr Mund fühlte sich trocken an. Zu trocken. Einen Augenblick lang verstand sie, weshalb Aeliana ihm traute, begriff sie, was es war, das ihn von anderen Falknern unterschied. Was zwischen ihnen vorgefallen war, hatte seiner Warmherzigkeit keinen Abbruch getan. Er hatte den Burgbewohnern zu essen gegeben, war nachsichtig mit einem erschöpften Pferd umgegangen, hatte sie ins Bett getragen, ihr sogar das Leben gerettet …

Ein Anflug von Panik wallte in ihr auf. Einem Mann zu trauen war gefährlich. Sie warf dem Riegel der Eichentür einen hastigen Blick zu.

„Nur ruhig“, sagte er. „Zwischen uns hat es genug Hader gegeben. Vielleicht sollten wir noch einmal von vorn anfangen.“

Die Matratze geriet in Bewegung, als sie sich umwandte, um ihn ansehen zu können. Sein nackter Oberkörper – breit und muskulös – fiel ihr als Erstes ins Auge. „Ich will keinen Anfang, sondern ich möchte diese Beziehung beenden!“

„Mit der Zeit werdet Ihr mir schon vertrauen und zu schätzen lernen, dass Ihr mein Eigentum seid.“

„Eigentum!“, rief sie erbost und bedachte ihn mit einem vernichtenden Blick.

In seinen grünen Augen blitzte es, und er lächelte amüsiert.

„Ihr zieht mich auf“, stellte sie vorwurfsvoll fest.

Jared zwinkerte ihr zu und küsste sie auf den Handrücken.

Ehe sie sich besinnen konnte, hatte sie ein Kissen ergriffen und schlug es ihm gegen die Brust. Federn stoben auf.

Eine tiefe Falte erschien auf seiner Stirn, und er riss die Augen auf.

Oh, heilige Maria, Muttergottes! Sie spannte die Beine an, in der Absicht, vom Bett aufzuspringen und zur Tür zu laufen.

Und dann lachte er. Es war ein voller, dunkler Ton, der die ganze Kammer erfüllte. Nie hatte sie etwas Melodischeres gehört. In diesem Moment war er ganz und gar nicht mehr der ernste, nachdenkliche Mann wie sonst immer.

Verdutzt schlug sie gleich noch einmal zu. Federn schwebten durchs Gemach.

Er lachte nur noch lauter und wackelte mit den Brauen. „Gnade, Mädchen, ich ergebe mich! Kein Grund, mich mit Kissen anzugreifen."

Ein Kichern stieg in ihr auf. Sie presste die Lippen aufeinander, um es nicht entfleuchen zu lassen. Er war der Feind und nicht jemand, mit dem man einen Moment der Fröhlichkeit teilte.

Jared nahm sie bei den Schultern und drehte sie langsam wieder so, dass sie ihm den Rücken zuwandte. „Nun liegt still, ich werde Euer Haar richten."

Ihr Haar richten?

Die Schultern straff und das Kinn vorgereckt, lag sie stocksteif da und schwor sich im Stillen, dass sie sich nicht von seinem Lachen und seiner Sanftheit täuschen lassen würde. Sie wusste, wie stark und herrisch er war und wie gern er sich sie und ihr Anwesen untertan machen wollte. Sie würde sich nicht wie Irma von seiner Maske blenden lassen.

Für einen langen Augenblick sprach keiner von ihnen, doch im Geiste hörte sie noch immer sein Gelächter durch die Kammer schallen. Der Laut war so tief und volltönend gewesen, so berauschend, dass ein Mädchen sich sehr wohl darin verlieren und alle Verantwortung fahren lassen mochte. Am liebsten hätte sie sich die Ohren zugehalten, krallte die Hände aber stattdessen ins Betttuch.

Mit den Fingern kämmte er ihr durchs Haar.

Gwyneth atmete tief durch und zwang sich, den Blick starr geradeaus auf die wehenden Bettvorhänge zu richten. Was nur dazu beitrug, dass sie die Hände auf ihrer Kopfhaut umso eindringlicher spürte. Er berührte ihre Locken so zaghaft, als handele es sich um empfindliche Seide. Schon viele Mägde hatten ihr das Haar geordnet und gekämmt, aber nicht eine von ihnen hatte es so andächtig und behutsam getan wie er. Kein einziges Mal zog er so fest, dass es wehtat, oder brach auch nur eine Strähne ab.

Aus den Augenwinkeln sah sie die dicken Muskelstränge seiner nackten Schenkel. Ein Hauch Seife – nach Lavendel duftend – drang ihr in die Nase. Er musste sie benutzt haben, als er gebadet hatte. Der weiche, blumige Geruch stand im Widerspruch zu seiner harten Männlichkeit.

Ein Schauer durchlief sie, als sie spürte, wie sie sich seinen einlullenden Zuwendungen unwillkürlich ergab. Die Kammer um sie her und alles, was zwischen ihnen stand, schienen zu verblassen, bis Gwyneth nur noch Jared sah und hörte, nur noch ihn roch und fühlte.

Flechte um Flechte entwirrte er die Mähne, nahm schließlich einen Kamm und ließ ihn durch ihr Haar gleiten, als halte er des Königs Schatz. Wie selbstverständlich teilte er es mit geschickten Fingern in drei Strähnen und flocht es.

Gwyneth schloss die Augen und wünschte, sie könne ihn auf diese Weise ausblenden, doch sie spürte ihn dadurch nur noch inniger.

All dies war falsch.

All dies war richtig.

20. KAPITEL

In langen Strahlen fiel das Morgenlicht ins Gemach. Staub tanzte darin. Gwyneth spähte zu Jared hinüber, der ausgestreckt auf dem Bett lag. Er hatte vergangene Nacht ihr Haar gebürstet und geflochten! *Mehr nicht!* Als wäre nicht alles schon verstörend genug.

Er schlug die Augen auf, und ihre Blicke trafen sich.

Befangen blinzelte sie und wusste nicht so recht, was sie sagen sollte. Die Zukunft einer Frau war stets unsicher, doch die ihre schien nun bedrohlicher denn je.

„Zieht Euch an", sagte Jared ohne Umschweife. „Wir gehen jagen."

„Aber wir sind doch erst gestern Abend auf die Jagd gegangen."

„Gejagt werden muss täglich."

Er erwartete doch wohl kaum, dass sie künftig jeden Tag mit ihm und dem Vogel durch den Wald stiefelte! „Es besteht kein Grund für mich, Euch zu begleiten."

Jared schwang die Beine über die Bettkante und durchquerte gemächlich die Kammer. „Ha! Ihr bleibt an meiner Seite."

„Aber ich muss mich um die Küche kümmern, um die Vorratskammern, die Ausbesserungsarbeiten und die Buchführung der Burg."

„Haltet mich nicht zum Narren, Gwyneth. Wenn ich Euch hierlasse, werdet Ihr alle fähigen Männer um Euch scharen und eine Rebellion entfachen. So werde ich niemals Ruhe haben."

„Ich würde nie …"

„Doch, das würdet Ihr." Er bückte sich über eine Truhe unter den Fenstern, öffnete sie und kramte darin herum.

Gwyneth zuckte zusammen und fühlte sich überfallen, so wie letzte Nacht, als er ihr mit seinen Händen auf solch vertrauliche Weise über Haar und Kopfhaut gestrichen war.

Er zog eine abgetragene Cotte hervor und warf sie neben Gwyneth aufs Bett. „Für modische Houppelandes habt Ihr von nun an keine Verwendung mehr. Zieht das da an."

Ah, da kommandierte er sie also schon wieder herum. Sie trommelte mit den Fingern aufs Laken.

Wahrscheinlich würde sie mit Höflichkeit und Charme mehr erreichen als mit Verbitterung, bis sie es schaffte, sich zu Irma und ihren Schwestern durchzuschlagen. Wenn sie ihn gnädig stimmen konnte, würde sie sich zumindest frei in der Burg bewegen können.

Also setzte sie ein Lächeln auf. „Jawohl, Mylord."

Er maß sie mit einem Blick, der direkt durch ihre Heuchelei zu dringen schien.

Rasch glitt sie vom Bett und streifte sich, ohne zu murren, die schlichte Cotte über. „Fertig, Mylord."

Jared hob eine Braue.

Gwyneth schenkte ihm ihr lieblichstes Lächeln und schüttelte ihr Haar aus. Da sie diesen Mann vorläufig am Hals haben würde, wollte sie ihn heute zunächst davon überzeugen, dass sie ihren rechtmäßigen Platz als Burgherrin einnehmen musste.

Sie würde ihn dazu bringen, ihr zu trauen. Mit etwas Glück könnte sie die Burg binnen einer Woche des Nachts ungehindert verlassen und zu Irma gelangen. Eilig erledigte sie die allmorgendliche Prozedur, wusch sich das Gesicht und kämmte sich.

Er saß auf einem der Stühle am Kamin und zog sich die Stiefel an. Einen Moment lang konnte sie nicht anders, als seine Lippen anzustarren und sich zu erinnern, wie er vergangene Nacht ihren Hals geküsst hatte. Voll und weich hatte sich sein Mund auf ihrer Haut angefühlt. Sie hatte sich nicht gewehrt und fragte sich jetzt, weshalb er nicht mehr von ihr verlangt hatte.

Stattdessen hatte er ihr das Haar geflochten.

Wachsam betrachtete sie ihn, während sie krampfhaft überlegte, wie sie ihn am besten dazu bringen konnte, ihr zu vertrauen.

Er schloss die Schnallen an seinen Stiefeln und schlug die

Beine übereinander, sodass der Knöchel des einen auf dem Knie des anderen ruhte.

Sie würde ihn verführen; würde ihn glauben machen, sie sei die willfährigste, faszinierendste und weiblichste Frau überhaupt. So würde sie ungestört ihren Pflichten nachgehen können und müsste nicht immerzu neben ihm durch den Wald stapfen.

Mit der Hand fuhr sie sich über den neu geflochtenen Zopf und befühlte die Strähnen, die er vergangene Nacht so sorgsam gerichtet hatte. „Ich bin gleich so weit, Mylord."

Er nickte knapp und beifällig und setzte beide Füße auf den Boden. Ein Sieg.

Gwyneth neigte den Kopf zur Seite und besah sich im Spiegel. Die Cotte, einfach und braun, war formlos und unansehnlich und brachte ihre Rundungen nicht so vorteilhaft zur Geltung wie ihre eleganten Gewänder.

Einerseits fühlte es sich befreiend an, keine modische Houppelande zu tragen, einmal nicht das Gefühl zu haben, dass ihre Brüste aus dem Gewand quollen und die enge Schnürung sie erstickte. Doch andererseits würde es schwierig werden, sich Jared in derart reizloser Gewandung gewogen zu machen und sein Vertrauen zu gewinnen.

Dass das Buch nicht mehr an ihrem Herzen ruhte, fühlte sich seltsam an, dennoch war es unvernünftig, dem Bändchen nachzutrauern.

Aeliana plusterte sich auf, als Jared auf sie zuging. Mit ihren gelben Augen musterte sie die beiden Menschen.

Gwyneth strich sich den Rock glatt. Sie musste mehr über den Vogel in Erfahrung bringen, damit er Jared nicht weckte, wenn sie des Nachts aus der Kammer schlüpfte.

Zufrieden mit der Aussicht, heute etwas erreichen zu können, lächelte sie ihren Gemahl an.

Nichts an ihm deutete darauf hin, dass ihm ihr neuer Überschwang auffiel oder merkwürdig vorkam, noch dass er ihre Gewandung wenig schmeichelhaft fand. Behagliches Schweigen senkte sich über den Raum, was merkwürdig war, wenn man bedachte, wie viel in welch kurzer Zeit zwischen ihnen vorgefallen war.

Doch vergangene Nacht hatten sie im selben Bett geschlafen, und sein Leib hatte verführerisch und nicht etwa Furcht einflößend auf sie gewirkt. Er hatte nicht versucht, sich ihr aufzudrängen und ihr Gewalt anzutun, und sie war von seiner sich hebenden und senkenden Brust in den Schlaf gewiegt worden. Vielleicht konnte sie das Beste aus der Lage machen.

Jared war ebenfalls fertig mit Ankleiden, nahm Aeliana auf seinen Lederhandschuh und sprach so leise und zärtlich auf sie ein, als singe er ihr ein Lied.

Dann griff er Stab, Beutel und verschiedene für die Beize nötige Dinge und rüstete sich und Aeliana für die Jagd.

Kurz darauf forderte er Gwyneth mit einer Geste auf, ihm zu folgen, und gemeinsam schritten sie die Treppe des Wohnturms hinab, querten den Hof mit seinen verdorrten Rasenflächen und hielten auf den Waldrand zu. Sie kamen an einem verwaisten Garten vorbei, der von Unkraut überwuchert war. Mehrere verfallene Wirtschaftsgebäude säumten die Außenmauer.

Die Luft war kühl und frisch. Die Hecken lagen in leichten Nebel gehüllt da, der in dünnen weißen Schwaden dahinwaberte wie durchscheinende Geister.

Jareds Arm war ruhig, während er den Falken auf dem Lederhandschuh trug. Sein Gang war fließend und geschmeidig. Aeliana und er schienen sich zu verstehen, als sei ihnen das, was sie taten, so vertraut wie das Atmen.

Gwyneth war sehr angetan, wie sanft er mit dem Vogel umging. „Tragen die meisten Falken nicht eine Kappe?"

„*Aye.* Aber Aeliana ist nicht wie die meisten Falken. Sie hat mich am Leben erhalten in einer Zeit, in der ich nicht für mich selbst sorgen konnte."

„Wann war das?"

Leise klopfte er mit seinem Stab auf den Boden. „Ich war …

Man hat mich vor einigen Jahren fälschlich ins Gefängnis geworfen …“

Ihr stockte das Herz. „Ins Gefängnis?“

„… und Aeliana hat mir Tauben gebracht“, fuhr er fort, ohne auf ihren entsetzten Ausruf einzugehen. „Die meisten Falken hätten ihren Besitzer im Stich gelassen, doch nicht so meine Aeliana. Sie hat sich um mich gekümmert, als hüte sie mich statt umgekehrt.“

Kein Wunder, dass das Band zwischen ihnen so stark war.

„Aber weshalb wart Ihr eingekerkert? Ich dachte, Ihr wolltet Mönch werden.“

„Es war ein Missverständnis.“ Jared wandte sich ab und ließ den Blick über die Umgebung schweifen. Voraus standen ein mächtiger Weißdorn und zwei Eichen, und ringsherum wuchsen niedrige Büsche. Offenbar hatte er seiner Erklärung nichts mehr hinzuzufügen.

„Was für ein Missverständnis? Sucht man deshalb nach Euch?“

„Pst. Zeit zu jagen, nicht zu reden.“ Jared schloss die Finger fester um seinen Stab und drückte den eingeschnitzten Drachen. „Kein Wort, bis ich Euch zu sprechen auffordere.“

Also wieder die alte Leier. So viel zum behaglichen Schweigen. Schluss damit, den Morgen zu genießen, mahnte sie sich im Stillen. Stattdessen sollte sie überdenken und planen, wie sie eine Wende in dieser Beziehung herbeiführen konnte, damit sie ihr zum Vorteil gereichte. Sie fragte sich, weswegen Jared wohl im Gefängnis gewesen war. Es gab so vieles, das sie über diesen Mann, der seit Kurzem ihr Gemahl war, nicht wusste.

Wenig später erreichten sie die Ausläufer des Waldes. Die gelben Augen des Falken schienen die Landschaft regelrecht aufzusaugen, so wie sich ein Verhungernder an einem Festmahl labt. Jared ließ die Hand hochschnellen und stieß den Vogel in die Luft. Aelianas schwarz-braune Schwingen spreizten sich anmutig, und sie stieg auf und folgte Jared und Gwyneth.

Jared begann, mit dem Stab Tiere im Gebüsch aufzuscheuchen. Das rote Auge des eingeschnitzten Drachen funkelte mal hierhin, mal dorthin. Jäh brach ein Kaninchen hervor, sein brauner Körper huschte Haken schlagend davon. Die Falkendame stieß so blitzartig herab, dass sie fürs Auge nur ein verschwommener Strich war.

Das Kaninchen quiekte, als Aeliana ihre Fänge in ihm vergrub und es in die Luft hob. Kurz fragte sich Gwyneth, ob sie wohl mit der Beute verschwinden würde, doch sie kehrte zu Jared zurück.

Dieser schien erfreut darüber, dass der Vogel schon beim ersten Anlauf etwas gefangen hatte, und raunte ihm liebevoll etwas zu.

„Das ist …", setzte Gwyneth an.

„Schweigt."

Je weiter der Morgen voranschritt, desto größer wurde ihr Unmut, weil Jared noch immer darauf bestand, dass sie stumm blieb.

Sie wollte sprechen und Fragen stellen, damit sie ihn und den Falken besser kennenlernte.

Um Jareds Aufmerksamkeit zu erregen, nestelte sie an ihrem Haar herum, doch er stopfte lediglich die Beute in einen Leinensack, fütterte Aeliana mit etwas, das er aus der Tasche an seinem Gürtel nahm, und machte sich wieder daran, auf die Büsche einzuschlagen.

Vielleicht sollte sie so tun, als stolpere sie, damit er mit ihr reden und sein eigenes Schweigegebot brechen musste.

Der Pfad wurde breiter und war nun von zahlreichen Baumwurzeln durchzogen – ein hervorragender Vorwand. Absichtlich stieß sie mit den Zehen gegen eine Wurzel und taumelte, um Jared dazu zu bringen, sich ihr zuzuwenden. Er streckte auch prompt eine Hand aus, um sie aufzufangen. Sie wartete gespannt, aber er nickte nur, drehte sich um und drosch erneut auf das Unterholz ein. Die Luft duftete nach Holz und Gras. Glänzende grüne Blätter flogen auf, und nur das gleichmäßige *wwusch, wwusch, wwusch* des Stabs zerriss die Stille.

Zum Teufel mit ihm! Wie konnte er den ganzen Morgen lang keinen Mucks von sich geben?

„Jare…"

Mit einer Geste schnitt er ihr das Wort ab.

Missmutig folgte sie ihm und versuchte, mehr darüber herauszufinden, wie Mann und Falke zusammenarbeiteten. Er hatte den Vogel mit etwas aus seinem Beutel gefüttert, doch Aeliana hatte es so schnell verschlungen, dass Gwyneth nicht genau erkannt hatte, was es war. Vermutlich rohes Fleisch.

Vielleicht konnte sie etwas aus der Küche stibitzen, um das Tier damit zu beschwichtigen, wenn es nachts aufwachte.

Ein Vogelschwarm stieg auf, und der Falke schoss erneut herab.

Ein weiteres Tier wurde gepackt und im Sack verstaut.

Wwusch, wwusch, wwusch. Wieder wurden Blätter aufgewirbelt, und das Einschlagen auf die Büsche ging weiter.

Ein ums andere Mal schwang sich Aeliana auf und stieß herab. Und stets kehrte sie, ohne zu zögern, zurück. Was war nur Jareds Geheimnis? Wie hatte er die Falkendame dazu gebracht, ihm so sehr zu vertrauen? Alles, was Gwyneth brauchte, war ein Hinweis darauf, was sie tun musste, um die Kammer verlassen zu können, ohne den Vogel aufzuscheuchen. So würde sie es bis zum Bordell schaffen, um mit Irma zu reden und ihren Schwestern eine Nachricht zukommen zu lassen. Auch die Rettung der stummen Elizabeth lastete ihr schwer auf dem Herzen. So vieles hing davon ab, dass sie mit ihrer Flucht Erfolg hatte.

Sie wippte mit dem Fuß und überdachte ihre Möglichkeiten. Auf ihr vorgetäuschtes Stolpern hatte er nicht angebissen.

Was aber wäre, wenn … Ohne weiter darüber nachzudenken, stellte sie sich auf die Zehenspitzen und küsste ihn auf die Wange, als er gerade dabei war, ein weiteres Kaninchen in den Leinensack zu stecken.

Überrumpelt fuhr er zusammen. Mit einem Plumps ließ er den Sack zu Boden fallen und packte Gwyneth unsanft bei den Schultern. Sie keuchte auf.

„Was soll das?“, herrschte er sie an. Zwischen seinen Brauen erschien eine strenge Falte.

Gwyneth lächelte innerlich. „Ich muss Euch etwas fragen.“

Fassungslos starrte er sie an, als sei er gerade von einer giftigen Schlange gebissen worden und warte nun darauf, dass ihn der Tod hole. „Ihr habt mich geküsst, weil Ihr mich etwas *fragen* wollt?“

„Ihr habt mir befohlen, kein Wort zu sagen, bis Ihr mich zum Sprechen auffordert.“

Über ihnen schrie Aeliana, offenbar begierig darauf, mit der Jagd fortzufahren.

Jared blickte nach oben.

„Ich wünsche Eure Erlaubnis zu sprechen, sofern ich es auf respektvolle Weise tue“, wagte sie sich vor. Sie hatte nicht derart unverblümt vorpreschen wollen, doch womöglich würde dies ihre einzige Chance bleiben, ihr Ansinnen zu äußern.

Stirnrunzelnd ließ er sie los. „*Nay.*“

Zur Hölle mit ihm!

Gwyneth nahm all ihren Mut zusammen, streckte sich erneut und küsste ihn geräuschvoll auf den Mund. Wenn es einmal geklappt hatte …

Der Wald drehte sich, als sie zurückgedrängt wurde, bis raue Rinde sich ihr in den Rücken bohrte.

Mit einer raschen Bewegung packte Jared sie an den Handgelenken und drückte ihr die Arme über den Kopf und gegen den Baum. Von ihrer Brust bis hinab zu den Schenkeln spürte sie durch die Cotte hindurch die Hitze seines Körpers.

„Was habt Ihr vor, Gwyneth?“

Die Erinnerung an ihre fleischliche Verbindung irrlichterte ihr durch den Kopf, doch sie vertrieb sie aus ihren Gedanken. Wenn Jared die Absicht gehabt hätte, ihr wehzutun oder sie zu ihren ehelichen Pflichten zu zwingen, hätte er es getan, als sie noch gemeinsam im Bett lagen. Also würde er es gewiss nicht hier im Wald wie ein Tier tun. Körperlich hatte sie nichts zu befürchten, außer dass er ihr erneut die Schandmaske anlegte.

Sie erschauderte. Das war durchaus schlimm genug.

Das Grün seiner Augen loderte. „Warum habt Ihr mich geküsst? Hat es etwas damit zu tun, dass Ihr vergangene Nacht aufgestanden seid?"

Verflucht!

Gwyneth befeuchtete ihre Lippen. Sie wollte mit Bedacht antworten, um seinen Argwohn zu ersticken. „Vergangene Nacht musste ich lediglich den Abtritt aufsuchen", erwiderte sie ruhig.

Er sah sie an, als warte er auf mehr.

Aeliana kreiste über ihnen.

Jareds Falknergeduld zehrte an Gwyneth. Es wäre ihr lieber gewesen, er hätte sie angebrüllt und Antworten gefordert. Diese Gelassenheit, diese Langmut wirkten bei einem Mann befremdlich. Ihr Vater hatte sich stets in wortreichen Schimpftiraden ergangen, wenn sie gegen eine seiner Regeln verstoßen hatte; nicht ein Mal hatte er nach einer Erklärung verlangt. Gwyneth hatte gelernt, sich herauszuwinden, wobei sie nie den geradlinigen Weg gewählt hatte.

Sie biss sich auf die Unterlippe. Jared schaute sie an, als könne er in sie hineinsehen, und das weckte den Drang in ihr, ihm Dinge zu offenbaren und Geheimnisse anzuvertrauen, von denen er doch gar nichts wissen sollte. Es war, als habe er sie mit einem Bann belegt, der sie zwang, die Wahrheit zu sagen.

Die Wahrheit! Welchen Nutzen hatte eine Frau schon davon? Jedes Mal, wenn Gwyneth die Wahrheit gesagt hatte, war ihre Aufrichtigkeit gegen sie gewandt worden.

„Ich würde gern reden, um die Ödnis des Tages zu vertreiben, Mylord."

„Die Ödnis des Tages?" Er sah zur Sonne auf, die noch nicht besonders hoch stand. Der Himmel war gelb und hellrot gefärbt. „Der Tag hat ja gerade erst begonnen."

„Dies ist mir die liebste Tageszeit", sagte sie und hoffte, dass ihr Lächeln überzeugend wirkte. Sie gab ihrer Stimme einen möglichst rauchigen, fraulichen Klang. Die meisten Männer gingen unwillkürlich darauf ein. „Ich werde Euch keine Unannehmlichkeiten bereiten, ich schwöre es. Ich hätte nur gern Eure Erlaubnis, nach Belieben zu sprechen, sofern ich es respektvoll tue."

Wieder zog er die Brauen zusammen, und dahinter schien es zu arbeiten.

„Ich bin … neugierig, was die Falkenjagd angeht, Mylord", warf sie ihm den Köder hin. Es bestand kein Zweifel daran, dass er diesen Zeitvertreib liebte.

„Die Falkenjagd?" Er blickte überrascht, ja sogar ein wenig fassungslos drein.

„Aye." Sie zwinkerte. Konnte er nicht wenigstens mit dem Kiefer mahlen, konnte nicht irgendetwas in seinem Gesicht zucken? Seine Unbewegtheit und Geduld waren schlicht absonderlich.

Aeliana schrie erneut.

„Gut denn, Ihr dürft sprechen", sagte er schließlich versonnen. „Für einen Preis."

„Einen Preis?" Sie runzelte die Stirn. „Ihr habt Euch bereits mein Land angeeignet." *Und meine Jungfräulichkeit. Obwohl Ihr Euch zuvor bereit erklärt hattet, Euch mit einem Beutel Gold zufriedenzugeben.*

„Noch einen Kuss."

Noch einen Kuss? Ein erregender Schauer überkam sie angesichts des Sieges. Dass er eine solche Forderung stellte, konnte sie sich eindeutig zunutze machen.

Sie legte den Kopf schräg, um sein hübsches Gesicht besser betrachten zu können, und durchdachte diese Wendung.

„Ein Kuss wäre angemessen, Jared", hauchte sie und nannte ihn absichtlich bei seinem Taufnamen, um ein trautes Band zwischen ihnen zu knüpfen.

Einen Augenblick lang wirkte er erstaunt, wie sie es von Männern kannte: Seine Nasenlöcher blähten sich, und seine Augen wurden ein wenig größer.

Sieg! Gwyneth biss die Zähne zusammen, um ein Lächeln

zu unterdrücken, denn wenn sie seinen Stolz auch nur ein wenig ankratzte, mochten sie in ihrer Unterhaltung wieder dort landen, wo sie begonnen hatten.

Er neigte sich vor und strich ihr mit den Lippen über die Haut. Die Berührung war verblüffend sanft, bedachte man, wie unnachgiebig er sie festhielt. Ihre Hände, die er noch immer über ihrem Kopf umklammert hielt, entspannten sich.

Sein Mund verharrte auf dem ihren. Es war kein erstickender Übergriff, um sie zu beherrschen, sondern eine bedächtige, zärtliche Eroberung. Gwyneth spürte, wie sie sich entspannte, als Lippen auf Lippen trafen und ihr beider Atem sich vermischte.

Zwischen ihren Schenkeln wallte Hitze auf.

Mit der Zunge fuhr er zwischen ihren Lippen entlang. Ihr Bauch zog sich angenehm zusammen. Sie schmeckte seinen Mund, und einen Moment lang stand die Welt still. Er überstürzte nichts, und sie merkte, wie sie allmählich seinem Zauber erlag. Um sie herum sangen die Vögel ihre morgendlichen Lieder, und eine sanfte Brise säuselte in den Büschen.

Er drängte mit den Lenden gegen das nachgiebige Fleisch zwischen ihren Beinen, und sie spürte seine Männlichkeit schwellen.

Gwyneth keuchte auf, als unwillkürlich die Erinnerung daran aufblitzte, wie Irma im Wald niedergerungen worden war. Ihre Schultern versteiften sich, und mit einem Mal fühlten sich die Hände, die ihre Handgelenke umschlossen, wie Schraubzwingen an, obgleich sie ihre Finger mühelos bewegen konnte. Die innere Düsternis drückte ihr die Kehle zu.

Sofort löste Jared sich von ihren Lippen.

„Was ist?“ Er wandte sich um und schaute zum Pfad. „Habt Ihr etwas gesehen?“

Vor ihrem inneren Auge sah sie einmal mehr, wie der Unhold seine Lanze wieder und wieder in ihre Freundin stieß. Ihre Beine verkrampften sich, und sie wimmerte leise.

Jared gab ihre Hände frei und brachte etwas Abstand zwischen ihre Körper. „Habe ich Euch Angst gemacht? Es war nicht meine Absicht …“ Er stockte. „Ich meine, zunächst schon, aber dann …“ Wieder brach er ab und wies auf einen Baumstamm, der einige Fuß entfernt von ihnen lag. „Wir sollten uns einen Augenblick setzen.“

Gwyneth blinzelte, um einen klaren Kopf zu bekommen, die Bilder der Vergangenheit zu vertreiben und sich in die Gegenwart zurückzuholen. Sanft nahm Jared sie bei der Hand und führte sie zu dem Baumstamm. Als sie ihren Rock glatt strich, verhakte sich der Stoff in der Rinde.

„Geht es Euch gut?“

„Aye.“

Mit dem Handrücken fuhr er ihr über die Wange. „Ihr sollt wissen, dass es mir fernliegt, Euch Gewalt anzutun. Es war nichts als ein Kuss.“

„Jawohl, Mylord.“

In seiner Miene stand Reue. „Keineswegs wollte ich die Erinnerung an unsere Hochzeitsnacht heraufbeschwören. Glaubt mir, so muss es nicht sein zwischen uns. Wir könnten noch einmal ganz von vorn anfangen.“

Nicht die Bilder der Hochzeitsnacht hatte er heraufbeschworen, doch sie stellte seine Vermutung nicht richtig.

„Ich dachte, wir könnten uns womöglich umwerben.“

Weshalb war er so freundlich? „Uns umwerben? Aber wir sind doch bereits vermählt.“

„Es war nur so ein Gedanke.“

Sie rückte ein Stück von ihm ab, wobei sie sich das Kleid leicht einriss. Seine neue Haltung gefiel ihr nicht. Es war leichter, ihn als gemeinen Grobian zu sehen denn als einen Menschen, der geduldig und rücksichtsvoll war. Und ganz gewiss nicht als einen Mann, der es wert war, *umworben* zu werden.

„Kommt“, sagte er, nahm sie erneut bei der Hand und half ihr auf die Füße, als seien sie Gäste auf einem Fest und würden nicht gerade durch den Wald streifen, um für das Nachtmahl zu jagen. „Wir sollten zusehen, dass wir die Jagd abschließen, damit die Mägde genügend Fleisch für heute Abend haben."

Gwyneth gefiel der Gedanke nicht, von ihm abhängig zu sein, doch angesichts des Zustands, in dem die Burg sich derzeit befand, würde Jareds Beitrag von Herzen willkommen sein.

Er hob den Beutesack auf und steuerte wieder auf die Bäume zu.

„Wie seid Ihr an die Falknerei geraten?", fragte Gwyneth.

Jared zuckte mit den breiten Schultern. Eine geschmeidige Geste. Die lockere Ungezwungenheit, mit der er sich bewegte, erinnerte sie an Irma und stand in scharfem Gegensatz zu ihrer eigenen fahrigen Verkrampftheit.

„Ich wuchs bei einem Falkner auf."

„Ihr seid bei ihm aufgewachsen? Dann war er nicht Euer Vater?"

„Schon möglich, dass er es war. Ich weiß es nicht. Doch er war gut zu mir."

„Dann seid Ihr vielleicht eine Waise?"

„Einige würden es wohl so nennen."

Gwyneth ging nun langsamer und musterte ihn. Sie wollte mehr erfahren, wollte wissen, woher dieser Fremde kam, den sie geheiratet hatte. „Das verstehe ich nicht. Wo war Eure Mutter?"

Jäh versteifte sich sein Körper. „Meine Mutter wollte mich nicht."

Sie blieb stehen und maß seine hünenhafte Gestalt von den riesigen Stiefeln bis zum glatten Haar. Trotz allem, was sie beide entzweite, musste sie einräumen, dass er ein ansehnlicher, gut gebauter Mann war. Er war freundlich zu Tieren – kümmerte sich geradezu aufopfernd um seinen Falken – und empfand Mitleid für Menschen.

„Eure Mutter wäre stolz auf Euch gewesen, da bin ich gewiss."

„Meine Mutter war zu sehr damit beschäftigt, sich herauszuputzen und umherzustolzieren, als dass sie ihrem Bastard großartig Beachtung geschenkt hätte."

Er sprach die Worte ohne Arg, aber dennoch hörte Gwyneth die Bitterkeit heraus. Ihr Herz flog ihm zu, was sie nicht so recht verstand. Sie berührte seinen Unterarm.

Jared zuckte zusammen und starrte auf ihre Finger hinab. Ihr Saphirring funkelte, und ihre Haut hob sich weich und weiß von dem rauen, schlichten Stoff der Tunika ab, die er auf der Burg als Ersatz für seine alte gefunden hatte. „Die Hände meiner Mutter waren so gepflegt wie die Euren."

Ihr Mund rundete sich zu einem „oh". Unvermittelt legte sie ihm die Hand fest auf die Brust und sah zu ihm auf. „Eure Mutter hätte stolz auf Euch sein sollen, Jared, selbst wenn sie es nicht war." Die Worte waren heraus, ehe sie sich auf die Zunge beißen konnte.

Er legte seine Hand auf die ihre und drückte sie an seine Brust.

„Ihr könnt gut mit Falken umgehen." Sie blickte zu Aeliana hinauf.

Seine Schultern entspannten sich ein klein wenig. „Ich mag den Kitzel der Jagd. Ein Falkner und sein Vogel entwickeln ein Verhältnis zueinander, das etwas Besonderes ist und sich von dem zu einem Hund oder einem anderen Tier unterscheidet."

Dies war eine Seite an ihm, die ihn irgendwie wirklicher und menschlicher erscheinen ließ. In nichts gemahnte er mehr an den Schwachkopf, für den sie ihn im Bordell gehalten hatte, oder an den Finsterling, als der er sich in der Kirche gab.

Wie seltsam, so von einem Mann zu denken – ihn fast als Freund zu betrachten.

„Viele Falkner verlieren ihre Vögel, wie ich weiß", fuhr sie fort. „Ich nehme doch an, ein Falke unterscheidet sich dadurch von einem Hund, dass er jederzeit davonfliegen kann." Sie bemühte sich, ihre Aufmerksamkeit ganz auf das Gespräch zu richten und nicht auf das verstörende Gefühlswirrwarr, das er in ihr auslöste.

Aeliana hatte sich, wie Gwyneth bemerkte, auf einem Ast

über ihnen niedergelassen. Als Jared sich in Bewegung setzte, schwang sie sich wieder in die Lüfte.

„Ihr müsst dem Falken vermitteln, dass ein Leben mit Euch besser ist als eines ohne Euch.“ Jäh wandte er sich um und zwinkerte ihr zu. Zwinkerte! „Ganz ähnlich einer Gemahlin.“

Sie reckte das Kinn. „Ich verspüre kein Verlangen danach, *abgerichtet* zu werden.“

„Nur ruhig, Frau. Ich habe gerade begonnen, diese Jagd zu genießen.“

Abrichten? Umwerben? Dieser Mann trieb sie in den Wahnsinn.

Wie gern hätte sie ihn angefahren, doch sie wusste, dass sie mit Wut ganz gewiss nicht seine Gunst erringen würde, und die brauchte sie nun einmal. Wenn sie es schafften, höflich miteinander umzugehen, würde er ihr womöglich erlauben, sich ihrer Pflichten auf der Burg anzunehmen, sodass sie sich auch wieder um die Frauen im Gefängnis würde kümmern können.

Der Morgen verflog, während Jared ihr erzählte, dass Aeliana schon ihr Leben lang bei ihm war und er und sie auf beinahe unheimliche Weise miteinander verbunden waren. Als die Unterhaltung erst einmal angelaufen war, wurde der Vormittag recht angenehm. Voller Begeisterung teilte Jared sein Wissen über die Falkenausbildung mit ihr. Die Spannung zwischen ihnen ließ nach, und Gwyneth kehrte nur ungern zur Burg zurück.

Sie wies auf den Sack mit der Beute. „Die Jagd war ergiebig heute.“

Jared schwoll die Brust. Er legte den Kopf in den Nacken, schirmte seine Augen mit der Hand ab und bedachte den Vogel mit einem Blick, aus dem rückhaltlose Bewunderung sprach. „Meine Aeliana ist eine herausragende Jägerin. Nie zuvor hatte ich einen Falken wie sie.“

Dass er so stolz auf das Tier war, faszinierte Gwyneth.

„Wäre es möglich, dass ich sie auch einmal auf dem Arm halte, so wie Ihr?“

„Vielleicht. Heute habe ich keinen zweiten Handschuh dabei, aber morgen werde ich einen mitnehmen.“

Gwyneth lächelte. Das Vorhaben gestaltete sich einfacher als gedacht.

Sie würde sich Jared gefügig machen, und er würde ihr helfen, für ihr Volk zu sorgen. Und sie würde Aelianas Vertrauen so weit gewinnen, dass sie sich des Nachts aus der Burg stehlen konnte. Wenn sie erst einmal ihren Pflichten nachkommen konnte, sähe das Leben womöglich gar nicht mehr so schwarz aus. Und sie würde zum Kerker gelangen und Elizabeth und die anderen in Sicherheit bringen.

Jared mochte ihr Steine in den Weg legen, aber sie würde sich einfach daran vorbeischlängeln. So wie sie es bei allen Männern immer getan hatte.

21. KAPITEL

Sie hatte ihn also geküsst, um seine Aufmerksamkeit zu erregen und ihn dazu zu bringen, sie sprechen zu lassen! Wie ungeheuerlich und hinterhältig.

Schlimmer noch: Es war ihr gelungen.

Jared hatte eine Botschaft erhalten von jemandem, der etwas über den Verbleib von Rafes grünen Stiefeln wusste. Eigentlich sollte er längst die Stadt durchkämmen und auf Wege sinnen, seinen Ruf wiederherzustellen, anstatt seine Frau zu küssen und ihr die Finessen der Falkenjagd beizubringen. Und ganz sicher sollte er nicht mit ihr über seine Mutter reden.

Gwyneth hatte beteuert, dass seine Mutter stolz auf ihn sein konnte. Bei diesem Gedanken zog sich ihm schmerzhaft die Brust zusammen. Für seine Mutter zählten allein Festlichkeiten, Gewänder und Edelsteine, nicht aber das Kind, das sie geboren hatte.

Laub raschelte unter ihren Füßen, als sie sich auf den Weg zurück zur Burg machten.

Seine ihm frisch angetraute Gemahlin brachte ihn schier um den Verstand. Ihr Duft, die leisen Schritte, der wehende Rock lockten ihn. Der Vollzug der Ehe, so katastrophal dies auch gewesen war, schien vergessen. Und vergangene Nacht neben ihr zu schlafen – sie zu halten und zu küssen, ihr das Haar zu kämmen und sie zärtlich zu berühren, ohne sich ihr aufzuzwingen – hatte sich als äußerst harte Prüfung erwiesen.

Sie hob die Hand, um ihre Augen vor der Morgensonne zu schützen, und schaute blinzelnd zu Aeliana hinauf. Wie aufmerksam sie den Falken verfolgte und wie bewundernd sie ihn ansah, nahm Jared gefangen. Vermutlich war es nur eine List, doch sie machte eigentlich nicht den Eindruck, als heuchele sie. Seiner Erfahrung nach gierten schöne Frauen nach Bändern und Juwelen und modischen Frisuren und machten sich nichts aus etwas so Nützlichem und Zweckmäßigem wie der Jagd.

Gwyneth bog den Oberkörper noch weiter zurück, um dem

Flug des Falken folgen zu können. Die geschwungene Linie ihrer Taille und ihre wohlgerundeten Hüften ließen seine Lenden hart werden. Selbst in einer faden Cotte war sie atemberaubend schön. Mit ihren hohen Wangenknochen und den großen blauen Augen hob sie sich von allen übrigen Frauen ab. Ihr sinnlicher Leib hätte selbst einen Mönch in Versuchung geführt.

Vergangene Nacht hatte ihre Hand auf seiner Brust geruht, die Finger zu einer losen Faust gerollt. Ihr Haar hatte sich über seine Schulter ergossen, und sein Körper hatte sich erschreckend lebendig angefühlt. Hungrig.

Was immer Gwyneth auch sein mochte, war sie vor allem eine Verführerin, selbst in der schlichten braunen Cotte.

Nay.

Gerade in der schlichten braunen Cotte.

Jared fasste seinen Stab fester und nahm sich vor, sich nicht von ihr verleiten zu lassen, etwas zu tun oder zu sagen, das er später bereuen würde. Sie mussten weiterkommen. Er würde sich in die Stadt aufmachen – Stunden später, als er beabsichtigt hatte – und nach Hinweisen auf Rafes Mörder suchen. Allzu lange würde er sich nicht mehr offen zeigen können, ohne erkannt zu werden, denn bald schon würde die Obrigkeit ihm auf den Fersen sein.

Einmal mehr brandete Zorn in ihm auf wegen des Unrechts, das ihm widerfahren war, und angesichts der Narben an seinen Beinen, die noch immer brannten.

Gwyneth ging ein Stück hinter ihm. Er nahm sie nur aus den Augenwinkeln wahr, doch das änderte nichts. Er meinte gleichsam zu hören, wie ihre Hüften sich unter dem Kleid wiegten.

Sie fesselte ihn wie noch keine Frau zuvor. Viel zu oft wanderten seine Gedanken zu ihren Beinen, ihrem Hals oder ihren Locken.

Es täte ihm nur gut, sich die verräterische Natur der Frauen vor Augen zu halten – dass sie das eine vortäuschten und das andere im Sinn hatten. So wie Gwyneth es mit ihrem Kuss bewiesen hatte. Er hatte ihr gegenüber bereits zu viel preisgegeben, und wenn sie die einzelnen Teile zusammensetzte, würde sie ihn letztlich eigenhändig ans Messer liefern.

Während er den Beutesack in den Wohnturm brachte, hockte Aeliana auf seiner Schulter, die wie stets von dem Lederpolster geschützt wurde.

In der Küche ließ er ihn fallen. Koch und Bedienstete gerieten ganz aus dem Häuschen und begannen umgehend mit Töpfen zu klappern und das Feuer zu schüren. Jared fand einen jungen Knecht, der ihm Aeliana abnahm, griff sich ein weißes Leinentuch vom Haken und kehrte in den Burghof zurück.

„Wohin gehen wir?“, fragte Gwyneth, als sie unter dem Fallgatter hindurchgingen und der Straße folgten, die von der Burg wegführte.

Um seine Ruhe zu haben und sich vor seiner eigenen Geschwätzigkeit zu schützen, erwog er, ihr die Redeerlaubnis wieder zu entziehen. Er stieß den Atem aus. Gwyneth hatte ihm keinen Grund geliefert, sie wieder derart zu strafen, und daher piesackte ihn sein Gerechtigkeitssinn.

„In die Stadt“, erwiderte er, wohl wissend, dass er ihre Frage damit nur unbefriedigend beantwortete.

Er reichte ihr das Tuch. „Ich möchte, dass Ihr dies hier tragt.“

„Das?“ Sie faltete es auseinander und zog die Brauen zusammen.

„Um Euer Haar zu bedecken, solange wir unterwegs sind.“ Aufmerksamkeit zu erregen, galt es tunlichst zu vermeiden. Der Tumult um die Schandmaske hatte deutlich gemacht, welch Spektakel eine schöne Frau wie Gwyneth für das Stadtvolk darstellte.

„Oh.“ Begeisterung leuchtete in ihren Augen auf. „Hätte ich meinen Korb mitnehmen sollen? Ein paar Kräuter würden den Eintopf umso schmackhafter machen. Vielleicht könnten wir …“

„*Nay.*“

Die Vorfreude erlosch. „Wie Ihr wünscht, Mylord.“ Flink faltete sie das Tuch und schlang es sich wie einen Wimpel um den Kopf, wodurch sie ihren Schatz aus silbrig-goldenem Haar vollständig bedeckte.

Dass sie seine Entscheidung so widerstandslos hinnahm, reizte ihn weit mehr, als wenn sie ihn ausgezankt hätte.

Jared warf ihr aus den Augenwinkeln einen Blick zu und betrachtete das weiche Sahneweiß ihrer Haut, das Blau ihrer Augen und den rosafarbenen Bogen ihres Mundes. Sie war eine umgarnende Sirene und keine willfährige, friedfertige Gefährtin. Dass sie vorgab, sich für etwas so Banales und Hausmütterliches wie Küchenkräuter zu begeistern, weckte seinen Argwohn. Zweifellos wollte sie Grünzeug kaufen, das einen Mann umbrachte und nicht etwa dazu diente, ihm ein köstliches Mahl zu bereiten.

Vielleicht sollte er sie in einen Turm sperren oder ins Kloster schicken, anstatt sie den lieben langen Tag an seiner Seite zu halten. Ein kluger Mann würde dies gewiss tun.

Streng sah er sie an. Sie erwiderte seinen Blick mit einem lieblichen Lächeln und wirkte dabei mit ihrem weißen Leinenkopftuch und dem sittsamen Aufzug wie ein verkannter Engel. Hol's der Teufel. Sie sollte sich besser wie die Verführerin geben, die sie war.

Ein mit Rüben beladener Karren rumpelte über die gepflasterte Straße auf sie zu. Als er an ihnen vorbeikam, wurde er langsamer; den beiden Burschen, die darauf saßen, klappte die Kinnlade herunter, als sie Gwyneth sahen.

„Heda, hübsche Dame!"

Nicht jetzt schon für Aufsehen sorgen!

Jared versteifte sich und durchbohrte die beiden mit seinem Blick, bis sie ihr Zugtier wieder antrieben.

Rasch griff er nach Gwyneths Schal, um ihn so zurechtzuziehen, dass er noch mehr von ihrer Stirn bedeckte.

Sie zuckte zusammen und wich leicht zurück, als seine Hände ihr Gesicht berührten. „Was tut Ihr …?"

„Pst."

Zwischen ihren Brauen formte sich eine Falte, doch weder beendete sie die Frage, noch wehrte sie sich, während er eine widerspenstige Strähne unter den Stoff schob. Womöglich sollte er ihr auch befehlen, das Gesicht zu verhüllen. Denn wie könnte er verstohlene Fragen über Rafe stellen, wenn jedermann seine Frau anglotzte.

„Sprecht mit keinem fremden Mann mehr“, wies er sie an.

„Das habe ich doch gar nicht!“

„Ich will nicht, dass Ihr noch einmal für einen Volksauflauf sorgt.“

„Das war nicht meine Schuld! Ihr wart derjenige, der …“

„Ich will nicht, dass andere Männer mir meine Rechte als Euer Herr streitig machen.“

„Aber das hat doch niemand getan!“

Finster schaute er sie an.

„Ich konnte nichts dafür, dass diese Männer mich angestarrt haben“, verteidigte sie sich.

„Und kleidet Euch gefälligst nicht so, dass Ihr Aufmerksamkeit erregt.“

Gwyneth sah an ihrer schlichten Cotte hinab und blinzelte verwirrt.

„Eine Burgherrin sollte ehrbare Gewänder tragen, damit sie nicht die gaffenden Blicke der Männer auf sich zieht.“

Sanft legte sie ihm eine Hand auf die Schulter und sah zu ihm hoch. Ihre blauen Augen schauten arglos. Wahrscheinlich hatte sie stundenlang geübt, um Männer auf eben diese Weise anblicken zu können. „Wenn Euch meine Gewandung missfällt, Mylord, werde ich tragen, was immer Ihr wünscht.“

Warum nur war sie so verdammt fügsam? Er wusste, dass sie damit eine Absicht verfolgte. Vermutlich wollte sie ihn in den Wahnsinn treiben. Oder ihn dazu bringen, ihr zu vertrauen, auf dass sie sich alles herausnehmen konnte.

Jared schüttelte ihre Hand ab.

„Welche meiner Kleider behagen Euch nicht? Ich werde sie sofort von den Mägden verbrennen lassen, sobald wir zur Burg zurückkehren.“

Er maß sie von Kopf bis Fuß. Die schmucklose Tracht umschmeichelte ihre Kurven.

„Ist es diese braune Cotte?"

„*Nay!*"

„Das gelbe Unterkleid?"

„*Nay!*"

„Mein Wimpel?"

„*Nay!*"

„Was dann?"

Ihre Kleidung war vollkommen respektabel. Züchtig. Bescheiden gar. Zudem trug sie außer einem Saphirring keinen Schmuck, ebenso wenig wie Lidstrich und Wangenrot, wozu Huren und die Hofdamen der Königin neigten. Ihr natürlicher Glanz war es, der sie von anderen Frauen abhob, und nicht etwa ein tadelnswertes Auftreten ihrerseits.

Dass er über ihre Gewandung wetterte, klang selbst in seinen Ohren ungerecht.

„Was Ihr tragt, ist durchaus annehmbar", brummte er, stiefelte weiter die Straße entlang und hielt sie beide zu mehr Geschwindigkeit an.

„Wie Ihr meint, Mylord."

Wie Ihr meint, Mylord. Weshalb nur musste dieses Weib so verflucht aufreizend sein? „Tragt gefälligst keine Sanftmut zur Schau, die Ihr ja doch nicht für mich empfindet", knurrte er.

Sie senkte den Blick und neigte den Kopf. „*Aye*, Mylord."

Er schnaubte. Wieso fuhr sie ihn nicht an? Wahrlich, mit ihrer Kratzbürstigkeit hatte er besser umzugehen gewusst als mit ihrer Unterwürfigkeit. Wenn sie aufbegehrte, hatte er damit eine Rechtfertigung für sein Verhalten, doch einer lammfrommen, ergebenen Frau hatte er nichts entgegenzusetzen. Selbst Aeliana schien Gwyneths Gegenwart heute Vormittag gutzuheißen. Verräterischer Vogel.

Läden säumten die Gasse, und um sie herum herrschte Trubel. Kinder rannten hierhin und dorthin und traten Stöckchen umher. Händler priesen auf den Straßen ihre Waren an, schoben Karren vor sich her und hielten alles Mögliche in die Höhe, von Kochgeschirr bis hin zu bestickten Ärmeln. Mehrere Burschen starrten Gwyneth an, doch Jared packte sie am Arm, und keiner rief ihr etwas hinterher.

Er rieb sich den Schenkel und spürte die unebene Narbe, die sich vom Knie bis zu den Lenden zog. Falls man ihn erkannte, würde er wieder ins Gefängnis wandern. Welch Plage, mit einer schönen Frau gestraft zu sein, die allein schon dadurch Blicke auf sich zog, dass sie die Straße entlangging.

Jared zog sich die Kapuze über, sodass sein Gesicht im Schatten lag. Eine Woge des Zorns überkam ihn. Bei Gott, er war doch unschuldig! Er sollte sich nicht verstecken müssen, während es dem Mörder vergönnt war, frei umherzustreifen.

Sehnsüchtig schaute Gwyneth zu einem Krämerladen hinüber, doch Jared schüttelte den Kopf und zog sie weiter die Gasse entlang, auf der sich die Menschen drängten.

Er musste aufhören, immerzu an seine Frau zu denken, und stattdessen herausfinden, was der Kerl, der ihn benachrichtigt hatte, über die Stiefel seines Bruders wusste.

Doch noch immer spürte er ihre Lippen auf den seinen. Sein Schoß wurde hart, als er erneut den süßen Honig ihres Mundes schmeckte, eine Erinnerung, die nicht weichen wollte. Wenn er sich nur hätte sicher sein können, dass sie nicht giftige Pflanzen suchen oder sämtliche Männer der Umgebung um sich scharen und gegen ihn aufbringen würde, hätte er sie zur Burg zurückgeschickt und mit einer Aufgabe betraut, mit irgendetwas, damit sie ihm nur aus dem Weg wäre. Es war die reinste Tortur.

„Heda! He, meine Süße! Sieh mich an, Zuckerschnute!“, rief ihr ein Straßengaukler zu, während er auf den Händen stand. „Verlass deinen Herrn, und werde meine Braut, du hübsches Ding. Für dich stell ich mich gar auf den Kopf.“

Obgleich Jared wusste, dass diese anmaßende, anzügliche Rede nur Teil der Vorstellung war, umschloss er Gwyneths Oberarm fester und zerrte sie wie eine Gefangene an dem Gaukler vorbei.

Verflucht! Sie trug ein schlichtes Kleid und hatte ihr Haar bedeckt, und doch war sie noch immer die schönste und außergewöhnlichste Frau, die er je gesehen hatte. Gereizt fragte er sich, was er bloß mit ihr anstellen sollte.

Wenn sie nicht am kurzen Zügel gehalten wurde, mochte Gott allein wissen, was geschah. Würde sie sich auflehnen? Verrat begehen? Einen Aufstand anzetteln? Kein Wunder, dass Montgomery froh war, sie los zu sein.

„Sind wir in Eile, Mylord?“, fragte sie nach einer Weile. Er merkte, dass sie beim Versuch, mit ihm Schritt zu halten, außer Atem geraten war, und ging etwas langsamer.

„*Nay*“, erwiderte er.

„Wohin gehen wir?“ Sie sah sich um und erblickte in der Nähe eine Backstube, durch deren Fenster ein Stapel frischer Brotlaibe zu sehen war. Der warme Duft nach Äpfeln und Zimt erfüllte die Luft.

Sie hatten den Schuster erreicht, Jareds Ziel. Er ging nicht auf ihre Frage ein, sondern stieß die Tür auf, erleichtert, dem Gespräch so ausweichen zu können.

In diesem Augenblick kam ein schmuddeliges Kind auf sie zugerannt. „Lady Gwyn! Lady Gwyn!“

Jared packte Gwyneth, um sie aus dem Weg zu ziehen, ehe sie etwas erwidern konnte.

Doch zu spät – das Kind warf sich Gwyneth mit so viel Wucht in die Arme, dass sie alle drei zurücktaumelten. Verfilztes Haar, magere Beine und eine dreckverkrustete Tunika waren alles, was er erkannte, während das Balg Gwyneths Cotte von oben bis unten besudelte. Jared vermochte nicht zu sagen, ob es ein Junge oder ein Mädchen war.

Er zuckte zusammen und erwartete, dass Gwyneth den Dreikäsehoch schelten werde, weil er ihr das Kleid ruiniert hatte.

Eine Erinnerung stieg in ihm hoch, und er hatte wieder klar vor Augen, wie er selbst mit offenen Armen über den Rasen der Burg rannte, auf der er aufgewachsen war. Er war vier Jahre alt gewesen, und der Falkner, bei dem er lebte, hatte ihm an jenem Morgen gestanden, dass die Burgherrin seine Mutter sei. Sie sah prächtig aus an dem Tag – geschmückt mit einer kostbaren Samthouppelande, die von einem Hermelinkragen geziert wurde. Er wollte sich an sie klammern und von ihr umarmt werden, so wie sie Rafe stets umarmte. Als er auf sie zulief, wandte sie sich ab, doch er setzte ihr nach. „Mama!", hatte er gerufen. Er schreckte zusammen, als er noch einmal die Ohrfeige zu spüren meinte, die sie ihm daraufhin verpasst hatte. „Nenn mich nicht so. Nenn mich nicht noch einmal so. Und jetzt zurück mit dir zu diesem zerlumpten Falkner."

Jared schüttelte sich. Er war kein Kind mehr.

„Kiera!" Gwyneth bückte sich, nahm die Kleine auf den Arm und scherte sich nicht im Mindesten um den Dreck.

Kiera? Gwyneth kannte dieses Gör? Das vor Schmutz starrende Mädchen war etwa sechs Jahre alt und hatte unter der Schlammschicht krauses braunes Haar. Der Gestank, der von der Kleinen ausging, war schneidend.

Ein anderes Bild aus der Vergangenheit kam in ihm hoch. Nun sah er im Geiste Gwyneth, die auf jenem Fest damals das Kind auf den Hüften getragen hatte, und unwillkürlich erinnerte er sich daran, wie sehr er sie zur Frau hatte haben wollen, damit sie ihm Erben gebar.

„Mama hat gesagt, Ihr habt geheiratet", erzählte das Kind und befühlte mit seinen kleinen Händen Gwyneths Kopftuch.

„*Aye.*" Gwyneth nickte. „Wo bist du denn gewesen, du kleiner Dreckspatz?"

„Bauer Matthew hat mir erlaubt, seine Schweine zu füttern."

„Und musstest du dich gleich mit ihnen im Schlamm wälzen?"

Jared wedelte sich Luft zu, um den Gestank ein wenig abzumildern.

„Ich hatte Hunger, und er hat gesagt, er gibt mir ein Küchlein fürs Füttern." Das Mädchen zupfte am Tuch und hinterließ weitere Schlieren auf dem weißen Stoff. „Wieso tragt Ihr das?"

Gwyneth warf Jared einen raschen Blick zu. „Weil mein neuer Herr dies wünscht."

„Mama sagt, alle Männer sind dumme Trottel."

„Nun." Gwyneth war sichtlich unbehaglich zumute. „Also …"

„Seht, was ich für Euch hab, Lady Gwyn." Das Mädchen griff in seine Tunika und zog ein paar aus Bein geschnitzte Knöpfe hervor.

„Die sind aber herrlich, Kiera. Hat dir die auch Bauer Matthew gegeben?"

„Oh, nein, Lady Gwyn, die hab ich von dem Händler da drüben." Kiera deutete auf einen Kesselflicker, der ein Stück die Straße hinunter einen Wagen vor sich herschob, auf dem sich alle möglichen Waren türmten – Kochtöpfe, Federn, Hüte und allerlei anderes Gerät.

Auf Gwyneths Stirn erschien eine senkrechte Falte. „Du hast mir Knöpfe gekauft?"

„Hab Euch vorhin die Straße raufkommen sehen, Lady Gwyn, und da hab ich mich ganz vorsichtig an ihn rangeschlichen und …" Das Mädchen neigte den Kopf und flüsterte ihr etwas ins Ohr.

Jared hob eine Braue, als er Gwyneths blasses Gesicht sah. Fürwahr, die Kleine musste ihr gerade gebeichtet haben, dass sie den Tand gestohlen hatte.

„Kiera." Gwyneth setzte das Kind ab und bedachte es mit einem strengen Blick. „Du darfst doch keine Knöpfe stehlen."

„Aber ich hab sie doch nur für Euch genommen", wandte das Mädchen ein. „Warum habt Ihr mir keinen Kamm gebracht, wie Ihr es versprochen habt, Lady Gwyn?"

„Ich … ich konnte nicht."

„Warum nicht?" Kiera wischte sich mit dem Handrücken die Nase ab.

Gwyneth sah von ihr zu Jared und wieder zurück.

„Oh." Die Kleine trat zurück und stemmte die Fäuste in die Hüften. „Ihr meint, Ihr seid zu fein für uns, jetzt, wo Ihr verheiratet seid. Mama hat gesagt, dass das irgendwann passiert." Mit einem Mal ging Jared auf, weshalb ihm dieses Kind bekannt vorkam. Es war Irmas Tochter. Das krause Haar und die großen braunen Augen verrieten sie.

„*Nay*, Kiera, so ist es ganz und gar nicht", wandte Gwyneth ein.

„Aber Ihr kommt uns nicht mehr besuchen. Mama sagt, wir verlassen uns auf Euch. Und Ihr habt mir keinen Kamm geschenkt, obwohl Ihr's versprochen habt!"

Gwyneth schaute Jared an.

„Ihr werdet nicht zum Bordell gehen, Frau." Er konnte ja kaum die Straße mit ihr entlanggehen, ohne dass jemand versuchte, sie ihm wegzuschnappen.

Kiera funkelte Jared an und schob den zierlichen Unterkiefer vor.

„Du solltest baden", sagte er. „Du stinkst."

„Mama hat Euch immer gebadet …", begann Kiera.

„Vielleicht erlaubt deine Mutter ja, dass du mich besuchst", fiel Gwyneth ihr betont fröhlich ins Wort, offenbar verzweifelt darum bemüht, der Unterhaltung eine andere Richtung zu geben.

„Wird sie nicht. Sie sagt, Edelleute sind schlechte Menschen."

Jared sah, wie Schmerz über Gwyneths Miene huschte.

„Wir müssen jetzt weiter, Kiera", erklärte er fest. Je eher er diese ungesunde Beziehung kappte, desto besser. Seine Gemahlin würde sich nicht länger mit Huren und deren Nachwuchs tummeln. Irma hatte teilgehabt an seiner Entführung. Wenn er sich nicht vor der Obrigkeit hätte in Acht nehmen müssen, hätte er sie vor ein Gericht geschleift und in den Kerker werfen lassen.

„Außerdem hat Mama Fieber."

„Fieber?" Gwyneth fasste Kiera bei den Schultern und sah sie besorgt an. „Was für eine Art von Fieber?"

„Sie liegt im Bett." Kiera wandte sich Jared zu, und ihm fiel auf, dass sie neben den riesigen braunen Augen auch das entschlossen vorgestreckte Kinn und die Dreistigkeit ihrer Mutter geerbt hatte. „Ich möchte Lady Gwyn meine neue Puppe zeigen." Sie nahm Gwyneths saubere lilienweiße Hand in ihre kleine schmutzige. „Kommt, Lady Gwyn."

Jared trat vor und legte Gwyneth eine Hand auf die Schulter. „Zeit zu gehen. Ich muss mit ein paar Leuten reden."

„E…es tut mir leid, Kiera."

Die Miene des Kindes verdüsterte sich vor Wut. Sie riss sich von Gwyneth los, starrte zornig zu Jared hoch und fuchtelte mit dem Zeigefinger vor ihm herum. „Mama hat recht. Alle Männer sind dumme Trottel. Alle!" Sie wirbelte herum und floh die Straße hinunter.

22. KAPITEL

„Hau ruck!“

Gwyneth spürte die Verzweiflung fast körperlich, während sie die Augen gegen die grelle Mittagssonne abschirmte. Die Männer, die sich am Ufer des Burggrabens aufgereiht hatten, hievten Wagenräder, Äste, durchtränkte Lumpen, verrottende Kadaver und anderen Unrat aus der schleimig grünen Brühe. Eine Wolke von Fliegen schwirrte umher, und immer wieder trug ihr der Wind den Gestank des Wassers zu.

Fünf Tage waren ins Land gezogen, während derer Jared darauf bestanden hatte, dass sie ihm Tag und Nacht folgte wie ein Hündchen. Sie war nutzlos, weil sie nur herumstand und den Männern zuschaute. Dabei sollte sie eigentlich in der Großen Halle sein, die Mägde anweisen, die Zubereitung der Mahlzeiten beaufsichtigen und neue Wandbehänge fertigen.

Elizabeths große grüne Augen kamen ihr in den Sinn. Gwyneth fragte sich, ob das Kind noch immer an die modrige Kerkermauer gelehnt dasaß, die Arme um die Knie geschlungen, oder ob es sich hatte befreien können. Wenn sie Elizabeth doch nur herholen könnte, damit sie etwas lernte und Gwyneth dem stummen Mädchen beibringen konnte, sich zu verständigen.

Sie streckte und krümmte die Finger in dem Lederhandschuh, den sie trug, und Aeliana verstärkte den Griff ihrer Klauen.

Sehnsüchtig blickte Gwyneth zum Wohnturm hinüber, ehe sie sich wieder den Männern zuwandte, die allmählich Fortschritte machten. Mit etwas Glück würde die Verbindung zum Fluss bis zum Mittag frei sein und frisches Wasser in den Burggraben strömen.

Anders als die Lords, die Gwyneth kannte, stand Jared nicht müßig herum und schaute den Knechten nur zu. Er war von der Hüfte aufwärts nackt und legte sich gemeinsam mit den Männern in die Seile. Von den breiten Schultern ging sein Oberkörper nach unten hin in eine schmale Taille über. Schweiß rann ihm den muskulösen Rücken hinab. Doch nicht sein bronzefarbener, gottgleicher Leib war es, der Gwyneth gefangen nahm: In den vergangenen Tagen hatte er ein Gerät entworfen und gebaut, das eine Reihe von Flaschenzügen aufwies und das Heben des Gerümpels aus dem Wasser leichter machte. Dass er ein Mann mit scharfem Verstand war und nicht nur über Körperkraft verfügte, faszinierte sie.

Das Buch, das er ihr geschenkt hatte, ging ihr nicht aus dem Kopf, und sie fragte sich, was damit wohl geschehen war. In der Hochzeitsnacht hatte sie es noch gehabt, aber seit Jared sie vor dem Halunken gerettet hatte, der hinter dem Freudenhaus über sie hergefallen war, hatte sie es nicht mehr gesehen. Wahrscheinlich war es ihr aus dem Mieder auf die Gasse gepurzelt.

Es stimmte sie traurig, dass sie nie lesen gelernt hatte. Ihre Zeit war gänzlich ausgefüllt gewesen mit dem Anfertigen und Verkaufen von Stickarbeiten wie auch mit der Verwaltung von Windrose. Sie schüttelte den Kopf; die Frauen im Kerker brauchten sie, und das Opfer, das sie erbracht hatte – all ihre Zeit zu nutzen, um Geld aufzubringen und Frauen freizukaufen –, war die Mühe wert gewesen. Vielleicht war ihr Wunsch ja nichts als ein törichter Traum und ihr Vater hatte recht gehabt mit seiner Behauptung, es sei reine Zeitverschwendung, Frauen das Lesen beizubringen.

„Hebt an!", ertönte Jareds tiefe Stimme. Eine Art Gefährt, das entfernt wie ein Karren aussah, erhob sich aus dem verstopften Graben. Schmieriger Schlamm troff vom Holz.

Die Last war zu schwer für die Männer und sank zurück ins trübe Grün des Tümpels.

Jared rief die Männer zu sich, kniete nieder und strich ein Stück Erde glatt, ehe er kreuz und quer Linien in den Sand zog. Das Leder seiner Beinlinge spannte sich um seine Schenkel.

Ohne sich dessen bewusst zu sein, fuhr Gwyneth sich mit der Zunge über die Lippen.

Kurz darauf nahmen die Arbeiter einige Veränderungen an

dem Hebewerk vor und versuchten es noch einmal. Dieses Mal schafften sie es, den Wagen aus dem Wasser zu ziehen.

Obwohl Gwyneth sich fest vorgenommen hatte, unbeeindruckt zu bleiben, wuchs ihre Bewunderung für Jared mit jedem gelungenen Schritt. Seine Brust hob und senkte sich, als er laut keuchend mithalf, den Karren vom Graben fort zu einem großen Haufen zu zerren, wo der geborgene Plunder trocknete. Später würde man alles verbrennen, was nicht mehr zu gebrauchen war.

Jareds Augen blitzten im Sonnenlicht wie grüner Achat, als er sich zu ihr umdrehte und grüßend den Arm hob. Muskeln tanzten unter der Haut.

Sie berührte ihr Haar in der Erinnerung daran, wie behutsam er es letzte Nacht wieder geflochten hatte. Ihre Kopfhaut hatte unter seinen sanften Fingern angenehm geprickelt.

Ganze Baumstämme wurden hochgehievt, und endlich gelangte wieder frisches Wasser vom nahen Fluss in den Graben. Es strömte hinein, vermengte sich zunächst mit der schmutzigen Brühe und drängte diese dann vor sich her und hinaus.

In Gwyneth keimte Hoffnung auf. So verdrießlich es auch war, Tag und Nacht ununterbrochen an Jareds Seite bleiben zu müssen, so würde doch wenigstens ihr Anwesen bald wieder im alten Glanz erstrahlen. Hoffentlich konnte sie demnächst ihrer Aufgabe im Kerker wieder nachkommen.

„Habt Dank, Mylord“, sagte sie, als Jared kurz darauf zu ihr kam. „Ich weiß sowohl die Fürsorge zu schätzen, mit der Ihr Euch meiner Ländereien annehmt, als auch die Klugheit, die Ihr beim Bau dieser Vorrichtung bewiesen habt.“

„Unserer Ländereien“, berichtigte er sie wie stets, wenn sie persönliche Ansprüche erhob.

„Vielleicht sollte ich mich nun endlich um die Gelasse *unserer* Burg kümmern“, erwiderte sie spitz. „In den Regalen und Ablagen muss Ordnung geschaffen werden.“

„*Nay*, Ihr bleibt bei mir. Mir ist nicht nach einem Aufstand zumute.“

„Ich möchte die Küche aufräumen, keinen Aufstand anzetteln!"

Jared wusch sich über einem Fass mit klarem Wasser und streifte seine Tunika über. „Um die Küche kümmert sich Kaitlyn."

„Kaitlyn hat aber nicht ..."

„Genug, werte Gemahlin. Die Sache ist entschieden, meine Antwort lautet Nein."

Was für ein sturer, halsstarriger Mann! Verärgert stemmte sie eine Hand in die Hüfte und setzte zu einer Erwiderung an, doch er brachte sie zum Schweigen, indem er in Richtung Wohnturm wies.

„Soll ich die Schandmaske holen?"

Gwyneths Kiefer mahlten. „*Nay*, Mylord."

„Gut." Er wandte sich ab und erwartete offenbar, dass sie ihm folgte. „Zeit für die morgendliche Jagd", fügte er an. „Damit wir später Fleisch haben."

Missmutig widerstand sie dem Drang, mit dem Fuß aufzustampfen, rührte sich jedoch nicht von der Stelle.

Er drehte sich zu ihr um, nahm amüsiert ihre finstere Miene auf und zwinkerte ihr zu. Es war das gleiche Zwinkern wie vor Jahren, als er ihr das Buch geschenkt hatte. „Außerdem habe ich etwas für Euch."

„Für mich?" Was, um alles in der Welt, konnte er schon für sie haben? „Gewiss nichts, was ich mir wünschen würde."

„Oh, ich denke schon, Gwyneth. Kommt ... Und gebt ruhig zu, dass es *so* schlimm nun auch wieder nicht ist, ständig in meiner Gesellschaft zu sein."

„Aber das geht nun bereits seit fast einer Woche so, und ich kann nicht einmal den Abort aufsuchen, ohne zuvor Eure Erlaubnis einzuholen!"

Jared grinste noch breiter. „Die ich Euch jedoch noch nie versagt habe."

Sie verdrehte die Augen, setzte sich aber in Bewegung und schritt neben ihm her. So wie jeden Tag.

„Ich möchte doch nur meinen Pflichten nachkommen."
„Eure einzige Pflicht besteht darin, für mich da zu sein."
Wie lästig. Überaus lästig. „Wenn wir schon zusammenleben müssen, sehe ich keinen Grund, weshalb ich nicht …"
„Schweigt, Frau. Oder wir holen das Knebeleisen."
Sie presste die Lippen zusammen und straffte die Schultern. Wenn sie doch nur mit Irma sprechen und einen Plan erstellen könnte!
Nahe der Ringmauer betraten sie den Wald und folgten dem Fluss nach Süden.
Trotz der Streiterei eben gingen sie in geselligem Schweigen nebeneinander her. Aeliana schwang sich in die Lüfte und kreiste über ihren Köpfen. Ganz gleich, wie sehr sie sich auch wünschte, den Haushalt im Wohnturm regeln zu dürfen, empfand Gwyneth die tägliche Jagd doch als geradezu magisch. Der Hader zwischen ihnen rückte in den Hintergrund, während sie Aeliana gemeinsam beim Beutefang beobachteten.
Der Vogel schien sie mit seinen gelben Augen nicht mehr ganz so argwöhnisch anzusehen. Auch plusterte die Falkendame sich nicht länger ungehalten auf, wenn Gwyneth sich ihr näherte. Heute hatte sie geübt, ihr etwas Besänftigendes vorzusummen, so wie Jared es immer tat.
Mehrere Kaninchen waren bereits gefangen, doch statt noch tiefer ins Dickicht vorzudringen, führte Jared Gwyneth in den Schatten einer mächtigen Eiche.
Er griff in seine Tunika und zog das Buch hervor, auf dessen Deckel der eingeschnitzte Drache prangte.
Sie blinzelte. „Wo habt Ihr das her?"
„Es steckte in Eurem Mieder. Ich fand es dort in jener Nacht, in der ich Euch zur Höhle brachte."
„Ich hatte es verloren geglaubt."
Gwyneth streckte die Hand nach dem Bändchen aus, doch er hielt es außer Reichweite. Der Stoff der Tunika spannte sich über seinen Schultern. „Sagt mir erst, weshalb Ihr es bei Euch getragen habt."

Sie stemmte eine Hand in die Hüfte. „Worauf wollt Ihr hinaus?“

„Ich bezweifele, dass Ihr den Huren das Lesen beibringen wolltet.“

Unwillkürlich stieg ihr das Blut in die Wangen. Das Buch war jahrelang ihr ständiger Begleiter gewesen. Auch wenn sie nie gelernt hatte zu lesen, hatte es doch für ihre Hoffnung gestanden, dass sie eines Tages ein Obdach für Frauen haben würde und überdies über ihre eigenen Ländereien, ihr Leben und ihr Schicksal bestimmen könnte. Jedes Mal, wenn sie den Drachen auf dem Einband betrachtet hatte, hatte sie neuen Mut geschöpft.

Sie musterte Jareds scharf geschnittene Züge – den markanten Kiefer und den Bart, der so überaus männlich wirkte. Ihre Träume kamen ihr im Licht der Wirklichkeit besehen albern und einfältig vor.

„Ich habe es keineswegs mit mir herumgetragen“, log sie, weil sie ihn nicht wissen lassen wollte, dass sie es schon unzählige Male durchgeblättert und dabei vor Augen gehabt hatte, wie er ihr zuzwinkerte, und dass er der einzige Mann war, der ihr je ein Geschenk gemacht hatte, das sich an ihren Verstand und nicht an ihr Aussehen richtete.

„Der Deckel ist verschlissen, und die Seiten sind so abgegriffen, dass sie ganz weich sind.“ Er hob ihr Kinn. „Warum lügt Ihr, wenn die Wahrheit doch viel einfacher wäre?“

„Einfacher für Männer vielleicht.“

„Weshalb tragt Ihr ein Buch bei Euch, das ein Fremdling Euch geschenkt hat?“

Gwyneth zuckte mit den Achseln, wandte sich ab und starrte auf die Zweige einer nahen Eiche. „Der hübsche Einband hat mir gefallen.“

„Ihr lügt schon wieder.“ Seine Augen schienen Dinge wahrzunehmen, die sie lieber verheimlicht hätte. „Habt Ihr je lesen gelernt?“

„Frauen haben keine Verwendung für diese Fertigkeit“, erwiderte sie bitter.

Sanft legte er ihr eine Hand auf die Wange und strich ihr am Hals hinab. Das Buch steckte zwischen ihnen.

„Ich kann es Euch beibringen."

Sie erbebte, als die warme Flamme in ihrem Bauch einmal mehr erwachte.

„Ihr wollt … mir das Lesen beibringen?" Jared war fürwahr der seltsamste Mann, den sie je kennengelernt hatte. Sie waren Tag und Nacht zusammen. Nachdem er ihr nun jeden Abend das Haar kämmte und flocht, nahm er sie im Bett in die Arme. Nicht ein einziges Mal hatte er versucht, sich ihr aufzudrängen, während sie feststellte, dass sie sich unter seinen Berührungen zunehmend entspannte. Und nun bot er ihr auch noch das an?

Er nahm ihre Hand. „Abgesehen von der Falkenjagd weiß ich keinen besseren Zeitvertreib als Lesen." In seinen grünen Augen blitzte ein wacher Geist.

Bedachtsam schlug sie das Buch auf. Es öffnete sich auf einer Seite, auf der ein junger Ritter bei Hofe abgebildet war – ihre Lieblingszeichnung.

Gwyneths Neugier war stärker als ihr Stolz. „Was steht da?"

Er zog die Mundwinkel hoch. „*Die sagten, dass Frauen nur nach Reichtum streben; Die, das Ehr' sie reizt oder ein spaßig' Leben; Jene, dass Zierrat oder Lust sie locken kann; Und andere, das Witwentum mit neuem Mann.*"

Sie beugte sich vor, gänzlich gefesselt.

Sein Gesicht berührte das ihre; sein Kinnbart strich ihr über die Wange. „Ich habe Euch doch schon vor Jahren gesagt, dass es in diesem Buch um die Stellung der Frau geht." Er blätterte weiter zu einer anderen Stelle, nahm Gwyneths Zeigefinger und fuhr damit unter den Wörtern entlang, die er las: „*Mit holder Jugend reizte sie und Ebenmaß, Sodass der Ritter froh sie in die Arme schloss. Das Herz berauscht vom selig sprudelnd' Wonnebach, Begann er sie zu küssen und küsst' sie tausendfach. Die Maid ergab sich ihm, schenkt' sich mit Haut und Haar, Ergab sich seinem Will', ergab sich ganz und gar.*"

Gwyneth entzog ihm ihren Finger, konnte jedoch nichts dagegen tun, dass seine Berührung ihr durch Mark und Bein ging. „Ihr versucht, mich zu verführen“, sagte sie vorwurfsvoll.

„Und, habe ich Erfolg?“

Sie zog ihren langen Zopf über die Schulter nach vorn. Er fiel ihr bis in den Schoß, und das Ende kringelte sich auf dem Stoff ihres Kleids. „Schon möglich.“

Ihre Schultern rieben aneinander. Durch seine Tunika hindurch spürte sie die Wärme seines Körpers und war sich seines sauberen, männlichen Dufts nur allzu bewusst. „Warum habt Ihr mich geheiratet, Gwyneth?“

„Wie meint Ihr das?“

„Es ist ganz offensichtlich, dass Ihr vor etwas habt fliehen wollen.“

„Ich wollte selbst über meinen Besitz bestimmen.“

„Weshalb? Ein Gemahl wäre doch recht einträglich gewesen.“

Die Beschaulichkeit des Vormittags hatte alle Anspannung aus ihr vertrieben. Kurz erwog sie, ihm von ihrer Stickarbeit zu erzählen, von den Frauen im Gefängnis und warum sie keine Zeit gefunden hatte, lesen zu lernen.

Als Jared mit dem Daumen über den Buchrücken fuhr, meinte sie, seine Finger auf ihrer Kopfhaut zu spüren – als sehne sie sich bereits jetzt nach dem Einbruch der Dunkelheit, wenn er ihr erneut das Haar flechten würde. „Dieser Absatz mag Euch auch gefallen“, sagte er und las:

„Nichts wünscht die Frau sich stärker, als zu gängeln
Gemahl mit gleichwohl fester Hand wie den Galan,
Auf dass sie Fürstin sei, der Mann ihr untertan.“

Gwyneth zog die Brauen zusammen, während sie herauszufinden versuchte, was wohl in seinem Kopf vor sich ging.

Da ertönte plötzlich ein Schrei. Jared und Gwyneth fuhren hoch, als ein junger Bursche in zu kurzen Beinlingen und fadenscheiniger Tunika aus den Büschen brach, sich Jareds Beutesack schnappte und davonstob. Unter seinen nackten Füßen raschelte das Laub.

William! Das war William aus dem „Bald Cock“ gewesen. Der Sohn einer Hure. Was, um Himmels willen, tat er hier?

„He!“ Jared setzte dem Jungen nach.

Als er einen Steinwurf weit weg war, knackte es im Gebüsch hinter ihr. „Psst! Lady Gwyn! Lady Gwyn!“

Sie fuhr herum und erkannte Emma – auch sie eines der Kinder aus dem Freudenhaus. Emma hatte lange rote Locken und trug ein zahnloses Grinsen zur Schau. „Was …?“, setzte Gwyneth an.

„Schh.“ Das Mädchen legte sich einen Finger an die Lippen. „Irma schickt uns. Kommt bald. Es ist dringend.“

„Was ist denn passiert?“

William heulte auf – war es ein Zeichen? –, und Emma machte auf dem Absatz kehrt und tauchte im Wald unter.

Es dauerte nicht lange, bis Jared zurückkam, schwer atmend von dem scharfen Lauf. Er hielt den Sack mit der Jagdbeute.

„Merkwürdige Sache. Der Bengel hat mir den Sack zugeworfen, noch ehe ich ihm überhaupt nahe war.“

„Wirklich seltsam“, stimmte Gwyneth zu, wickelte sich den Zopf um die Finger, zog an den einzelnen Strähnen und starrte zu dem Busch, hinter dem bis eben noch Emma gehockt hatte. Sollte sie Jared davon berichten?

Die Unterhaltung mit Kiera in der Stadt kam ihr wieder in den Sinn. Jared hatte darauf bestanden, dass sie nicht mehr mit den Bordellkindern sprach und das Bordell nie wieder aufsuchte. So angenehm der heutige Vormittag auch gewesen war, konnte sie Jared doch nicht trauen. Wenn er erfuhr, was es mit dieser Geschichte auf sich hatte, wäre er vielleicht versucht, William nachzulaufen und ihn des Diebstahls zu bezichtigen. Fahrig tippte sie mit dem Fuß auf den Boden.

Kommt bald, hatte Emma gesagt. Es ist dringend.

Was hatte diese Botschaft zu bedeuten? Ob Irma etwas passiert war?

Sie hielt das kleine Buch hoch. „Ich würde gerne mehr lernen. Sofern Ihr es mir beibringen wollt, heißt das."

Wieder straffte sich die Tunika über seinen Schultern, als er sich hin und her drehte und den Blick vom Wald zu ihr und wieder zurück wandern ließ. „Also dann", sagte er schließlich und schlug langsam das Buch auf.

23. KAPITEL

Irma. Irma. Irma.

Der Name ihrer Freundin pochte unablässig in ihrem Kopf, während sie den Blick von ihrem Platz an der hohen Tafel auf der Estrade aus durch den Raum schweifen ließ. *Kommt bald. Es ist dringend.* Alles in ihr sehnte sich danach, ins Bordell zu gelangen.

Wenn sie doch nur Gelegenheit gehabt hätte, Emma und William Fragen zu stellen.

Aufgewühlt zappelte sie mit ihren Fingern herum. Jeder Schmutzfleck um sie her stach ihr ins Auge, und sie hätte sich gerne irgendwie betätigt, um ihre Unruhe zu vertreiben.

Immerhin hatte sie die Herrengemächer sowie die Truhen in ihrer Kammer gesäubert und aufgeräumt, doch hier in der Großen Halle hatte sie noch nichts ausrichten können. Den ganzen Tag über hatte Jared ihr Buchstaben und Wörter erklärt und ihr vorgesagt, wie man sie aussprach. Dass sie schon kürzere Begriffe lesen konnte, begeisterte sie. Doch er bestand weiterhin darauf, dass sie ihm nicht von der Seite wich, sodass sie ihren Aufgaben nicht nachgehen konnte.

Weil es keine Wandbehänge gab und der Mörtel des Mauerwerks bröckelte, zog es in der Halle.

In den Ecken hingen Spinnweben, und der Kaminsims war von einer Staubschicht bedeckt. Die Binsen stanken entsetzlich, und struppige Köter durchstöberten die faulenden Überreste vergangener Mahlzeiten.

Gwyneth rieb sich die Nase und wünschte, sie hätte sich einen Lavendelstängel mitgebracht. Wenn sie doch wenigstens ihren Stickrahmen hätte, um ihre rastlosen Hände zu beschäftigen und sich nützlich zu machen!

Es zuckte ihr in den Fingern, sich einen Besen zu greifen, die Wände abzufegen und die schäbigen Vorhänge herunterzureißen und der Wäscherin zu geben. Wenn man die Kinder zum Kräutersuchen schickte, drei oder vier Mägde die alten Binsen hinauskehrten und alle gemeinsam anpackten, sähe die Große Halle bis Mitternacht wieder passabel aus. Vielleicht würde sie selbst dann innerlich auch so weit zur Ruhe kommen, dass sie das Dilemma, wie sie Jared entkommen und nach Irma sehen konnte, zu lösen vermochte.

Um sie herum wurde gelacht und laut geprahlt. Hastig eilten die Bediensteten hin und her und trugen das Nachtmahl ab, das aus gebratenem Wild und einfachem Gemüseeintopf bestanden hatte. Dabei gingen sie nicht eben geschickt vor.

Jared saß neben ihr an der hohen Tafel, hatte die langen Beine entspannt von sich gestreckt und unterhielt sich einträchtig mit dem Mann zu seiner anderen Seite darüber, wie sie die Seilzüge des Fallgatters reparieren konnten.

Gereizt trommelte Gwyneth mit den Fingern auf die Tischplatte, weil er sie zwang, untätig bei ihm zu sitzen, anstatt ihr zu erlauben, das schlecht organisierte Personal beim Abräumen der aufgebockten Tafeln zu unterweisen. Die Dienstmägde stolperten regelrecht übereinander.

Unwillkürlich griff sie nach dem ausgefransten Saum seiner Tunika.

Erstaunt drehte er sich um.

„Wenn ich nur eine Nadel hätte …“

„… würdet Ihr mir vermutlich ein Auge ausstechen.“

Sie fuhr hoch. „Wenn wir schon verheiratet sein müssen, so will ich auch eine anständige Gemahlin sein, Jared!“

Seine Augen verdunkelten sich. Er schloss seine Hand um die ihre, drückte sie warnend, zog Gwyneth wieder auf ihren Platz nieder und brachte seinen Mund nahe an ihr Ohr. „Ich werde vor dem Gesinde kein respektloses Gebaren von Euch dulden.“

„Ihr habt kein Recht, mich an Eurer Seite festzunageln, als sei ich ein Käfer, den Ihr einfach aufspießen könnt!“

„Doch, das habe ich. Und Ihr werdet gesittet reden oder das Knebeleisen tragen.“

Gwyneth hob das Kinn und presste einmal mehr die Lippen aufeinander.

Mit ihrem Speisemesser schob sie die Überreste der freudlosen, faden Pampe auf dem Brotteller hin und her, den sie sich mit Jared geteilt hatte. Die Köche hatten keine Gewürze verwendet – noch ein Mangel, den es zu beheben galt. Das in der schmuddeligen Halle aufgetragene triste Mahl war ein himmelschreiender Beweis für ihr Versagen als Burgherrin.

Sie sah wieder vor sich, wie die sechsjährige Kiera das Kinn vorgestreckt, mit ihrem kleinen, schmutzigen Finger auf Jared gedeutet und ihn einen dummen Trottel geschimpft hatte. Wenn ihr nicht die Schandmaske gedroht hätte, wäre Gwyneth jetzt aufgesprungen und hätte es dem Mädchen gleichgetan.

Der Gedanke an Kiera mehrte ihre Sorgen um eine weitere. Die Kleine hatte gesagt, ihre Mutter habe Fieber. Manchmal erkrankten Dirnen am Fieber und starben. Gwyneth wünschte, sie hätte Kiera gefragt, ob ihre Mutter Bauchgrimmen habe oder ob es sie schmerze, wenn sie den Abort aufsuchte. Allerdings war es unwahrscheinlich, dass sie solche Dinge wusste, es sei denn, sie hatte die anderen Huren belauscht. Irgendwie musste sie zum Bordell gelangen und nach Irma schauen. Womöglich konnte sie ein wenig Quecksilber oder einen Arzt auftreiben. War es das, was Emma und William mit ihrer Botschaft hatten sagen wollen?

Ihr sackten die Schultern nach vorn, als laste ein bleischweres Gewicht darauf. Irma. Kiera. Elizabeth. Das Burgvolk. Die Freudenmädchen. Die eingekerkerten Frauen. So viele, um die es sich zu kümmern galt, und keine Befugnis zu tun, was getan werden musste.

Etwas zwickte sie in den Knöchel; sie zuckte zusammen und schlug danach. Als sie nach unten in die schmutzigen Binsen blickte, sah sie hüpfende schwarze Punkte. Flöhe!

Du lieber Himmel, hier musste dringend etwas geschehen in Sachen Reinlichkeit.

Jared nahm einen weiteren Schluck Bier aus seinem Humpen, offenbar völlig unbeeindruckt von all dem Dreck um ihn herum.

Am Kamin kratzte sich einer der Hunde ausgiebig am Hals.

Angewidert verzog Gwyneth das Gesicht. „Die Hunde kratzen sich, Mylord."

Er sah sie an, als sei sie geistesschwach. „*Aye*, das tun Hunde gemeinhin", erwiderte er und wandte sich wieder seinem Tischnachbarn zu.

„Und in den Ecken hängen Spinnweben, Mylord."

Erneut griff er nach seinem Humpen. „Spinnen weben nun einmal Netze."

„Ich weiß, dass Spinnen Netze weben", sagte sie gepresst, weiterhin um einen respektvollen Ton bemüht, obwohl sie ihn am liebsten an seinem Kinnbart gepackt und seinen Kopf hierhin und dorthin gedreht hätte, damit auch ihm endlich all das Durcheinander und der Unrat und die Disziplinlosigkeit aufgingen. „Und der Kamin ist ganz verrußt."

Jareds Blick schweifte zu der von einer dicken Rußschicht überzogenen Feuerstelle. Sah er denn nicht, in welch schäbigem Zustand sich die Halle befand?

Doch er zuckte nur mit den Schultern und spießte ein Fleischstück auf. „Wir haben zu essen. Das ist es, was zählt."

„Ich wollte Euch noch danken dafür, dass Ihr meiner Mutter die Kaninchen geschenkt habt", sagte der Mann neben Jared und zog damit seine Aufmerksamkeit wieder auf sich.

Herrgott!

„Und ich dafür, dass Ihr meiner Familie die Tauben gebracht habt, Mylord", warf ein anderer ein.

„Wie auch meiner!", rief noch einer.

„Und der meinen!"

„Ein Trinkspruch!" An einem der unteren Tische war ein Arbeiter in abgetragener brauner Tunika und eingerissenen Beinlingen aufgestanden und hob nun seinen Becher. „Auf unseren neuen Herrn!"

„Auf Lord Jared!"

„Und seinen Falken!"

„Hurra!"

Missmutig hob auch Gwyneth den Becher. Zumindest in den Augen der Menschen hier hatte er alles richtig gemacht. „Auf meinen Gemahl", sagte sie ausdruckslos. *Der mich zwingt, ihm wie ein Hund nachzulaufen, und der mich von meinen Aufgaben, meinen Freunden und meinen Verpflichtungen fernhält.*

Sie fuhr mit ihren Schuhen durch die Binsen und betrachtete ihren Gemahl, während sie sich die Flohbisse kratzte.

Er trug eine ausgeblichene Tunika mit zerschlissenem Saum – Bauernkleidung –, und dennoch war nicht zu übersehen, dass er ein Anführer war. Das glatte schwarze Haar hatte er sich nach hinten gekämmt, und ein Lederband um die Stirn verhinderte, dass es ihm ins Gesicht fiel. Eine Hand hatte er lässig um den Bierkrug gelegt, und seine Schultern wirkten entspannt. Trotz all seiner Fehler war er ein stattlicher Mann.

Eine hübsche Magd klimperte mit den Wimpern, während sie ihm Bier nachgoss. Böse funkelte Gwyneth sie an, und das Mädchen huschte davon.

Jared, fiel ihr auf, starrte der Kleinen und ihren wiegenden Hüften nicht hinterher. Stattdessen nahm er plötzlich Gwyneths Hand und kreiste mit seinem Finger sanft über ihre Handfläche. Unwillkürlich lief ihr ein Schauer den Arm hinauf.

Sie dachte daran, wie sorgsam und liebevoll er ihr allabendlich das Haar flocht. Es war seltsam, dass er nie auf mehr drängte. Manchmal küsste er ihren Hals, aber nie bestand er darauf, dass sie ihren ehelichen Pflichten nachkam.

So als liege ihm tatsächlich nichts am Akt der körperlichen Vereinigung, wie Irma ja versichert hatte.

Er hob den Humpen zu einem weiteren Trinkspruch und wandte seine Aufmerksamkeit den Anwesenden zu, ließ ihre Hand dabei aber nicht los. Die Geste war besitzergreifend, aber nicht Angst einflößend.

Ob er sich nicht von ihr angezogen fühlte?

Im Wald allerdings hatte er sich recht bereitwillig küssen lassen.

Wahrlich, Jared brachte sie zur Verzweiflung. Sie war stets

in der Lage gewesen, Männer richtig einzuschätzen, doch er war ihr ein Rätsel.

Er drehte den Kopf ein Stück, sodass sie sein Gesicht nun genau von der Seite sah. Machtlos stellte sie fest, dass sie es genoss, seine Hand auf der ihren zu spüren.

Ein Mann in Bauerntracht trat näher. „Die Zimmerleute sind da, um das hintere Tor zu richten, Mylord."

„Sehr gut." Jared wies in Richtung Küche. „Bring sie zu Kaitlyn. Sie soll ihnen zeigen, wo sie schlafen können."

Kaitlyn also sollte sich um ihre Schlafplätze kümmern! „Mylord ...", begann sie, doch Jared drückte ihre Hand, eine unverkennbare Warnung, die ihr gebot, zu schweigen und sich nicht einzumischen.

Oh, Grundgütiger!

Ungehalten tippte Gwyneth sich mit dem Finger der anderen Hand ans Kinn.

„So Gott will", wandte sich Jared an eine kleine Gruppe, die nun vorgetreten war, „werden wir die Speicher füllen können und genug für den Winter haben."

„Hört, hört!"

„Er lebe hoch!"

Noch mehr Jubelrufe ertönten.

In der Halle wimmelte es nur so von Arbeitern, Bauern, Knechten und Mägden, die drängten und schubsten und Jared zuprosteten. Kaitlyn schaute mit ihrem runzeligen Gesicht zu ihm auf, als sei er der Erlöser. Ein zahnloser Mann niederen Standes lächelte Gwyneth zu, und seine Augen leuchteten vor Freude.

Trotz Spinnweben und schmutziger Binsenstreu ließ sich nicht leugnen, dass Jared den Menschen hier zu essen gegeben und Geschick bei der Abwicklung der Ausbesserungsarbeiten bewiesen hatte. Er hatte gar das Pferd verkauft, das Montgomery ihnen geschenkt hatte, um von dem Geld Vorräte einzuhandeln.

„Mylord", begann sie, nachdem Hochrufe und Jauchzer abgeklungen waren und die Burgbewohner sich wieder auf den Bänken niedergelassen hatten. „Es gibt da eine winzige Angelegenheit, die ich gern mit Euch besprechen würde." Sie setzte ein sonniges Lächeln auf.

„*Aye?*" Er schnippte mit dem Daumennagel eine Brotkrume vom Tisch.

„Doch zunächst möchte auch ich Euch meinen Dank dafür aussprechen, dass Ihr mein Volk gespeist habt."

„Unser Volk", stellte er richtig.

„Das Burgvolk brauchte einen fähigen Anführer, und Ihr habt …"

„Was wollt Ihr nun, Gwyneth?", knurrte er.

Sie biss sich auf die Lippe. Ihr Lob war wohl ein wenig zu überschwänglich ausgefallen. Wenn man Männer umschmeichelte, um sie sich zu Willen zu machen, konnte man ihnen erfahrungsgemäß gar nicht genug schöntun, doch Jared war eben nicht wie andere Männer.

Tief atmete Gwyneth durch und beschloss, nicht aufzugeben. „Ich würde gern Irma besuchen."

Jared bedachte sie mit einem stechenden Blick. Genauso hatte er sie angesehen, als er aus ihr herauspressen wollte, wie sie Irma kennengelernt hatte. Er wirkte zugleich entspannt und auf der Hut. Seine Finger schlossen sich um den Humpen.

Noch einmal atmete sie tief durch, darum bemüht, sich nicht zu winden oder wegzuschauen.

„Ihr habt mit dem Bordell nichts mehr zu schaffen, es ist kein ehrbarer Ort. Das habe ich Euch bereits gesagt, als wir in der Stadt waren."

Schnaubend krampfte sie die Hände in ihren Rock. „Aber …"

„Genug", beschied er ruhig, aber gebieterisch und setzte seinen Humpen ab. „Ihr werdet Euch nicht länger mit Huren abgeben."

Gwyneth öffnete den Mund, um etwas einzuwenden.

Er zog eine seiner dunklen, geschwungenen Brauen hoch,

und sie wusste, dass er ihr als Nächstes mit der Schandmaske drohen würde.

Sie meinte, das Metall zu schmecken, das ihr in der Schmiede die Zunge nach unten gedrückt hatte.

Zum Teufel mit ihm! „Wie Ihr wünscht, Mylord."

Verflucht sei der Kerl! Zum dritten Mal atmete sie tief durch und rang sich eine heitere Miene ab.

Ein Mann, der einen Hammer und anderes Werkzeug am Gürtel trug, kam mit einigen Pergamentrollen unter dem Arm auf Jared zugeeilt. „Ich bringe Euch die Pläne für die Instandsetzung der Wirtschaftsgebäude, Mylord." Er lud den Stapel vor ihnen auf dem Tisch ab.

Gwyneth griff sich einen der Pläne und entrollte ihn.

Jared schob sich eine Strähne seines glatten dunklen Haars hinters Ohr und neigte sich über die Pergamente. Die mächtigen Schultern gebeugt, deutete er stirnrunzelnd auf die Zeichnung von der Burganlage. „*Nay*, nicht da. Die Ablagen für die Vorräte will ich entlang dieser Wand dort."

Obwohl sie noch immer verärgert darüber war, dass er ihr verboten hatte, Irma zu besuchen, wurde ihr warm ums Herz, als sie ihn so sah. Wie er sich um die Reparaturen kümmerte, war ihm in der Tat hoch anzurechnen.

Sie winkte eine der Dienstmägde herbei und ließ seinen Humpen auffüllen.

Jared wirkte ein wenig überrascht. Mit seinen langen Fingern zupfte er am Ende seines Schnurrbarts. „Habt Dank, Frau."

Gwyneth überdachte ihre Lage. Sie hatte ihn geküsst, und er hatte ihr erlaubt zu sprechen. Wenn sie ihn verführte, würde er vielleicht nachgeben, sodass sie nicht länger Tag und Nacht an seiner Seite bleiben musste. Dann würde sie herausfinden können, was es mit Irmas Botschaft auf sich hatte.

Sie senkte das Kinn und sah ihn an, wobei sie kokett mit den Wimpern klimperte. Wenn er sich in sie verliebte …

Seine Augen wurden groß, ehe er ihr abrupt den Rücken zuwandte und mit den Arbeitern die Ausbesserungen besprach.

Wütend starrte sie seine Schultern an und schwor sich, einen gewiefteren Schachzug auszuhecken, um ihn zu verführen. Schwierig! Das war es, was dieser Mann war! Wieso nur verhielt er sich nicht wie andere Burschen? Sie hatte ihn für einen gemeinen Simpel gehalten, doch er war alles andere als das.

Im Stillen rügte sie sich dafür, weil sie sich danach gesehnt hatte, ihn erneut zu berühren.

Gwyneth studierte nun ebenfalls die Pergamente und überlegte, ob sie Empfehlungen zu den Plänen von den Außenanlagen geben sollte. Doch die Männer waren so vertieft in ihr Gespräch, dass sie sie auch dann nicht beachteten, als sie ein wenig vorrückte. Als sei sie unsichtbar.

Eine Magd türmte mehr schlecht als recht Brotteller aufeinander und balancierte sie Richtung Küche. Dabei lief sie beinahe in ein anderes Dienstmädchen hinein, das sich mit einem überladenen Tablett abmühte. Das Mädchen geriet ins Taumeln und stolperte. Brot, Fleisch und andere Essensreste landeten in den Binsen.

Bellend sprangen die Hunde am Kamin auf und stürzten sich darauf.

„Fort mit euch!" Die Frau versuchte, die Meute zu verscheuchen, während die andere Magd sich zwischen die Tiere zwängte, um sie auseinanderzutreiben.

Grundgütiger, jemand musste die Bediensteten unterweisen, damit sie die Küche betreten und verlassen konnten, ohne sich über den Haufen zu rennen.

Unter halb geschlossenen Lidern hervor sah sie Jared an.

Auf der Burg für Ordnung zu sorgen und sauber zu machen war zwar nicht dasselbe, wie nach Irma zu sehen oder Elizabeth aus dem Gefängnis zu befreien, wäre aber immer noch sinnvoller, als nur dazusitzen und gar nichts zu tun. Und wenn Jared ihr nicht gestattete, von seiner Seite zu weichen, würde sie die Mägde eben zu sich bestellen und von hier aus anleiten. Sie wollte die Aufgaben der Reihe nach angehen.

Sie winkte der Magd, die die Hunde zu vertreiben suchte. „Du da, komm her."

Händeringend kam die Frau zu ihr herüber. Sie trug eine zerknitterte Schürze, und ihr Wimpel sah aus, als sei er monatelang nicht gewaschen worden.

„Jawohl, Mylady?"

„Wer ist für Küche und Putzen zuständig?"

„Elton ist der Koch, Mylady."

„Und wer beaufsichtigt das Saubermachen?"

Ratlos blickte die Frau drein. Nun, das erklärte den Zustand der Binsen. „Geh, und hol mir Elton, Kaitlyn und die anderen Mägde", wies Gwyneth sie an. „Hier wird sich einiges ändern."

Jared sah auf und runzelte die Stirn. Sie versteifte sich in der Erwartung, er werde ihre Anweisung rückgängig machen, doch da trat auch schon eine der Mägde auf sie zu.

„Ihr habt rufen lassen, Mylady?", fragte sie.

Noch ehe Jared etwas anderes verfügen konnte, lächelte Gwyneth der Frau zu und maß sie mit Blicken. Sie war jung, klein, stämmig und hatte kräftige Arme, wie geschaffen dafür, den Kamin auszukehren und eimerweise Asche in den Garten zu schleppen.

„Nimm dir Eimer und Schaufel, und kümmere dich um den Kamin. In dieser Halle gibt es viel zu tun."

„Habt Ihr auch für mich was zu tun, Herrin?" Ein weiteres Mädchen tauchte auf.

Dieses war hoch aufgeschossen, gertenschlank und hatte lange, dünne Arme.

„*Aye.* Die Vorhänge müssen herunter und gewaschen werden. Das Lotterleben hat ein Ende. Wie der Lord ganz richtig gesagt hat, müssen wir uns auf den kommenden Winter vorbereiten." Mit strahlendem Lächeln wandte sie sich zu Jared um, in der Hoffnung, mit der Würdigung seiner Autorität seinen Ärger darüber gemildert zu haben, dass sie die Ordnung in der Halle selbst in die Hand nahm.

Zum Glück hatte er sich jedoch schon wieder über die Pläne für die Neugestaltung der Burg gebeugt.

Gwyneth stieß den Atem aus und fühlte sich mit einem Mal stärker und zuversichtlicher, was ihre Fähigkeiten anging. Ob nun mit oder ohne Jared – sie würde erledigen, was erledigt werden musste.

Heute Nacht würde sie nach Irma sehen.

Sie winkte einer Magd, Jareds Becher aufzufüllen.

24. KAPITEL

Gwyneth wog ihre Möglichkeiten ab, während sie und Jared später am Abend die Treppe zu ihrem Gemach erklommen. Wenn sie nach Irma sehen wollte, musste sie sich an Aeliana vorbeischleichen und dafür sorgen, dass Jared nicht misstrauisch wurde, sollte er aufwachen. Zwar konnte sie sich ihm kaum in die Arme werfen wie eine verzweifelte Dirne, aber vielleicht konnte sie mit ihm verhandeln.

„Das habt Ihr gut gemacht", sagte Jared, als sie eine der engen Windungen auf der steilen Treppe genommen hatten. In den Wandhalterungen brannten Kerzen. „Ihr habt Talent dafür zu erkennen, welcher Bedienstete am besten für eine bestimmte Aufgabe taugt."

Verblüfft über das Lob hielt Gwyneth inne, eine Hand auf dem Eichenholzgeländer. Das Holz fühlte sich glatt an unter ihren Fingern, weil es durch jahrelangen Gebrauch abgegriffen war.

„Die Große Halle sah gegen Ende des Abends richtiggehend vorzeigbar aus."

Nie zuvor hatte jemand sie für ihre weiblichen Eigenschaften gelobt, außer auf jenem Fest, bei dem ihr Vater sie dadurch beschämt hatte, dass er die Breite ihrer Hüften und die Größe ihrer Brüste anpries. „Ich danke Euch, Mylord. Ich halte es für wichtig, jeden Bediensteten dort einzusetzen, wo er gute Arbeit leisten kann."

„Sehr gut."

Jared ging weiter und näherte sich ihrer Kammer. Sie folgte ihm und beobachtete, mit welch träger Geschmeidigkeit er Hüften und Schultern bewegte. Als sie versucht hatte, ihn mit Komplimenten zu betören, hatte er sie nur verächtlich angeschaut, obwohl er selbst sie für ihr Geschick lobte, den Haushalt zu ordnen. Seltsam.

„Ich könnte so viel mehr ausrichten, wenn es mir nur gestattet wäre …"

„*Nay*, auf keinen Fall."

Sie reckte das Kinn und schwor im Stillen, dass sie ihre Freiheit zurückerlangen würde. Er hatte nicht annähernd so viel Bier getrunken, wie ihr lieb gewesen wäre, obgleich sie sichergestellt hatte, dass die Mägde seinen Becher stets wieder auffüllten.

Knarrend öffnete sich die Tür zum Schlafgemach, und Jared geleitete sie hinein. Gwyneths Blick fiel auf den Kamm, der auf dem Frisiertisch lag.

Ihr Bauch zog sich zusammen, als sie daran dachte, wie sich seine Hände auf ihrer Haut anfühlten, wenn er ihr das Haar flocht. Heute Nacht würde sie *ihn* verführen.

Aeliana hockte wie immer auf ihrem Sitz. Als sie eintraten, drehte sie den Kopf, doch Jared redete sanft auf sie ein, und sie gab keinen Laut von sich. Gwyneth merkte sich die beruhigenden Worte und den Tonfall, damit sie beides später nachahmen konnte, wenn sie sich aus der Kammer stahl.

Mitten im Raum stand ein Badezuber mit dampfend heißem Wasser. Auf dem Boden daneben lagen mehrere Lappen und Leinentücher sowie ein Stück Seife.

Jared stutzte und blieb stocksteif stehen. „Habt Ihr dies herbringen lassen?"

Sie fuhr sich mit der Zunge über die Lippen. „*Aye.*"

Versonnen strich er sich über den Kinnbart und sah vom Bottich zu Gwyneth.

„Das ist für Euch." Sie senkte die Stimme, ließ sie tief klingen.

Jared schob sich eine Hand in den Gürtel. „Was wollt Ihr, Frau?"

„Es gefällt mir, wie Ihr mir abends das Haar flechtet." Gwyneth nahm eine Strähne und wickelte sie sich um den Finger. Mit dem Blick folgte er jeder ihrer Bewegungen. Gut. „Zudem danke ich Euch dafür, dass Ihr das Dach flicken lasst und auch sonst Euren Pflichten als Lord nachkommt", fuhr sie fort, wobei sie sein Verhalten im Auge behielt, damit sie mit ihrem Loblied nicht wieder übers Ziel hinausschoss. „Daher dachte ich,

ich könne mich künftig auch noch auf andere Weise als Burgherrin hervortun als nur im Hinblick auf die Bediensteten."

„Und deshalb habt Ihr ein Bad in unsere Kammer bringen lassen?"

„Irma hat mir erzählt, dass Ihr alle paar Tage zum Baden ins Bordell gekommen seid, und da dachte ich …" Absichtlich ließ sie den Satz ins Leere laufen. „Schließlich ist es die Pflicht einer Gemahlin."

„Soll das heißen, Ihr bietet mir an, mich zu baden?"

Sie schlenderte zum Frisiertisch und fuhr sich versonnen mit den Fingern durchs Haar. „Nur wenn Ihr dies wünscht."

Seine achatgrünen Augen funkelten. „Ein in der Tat verlockendes Angebot."

Gwyneth neigte den Kopf, damit ihre Miene nicht preisgab, wie siegesgewiss sie war.

Jared gab zwar nicht bereitwillig nach, wie wohl die meisten Männer es getan hätten, aber immerhin streifte er den Umhang ab und legte ihn über eine der Truhen.

„Vielleicht sollte ich Euch entkleiden", wagte sie sich vor.

Fragend zog er die Brauen zusammen. „Gwyneth, was wollt Ihr wirklich?"

Zum Kerker gehen. Nicht mehr auf Schritt und Tritt überwacht werden. Einen Ort der Bildung für Frauen schaffen. „Ich möchte freie Hand bei der Leitung von Küche und Personal. Die gesamte Burg muss gründlich auf den Kopf gestellt werden – nicht nur die Große Halle."

„Verstehe." Seine Stimme hatte einen harschen Unterton.

Wenn er doch nicht so misstrauisch wäre gegenüber allem, was sie tat!

„Ich dachte, dass Ihr mir wenigstens ein bisschen vertrauen …"

„Ich soll Euch vertrauen? Der Frau, die mich in einem Bordell betäubt und mit vorgehaltener Klinge gezwungen hat, sie zu heiraten? Womöglich möchtet Ihr mich nur deshalb nackt sehen, um die Ader an meinem Hals besser zu finden."

„Aber ich dachte …“

„Nay. Ihr werdet nicht nach Belieben in der Burg umherschleichen. Vermutlich würde das nur damit enden, dass ich eines Tages Gift in meinem Eintopf habe.“

Verflucht! Die Sache lief ganz und gar nicht so, wie sie es sich vorgestellt hatte!

Sie legte sich eine Hand an die Wange, als spüre sie sich erröten. Vielleicht konnte sie ihn glauben machen, dass sich hinter ihrer Bitte etwas völlig Harmloses verbarg. „Irma hat angedeutet, dass Ihr die Bäder genossen habt.“

Trotz seines Argwohns blitzte Neugier in seinen Augen auf. Ha! Also hatte sie doch mehr Wirkung auf ihn, als er nach außen hin zeigte.

Gwyneth ließ die Strähnen, die sich aus ihrem Zopf gelöst hatten, nach vorne fallen, um ihr Lächeln zu verbergen.

„Ich werde …“ Sie stockte, da sie nicht so recht wusste, was für ein Spiel sie eigentlich spielten und wie weit sie ihren Vorteil ausreizen durfte. „Ich werde Euch mit den Stiefeln behilflich sein, wenn Ihr wollt.“

Seine Züge verhärteten sich, wodurch die Linien um seinen Mund noch deutlicher hervortraten. „Ganz das brave Eheweib“, bemerkte er, wobei sie nicht sicher war, ob seine Worte als Kompliment gemeint waren oder nicht.

„Ihr könntet Euch hierher setzen.“ Sie ging zu einem dreibeinigen Schemel und schlug leicht mit der flachen Hand darauf. Zwar hatte er ihre Bitte abgelehnt, doch wenn er erst einmal einsah, dass es ihm nur zugutekäme, ihr die Leitung über bestimmte Dinge zu übertragen, würde er ihr gewiss mehr Freiraum zugestehen.

Seine Miene verdüsterte sich, so als traue er ihr nicht einen Herzschlag lang, aber schließlich kam er mit ausholenden Schritten zu ihr und setzte sich. Er hielt sich wie ein König. Trotz seiner Überheblichkeit konnte sie nicht anders, als die mächtigen Schultern und die fließenden Bewegungen zu bewundern. Wie merkwürdig, dass er vorgegeben hatte zu humpeln, als sie sich das erste Mal begegnet waren.

So langsam wie möglich sank sie vor ihm nieder und machte sich daran, die Stiefelschnallen zu öffnen. Sie wollte den Moment in die Länge ziehen und sich so seine ganze Aufmerksamkeit sichern.

Das Lodern in seinen Augen bewies, dass sie zumindest dieses Ziel erreicht hatte. Entspannt ruhten seine Hände auf den Knien, und er ließ die Kuppen von Daumen und Mittelfinger der linken Hand umeinander kreisen.

Gwyneth zog ihm erst den einen und dann den anderen Stiefel vom Fuß. Sie spürte die rauen Haare seiner kräftigen Schenkel über ihre Handfläche streichen. Scharf sog Jared die Luft ein.

Sieg!

Der Mann war *nicht* gegen sie gefeit. Er war gar nicht so anders als all die anderen. Diese Erkenntnis durchzuckte sie wie ein Blitz und gab ihr ein Gefühl der Macht.

Sie erhob sich, wobei sie berechnend langsam die Hüften bewegte, und löste die Kordeln seiner Tunika. Der Puls an seinem Hals beschleunigte sich, und die Bewegungen, die er mit den beiden Fingern der linken Hand beschrieb, wirkten nun unruhiger. Sie zog ihm die Tunika über den Kopf.

Allmächtiger, sein Oberkörper war prächtig. Breite Schultern. Stramme Taille. Mit einem Finger fuhr sie über die Hügel und Täler seines Bauchs und bewunderte die Männlichkeit, die sein Leib ausstrahlte.

Erneut atmete er scharf ein, und wieder überkam sie eine Woge von Machtgefühl. Hitze wallte in ihr hoch und zog sich ihren Rücken hinauf. Wenn sie ihn beeinflussen konnte, konnte sie ihn beherrschen. Wenn sie ihn beherrschte, konnte sie endlich als Burgherrin auftreten, in der Burg nach Belieben schalten und walten, die Frauen im Kerker retten, nach Irma sehen und Veränderungen in der Welt anstoßen.

Irma hatte recht: Ehre war etwas für Männer; den Frauen hingegen standen weit bessere Mittel zur Verfügung.

Sie spürte die Wärme seines Körpers, als sie ihre Hand auf seiner Brust verweilen ließ – die so anders war als die ihre. So gewaltig. So faszinierend.

Versonnen strich sie mit den Fingern seinen Bauch hinab bis zur Schnürung seiner Beinlinge. Der Puls an seinem Hals raste nun, und sie lächelte. Ein Sieg mehr!

An diesem Gedanken hielt sie fest, während sie ihm Beinlinge und Bruche die langen Beine hinabzog.

Um ihr das Ausziehen zu erleichtern, hob er die Hüften, als würde er sich ihr darbieten. Ein erquickliches Schauspiel.

Seine Lanze, nicht mehr vom Stoff niedergehalten, richtete sich auf. Gwyneth unterdrückte ein Keuchen. Die Farbe entzückte sie – die Haut war dunkler als ihre und von einer blauen Ader durchzogen – und erinnerte sie an einen eleganten, kunstvollen Wandbehang.

Schweiß lief ihr in einem dünnen Rinnsal den Rücken hinab, was ihr einen heißen Schauer durch den Leib jagte.

Wortlos stand er auf und ging zum Zuber. Nichts deutete darauf hin, dass er sich seiner Blöße schämte.

Gwyneth rieb sich mit den Händen über die Schenkel und wünschte, sie wäre so unbeeindruckt von seiner Nacktheit wie er selbst, doch in ihrem Bauch kribbelte es, während sie zusah, wie seine Muskeln an Hüften und Po sich bei jedem Schritt anspannten und wieder lockerten.

Sie warf sich den Zopf über die Schulter und entfaltete einen der Waschlappen.

Ein Schweißtropfen trat ihr auf die Stirn. Sie wischte ihn fort und fragte sich, weshalb sie schwitzte. Nie zuvor hatte sie sich so unsicher gefühlt, wenn sie einen Mann hatte betören wollen. Allerdings hatten bislang auch alle Männer in ihrer Gegenwart Kleidung getragen.

Jared sank in den Zuber und zog die Beine an, damit er Platz fand. Silbern schimmernde Dampfschwaden stiegen auf.

Gwyneth trat vor, entschlossen, ihn dazu zu bringen, sie als Gemahlin zu betrachten und nicht als ein Hündchen, das man den ganzen Tag neben sich herspringen lässt.

Zudem, so dachte sie bei sich, dürfte es durchaus nicht unangenehm sein, seinen Leib zu berühren.

Sie tauchte Lappen und Seife ins Wasser.

Mit einem Seufzer lehnte er sich nach vorn, während sie ihm mit dem Tuch über die Schultern rieb. Oh, sein Körper war berückend.

Ein paar Augenblicke lang schwelgte sie darin, ihn zu waschen und sich an seiner männlichen Ausstrahlung zu ergötzen. Nicht ein einziges Mal griff er nach ihr, genau so, wie Irma gesagt hatte.

Giftgrüne Eifersucht schlug ihr die Fänge ins Fleisch, als sie sich vorstellte, wie die Hände ihrer Freundin über den Körper dieses Mannes gestrichen waren.

Eifersucht? Rasch verdrängte sie die Empfindung. Irma verachtete Männer samt und sonders, und zudem hatte sie beteuert, dass es Jared nie erregt hatte, wenn sie ihn badete.

Törichterweise war sie stolz darauf, dass Jareds Lanze heute Abend steif und lang aufragte.

Welch närrischer Gedanke, tadelte sie sich.

Dennoch – sie betrachtete ihn unter halb geschlossenen Lidern und fragte sich, ob sie den Mut aufbringen würde, seinen Schoß zu berühren. Konnte sie ihn vielleicht mit dem Lappen streifen und so tun, als sei es ein Versehen gewesen?

Und was, wenn er aus dem Bottich stieg und sie wieder wie ein wildes Tier nahm?

Sie überdachte dies und erkannte, dass sie bislang nichts Derartiges befürchtet hatte.

Jared hatte sich immer vollkommen in der Gewalt gehabt. Er hatte ihrem Volk zu essen gegeben und sich freundlich mit ihr unterhalten. Er hatte ihr das Haar gekämmt und sich zurückgezogen, sobald sie auch nur die geringste Spur von Angst gezeigt hatte.

Die gesamte letzte Woche über hatte er ihr geduldig das Lesen beigebracht.

Wasser rann ihm von den gebräunten Schultern. Reglos saß er da, die Knie angezogen, weil der Zuber zu klein für ihn war. Seine Lanze ragte im Wasser auf, groß und lockend, jedoch nicht beängstigend.

Gwyneth fuhr mit dem Lappen noch einige Male über seine Schultern, ehe sie ihn auswrang. Das Gemach kam ihr mit einem Mal stickig vor. Sie musste aufstehen, umherlaufen, frische Luft atmen.

Jared erhob sich, und Wasser rann in breiten Rinnsalen von seinem Oberkörper. Seine Brust war mächtig, atemberaubend, und es kostete Gwyneth Überwindung, sie nicht ununterbrochen anzustarren. Obwohl sie sich vorgenommen hatte, Gleichgültigkeit vorzutäuschen, sog sie jetzt doch scharf die Luft ein.

Seine Lanze, leicht purpurn gefärbt, hatte sich hoch aufgerichtet. Sie war dick und lang, und Gwyneth rief sich ins Gedächtnis, wie es sich angefühlt hatte, als Jared sie in sie hineingestoßen hatte. Unwillkürlich lief ihr ein Schauer über den Rücken, und ihr Magen zog sich zusammen. Sie atmete langsam und gleichmäßig, um ihre Fassung zu wahren.

„Ich möchte Euch bitten, behutsam vorzugehen, Mylord. Ich versichere Euch, ich werde mich nicht wehren."

Stille senkte sich über das Schlafgemach, während er über ihre Worte nachdachte. So als habe er eine körperliche Annäherung gar nicht in Erwägung gezogen, obwohl seine Lenden unübersehbar erwacht und bereit waren.

„Ihr braucht keine Angst vor mir zu haben, Gwyneth. Ich verlange Respekt von Euch, doch mir liegt nichts daran, Euch zu erniedrigen. Trotz des unglücklichen Anfangs glaube ich, dass wir zu einem annehmbaren Miteinander finden können."

Einem annehmbaren Miteinander. Die Zusicherung war mehr, als sie erwartet hatte, doch wie konnte die Beziehung zu einem Mann je annehmbar sein?

„Das halte ich für unmöglich", erwiderte sie.

„Weshalb?"

„Weil die meisten Männer …" Sie geriet ins Stocken, als sie

sich die diversen Herren vor Augen führte, die sie kannte. Sie entzogen sich der Verantwortung für ihre Familie, betrogen ihre Frau und schienen bereit, sich mit jedem weiblichen Wesen zu paaren, das die Beine spreizte oder ihnen auch nur Beachtung schenkte.

„Ich bin aber nicht wie die ‚meisten' Männer."

Er sagte es mit Nachdruck, und Gwyneth blinzelte. Wie er darauf bestanden hatte, für die Menschen auf der Burg Fleisch zu erjagen und die Verantwortung für alle hier zu übernehmen, hatte sie beeindruckt. „Das seid Ihr wahrlich nicht", murmelte sie.

„Wir werden es langsam angehen", sagte er. „Ihr werdet Gefallen daran finden."

Hitze pulste durch ihre Scham. „Gefallen?"

Der Ansatz eines Lächelns umspielte seine Mundwinkel, wodurch sich die eine Spitze seines Barts auf verführerische Weise hob.

Ihn zu berühren hatte ihr in der Tat gefallen, doch nun war es Zeit zu verhandeln. „Ich dachte, dass Ihr mir im Gegenzug vielleicht gewährt, meinen Aufgaben nachzugehen."

Jared lachte.

Er *lachte*!

Sie stemmte eine Hand in die Hüfte. Gereiztheit stieg in ihr auf und trieb ihr das Blut in die Wangen. „Mir ist nicht ganz klar, was Ihr so komisch findet."

„Für eine Frau, die sich regelmäßig im Hurenhaus herumtreibt und aufreizende Kleider trägt, wisst Ihr herzlich wenig."

„Es ist nichts Angenehmes am Akt der fleischlichen Verbindung. Das habt Ihr mir bereits bewiesen", gab sie zurück und hob das Kinn.

In seinen Augen blitzte es, als habe sie ihm gerade den Fehdehandschuh hingeworfen.

„Was ist mit dem Kuss im Wald?", fragte er. „Ich denke, Ihr solltet Euch der Lust ruhig ergeben, statt nach Macht zu streben, Gwyneth."

Ergeben? Lust?

„Für Frauen ist der Beischlaf eine bloße Pflicht."

„Ach, wirklich?"

Sie berührte sein Gesicht mit den Fingerspitzen. „Aber ich bin bereit."

Seine Hand schoss nach oben wie eine Schlange, und er packte ihre Finger. „Warum wollt Ihr das tun?"

„Ich wollte Euch verführen, um nicht länger jeden verflixten Atemzug lang an Eure Seite gefesselt zu sein", platzte sie heraus und hätte sich noch im selben Moment am liebsten auf die Zunge gebissen.

Es wäre wirklich besser, wenn er sie tatsächlich ins Bett zerrte wie ein wildes Tier – dabei wusste eine Frau wenigstens, woran sie war. Die besonnene Art hingegen, mit der er von Lust und Gefallen sprach, brachte sie aus der Fassung. Für gewöhnlich waren es doch die Männer, die mit geröteten Wangen und stammelnd derlei lächerliche Bekenntnisse hervorstießen.

Mit festem Griff zog er ihren Arm vom Körper weg, sodass er sie ungeniert von oben bis unten betrachten konnte. Gwyneth ballte die Hände zu Fäusten, um nicht zu zittern, hatte dem prickelnden Gefühl, das plötzlich in ihrem Bauch aufflatterte, jedoch nichts entgegenzusetzen. Jared sah sie an, als könne er nicht nur durch ihre Kleidung starren, sondern als blicke er weit tiefer, auf etwas Dunkles in ihr – als blicke er bis hinab auf diesen geheimen Teil von ihr, der sich dem Verlangen ergeben und gänzlich einem Mann gehören wollte.

Gänzlich *ihm* gehören wollte.

Sie hasste das Gefühl, verwundbar und ausgeliefert zu sein. Und ganz gewiss wollte sie nicht, dass er Begehren in ihr weckte – oder?

Er ließ sie los.

„Fürwahr, wir sollten nicht länger darüber reden." Sie klaubte den Waschlappen vom Boden auf und faltete ihn sorgfältig zusammen.

„Doch, ich denke, das sollten wir.“ Seine tiefe, raue Stimme ließ erneut Hitze in ihr aufflammen.

Gwyneth stellte sich vor, wie sich seine Hand auf ihrer Haut anfühlte. Der Gedanke war nicht annähernd so unangenehm, wie sie es sich gewünscht hätte.

„Es gefällt Euch, wenn ich Euer Haar kämme.“

Sie wollte ihn nicht anschauen, weil sie sich dann nur noch entblößter gefühlt hätte, und wandte sich stattdessen dem Kaminsims zu. Das Sims war sauber und leer – kalt. Sie hatte es heute Morgen abgestaubt, und nichts schmückte die Oberfläche und ließ sie ansprechend oder anheimelnd wirken. Gwyneth setzte an, hinüberzugehen und darüberzustreichen, um sich zu vergewissern, dass tatsächlich kein Stäubchen mehr zu finden war.

„*Nay*“, sagte Jared. „Jetzt ist nicht die Zeit, die Kammer zu säubern. Es ist an der Zeit …“

Jäh fuhr sie herum.

„… Euch zu säubern.“ Er wies auf den Zuber, während er nach einem leinenen Handtuch griff und sich abtrocknete.

Das Atmen fiel ihr mit einem Mal schwer, als ihr aufging, dass sie sich für ihn ausziehen sollte, so wie er sich für sie entkleidet hatte. Die Machtverhältnisse hatten sich wieder verlagert, und sie fühlte sich unbehaglich.

„Ihr habt gesagt“, fuhr er fort, „dass Ihr mir gefallen, dass Ihr mich verführen wollt, richtig? Damit Ihr Euren Platz als Burgherrin einnehmen könnt.“

Ihr Herz pochte wie wild; ihre Brust bebte. Er bot ihr einen Handel an – eben den Handel, den sie gewollt hatte.

„Ihr solltet Euch daran gewöhnen, Euch vor mir zu entblößen.“

Sie keuchte. „Entblößen? Aber das muss nicht sein. Die Kirche sagt …“

„Wollt Ihr Euch nun nach Belieben in der Burg bewegen oder nicht, Gwyneth? Gewiss habe ich für eine solche Gunst doch eine Gegenleistung verdient.“

Gwyneth funkelte ihn aufgebracht an, doch er lachte nur.

„Zudem gefällt es mir, Euch nackt zu sehen“, fügte er an und übersah geflissentlich ihre abwehrende Haltung.

Seine Unverfrorenheit reizte sie bis aufs Blut. „Ich habe Euch schon angeboten, meine eheliche Pflicht zu erfüllen“, fauchte sie.

„Dazu kommen wir später“, versprach er finster.

Diese Verführungsgeschichte verlief ganz und gar nicht so, wie sie es sich ausgemalt hatte, und sie fragte sich, wie Irma es nur schaffte, dass die Männer scharenweise vor ihr krochen.

Sie rang den Drang nieder, sich zu widersetzen oder hektisch in der Kammer umherzugehen und alle Gegenstände zurechtzurücken, die seit diesem Morgen wieder umgestellt worden waren. Stattdessen fasste sie sich ans Mieder. Sie hatte ihm zeigen wollen, dass sie ein vollwertiges Eheweib sein konnte, und sie würde jetzt nicht kneifen.

Die Cotte landete in einem tristen Häufchen zu ihren Füßen. Rasch stieg Gwyneth in den Zuber, darauf erpicht, sich mit irgendetwas zu bedecken, und sei es nur Wasser. Sie schaute nicht in sein Gesicht, denn sie wollte nicht sehen, was in ihm vorging. Er saß einfach nur da. Zweifellos betrachtete er sie und legte sich vermutlich gerade zurecht, was er sagen oder tun konnte, um sie noch mehr aufzubringen.

„Taucht nicht so tief ins Wasser, Frau, ich sehe so gern, wie Eure …“

Gwyneth knüllte den Waschlappen zusammen und warf ihn nach ihm. Mit einem nassen Klatschen prallte er von der Matratze ab.

Aeliana schlug mit den Flügeln.

In Jareds Augen funkelte es schelmisch.

Herrgott! Wie schaffte er es nur, ihr so zuzusetzen, dass sie derart die Beherrschung verlor? Es passte nicht zu ihr, dass sie Dinge nach Leuten warf.

„Hebt ihn auf“, sagte er leise.

„Ihr meint, ich soll aus dem Zuber steigen?“

„Jedenfalls wüsste ich nicht, wie Ihr es sonst bewerkstelligen wollt", meinte er betont langsam, als sei sie schwer von Begriff.

„Ich habe nichts an."

Er zuckte mit den Schultern. „Hervorragend."

„Reicht mir ein Handtuch."

„*Nay*, ganz sicher nicht."

Sein Bart zuckte vor Vergnügen. „Aber wenn Ihr es tut, werde ich Euch erlauben, Euch frei in der Burg zu bewegen."

Der Augenblick zog sich. Zwischen ihnen tobte ein stiller Kampf, der mit Willenskraft bestritten wurde.

Wut stieg in Gwyneth auf. Wie konnte er es wagen, einfach dazusitzen und von ihr zu verlangen, sich zur Schau zu stellen, nur damit ihr eine Freiheit gewährt wurde, die für Ehefrauen selbstverständlich war! Es war barbarisch.

Jared zog einen Mundwinkel nach oben und lächelte verstohlen. Er genoss das Ganze sichtlich. Dieser Schuft.

„Schön!" Gwyneth ließ ihre Hände hart auf den Rand des Holzbottichs niederfahren und stemmte sich hoch. Wenn er wollte, dass sie hüllenlos umherlief, so würde sie es eben tun. Vielleicht würde er dann endlich stammeln und sich närrisch verhalten, wie so viele Männer es taten, wenn sie nur ein entblößtes Bein oder einen nackten Arm erspähten.

Entschlossen stieg sie aus dem Wasser und schritt auf Jared zu, wobei sie sich vor Augen hielt, wie sie auf andere Männer wirkte.

Sein Blick brannte ihr auf der Haut, doch weder stammelte noch versuchte er, sie anzufassen. Im Gegenteil – er saß vollkommen reglos da, ganz und gar gefasst, und wenn sie nicht gewusst hätte, dass er sie begehrte, hätte sie das genaue Gegenteil angenommen.

Flink bückte sie sich nach dem Waschlappen, und da ihr inzwischen egal war, was er tat, richtete sie sich kerzengerade auf und hielt ihm das Tuch hin. Sie wollte, dass er irgendeine Regung zeigte. Seine ruhige, besonnene, herrische Haltung war schier unerträglich und machte sie rasend. Selbst die wilde, ungezähmte Seite seines Wesens war besser als dies.

„Zufrieden?", zischte sie.

„Hütet Eure Zunge." Kurz ließ er den Blick zur Schandmaske auf dem Tischchen neben dem Bett schweifen.

Nun also das schon wieder. Zum Teufel damit!

Sie wirbelte herum, ging zum Tischchen, hob die Maske auf, holte aus, warf sie ihm in den Schoß, ließ sich vor ihm auf die Knie nieder und funkelte ihn trotzig an. „Tut, was Ihr nicht lassen könnt, Barbar. Ich werde mich nicht sträuben."

Jared blinzelte, eindeutig sprachlos. Dann umschloss er mit einer Hand ihr Kinn. Die Geste war sanft, ja gar zärtlich.

Gwyneth erschauderte. Was auch immer sie erwartet hatte – dies ganz gewiss nicht. Sie wich zurück.

Er strich mit der Hand über ihren Rücken, nicht besitzergreifend, sondern beschwichtigend.

Finster schaute sie zu ihm hoch.

Jared schleuderte die Maske quer durchs Gemach. Scheppernd landete sie auf den Dielenbrettern und rollte noch einige Fuß weit.

Er beugte sich vor, sodass seine Lippen die feinen Härchen an ihrem Ohr kitzelten, und sofort erwachte die Flamme in ihrem Innern.

„W…was tut Ihr da?"

„Was ich nicht lassen kann."

25. KAPITEL

Lauf, drängte eine Stimme in Gwyneth, als Jared ihr mit den Lippen sanft über das Ohr strich und Wärme durch ihren Körper strömte. Trotz all der Unterweisungen von Irma hatte sie keine rechte Vorstellung davon, was sie tun sollte. Sein Atem jagte ihr heiße Schauer über den Rücken, und auf ihren Armen bildete sich Gänsehaut. Sie entzog sich ihm, wollte Abstand zwischen sie bringen, einen klaren Gedanken fassen, die Lage einschätzen, ihr Vorgehen genauestens planen.

Im Gegensatz zu eben schloss Jared seinen Arm nun wie eine Eisenzwinge um sie.

Gwyneth keuchte auf und spürte, wie das Gefühl, gefangen zu sein, ihr die Kehle zuschnürte.

„Es gibt da etwas, das wir noch nicht erledigt haben, Frau."

Sie zwang sich, tief durchzuatmen, fest entschlossen, Ruhe zu bewahren. Gewiss ließ sich eine Verführung doch genauso nüchtern angehen wie die Leitung der Küche.

„Ihr zittert ja."

Das hatte er gar nicht merken sollen!

„Vor Angst oder Verlangen?", wollte er wissen.

„Ich …" Wasser troff ihr in dünnen Rinnsalen vom langen Haar und rann ihr die Schenkel hinab. Sie war sich ihrer Blöße nur allzu bewusst. „Mir ist kalt", log sie.

Mit den Zähnen fuhr er ihr am Ohr entlang. „Lügt mich nicht an, Gwyneth."

„T…tue ich nicht", stotterte sie.

Jared nahm ihre wenig überzeugende Behauptung hin und glitt mit seiner Zunge an ihrem Hals hinab.

Sie erbebte. Die Spitzen ihrer Brüste wurden hart, und Schweißperlen traten ihr auf die Schläfe.

„Ich …" Verzweifelt überlegte sie, was sie sagen konnte, damit er von ihr abließ, doch sie fand keine Worte. Sie hätte sich doch ein Handtuch umschlingen sollen! Dann würde er nun wenigstens nicht sehen, was ihr Leib für ihn empfand.

Gwyneth wandte sich zum Abtritt um, in der Hoffnung, sich vielleicht dorthin retten zu können, doch Jared zog sie näher. Ihre nackten Oberkörper berührten sich, Haut rieb an Haut. Weißglühende Begierde durchzuckte sie.

Irgendwie hatte sich ihr Plan, ihn dazu zu verlocken, ihr mehr Freiheit einzuräumen, gegen sie gewandt – sie spielte die Rolle der errötenden Braut und unbeherrschten Närrin und nicht etwa die der siegreichen Verführerin.

„Es besteht kein Grund, sich zu verkrampfen."

Sie hob das Kinn. „Ich verkrampfe mich nicht."

Er nagte an ihrem Ohr. „Lügnerin."

„Ich lüge nicht."

Jared strich mit seinen Fingern an ihrem Körper hinab, und überall dort, wo er sie berührte, prickelte ihre Haut. „Sagt die Wahrheit."

Mit einer Hand fasste er ihr in die Kniekehlen, die andere legte er ihr um die Schultern, und dann wurde sie jäh in die Luft gehoben und aufs Bett gelegt.

Er stemmte die Hände in die Matratze, sodass ihr Oberkörper dazwischen gefangen war, und beugte sich über sie. Die Muskeln seiner Oberarme, dick wie junge Bäume, tanzten.

Mit einem Schaudern erkannte sie, wie sehr sie ihm ausgeliefert war. Ihr wurde die Kehle eng, und sie bekam kaum Luft.

Jared war stark und hatte sie hochgehoben, als wiege sie nicht mehr als eine Handvoll Blätter. Wie hatte sie auch nur einen Herzschlag lang glauben können, dass sie ihn begehrte? Natürlich empfand sie nichts als Furcht!

Doch so war es nicht.

Sie fühlte sich geborgen.

„Ihr versucht absichtlich, mir Angst einzuflößen!"

„Und, gelingt es mir?"

„*Nay!*"

Er verzog einen Mundwinkel zu einem spitzbübischen Lächeln, das zusehends breiter wurde. „Wenn es nicht Angst ist, was Ihr verspürt, muss es Verlangen sein."

„Selbstredend habe ich Angst, schreckliche Angst."

„*Nay*, habt Ihr nicht." Seine Stimme klang tief und ruhig. Wissend. Zu wissend.

Beschämt ob seiner Wirkung auf sie, widerstand sie dem Drang, Brüste und Scham mit den Armen zu bedecken. Ob er die empfindlich heißen Spuren sah, die er mit der Zunge auf ihre Haut gemalt hatte und die noch immer brannten?

„Sprecht die Wahrheit aus, statt sie hinter weibischen Lügen und Finten zu verbergen, Gwyneth."

„Ich wende doch gar keine Finten ..."

„Diese Ehe kann nur gelingen, wenn Ehrlichkeit zwischen uns herrscht."

Ehrlichkeit? Gegenüber einem Mann? Unmöglich.

„Gut denn." Sie schnaubte, ungehalten darüber, welche Wendung das Gespräch genommen und wie ihr das Ganze entglitten war; zudem empörte sie, wie sehr er sie aufbrachte. „Ich möchte nicht mit Euch verheiratet sein. Was haltet Ihr nun von Ehrlichkeit?"

Sie straffte die Schultern, als sei sie ein Soldat, der in die Schlacht zieht. „Ich bin bereit für den Akt. Unstillbares Begehren nach Euch strömt mir durch die Adern." Je eher sie anfingen, desto schneller würde sie es hinter sich haben. „Ich bin bereit, mir die Freiheit zu verdienen, mich nach Belieben in der Burg bewegen zu dürfen."

Jared ließ seinen bohrenden Blick an ihrem Körper hinabwandern. „Ihr seid so starr wie das Schüreisen dort am Kamin." Er machte keinen Versuch, ihr näher zu rücken.

„Dennoch."

Um sich von ihren turbulenten, verwirrenden Empfindungen abzulenken, stellte sie im Geiste eine Liste der Dinge zusammen, die sie tun würde, sollte Jared ihr je erlauben, die Burg zu führen.

Noch einmal die Große Halle putzen, die Binsen austau-

schen, die Spinnweben abfegen und Ordnung in die Vorratskammern bringen.

Er legte ihr eine Hand auf die Schulter, und Gwyneth presste die Augen fest zu. *Die Kamine säubern. Die Tische schrubben.*

„Entspannt Euch, Frau."

Sie schlug die Augen auf. „Ich kann mich nicht auf Befehl entspannen", stieß sie hervor. „Aber ich werde mich nicht widersetzen."

„Mir liegt nichts daran, einer Eisenplatte beizuliegen."

„Dann herunter von mir!"

„Ich dachte, Ihr wolltet mich verführen?"

Wütend blitzte sie ihn an. „Ich habe meine Meinung geändert."

„Ich aber nicht. Ich möchte nach wie vor verführt werden."

Herrje, dieser Mann trieb sie wahrlich zur Weißglut.

„Ich wollte Euch nur deshalb verführen, weil die Bediensteten so tollpatschig sind, dass sie sich gegenseitig zu Fall bringen, und weil die Binsen so wirken, als seien sie seit zwei Jahren nicht mehr erneuert worden." Außerdem musste sie herausfinden, was mit Irma war. Selbst in ihren Ohren klang sie besiegt.

„Gwyneth, das, was Ihr fühlt, hat nicht das Geringste mit dem Gesinde zu tun."

Sie schluckte. Es wäre leicht zu behaupten, dass sie nicht wisse, wovon er da sprach, doch vermutlich würde er ihre Lüge durchschauen. „Zunächst konnte ich mir nicht vorstellen, je wieder bei einem Mann liegen zu wollen, aber …" Das Blut stieg ihr heiß in die Wangen, und sie wandte das Gesicht ab, um die Genugtuung in seinen glühenden Augen nicht sehen zu müssen.

Er hob die Finger an ihre Wange und strich ihr vom Haaransatz bis zum Kinn.

Gwyneth zuckte zusammen. Sie wusste nicht, was diese zärtliche Geste zu bedeuten hatte.

„Was in unserer Hochzeitsnacht geschehen ist, tut mir aufrichtig leid", raunte Jared.

Es tat ihm leid? Die Worte hingen in der Luft. Unerwartet. Seine Stimme klang belegt, so als habe er etwas in der Kehle, und sie fragte sich, ob er sich je zuvor entschuldigt hatte.

„Es wird nie wieder vorkommen, das schwöre ich Euch. Die Leidenschaft, die Ihr vorhin verspürt habt – ich kann dafür sorgen, dass sie noch stärker wird, dass wir beide nichts als Wonne empfinden. Glaubt mir, ich habe mich nach dem Geschehenen so schuldig gefühlt, dass ich kaum noch mit mir selbst leben mochte."

Gwyneth legte den Kopf zurück und sah zu ihm hoch. Ein gequälter Ausdruck umwölkte seinen Blick.

Schuldig?

Er fühlte sich schuldig, weil er sie so behandelt hatte?

„Ich bedaure es zutiefst, Gwyneth. Lasst uns noch einmal von vorn anfangen."

Dass ein Mann zu Gewissensbissen fähig war, nachdem er einer Frau beigewohnt hatte, überraschte sie. Nach allem, was sie über Männer wusste, scherten sie sich wenig darum, was Frauen von besagtem Vorgang hielten. Sie waren selbstsüchtig und rücksichtslos in ihrer Lust und allein auf die eigene Erfüllung bedacht.

Herrschte Krieg, so schändeten sie wahllos, und herrschte Frieden, lauerten sie Frauen im Wald oder in dunklen Gassen auf. Sogar vermeintlich „braves" Mannsvolk befriedigte seine niederen Gelüste in schmierigen Bordellen. Soweit sie wusste, kümmerte diese Kerle nichts als die eigene unersättliche Geilheit.

Doch Jared hatte seit ihrer Hochzeitsnacht nicht mehr versucht, sich ihr körperlich zu nähern.

Sollte diese Zurückhaltung tatsächlich die Folge von *Schuldgefühlen* sein?

„Diese Ehe ist nicht das, was wir beide uns vorgestellt haben", fuhr er fort. „Doch wir sollten versuchen, sie so einvernehmlich wie möglich zu führen."

Eine sehr lange Pause folgte.

„Ich bin in Eurer Nähe kaum eines klaren Gedankens fähig, Gwyneth. Eure Haut, Eure Stimme, die Art, wie Ihr geht …“ Er brach ab. „Ihr raubt mir schier den Atem, und ich hatte schon befürchtet, für den Rest meines Lebens zwischen dem Verlangen nach Euch und der Sorge, Euch zu ängstigen, gefangen zu sein. Durch Euren Wunsch, mich heute Nacht verführen zu wollen, ist mir eine große Last vom Herzen genommen worden.“

Ihr wurde ganz warm.

„Ich habe etwas für Euch angefertigt“, sagte er.

„Für mich?“

Seine Schultern sanken ein wenig nach vorn, und er wirkte – verwundbar. Er griff nach seinem Lederbeutel und band ihn auf. „Ich denke, ich wollte Euch, seit ich Euch das erste Mal auf jenem Fest gesehen habe.“

Gwyneth richtete sich leicht auf.

„Schließt die Augen.“

Sie zögerte, unsicher, was er tun würde.

„Vertraut mir, Gwyneth.“

Ihm vertrauen? So vieles stand zwischen ihnen. Dennoch schloss sie die Augen.

„Nun streckt die Hand aus.“

Sie schlug die Augen wieder auf. „Ist dies irgendeine List?“

„*Nay.* Nur zu, schließt die Augen, und streckt die Hand aus.“

Tief durchatmend gehorchte sie.

Holz klackerte, und etwas wurde ihr auf die Handfläche gelegt.

Sie blinzelte. Es war ein kunstvoll geschnitzter hölzerner Armreif. Sie hob ihn hoch.

Der Reif war aus einem glatt geschliffenen, etwa einen Zoll breiten Holzring gefertigt, in dessen Oberfläche Worte eingearbeitet waren. Auf einer Seite war ein kleiner roter Stein eingelassen. Angestrengt versuchte sie, die Buchstaben zu entziffern.

„*Sie ist …*“ Gwyneth drehte den Armreif, um den Rest zu lesen. „… *weit edler als …*“ Sie legte den Kopf schräg und sprach das nächste Wort aus, wie Jared es ihr beigebracht hatte. „… *Rubine.*“ Verwundert las sie den Satz noch einmal: „Sie ist weit edler als Rubine.“

„Das ist aus der Bibel“, erklärte Jared. „Ein Priester hat mir einst ein paar Verse aus dem Lateinischen übersetzt. Es geht weiter mit: ‚*Ihr Mann darf von Herzen auf sie vertrauen, und so wird es ihm an nichts mangeln.*‘ Aber auf dem Reif war nicht genügend Platz, um alles einzuschnitzen.“

Vertrauen? Zwischen ihnen war bislang nichts als Misstrauen gewesen.

Gwyneth drückte den Armreif an ihre Brust und blickte zu Jared hoch. „Den habt Ihr für mich gemacht?“

„*Aye.*“ Er zupfte an seinem Kinnbart. Lag Unsicherheit in der Geste? Fürchtete er, sie werde sein Geschenk zurückweisen?

„Er ist … wunderschön.“ Sie streifte sich den Reif über die Hand und drehte ihn ein ums andere Mal.

„Es ist leider kein Rubin“, sagte er.

Gwyneth fuhr mit den Fingern über das Holz und den roten Stein. „Es ist das Drachenauge von Eurem Stab!“

„*Aye.*“ Wieder hatte sich Verletzlichkeit in seine Stimme gestohlen. Seine Schultern versteiften sich.

Sie berührte seine Wange, wobei ihre Finger über seinen Bart strichen. Ihr war, als berste ihr das Herz. Männer hatten ihr schon Juwelen geschenkt – Diamanten, Smaragde und, ja, auch Rubine. Doch nie zuvor hatte einer sich die Zeit genommen und die Geduld aufgebracht, eigenhändig etwas für sie zu erschaffen.

„Eine einvernehmliche Ehe wäre auch in meinem Sinne“, erwiderte sie schließlich. Doch die Worte trafen nicht, was sie ausdrücken wollte: Er überwältigte sie.

„Wenn Ihr es nur gestatten wollt, kann ich Euch die Hochzeitsnacht vergessen lassen“, sagte er. „Ich würde gern eine richtige Ehe führen.“

Wieder durchströmte sie Wärme. Ihr Leib war angespannt

wie eine Bogensehne. „So viel bildet Ihr Euch auf Eure Liebeskünste ein?"

Jared lachte. Er *lachte*? „Dass diese Künste sich bei der einen Frau bewähren, heißt nicht, dass es auch bei der nächsten so sein wird." Er ließ seine Finger an ihrem Arm hinabgleiten. „Einigen Damen gefällt beispielsweise diese Berührung, anderen wiederum nicht."

Gänsehaut breitete sich auf ihrem Arm aus.

„Oder womöglich gefällt Euch das hier besser." Er knetete ihr sanft den Arm von der Schulter bis zum Handgelenk.

Wo immer seine Finger sie berührten, begann es wohlig zu prickeln.

„Oder vielleicht dies." Er nahm ihre Hand in die seine und umkreiste einen Finger nach dem anderen von unten nach oben. Die zarte Liebkosung war so wunderbar und unerwartet, dass ihr unwillkürlich ein Wimmern entschlüpfte.

Jared merkte auf. In seinen Augen blitzte es, und er lächelte. „Dies also", sagte er und ließ seine Finger erneut um die ihren kreisen.

Ein wohliger Schauer überlief sie, und sie starrte auf die verwobenen Finger ihrer beider Hände. In scharfem Gegensatz zu ihren waren seine Hände breit und sonnengebräunt, seine Finger lang und derb. Raue Schwielen auf Handfläche und Fingerkuppen bewiesen, dass er – anders als sie – körperliche Arbeit verrichtet hatte.

Gwyneth versuchte, sich wieder vor Augen zu führen, wie er sie auf den Bauch gedreht, auf die Knie gezwungen und hart in sie eingedrungen war, doch die Erinnerung war verblasst. Wenn sie es nicht selbst erlebt hätte, hätte sie nicht glauben können, dass dieser Mann mit der Engelsgeduld zu solcher Gewalt überhaupt fähig war.

Wieder und wieder umspielte er mit den Fingern die ihren. Gemächlich. Als hätten sie alle Zeit der Welt. Als gäbe es keinen Hader zwischen ihnen. Und als hätte Irma ihr keine verzweifelte Botschaft zukommen lassen.

Kurz wünschte sie, dass es ihnen tatsächlich gelingen könnte, eine einvernehmliche Beziehung zu führen.

Jared ließ sich auf die Matratze zurücksinken, den Kopf auf ein Kissen gestützt. Ihre Hand ließ er nicht los. „Sobald Ihr bereit seid, möchte ich, dass Ihr Euch auf mich setzt."

Sie sollte sich auf ihn setzen?

Ihre Augen weiteten sich.

„Ich möchte mich aber nicht auf Euch setzen!" Doch der Gedanke fesselte sie. Wie es wohl sein mochte, zu nehmen, anstatt genommen zu werden? Sie hatte es damals genossen, seinen Körper zu erkunden.

Er lachte leise, hob ihre Hand an seine Lippen und küsste ihre Finger. „Erst wenn Ihr so weit seid. Wenn ich mich recht entsinne, habt Ihr es damals durchaus genossen, meinen Körper zu erkunden, als ich ans Bett gebunden war."

Ihr brannten die Wangen, weil sie soeben haargenau dasselbe gedacht hatte.

„Und ich weiß noch, dass Ihr feucht gewesen seid, als ich Euch berührt habe."

Am liebsten wäre Gwyneth vom Bett gesprungen, um sich darunter zu verkriechen.

„Ihr könntet mir ja zunächst zeigen, welche Taktik Irma Euch beigebracht hat, um Männer zu verführen."

Sie hatte das Gefühl zu ersticken und hielt ihm kurzerhand den Mund zu, um ihn zum Schweigen zu bringen.

Jared grinste. Er *grinste*?

„Ihr lacht ja!", bemerkte sie anklagend.

„Gehört es zur Verführungstaktik, dem Mann den Mund zuzuhalten?", brummelte er undeutlich unter ihrer Hand.

Sie zog die Finger zurück. „Selbstredend nicht."

Seine breiten Schultern bebten.

„Findet Ihr das etwa amüsant?"

„Und wie." Er grinste ungeniert. „Männer am Bett festzurren, ihnen den Mund zuhalten – eine wahrlich erstklassige Versuchungsstrategie, wie ich finde."

Gwyneth zog die Brauen zusammen. „Ihr macht Euch lustig über mich."

„Kommt schon, Gwyneth, gebt es zu – ein solches Ungeheuer bin ich gar nicht."

„Nun." Sie legte den Kopf schräg. „Vielleicht nicht *nur* ein Ungeheuer."

„Was nun diese Verführungstaktik angeht …"

Die Anspannung zwischen ihnen war verschwunden. Gwyneth spürte, wie ihre Schultern sich lockerten. Erregung durchzuckte sie.

Sie beugte sich über ihn und küsste seinen Hals. „Gefällt Euch dies?", fragte sie und wiederholte damit seine Worte von vorhin. Sie küsste seine Wange. „Oder dies?"

Seine grünen Augen loderten und entzündeten in ihrem Innern ein nicht minder heißes Feuer.

Mit den Fingern fuhr sie ihm durchs Haar, wobei sie an die Stelle rührte, die sie nach der Hochzeit genäht hatte. Er zuckte zusammen.

Behutsam begutachtete sie die Wunde, die fast vollständig verheilt war. „Tut es noch weh?"

„Ihr könntet den Schmerz ja fortküssen", raunte er.

Sie strich ihm mit den Lippen über den Kopf und atmete tief den moschusartigen Duft seiner Haut ein. Er war köstlich. Berauschend.

Ihr Blick wanderte an seinem hünenhaften Körper hinab. Narben liefen ihm kreuz und quer über die Beine. Eine besonders lange und unebene reichte ihm von den Lenden bis zum Knie.

„Was ist geschehen?" Mit einem Finger strich sie die Narbe entlang.

Scharf sog Jared die Luft ein. „Ein andermal. Kommt, Mädchen, ich will Euch."

Sie schloss die Augen, schwang ein Bein über seinen Leib und setzte sich rittlings auf ihn. Wie großartig es war, einen Mann zu reiten!

Durch halb geschlossene Lider sah sie auf ihn hinab. Seine Lanze ragte vor ihr in die Luft, und zaghaft fuhr sie mit der Fingerspitze darüber. Zischend stieß er den Atem aus, was ihr unwillkürlich ein Lachen entlockte. Wie sie es genoss, ihn zu beherrschen!

„Sachte, Mädchen."

Doch die Warnung in seiner Stimme konnte sie nicht aufhalten. Schon hatte sie die Hand um seine Männlichkeit geschlossen, sich auf die Knie erhoben und führte ihn in sich ein.

„Wartet." Jared nahm zwei Finger in den Mund und drückte sie auf das Fleisch zwischen ihren Schenkeln.

Gwyneth erbebte und keuchte. Sanft ließ er die Finger über die Spalte zu ihrem Innersten kreisen. Schweiß rann ihr zwischen den Schultern hinab, und ihr zitterten die Beine. Sie bog den Rücken durch und ergab sich der Empfindung, ergab sich der Berührung seiner Hände. Sie spürte, wie Spannung in ihr wuchs.

„Ich will ..."

Jared hob die Hüften und schob sich in sie hinein.

Verblüfft schaute sie hinab auf die Stelle, an der ihre beiden Leiber verbunden waren – an der seine Lanze sie erfasst hatte. Begierde durchrieselte sie.

Langsam wiegte sie sich vor und zurück, vor und zurück. Sie knetete seine Schultern, legte sich auf ihn, setzte sich wieder auf und hob und senkte den Schoß. Wie ungeahnt himmlisch. Mit jeder Regung ihres Körpers erwachte eine neue Empfindung, und sie wollte jede einzelne auskosten. Schnell, langsam, vor und zurück, auf und nieder.

Ihr Schoß drohte zu bersten vor Wollust. Sie schloss die Augen, verkrampfte die Zehen – und dürstete und lechzte nach etwas und wusste doch nicht, nach was sie sich so verzehrte. „Jared", flüsterte sie, als jäh ein Damm in ihr brach und die Spannung fortspülte. Sie erbebte, sank auf ihn nieder und fühlte sich vollkommen ausgelaugt.

Jared hatte die Augen geschlossen und die Hände ins Laken

gegraben. Er ruckte mit den Hüften nach oben, stieß tief in sie hinein und schrie auf. Sie fing den Schrei mit ihrem Mund und glitt mit der Zunge zwischen seine Lippen, um mit der seinen zu spielen. Sie wollte ihn. Alles an ihm.

Ein paar lange, träge Stunden lang lag Gwyneth einfach da und gab vor zu schlafen. Zwischen ihren Beinen spürte sie Feuchtigkeit. Zufriedenheit erfüllte sie, reine Zufriedenheit.

Jared hatte ihr den Arm um die Taille gelegt, und tiefer Frieden umgab sie, so als seien ihrer beider Seelen verschmolzen. Sie lächelte, während sie den Reif an ihrem Arm drehte.

Sie ist weit edler als Rubine. Niemand hatte sie je als kostbarer denn Rubine erachtet. Und darüber hinaus hatte er ihr den roten Stein geschenkt, das Auge seines Drachen.

Sie wollte für immer ihm gehören.

Als sie sicher war, dass Jared schlief, erhob sie sich behutsam. Nur ungern löste sie sich aus der Behaglichkeit seiner Umarmung, doch sie war entschlossen, endlich nach Irma zu sehen. Sie hatte sich mit Aeliana angefreundet und würde das Gemach daher verlassen können, ohne den Vogel aufzuschrecken. Nach allem, was zwischen Jared und ihr passiert war, würde er gewiss keinen Verdacht schöpfen, sollte er wach werden.

Von Zuversicht erfüllt, schwang sie leise die Beine über die Bettkante.

26. KAPITEL

Ein kaltfeuchter Umhang, gewebt aus Dunst und Mitternacht, legte sich Gwyneth um die Schultern, als sie sich auf den Weg zum „Bald Cock“ machte.

Sich aus der Burg herauszuschleichen war einfacher gewesen als gedacht, doch noch immer schlug ihr das Herz bis zum Hals. Aeliana hatte nicht einmal das Gefieder gespreizt, als Gwyneth gegangen war, und Jared hatte erwartungsgemäß wie ein Toter geschlafen.

Sie hielt ein kurzes Messer umklammert, das sie aus der Küche mitgenommen hatte.

Weiße Nebelschleier durchzogen die tintenschwarze Finsternis, als würden schaurige Gestalten aus der Geisterwelt den Pfad säumen und ihr den Weg zur Stadt weisen. Sie huschte von Baum zu Busch zu Strauch, geleitet nur von dem spärlichen Licht des zu einem Viertel vollen Mondes.

Noch einmal durchlebte sie, wie Jareds Hände sich auf ihrer Haut, wie seine Härte sich in ihrem Innern angefühlt hatte, wie er mit verkreuzten Beinen und bloßem Hinterteil in den Laken gelegen hatte, als sie sich aus den Herrengemächern gestohlen und auf ihre Mission begeben hatte. Was würde er tun, wenn er erwachte und feststellte, dass sie nicht mehr auf der Burg war?

Der Frieden, der sich gerade erst zwischen ihnen eingestellt hatte, wäre zerstört.

Entschieden schüttelte sie den quälenden Gedanken ab; mit Jared würde sie sich später befassen. Versonnen drehte sie den Reif an ihrem Handgelenk. *Sie ist weit edler als Rubine.*

Alle paar Schritte warf sie einen Blick über die Schulter und spähte hierhin und dorthin. Nichts als Katen, Werkstätten, leere Karren und ein paar schlafende Hühner. Und das unheimliche Gefühl, dass hier draußen irgendwer, irgendwas lauerte und sie beobachtete.

Die Häuser standen jetzt enger zusammen. Einige waren aus Holz und Stein gebaut, andere nur aus Reisern oder gar

Heu. Zwei Hemden hingen an einer Wäscheleine und flatterten wie grausige Gespenster. Die unbefestigte Straße ging in Kopfsteinpflaster über.

Als sie kurz darauf die Hintertür des Bordells aufschob und eintrat, stieß sie von Herzen erleichtert den Atem aus. Die üblichen Gerüche von Schweiß, Schmutz und Fleischeslust hingen schwer in der Luft. Gwyneth hielt sich die Hand vor die Nase und trat in die verlotterte Küche.

Mit lautem Knall schwang die Tür zur Haupthalle des Freudenhauses auf, und Irma stürzte herein. Ihr ohnehin schon krauses Haar stand ihr noch eine Spur wirrer vom Kopf als sonst. Sie atmete schwer und blickte gehetzt, und auf ihren Wangen leuchteten hässliche rote Flecken.

„Irma!“ Gwyneth lief ihrer Freundin entgegen und schloss sie in die Arme. Deren Kleid war klamm vor Schweiß. „Was ist denn nur los?“

„M… m… meine Tochter! Sie haben sie mitgenommen.“ Irma zitterte wie von einem frostigen Hauch erfasst.

„Kiera?“ Gwyneth hatte auf einmal das Gefühl, als seien ihre Knochen aus Eis.

„*A… a… aye.*“

Sie umarmte Irma fest, während ihre Beklemmung wuchs. Nie zuvor hatte sie die Freundin derart aufgelöst gesehen.

„Wo hat man sie hingebracht?“

„Die Büttel des Richters kamen. Faselten irgendwas von gestohlenen Knöpfen und nahmen meine Kleine mit ins Gefängnis.“ Tränen liefen ihr vom Kinn.

Knöpfe? Etwa die, die Kiera ihr geschenkt hatte, als Jared und sie in der Stadt gewesen waren?

Gwyneth bezwang das Zittern ihrer Hände.

„D…das Schiff soll noch vor dem Morgengrauen auslaufen!“ Irma atmete keuchend, von Furcht gepackt. „Sie wollen sie mir nicht wiedergeben. Ich weiß nicht, was ich tun soll. Ich dachte, du hättest mich im Stich gelassen.“

„Oh, Irma!“ Gallebittere Schuld stieg in ihr auf. „Ich würde dich doch niemals im Stich lassen. Jared hat nicht erlaubt, dass ich auch nur einen Schritt von seiner Seite weiche.“

Irmas Lidstrich mischte sich mit Tränen, und schwarze Schlieren zogen sich über ihre Wangen.

Gwyneth führte sie hinüber zu den Trinkbechern und goss ihr von dem verwässerten Bier ein. Sich über ihre eigenen Empfindungen den Kopf zu zerbrechen, hatte sie nun keine Zeit. „Trink. Und dann erzähl. Wir werden Kiera befreien.“ Irgendwie.

„Ach Gwyneth“, jammerte Irma, „was soll ich nur tun? Ich hab doch nicht das Geld, um sie freizukaufen. Sie fordern eine Unsumme, und ich weiß nicht, wieso.“

Besorgt legte Gwyneth die Stirn in Falten. Auch sie hatte kein Geld, und jetzt deshalb zur Burg zurückzukehren würde zu viel Zeit kosten. „Wir müssen nur einen geeigneten Plan ausarbeiten“, sagte sie ruhiger, als ihr zumute war.

Irma griff sich in den Ausschnitt und förderte einen kleinen, abgegriffenen Beutel zutage. „Nimm das, Gwyneth. Ich hab mir den Rücken wund gelegen, um es zusammenzubekommen.“

Gwyneth wurde flau. „Kiera sagte, du hast Fieber gehabt.“

„Hab keine Zeit gehabt für Fieber, muss meine Tochter aus dem Kerker holen.“

„Grundgütiger.“ Mit zitternden Fingern nahm Gwyneth den Beutel. Die beiden Perlenknöpfe an ihren Ärmeln glänzten. Sie nahm das Küchenmesser, das sie mitgenommen hatte. „Hier, hilf mir, sie abzuschneiden. Vielleicht genügen sie, um den Wärter zu bestechen, wenn ich mich noch ein wenig herausputze und ihm schöntue.“ Sie zog den Saphirring ihrer Mutter vom Finger. „Den werde ich ihm auch anbieten. Du musst mir eines deiner Kleider leihen.“

Kurz tastete sie nach dem Armreif, froh, dass er nur aus Holz und einem gewöhnlichen Stein war. Sie hätte es schwerlich ertragen, sich davon zu trennen.

Gemeinsam eilten sie in Irmas Schlafkammer. Gwyneth zog

sich um, und Irma trug ihr rasch Bleipuder auf und ummalte ihr die Augen schwarz.

Es klopfte an der Tür, und eines der Mädchen öffnete sie einen Spaltbreit. „Der Bursche, der immer zum Baden kommt, fragt nach dir, Irma."

Irmas rot bemalte Lippen formten ein stummes „o".

Durch den Türspalt erblickte Gwyneth Jared, der mitten im Bordell stand, seinen Stab in der Hand. Ein gewaltiger Schreck durchfuhr sie, und einen Moment lang war sie wie gelähmt und konnte sich nicht rühren. „Grundgütiger, Irma! Jared ist hier."

Das Entsetzen schnürte ihr die Kehle zu. Hastig sah sie sich in der Kammer um, ließ den Blick über das schmale Bett, den Stuhl, den Tisch, die Truhe und das kleine Fenster gleiten. „Er könnte mich gesehen haben. Was soll ich nur tun?"

Irma schoss zur Tür und legte den Riegel vor. „Du musst verschwinden. Rasch!"

„Aber wie?" Gwyneth huschte zum Fenster, stieg auf den Stuhl und starrte auf die mit Schlamm und Unrat verschmutzte Gasse hinab.

Ihr sank das Herz. Außen gab es ein schmales Sims, doch von dort bis zum Boden war es ein ganzes Stück. „Ich kann nicht hinunter, es ist zu tief."

„Die Laken! Schnapp dir die Laken!"

Gwyneth sprang vom Stuhl, lief zum Bett und riss die Laken herunter. Gelbliche Flecken zierten das Leinen, einige noch recht frisch. Bei diesem Anblick stieg es ihr sauer die Kehle hoch. Sie musste die Sache mit Kiera bereinigen und danach zurückkehren, um Irma zu helfen. Ihre Freundin konnte sich nicht ihr Leben lang als Hure verdingen.

Jemand hämmerte gegen die Tür. Himmel, hilf!

„Gwyneth!", polterte Jared. Seine Stimme klang wie Donnerhall – als stammte sie von einem heidnischen Gott und nicht von einem Menschen. „Ich weiß, dass Ihr da drinnen seid!"

Unbeholfen knotete sie eines der Betttücher am Tischbein fest und warf das lose Ende aus dem Fenster.

Das Pochen an der Tür wurde fordernder. Die Fensterläden klapperten.

„Gwyneth!“

Sie atmete tief durch, schob sich durchs Fenster und glitt an dem Laken nach unten. Als ihre Hände etwas klebrig Feuchtes streiften, zuckte sie zusammen.

Das Reißen von Stoff ertönte, und das Betttuch fiel herab. Hart prallte sie auf dem Boden auf.

Ihr rechtes Bein schmerzte, doch sie achtete nicht darauf, sondern rappelte sich hoch und rannte los, ihre dünnen Schuhe fast lautlos auf dem Pflaster.

Sie bog in ein anderes Gässchen ein.

„Frau!“, hörte sie Jared hinter sich brüllen. „Macht Euch auf was gefasst!“ Er musste Irmas Tür aufgebrochen haben, stand nun am Fenster und schrie ihr hinterher. Sie lief schneller. Hatte er sie erst eingefangen, würde er sie zweifellos schnurstracks vor die Obrigkeit schleifen und als Hexe anschwärzen. Nie würde er ihr vergeben, dass sie ihn derart hintergangen hatte.

Als sie den Hafen nahe beim Kerker erreichte, blieb sie stehen, lehnte sich an eine schmutzige Mauer und griff sich an die Brust. Die Erkenntnis, dass sie mutterseelenallein war, senkte sich wie Blei auf sie nieder, während sie darüber nachgrübelte, wie sie vorgehen sollte.

Kiera befreien.

Einen Weg finden, wie sie die Angelegenheit Jared beibringen konnte.

Ein Mann mit schmuddeligem Umhang torkelte die Straße entlang, einen Bierhumpen in der Hand.

Gwyneth raffte sich auf und eilte in die andere Richtung.

„Heda, Kleine! He, meine Hübsche!“ Der Kerl schwankte näher. „Wie viel für deinen süßen Hintern, hä?“

Schaudernd schwor sie sich, ein Jahr lang täglich zur Messe zu gehen, falls Gott sie unversehrt durch diese Nacht brachte.

Das Gefängnis war ein hässlicher plumper Kasten. Kein einziges Ornament hellte die trostlosen Ziegelmauern auf, die im

Verfall begriffen waren. Die winzigen Fenster wirkten wie die Augen einer riesigen lauernden Spinne, die von der Hölle selbst ausgespien worden war. Wie immer, wenn sie zu dem Bauwerk aufsah, meinte sie das Böse und den Tod zu spüren, und das beklemmende Gefühl drohte sie zu ersticken.

Sie kämpfte ihr Unbehagen nieder, schritt zur Vorderseite und zupfte ihr Haar zurecht.

War der Lidstrich, den Irma ihr aufgetragen hatte, auch nicht verlaufen?

Gwyneth straffte sich. Wie oft war sie schon hier gewesen. Und sie würde es auch dieses Mal schaffen. Aber sie hatte keine Zeit zu verlieren.

Heilige Maria, murmelte sie wie stets, wenn sie um diese Ecke des Gebäudes kam, steh mir bei.

Tief durchatmend gewann sie ihre Fassung zurück. Sie schob ihren Busen nach vorn. Das Hurengewand gewährte einen tieferen Einblick als jede ihrer Cotten, mehr gar als all ihre Houppelandes. Ein zu tiefer Atemzug, und die rosa Höfe ihrer Brüste würden hervortreten. Das Buch, das Jared ihr geschenkt hatte, steckte wieder in ihrem Mieder. Wenn sie an sich hinabschaute, sah sie den Rücken des Einbands. Jared mochte sie hassen, aber das kleine Werk spendete ihr dennoch Trost. Wie ein Stück Gewohnheit. Ein Anker. So als sei alles wie immer und der Freikauf heute Nacht nur einer von vielen.

Sie zog den Beutel hervor, in dem sich ihr Ring, die wenigen Münzen von Irma und die Perlenknöpfe ihrer Ärmel befanden.

Im dunklen Toreingang stand der Wärter mit dem Stiernacken und den ungleichen Ohrläppchen. Gwyneth schickte ein stummes Dankgebet gen Himmel. Er hatte sich schon beim letzten Mal entgegenkommend gezeigt.

Als sie sich näherte, riss er die Augen auf. „Lady Gwyneth!"

Sie lächelte und fuhr sich durchs Haar.

Er ließ den Blick über ihre freizügige Gewandung gleiten. *Nay*, über ihren Ausschnitt.

Gwyneth biss die Zähne zusammen, um das Gesicht nicht zu verziehen. Stattdessen klimperte sie mit den Wimpern, womit sie, wie sie wusste, die meisten Männer ködern konnte.

Er leckte sich über die Lippen.

Es war immer dasselbe. Männer, die geiferten. Männer, die über ihre eigenen Füße stolperten. Männer, die am liebsten über sie hergefallen wären. Wahrlich, es hatte gutgetan, in den vergangenen Tagen an Jared gebunden und somit dieser Art von Aufmerksamkeit entzogen zu sein. Seine Gegenwart hatte alle fremden Blicke gebannt.

„Ihr habt ein Mädchen hier. Braune Augen, krauses Haar. Es heißt Kiera."

Er riss den Blick von ihrem Busen los und schaute ihr ins Gesicht, weidete sich an ihren langen Locken und den übertrieben geschminkten Augen. Es juckte ihr in den Fingern, ihr Haar zu einem unauffälligen Knoten zu bündeln, doch sie zwang sich, die Hände an den Seiten zu lassen.

Zeig keine Angst. Zeig niemals Angst.

Sie wand sich eine Strähne um die Finger und spielte kokett damit, ehe sie ihm die Bestechung präsentierte.

Flink ließ er Perlen, Ring und Münzen verschwinden.

Sieg! Gott sei Dank!

„Hier entlang."

Sie folgte ihm hinein. Es stank aufdringlich nach schmutzigem Heu und Rattenharn. Die Schlüssel, die an einem schweren Ring von seinem Gürtel baumelten, klirrten, während er den schmalen Gang entlangmarschierte. Er war ein ungeschlachtes Raubein mit flacher Stirn, wachen Augen und einem dicken Bauch. Es war fraglich, ob er die Befugnis besaß, das Mädchen freizulassen, doch das war ihr einerlei. Eine Frau rief ihr etwas zu, aber Gwyneth wandte sich nicht um.

Hol Kiera, und dann nichts wie hinaus. Der Mief wurde schlimmer, je tiefer sie ins Innere des Kerkers vordrangen. Gwyneth sehnte sich nach ihrem Schnupftuch und atmete in kurzen, flachen Zügen, um sich nicht übergeben zu müssen. Die

Fackel des Wärters malte schaurige Schatten auf die schleimige Nässe, die über das Mauerwerk rann.

Ihr drehte sich der Magen um.

Zu beiden Seiten des engen, schummrigen Gangs streckten Gefangene die dreckverkrusteten Hände nach Gwyneth aus und wedelten ihr dadurch noch mehr von dem Gestank zu. Wenn sie doch nur einen Stängel Lavendel hätte!

„Heda, gute Frau! Bitte, liebe Dame!“, rief jemand heiser. Die Stimmen vermischten sich zu einem Getöse, und Gwyneth konnte nur Fetzen aufschnappen: „Helft uns, edle Dame – Wir gehören nicht hierher – Ich sitze zu Unrecht hier – Es war ein Versehen – Ich kann Euch reich entlohnen – Wenn Ihr mir nur helfen wollt – Lasst meinem Bruder eine Nachricht zukommen – Meinem Vater eine Botschaft – Helft mir – Bitte – Bitte, gute Frau, oh, bitte …“

Gwyneth griff sich an die Brust.

Kiera war zu jung und unschuldig, um in einem Höllenloch wie diesem zu hocken.

Sie zwang sich, über die flehentlichen Rufe der Frauen hinwegzuhören und Gestank und Dreck zu übersehen, richtete den Blick stur geradeaus und trottete hinter dem Wärter her.

„Hier ist sie, Mylady.“ Er blieb stehen, deutete auf eine stockfinstere Zelle zur Linken und schloss auf. Knarrend schwang die Tür nach außen.

In der Zelle stank es noch ärger. Es roch nach Verfall und Tod. Gwyneth hielt sich die Nase zu und rang mit ihrem Magen, der sich bedrohlich hob. Als sie eintrat, hüpften Flöhe über ihre Schuhe und bissen ihr in die Knöchel. Sie blinzelte ins Kohlrabenschwarz vor ihr.

Der Wärter hob die Fackel.

Kiera kauerte in einem Winkel unter einer schäbigen, von Ratten zerfressenen Decke. Sie war vom Kopf bis zu den Zehen voller Schmutz, und die untere Hälfte ihres Rocks war entzweigerissen, so als habe sie sich gegen ihre Angreifer zur Wehr gesetzt. Ihre Arme und der sichtbare Teil ihrer Wade waren mit dunkelroten Blutergüssen überzogen.

Elizabeth, das stumme, dunkelhaarige Mädchen, lag neben ihr auf dem Boden, parallel zur Wand. Ihr glattes schwarzes Haar ergoss sich über den modrigen Boden, und die Spitzen kräuselten sich in Kieras Schoß, als hätten die beiden Kinder sich im Schlaf aneinandergeschmiegt.

Gwyneth wurde flau. „Oh, gütiger Himmel."

Die zwei Mädchen rührten sich nicht.

Sie kniete nieder, und kurz wurde ihr schwummerig. „Kiera? Elizabeth?"

Kieras Lider zuckten, und in Gwyneth keimte Hoffnung auf.

Der Wärter räusperte sich. „Wir müssen uns sputen."

Verzweiflung packte sie, und sie schüttelte Kiera fester. „Du musst aufwachen, Kleines. Steh auf, komm mit." Mühsam versuchte sie, das Mädchen hochzuheben.

Kiera stöhnte und verdrehte die Augen.

„Wir müssen dich hinausschaffen." Gwyneth verscheuchte eine Ratte, die sich aus der schimmeligen Streu gewagt hatte, sammelte all ihre Kraft und richtete sich auf, das Kind in den Armen.

Elizabeth fuhr aus dem Schlaf hoch, fasste Gwyneth am Rock und sah mit ihren grünen Augen flehentlich zu ihr auf.

„Kommt Ihr nun oder nicht, Werteste?" Unruhig trat der Wärter auf seinen stämmigen Beinen hin und her und zermalmte dabei das faulige Heu, das den Boden bedeckte.

„Vielleicht könntet Ihr mir ja gnädigst zur Hand gehen", fuhr Gwyneth ihn an, da sie durch den Unrat unter ihren Sohlen auszugleiten drohte.

Der Wärter zuckte mit den Schultern und drehte sich um. „Besser, Ihr eilt Euch, ehe euch beiden die Tür vor der Nase zuschlägt."

Wieder zog Elizabeth Gwyneth am Rock.

Großer Gott. Sie verlagerte Kiera, streckte eine Hand nach Elizabeth aus und zog sie auf die Füße. „Dieses Kind nehme ich auch mit", wandte sie sich mit wütendem Blick an den Mann.

„Für die da habt Ihr aber nicht bezahlt."

Gwyneth geriet auf dem schlüpfrigen Boden ins Schlittern, sodass Heu, Flöhe und anderes Ungeziefer aufstoben, als sie verzweifelt um Gleichgewicht rang. Ratten entfleuchten quiekend in die Nachbarzelle.

Mit letzter Kraft schaffte sie es, sich Kieras Arm um die Schultern zu schlingen, ehe sie erneut Elizabeths Hand ergriff. Der Gestank, der von Kiera ausging, ließ sie fast würgen. Ihr Gesicht war von nässenden Wunden verunstaltet, die Finger waren bleich, und ihr Körper wirkte beinahe skelettartig. Doch ihr Griff war erstaunlich stark, was Gwyneth die Zuversicht gab, die sie brauchte, um sich weiterzukämpfen, nicht aufzugeben und immer einen Fuß vor den anderen zu setzen.

Mit klopfendem Herzen schritt sie Richtung Tür, Kiera auf dem Arm und Elizabeth an der Hand.

„Ihr habt aber nicht bezahlt für die da", wiederholte der Kerkerknecht.

„Macht Platz." Sie keuchte vor Anstrengung, und ihre Knie drohten nachzugeben, doch sie klammerte sich eisern an die Kinder. Sie würde die beiden aus diesem elenden Loch holen, und wenn es das Letzte war, was sie tat.

Der Wärter ließ die Tür vor- und zurückschwingen, als denke er nach. Sie quietschte unheilvoll.

Kiera stöhnte erneut, und Elizabeth hielt Gwyneths Hand so fest, als wolle sie nie wieder loslassen.

„Ich werde Euch nächstes Mal mehr Geld bringen. Tretet beiseite."

Frech grinste er sie an, ließ sie jedoch durch. Dieser Lump, dieser nichtsnutzige Schwachkopf. Sobald ihr Anwesen wieder etwas abwarf und sie mehr Macht und Einfluss hatte, würde sie ihn zur Rechenschaft ziehen. Sie konnte sich an seine Oberen wenden, sie schriftlich auffordern, sich diesen Kerl einmal vorzuknöpfen. Doch erst musste sie die Mädchen in Sicherheit bringen und einen Weg ersinnen, Jared alles zu erklären.

Ihr taten die Beine weh, als sie aus der Zelle trat, das eine Kind schleppend, das andere ziehend.

Kurz darauf ließ der Wärter sie durch eine Hintertür des Gefängnisses hinaus, und sie standen nun im Licht der Morgendämmerung. Der Himmel erstrahlte in Rosa- und Rottönen, und die Luft roch nach Brackwasser. Sie waren in der Nähe des Flusses – auf dem viele der Kerkerinsassen von Schiffen einem neuen Leben entgegengetragen wurden.

Sie hielten auf die gepflasterten Straßen der Stadt zu, und mit jedem Schritt wurde Gwyneth schwerer ums Herz. Kiera drohte ihr immer wieder wegzurutschen, warf vor Schmerzen den Kopf hin und her und verdrehte die Augen. Elizabeth schlurfte barfuß durch den Unrat neben ihnen her.

Der lange Weg zum Gefängnis hatte Gwyneth bereits ausgelaugt, und sie spürte Beine, Schultern und Rücken unter Kieras Gewicht allmählich nachgeben. Mit jedem Schritt schien das Mädchen mehr zu erschlaffen und so noch schwerer zu werden.

Sie brauchten einen Arzt. Wohl eher einen Priester, flüsterte eine düstere Stimme in ihr. *Nay.* Irgendwie würden sie es schaffen. Sie mussten einfach.

„Es tut mir so leid, Kleines. Ich hätte viel früher kommen sollen." Verflucht sei Jared für seinen Dickkopf.

Das erste Licht des Tages glänzte auf dem Pflaster und tauchte die noch wie ausgestorben daliegende Stadt in seinen trüben Schein. Der Atem stand ihnen als weiße Wolke vor dem Mund, die sie umhüllte, während sie immer weitergingen. Die Luft war feucht, und der Nebel, der sich allmählich lichtete, waberte ihnen um die Beine.

Hier und dort rührten sich die ersten Städter. Hinter den Fenstern flackerten Kerzen, und in den Hütten und Häusern hörte man Leute umherschlurfen.

Da brach jäh ein Mann aus dem Nebel in einer Seitengasse und packte Gwyneth rüde am Arm. Sie schrie, und Kiera entglitt ihr.

27. KAPITEL

Die Finger des Rüpels schlossen sich schmerzhaft fest um ihren Arm und zogen sie von Kiera fort, die zu Boden ging, unfähig, sich aufrecht zu halten. Verzweifelt suchte Gwyneth das Mädchen zu stützen. Der Angreifer trat jetzt vollends aus der Gasse. Elizabeth wich zurück.

Der Kerkermann! Finster blickte er sie an, ein seltsames Leuchten in seinen Schweinsäuglein. „Kein Wort, Frau. Ihr habt da etwas, das ich will."

Gwyneth fuhr herum und richtete sich zu ihrer vollen Größe auf. „Ihr habt Euren Lohn erhalten", erwiderte sie. „Hinfort mit Euch."

„Aber noch nicht für das zweite Mädchen da."

Er zog sie dicht zu sich heran, und sein Gestank – er roch nach ungehemmter Lust und Schlechtigkeit – übertünchte selbst den der ungewaschenen Kiera.

Mit einem jähen Anflug von Kraft bäumte sich Kiera auf und zerrte an dem Arm, der Gwyneth umklammert hielt. „Lass Lady Gwyn los!"

Mit dem Handrücken versetzte der Kerl ihr eine Maulschelle, die sie aufs Pflaster warf. Die Wunde an ihrer Wange riss wieder auf, und Blut sickerte auf ihre verdreckte Kleidung.

Gwyneth schrie und versuchte, ihm das Knie in die Lenden zu rammen und sich von ihm loszureißen.

Doch der Wärter verstärkte seinen Griff nur noch und trat hin und her, um ihrem Knie auszuweichen. „Ganz ruhig, Teuerste. Es dauert nicht lang."

Elizabeth stürzte sich auf ihn und biss ihm in den Oberschenkel. „Autsch!"

Erbost packte er sie und schleuderte sie quer über die Straße. Abfall wirbelte auf, als sie hart landete.

„Elizabeth!"

Der Kerl grinste.

Grundgütiger.

„Du Ungeheuer!“

Elizabeth rutschte zu Kiera hinüber und nahm sie in die Arme.

Die Hände zu Fäusten geballt, funkelte Gwyneth den Halunken böse an. „Lass sie in Ruhe.“

„Gold. Gebt mir Gold.“

Du lieber Himmel. Wenn sie eine Truhe voller Gold gehabt hätte, würde sie ihm diese nur zu bereitwillig überlassen. „Ich habe dir alles gegeben, was ich habe.“

„Verlogene Hure! Ich hab Euch doch gesehen. Ich weiß, wer Ihr seid.“ Er neigte sich noch weiter vor, sodass es sie fast würgte.

„Lass sie doch mit ihrem Fleisch bezahlen“, hörte sie eine Stimme, die zu einem räudigen Strolch gehörte, der im Straßendreck kauerte. „Wär bestimmt ein Riesenspaß, wie ich ihn seit zehn Jahren nicht mehr hatte.“

Galle stieg ihr in die Kehle.

Kiera regte sich. Aus ihrer Nase lief Blut und rann ihr am Kinn hinab.

Gwyneth machte Anstalten, zu ihr zu eilen, um sie alle in Sicherheit zu bringen, doch der elende Wicht hielt sie zurück. Erneut schrie sie und trat nach ihm, aber er machte sich ungerührt an ihren Röcken zu schaffen.

Da trat eine dunkle Gestalt um die Ecke – gewiss ein weiterer Peiniger, der ihrer Demütigung beiwohnen wollte. Er sah aus wie ein Geist oder gar ein aus der Hölle heraufbeschworener Dämon. Sie erschauderte. Führten ihre Gebete in letzter Zeit etwa nur noch zum Gegenteiligen?

„Lass sie los!“

Jared! Ihr Herz tat einen Sprung, als sie seine tiefe Stimme vernahm. Er hielt seinen Stab so, dass er im ersten Sonnenlicht glänzte. In seinen Augen loderte es, doch dieses eine Mal war Gwyneth froh über das feindselige Funkeln. Er wirkte wie ein Erlöser, und kurz drängte es sie, zu ihm zu laufen, den Tränen freien Lauf zu lassen und ihm zu danken, dass er gekommen war, sie alle zu retten.

Sein Anblick verlieh ihr die Kraft, sich aus den Klauen des Unholds loszureißen, der sie noch immer gepackt hielt. Sie hastete zu den beiden Mädchen hinüber und kniete sich neben sie.

Als sie versuchte, Kiera hochzuheben, besudelte sie sich das Kleid am Blut des Mädchens. Kieras Griff war nun schwächer, es lag nicht mehr die Willenskraft darin wie noch im Kerker. Stöhnend machte Elizabeth sich daran, Gwyneth zu helfen.

Der Wärter beäugte Jareds Stab, lachte und zog aus seiner Tunika ein Messer, das eher einer Säge glich.

„*Nay!*", keuchte Gwyneth.

Mit einem Satz sprang Jared vor, verwegen und waghalsig, und hielt geradewegs auf den bullenstarken Kerkerknecht zu.

Flüchtig schoss ihr das Bild einer vorschnellenden Giftschlange durch den Kopf, so als sei Jared ein Tier aus Urzeiten – kein Wesen, das der Menschheit oder der bezähmten Welt entsprungen war.

Er stieß einen Laut aus, der tief aus seinem wilden Innern drang, und ließ den Stab auf den Stiernacken des Wärters niedersausen. Mit einem dumpfen Geräusch schlug der Mann hin.

Der Wärter riss die Augen auf. Er war nicht einmal dazu gekommen, das Messer richtig zu packen. Während er sich wieder aufrappelte, warf er Gwyneth einen düsteren Blick zu. „Dafür wirst du büßen, Weib." Er machte auf dem Absatz kehrt und nahm die Beine in die Hand. Seine Schritte hallten auf dem Pflaster wider und wurden bald leiser.

Gwyneth griff sich an die Brust und blickte zu Jared hoch.

Nicht ein Schweißtropfen stand ihm auf der Stirn. Sein Atem ging gleichmäßig und mühelos, als habe ihm die Sache kein bisschen zugesetzt.

„Seid Ihr wohlauf?", fragte er.

Sie zitterte.

„Wir müssen verschwinden, ehe Wachleute oder Obrigkeit

auf uns aufmerksam werden“, sagte er, seine Stimme so gelassen und ungerührt, als sei er es gewohnt, sich vor dem ersten Tagesmahl mit einem Kontrahenten herumzuschlagen.

Als sie sich nicht rührte und schwieg, beugte er sich vor und fasste sie am Arm. „Könnt Ihr aufstehen?“

Ihr Leib fühlte sich an, als habe ihn jemand bis oben hin mit Wackersteinen gefüllt. Elizabeth schmiegte ihren mageren Körper in ihren Schoß.

Plötzlich gab Kiera einen erstickten Laut von sich, öffnete und schloss den Mund und schnappte nach Luft. Ein Gurgeln drang ihr aus der Kehle.

„Kiera?“

Einmal mehr verdrehte das Mädchen die Augen.

Der Schreck fuhr Gwyneth in die Glieder. „Kiera? Kiera!“

Erneut dieses röchelnde Geräusch. Die Hand des Mädchens glitt kraftlos in den Staub.

Tot.

„*Nay!*“, hauchte Gwyneth und zog ihre kleine Freundin auf den Schoß. „*Nay!*“

Ein schwacher Atemzug strich über Kieras Lippen. Nicht tot also.

Gwyneth versuchte, sie wachzurütteln. „Wach auf, Kiera! Wach auf!“

Jared kniete neben ihr nieder.

Voller Zärtlichkeit drückte sie Kiera an sich und wiegte sich vor und zurück.

Er riss einen Stoffstreifen aus dem Saum seiner Tunika und wischte Kiera damit das Blut von Gesicht und Armen, ehe er sie eingehend untersuchte.

„Sie muss genäht werden“, stellte er fest und hob sie sanft aus Gwyneths Umarmung. „Kommt, Gwyneth, wir müssen gehen.“ Er blickte die Gasse entlang. „Wenn uns ein Städter hier ertappt, wird man uns zur Last legen, den beiden zur Flucht aus dem Kerker verholfen zu haben.“

In diesem Augenblick ging über ihnen quietschend ein Fenster auf. Sie hörten zwei Mägde miteinander plaudern und sich über die morgendliche Arbeit beschweren.

Rasch zog Jared Gwyneth und Elizabeth zu sich herüber und schob sie dicht an die Hauswand, damit man sie von oben nicht sehen konnte.

Platschend landete der Inhalt eines Nachttopfs auf der Straße, wo er sich mit Pfützen und Unrat mischte und sie vollspritzte.

Gwyneth drehte sich der Magen um. Es war buchstäblich der Tropfen, der das Fass dieses ereignisreichen Morgens zum Überlaufen brachte. Sie würgte trocken.

„Wer ist da?" Die Magd lehnte sich ein wenig weiter aus dem Fenster, spähte herab und ließ den Blick hin und her schweifen.

Jared drängte sie noch tiefer in den Schatten. Mit seinem sauberen, moschusartigen Duft schaffte er es fast, den Gestank zu überlagern. Bebend überließ sie sich seinen Armen, zu schwach, um der Stärke widerstehen zu können, die von ihm ausging. Sie hielt sich die Hand vor den Mund, um das Würgen zu unterdrücken, doch ihr Magen wollte sich nicht beruhigen.

„Kommt", flüsterte Jared ihr ins Haar. Halb zog, halb trug er sie die feuchtkalte Gasse entlang, fort von den Stimmen über ihnen.

Elizabeth schloss sich ihnen an. Jared strich Kiera übers Haar und wiegte sie an seiner Brust. „Lasst uns heimgehen."

Gwyneth stolperte vorwärts, ohne Rücksicht auf den peinigenden, pochenden Schmerz in ihren Beinen. Schenkel und Knie bebten vor Erschöpfung, doch sie zwang ihre Glieder weiterzugehen. Stumm trottete sie hinter Jared her auf die Burg zu, so als sei es die alltäglichste Sache der Welt, ihm zu folgen.

28. KAPITEL

Sie hatten Elizabeth und Kiera gerettet! Trotz allen Ungemachs hatten sie es sicher zurück zur Burg geschafft. Jared wusch Kiera geduldig und behutsam und hielt sie fest, als Gwyneth ihr die schlimmsten Blessuren nähte. Elizabeth, gebadet und in einem sauberen Kleid, sah ihnen von einem Sessel in der Ecke aus zu. Mit ihren klugen moosgrünen Augen schaute sie sich in der Kammer um, wobei sie auf den Enden ihres glatten dunklen Haars kaute.

Sanft strich Gwyneth dem schlafenden Mädchen die Locken aus dem Gesicht und küsste es auf die Stirn, während sie sich schwor, schnurstracks zur Kapelle zu gehen und ein Dankgebet zu sprechen.

Bislang hatte sie außer dem Bordell keinen Ort gehabt, um Kindern ein Obdach geben zu können. Nun jedoch hatte sie ihr Anwesen. Die beiden Mädchen würden von Lehrern erzogen werden und Kleider besitzen. Sie würden nicht länger verwaiste Straßenkinder sein, die zu Huren heranwuchsen.

Sie erhob sich, um Jared zu umarmen und ihm für ihre Rettung wie auch dafür zu danken, dass er das Kind den langen Weg zur Burg getragen hatte. Vorsichtig legte sie ihre Hand in die seine. „Oh, Jared, wie kann ich Euch je vergelten, dass …"

Verhaltener Zorn glomm in seinen Augen auf und ließ sie mitten im Satz stocken.

Er packte ihre Hand. „Wir gehen jetzt ins Schlafgemach." Sein angespannter Kiefer und die Haltung seiner Schultern gaben ihr deutlich zu verstehen, dass ihr nicht gefallen würde, was ihr bevorstand. Schroff wandte er sich um und zog sie mit sich.

„Was tut Ihr da?"

Jared antwortete nicht.

Sie erklommen die steile Wendeltreppe, die zu den Herrengemächern führte, und schreckten einen Wachmann auf, der sich eilends aufrappelte und strammstand.

Gwyneth geriet ins Stolpern, als sie sich mühte, mit den weit ausholenden Schritten ihres Gemahls mitzuhalten.

„Nicht so schnell!“, zischte sie, doch er ging nur umso rascher. Wie er sich bewegte, kündete von forscher Entschlossenheit und hatte nichts von der üblichen Geschmeidigkeit an sich.

„Schweigt, Frau.“

Ihr taten noch immer die Beine weh vom langen Marsch zum Gefängnis und der anschließenden Flucht. „Ich kann aber nicht mit Euch Schritt halten“, keuchte sie.

Fast schmerzhaft hielt er ihre Hand weiterhin fest umklammert. „Schweigt still. Und reizt mich nicht noch mehr. Ich kann auch so kaum noch an mich halten.“

Sie meinte bereits die Schandmaske zu spüren und Metall zu schmecken.

Jared führte sie zu ihrer beider Kammer, und ein banges Gefühl zog ihr den Magen zusammen. Wollte er sie etwa so nehmen wie beim ersten Mal? Sie schlagen? Ihre Siebensachen packen und sie in ein Kloster stecken?

Sie kamen an einem weiteren Wachposten vorbei. Gwyneth sah ihn flehentlich an, doch er machte keinerlei Anstalten einzugreifen. So rasch hatte sich Jared also Respekt verschafft?

Gwyneth versuchte, ihm ihre Hand zu entziehen und fortzulaufen. Vielleicht schaffte sie es bis zum Hinterausgang der Burg.

Die Tür zum Gemach schlug mit lautem Knall zu, und der Raum drehte sich um sie, als Jared sie herumwirbelte. Sie stieß gegen seine Truhe und wich einen Schritt zurück.

„Setzt Euch“, befahl er und wies auf den Schemel neben ihrem Frisiertisch.

Sie setzte sich.

„Ich kann alles erklä…“, begann sie, schloss den Mund jedoch gleich wieder, als Jared eine Braue hob und zur Schandmaske hinüberging, die noch immer auf dem Tischchen neben dem Bett lag.

Ein kalter Schauer überlief Gwyneth.

Er nahm die metallene Maske und drehte sie in den Händen. Gwyneth sah im Geiste wieder die Menschenmenge vor sich, die sie anstarrte und verhöhnte, als er sie ins Knebeleisen gezwungen hatte. Sie erbebte. Es gab für sie nichts Abscheulicheres als die Vorstellung, diese Maske erneut tragen zu müssen und durch die Straßen gezerrt zu werden. Gwyneth of Windrose, die schönste Frau des Landes, die aufmüpfige, hochnäsige Gemahlin, die in Schande vorgeführt wurde. Einigen würde es gefallen, sie derart erniedrigt zu sehen. Die Ashworth-Schwestern würden die Geschichte gar bis nach London tragen.

Jared warf die Maske zurück, dass sie schepperte und Gwyneth zusammenfuhr. Er durchquerte die Kammer, kramte in seinen Habseligkeiten und zog Messer und Abziehleder hervor.

Gütiger Himmel, wollte er ihr etwa die Kehle durchschneiden? Hastig spähte sie zur Tür, in der verzweifelten Hoffnung, sie allein durch Gedankenkraft zu öffnen, auf dass sie entkommen könne. Sie spannte die Beinmuskeln an und rückte auf dem Ankleidehocker ein wenig nach vorn.

„Ihr schafft es nicht schnell genug bis zur Tür."

Sie rutschte zurück, und ihre Angst wurde zunehmend von Wut verdrängt. „Was habt Ihr denn vor?", verlangte sie zu wissen.

„Ihr habt mich belogen. Mich verführt. Ihr habt mich betrogen. Und obendrein habt ihr mich zum Narren gehalten." Die Klinge fuhr zischend über das Leder und untermalte jeden Satz.

Das Geräusch zerrte an ihren Nerven. „Und dafür wollt Ihr mich nun umbringen?"

„Nay."

Gwyneth blickte von dem Messer in seiner Hand zu seinem Gesicht und zurück.

Sie krampfte die Hände in den Rock und zerknüllte dabei den Stoff.

Ein finsterer Schatten glitt über seine Miene. Schließlich schritt Jared auf sie zu und blieb hinter ihr stehen. Furcht kroch ihr das Rückgrat hoch, und wieder schielte sie zur Tür. Seine

Schenkel, ja sein ganzer Leib strahlten Hitze aus. Er beugte sich vor und legte das Messer langsam und bedächtig auf den Frisiertisch.

Fragend starrte sie auf die blanke Klinge und überlegte, ob sie versuchen sollte, das Messer zu ergreifen. Stellte er sie vielleicht auf die Probe?

Er strich ihr über die Schultern. Obwohl er keinerlei Druck ausübte, hatte sie das Gefühl, als laste ein ganzer Berg auf ihrem Körper. Wieder überlief sie ein Schauer. Jared schien sie mit allen Mitteln aus der Fassung bringen zu wollen, was ihm auch gelang.

„Würdet Ihr wohl gerne nach dem Messer greifen?", fragte er ruhig.

Gwyneth wählte ihre Worte mit Bedacht. „Ihr habt Kiera heute das Leben gerettet. Mir liegt nichts daran, Euch etwas anzutun."

„Gut."

Sie legte die Stirn in Falten und wandte sich um, damit sie ihn ansehen und ergründen konnte, was er vorhatte.

Sein Kiefer war angespannt. „Euer ganzes Leben habt Ihr damit zugebracht, Männer zu umgarnen. Bislang war ich mir nicht im Klaren darüber, welchen Nutzen die Freundschaft zu Irma Euch bringt, bis ich Euch vorhin vor dem Gefängnis sah."

Gwyneth verzog das Gesicht.

„Irma hat Euch beigebracht, Euch die Augen anzumalen, so wie Ihr es letzte Nacht getan habt – um Männer wie dem Kerkerknecht zu gefallen, auf dass Ihr sie mit einem bloßen Wimpernschlag bestechen könnt."

Sie erkannte, dass er eifersüchtig war.

„Ich habe gesehen, wie Ihr Euer Haar nach hinten geworfen habt. Ihr habt es benutzt wie ein Krieger seine Waffe."

„Das habe ich ni…" Die Worte erstarben ihr auf den Lippen. Es stimmte, was er sagte. Sie hatte ihr Haar für den Wärter über die Schulter geworfen.

„Oh, doch."

Mehr als seine Worte ließ sein Tonfall sie aufmerken. Die unnachgiebige Härte, die Entschiedenheit und die Unerbittlichkeit darin ängstigten sie. Ihr drehte sich schier der Magen um.

Sie zuckte zusammen, als er ihren Hals berührte, und fragte sich, was sie tun solle: fortlaufen, bleiben, sich wehren, sich ergeben?

Mit den Fingern fuhr er ihr durchs Haar und strich ihr mit den Handflächen über die Kopfhaut. Hitze wallte in ihr auf und durchströmte ihren ganzen Körper. „Euer Haar ist wunderschön, Gwyneth."

„V...vielen Dank", erwiderte sie, obwohl es nicht wie ein Kompliment geklungen hatte.

„Die Barden besingen es."

Sie spürte, wie er ihre Mähne hob und zur Seite zog. Einige Strähnen ziepten schmerzhaft.

„Es ist seidenweich, verführerisch, aufreizend. Wie ich es genossen habe, es allabendlich für Euch zu bürsten und zu flechten. Als ich Euch damals das Buch geschenkt habe, habe ich Euch eine Locke stibitzt. Habt Ihr es je bemerkt?"

„*Nay.*"

Ein langer, unbehaglicher Moment verstrich. Eine unheilvolle Ahnung beschlich sie, und sie fühlte, wie ihre Schultern sich verspannten. Sein Schweigen setzte ihr mehr zu, als jede Strafpredigt es vermocht hätte. Was für ein Mann stahl einer Frau eine Haarsträhne?

Jared ließ sie so plötzlich los, dass sie zusammenschreckte. Mit zwei langen Schritten durchmaß er den Raum und ließ sich auf der Bettkante nieder.

„Kommt, und kniet Euch vor mir hin. Ich werde dafür sorgen, dass Ihr Euer Haar nie wieder als Waffe missbrauchen könnt. Bringt mir das Messer."

Entsetzt keuchte sie auf. „Ihr wollt mir das Haar abschneiden?"

„*Aye.*"

„Das ist Eure Strafe?"

„*Nay.* Ich muss es tun, um Euch zu schützen. Ihr dürft Euch nicht länger dadurch in Gefahr bringen, dass Ihr Euch mitten in der Nacht aus der Burg schleicht."

Wut stieg in ihr auf. „Hättet Ihr mir bei Tage erlaubt zu gehen, wäre ich vollkommen sicher gewesen. Ich war viele Male dort."

„Männer gaffen Euch an und wollen sich über Euch hermachen. Ihr seid eine verfluchte Gefahr, für Euch selbst ebenso wie für andere."

„Ich habe immer eine schlichte Cotte und ein Kopftuch getragen."

„Nicht als Ihr vergangene Nacht im Kerker wart."

„Ich wünsche aber nicht, dass Ihr mir das Haar schneidet."

„Dennoch, her mit dem Messer."

Die Klinge blitzte auf dem Frisiertisch. Hätte er ihr nur das Haar kappen wollen, so hätte er sie mit Leichtigkeit niederringen und es tun können. Aber nicht auf ihr Haar war er aus, sondern auf ihre Unterwerfung.

„Ihr habt mich mit Eurem Kuss an der Nase herumgeführt, habt mich getäuscht, sodass ich Euch die Erlaubnis gegeben habe zu sprechen. So konntet Ihr mich über Aeliana ausfragen. Ihr habt gelernt, sie zu beschwichtigen, um Euch davonstehlen zu können, während ich schlafe. Und vergangene Nacht habt Ihr mich nur verführt, um mein Vertrauen zu gewinnen."

Sie fuhr sich mit der Zunge über die Lippen. All dies entsprach der Wahrheit.

„Ich musste Kiera retten."

„Die eine Diebin ist."

„Die ein kleines Mädchen ist, das in die Sklaverei verkauft worden wäre, um die Gelüste irgendeines Mannes zu stillen."

„Ist es das, was all diese Frauen erwartet?"

Gwyneth stieß den Atem aus und ließ die Schultern sinken. „Nur die ansehnlichen jungen Mädchen werden als Sklavinnen verkauft. Gemeinhin hört man nie wieder etwas von diesen Frauen, doch dann und wann kehrt eine zurück." Sie schloss die Augen und versuchte, die Erinnerung an die Grausamkeit zu verdrängen, die sie gesehen hatte, an die geschändeten Leiber und gebrochenen Geister.

„Nur weiter."

„Die Frauen, die zurückkommen, haben ihr Leben lang etwas Gehetztes im Blick. Da war ein Mädchen namens Madeline. Madelines Arme und Beine waren mit Schnitten und Narben überzogen. Am Bauch hatte sie Brandmale; man hatte sie zu Boden gedrückt und gebrandmarkt. Auch die Brustwarzen hatte man ihr versengt …"

Jared runzelte die Stirn. „Wie oft geht Ihr zum Gefängnis?"

„Das Schiff läuft alle paar Monate aus. Ich gehe jede Woche hinunter, um zu retten, wen ich retten kann. Bis auf den Ring meiner Mutter, den ich heute Nacht veräußert habe, habe ich bereits all meinen Schmuck verkauft. Ich habe allnächtlich Ärmel bestickt und Bordüren gefertigt, die Bruder Giffard für mich verkauft hat."

„Der Mönch?"

„Er reist des Öfteren nach London."

„Verstehe." Jared strich sich über den Kinnbart. „Wie erfahrt Ihr von den Frauen, die Ihr dann freikauft?"

„Von Irma. Sie hat ein Auge darauf, wer in den Kerker wandert. Wir wünschen uns schon lange, hier eine Stätte für all diese Frauen einzurichten, doch weder mein Vater noch Montgomery hat mir gestattet, frei über meine Ländereien zu verfügen."

„Und deshalb habt Ihr mich entführt?"

Sie nickte. Welch ein Desaster diese Ehe geworden war. „Ich war verzweifelt. Es war ein närrisches Vorhaben, doch wir glaubten, Ihr würdet Euch mit ein wenig Gold abspeisen lassen."

„Was nicht der Fall war."

Ihre Schultern sackten noch ein wenig mehr nach vorn. „Es tut mir aufrichtig leid, Jared. Ich wollte Euch nicht in eine solch vertrackte Lage bringen."

„Und ich will nicht, dass Ihr Euch je wieder einen Mann durch Eure Schönheit gefügig macht, verstanden?"

Seufzend nahm sie das Messer und spielte damit herum. „Welch andere Wahl haben Frauen denn? Wir können nicht kämpfen wie Männer."

„Das nächste Mal werde ich mit Euch gehen."

Ihr Kopf ruckte hoch. „Das wollt Ihr tun?"

„*Aye.*"

Zweifelnd starrte Gwyneth ihn an, unfähig zu sprechen. Er würde sie tatsächlich begleiten? „Sagt Ihr auch die Wahrheit?"

„Mein Wort darauf."

Schweigen machte sich breit, und Gwyneth schien, als sei die Zeit stehen geblieben. Sie befingerte ihre Haarspitzen.

Dass Jared sich für ihre Aufgabe erwärmen könnte, Frauen zu retten, hätte sie sich niemals träumen lassen. Forschend betrachtete sie ihn. „Warum wollt Ihr das tun?"

Doch in ihrem Herzen wusste sie es längst. Er sorgte sich um Menschen. Deshalb war er wohl auch hier – gewiss ging es ihm um Gold für die, die ihm etwas bedeuteten. Und nun war er hier hängen geblieben, weil ihm auch die Menschen dieser Burg nahegingen.

Grundgütiger.

Sie liebte ihn.

Die Erkenntnis traf sie mit voller Wucht.

Sie liebte ihn, nur das zählte. Ihr Haar hingegen bedeutete ihr nichts. Oft war es ihr mehr Bürde denn Freude gewesen – vor allem wenn die Spielleute es besangen oder Männer sich ihr gegenüber wie Toren aufführten. Wenn Irma es zugelassen hätte, dann hätte sie es schon vor Jahren abgeschnitten.

Sie erhob sich so würdevoll, wie sie es vermochte, und brachte ihm das Messer. Wortlos reichte sie es ihm und kniete vor ihm nieder, wobei sie ihm den Rücken zuwandte, ganz so, wie sie es getan hatte, wenn er ihr das Haar flocht. Sollte er wirklich mit ihr gehen, würde sie lange Locken und anderes Zierwerk nicht mehr benötigen. Sie wäre endlich die Barden mit deren Hymnen auf ihr Haar los, müsste sich nicht länger selbst vorführen und mit Männern tändeln, um zu erreichen, was sie wollte. Und wenn es seinen Zorn besänftigte, so war ihre Mähne ein Opfer, das sie leichten Herzens erbringen würde.

Sie packte ihr Haar und hielt es hoch als eine frohen Mutes dargebrachte Gabe, für die er sie im Gegenzug zum Gefängnis begleiten würde. „Schneidet es ab."

Er vergrub die Hände darin und bog ihren Kopf zurück, sodass sie auf seinen kräftigen Oberschenkeln zu liegen kam. Sie verzog das Gesicht in der Erwartung, dass er ihr nun sogleich die Flechten stutzen werde.

Zweifel beschlichen sie. Was, wenn Jared sie doch nicht begleiten würde? Womöglich hatte sie zu rasch nachgegeben. Und wie mochte sie mit kahlem Haupt aussehen?

Aufgewühlt kniff sie die Augen zu, versuchte jedoch nicht, sich ihm zu entziehen.

Er legte das Messer aufs Bett und unterteilte ihr Haar in mehrere Stränge. Als es an ihrer Kopfhaut zog, merkte sie, dass er es im Nacken gebündelt hatte und nun einen langen Zopf flocht, so wie er es jeden Abend tat.

Gwyneth überlegte, was ihn wohl dazu bewog, und drehte den Kopf, um ihn anzuschauen. Er wirkte nachdenklich und entschlossen zugleich, wobei sich die Enden des Bartes über seinen Lippen stärker als sonst nach unten krümmten.

Da spürte sie die Kante des Messers an ihrem Nacken, gefolgt von einem Ruck.

Mit einem dumpfen Laut landete der Zopf neben ihr auf dem Boden. Er sah aus wie eine dicke tote Schlange. Sie starrte ihn an und fragte sich, wie dieses Ding Männer so verrückt hatte machen können, dass sie es in Liedern besangen.

Ihr Hals fühlte sich seltsam nackt und verwundbar an. Sie hob die Hand und befühlte ihn. Die Enden ihres frisch geschnittenen Haars strichen ihr stumpf und borstig über den Handrücken. Er hatte ihr die dicke Mähne in Höhe des Genicks abgeschnitten.

Jared drückte ihren Kopf wieder zurück, sodass er auf seinen Knien ruhte. Sie biss sich auf die Unterlippe. Was hatte er wohl jetzt noch mit ihr vor? Wollte er ihr Haar noch kürzer schneiden? Oder ihr gar den Kopf scheren, so als sei sie ein Schaf?

Sanft begann er, die Seiten ihrer Stirn zu reiben, wobei seine Finger über ihren Schläfen und Ohren lagen. Er nahm ihre Ohrläppchen zwischen Daumen und Zeigefinger und rieb auch diese, so behutsam er konnte.

Flatternd schloss sie die Lider, und ein warmer, wohliger Schauer lief ihr über die Haut. Von der Stirn bis zu den Füßen durchschoss sie Hitze, und unwillkürlich verkrampfte sie die Zehen.

Kurz wünschte sie, sie besäße die Kraft, ihm zu widerstehen. Er schaffte es so mühelos, ihre Abwehr zu untergraben und sie nackt und ungeschützt zurückzulassen, wie es bislang keinem anderen Mann gelungen war.

Wieder hob sie die Hand und zupfte befangen an ihren kurzen Haaren.

Eigentlich sollte sie sich bettfertig machen, die Schubladen ihrer Frisierkommode aufräumen oder die Winkel des Schlafgemachs von Spinnweben befreien.

„Ergebt Euch doch." Zunächst glaubte sie, sie habe die geflüsterte Aufforderung allein in ihrem Kopf gehört, doch dann spürte sie seinen rauen Bart an ihrer Wange, fühlte, wie sein Atem ihr weich über die Haut strich.

Ein Wimmern entrang sich ihrer Kehle.

Er fuhr ihr mit den Händen am Hals hinab bis zu ihrem nun entblößten Nacken. Sie wusste, sie sollte aufspringen, seine Hände von sich stoßen und ihm sagen, dass er ihr bereits das Haar genommen hatte und ihr nicht auch noch die Würde stehlen durfte.

Doch sie wollte von ihm berührt werden, sehnte sich, ja gierte sogar danach. Wie von selbst schmiegte sich ihr Kopf in seinen Schoß, drängte sich ihr Körper seinen Händen entgegen, anstatt sich ihnen zu entziehen. Seufzend ergab sie sich. Sie war sein und er der ihre.

Tief in ihrem Innern loderte Lust auf, und zwischen ihren Schenkeln pochte es. Sie presste die Beine zusammen und versuchte, die Erregung zu bezwingen und das Verlangen, das sie verspürte.

„Ich will Euch." Seine Stimme klang rau und heißblütig. Die grünen Augen glühten.

„Ich ..."

Doch da waren seine Lippen schon über den ihren.

29. KAPITEL

Die Verblüffung drohte Jared zu überwältigen. Gwyneth hatte ihm ihr Haar gegeben! Einfach so. Das war nun wirklich das Letzte, was er erwartet hatte. Er hatte sich gegen Tränen oder einen Wutanfall gewappnet, doch dass sie anmutig vor ihm niederknien und sich seiner Forderung ergeben würde, traf ihn unvorbereitet.

Er strich ihr über die kurzen Locken. Zunächst hatte er sie kahl scheren wollen, auf dass sie nie wieder einen Mann mit ihrem Haar verführen konnte. Dass sie dies jedoch tatsächlich zugelassen hätte, rührte an einen Teil seines Herzens, der lange Zeit zu Eis erstarrt gewesen war.

Gemeinhin waren Weiber, vor allem die schönen, so eitel, dass es fast schon töricht anmutete. Doch diese Frau – noch dazu die herrlichste, die er je gesehen hatte – zauderte nicht einen Augenblick, nachdem er ihr die Sicherheit der Gefangenen zugesagt hatte, die sie retten wollte. Fürwahr, ihre Sorge galt anderen und nicht etwa sich selbst.

Mit den Fingern fuhr er die Form ihrer Wangen nach und erkundete die weiche Haut und die fein geschwungenen Züge. Die Spitzen ihres schulterlangen Haars kitzelten seine Handgelenke. Er neigte sich vor, wollte sie küssen, sie umarmen, ihr seine Liebe zeigen.

Seine Liebe?

Der Gedanke war wie aus dem Nichts gekommen. Er wollte sie nur nehmen, wies er sich selbst zurecht, doch das Wort „Liebe“ stahl sich ihm erneut in den Sinn, als seine Lippen die ihren berührten.

Sie wimmerte vor Verlangen, und Hitze schoss ihm in die Lenden. Ihr Mund war nachgiebig; sie hungerte nach ihm wie er nach ihr. Er wollte sie, mehr als jede andere Frau zuvor.

„Steht auf.“

Verwirrt sah sie ihn an, als habe er sie zurückgewiesen. Sie richtete den Blick auf die Dielenbretter und wich zurück.

Jared streckte die Hand nach ihr aus, half ihr auf die Beine, drehte sie zu sich herum und schloss sie in die Arme. „Ich meinte nicht, dass Ihr gehen solltet. Ich will Euch näher bei mir haben."

Sie zog an ihren kurzen Strähnen und wich seinem Blick aus, anders als sonst, da sie ihm stets kühn in die Augen gesehen hatte. Ihre Verletzlichkeit rührte ihn, und er bereute, ihr den Schutzschild aus Haar genommen zu haben. Zwar wirkte sie jetzt nicht minder anziehend, doch offenbar fühlte sie sich entblößter.

Er legte ihr eine Hand auf die Wange und strich mit der anderen über ihren Rücken. „Mögen die Barden Eurem Haar auch Balladen widmen, so ist es doch nicht das, was mich an Euch reizt, Gwyneth, sondern Euer Geist. Ich habe Euch für oberflächlich, kindisch und selbstsüchtig gehalten, aber nun erkenne ich, was Ihr wirklich seid – eine Frau mit Verstand und Herz."

Gwyneth öffnete den Mund, brachte jedoch kein Wort heraus.

Jared zog sie an sich, bedeckte ihre Wangen mit Küssen und stellte glücklich fest, dass sie sich in seinen Armen entspannte. Ihr Lavendelduft berauschte ihn.

„Zuerst habe ich gedacht, Ihr wärt wie alle anderen Frauen, die ich kenne – dass Euch nicht zu trauen sei und Ihr nur auf Euren eigenen Vorteil aus wäret. Doch vergangene Nacht habe ich beobachtet, wie Ihr das Gefängnis betreten habt." Er stockte. „Gwyneth, Ihr seid unglaublich mutig."

„Mutig?" Sie verschränkte die Hände in seinem Nacken. „Niemand hat mich je mutig genannt."

„Ich habe gesehen, was Ihr getan habt – Ihr wart nicht dort, um Männer zu betören, sondern um jenen beizustehen, die sich nicht selbst helfen können."

Eine Träne rann ihr über die Wange, und er strich sie mit dem Daumen fort. Ihm ging schier das Herz über vor Zuneigung, und er wollte, dass sie auf immer sein war.

„Ich würde gern für Gerechtigkeit sorgen", sagte sie. „Diese Frauen leiden und haben weder Obdach noch Fürsprecher."

„Es tut mir leid, dass ich Euch nicht angehört habe, als Ihr mir erklären wolltet, weshalb Ihr zu Irma möchtet. Ich habe nicht begriffen." Er strich ihr mit dem Finger über den Hals. „Ich liebe Euch", raunte er.

Noch immer erhitzt von der Leidenschaft, lag Gwyneth da, die Beine mit Jareds verwoben. Ihr Kopf ruhte knapp unterhalb seiner rechten Schulter. Sie streichelte seine Brust und erspürte ein winziges Muttermal neben seiner Magengrube – eine kleine Unvollkommenheit an einem ansonsten vollkommenen Oberkörper. Am Handgelenk trug sie den hölzernen Armreif, den er für sie geschnitzt hatte. Träge fuhr sie mit dem Finger daran entlang. Jared war fürwahr der erstaunlichste Mann, den sie kannte.

Zufrieden seufzte sie auf, und das Herz hüpfte ihr vor Glück.

Er schien in Gedanken versunken, starrte auf den Faltenwurf des Baldachins und ließ einmal mehr die Kuppen von Mittelfinger und Daumen umeinander kreisen.

„Woran denkt Ihr?"

„Mord."

„Mord?" Bestürzt fuhr sie hoch, stützte sich auf einen Ellbogen und musterte seine undurchschaubare Miene, um zu ergründen, was er empfand. „Habt Ihr jemanden getötet?"

Jared wandte sich ihr zu und zerwühlte dabei die Bettlaken. „Das nicht, aber ich wurde einst bezichtigt, es getan zu haben."

„Wirklich?"

„*Aye.*"

„Was ist geschehen?"

„Zwischen meinem Bruder und mir gab es böses Blut. Als man ihn tot auffand, fiel der Verdacht sofort auf mich."

„Was ist zwischen ihm und Euch vorgefallen?"

Die Spitzen seines Bartes krümmten sich nach unten. „Es gab da eine Frau."

„Und weiter?“ Sie schenkte dem schmerzhaften Anflug von Eifersucht, den sie verspürte, keine Beachtung.

„Mein Bruder sollte sie heiraten, doch ich nahm sie.“

„Habt Ihr sie geliebt?“

Schmerz glomm in seinen Augen. „Sie war schön – fast so schön wie Ihr – und nahm mich mit ihrem Lächeln und ihrer funkelnden Gewandung gefangen. Rafe schien immer alles zu haben – Land, Burg, die Liebe unserer Mutter. Als die Dame daher zu mir kam, sträubte ich mich nicht. Ich glaubte, sie wolle mich so sehr, wie ich sie wollte.“

Gwyneth strich die Falte glatt, die sich zwischen seinen Brauen gebildet hatte, und wünschte, sie könne das Vergangene ebenso leicht glätten. „Aber das hat sie nicht?“

„Sie kam zu den Stallungen, wo ich gemeinsam mit den anderen Falknern beschäftigt war. Sie trug ein grünes Surcot und ein gelbes Unterkleid. Ich erinnere mich so genau an die Kleidung, weil …“ Er rieb sich die Schläfe und fuhr sich mit der Hand durchs Haar.

„Und dann?“

„Ich habe sie umgebracht.“

Entgeistert zuckte Gwyneth zusammen. Die Matratze bebte leicht. „Ihr habt sie ermordet?“

„Nicht nur sie, auch unser Kind.“

Kälte drang ihr bis auf die Knochen.

„Ich hätte sie abweisen, hätte gehen sollen, als sie zu mir kam, doch das habe ich nicht. Ich wollte sie, und ich nahm, was sie mir darbot. Rafe und ein paar andere Männer stießen auf uns, als wir uns gerade in Leidenschaft wanden. Wir wurden auf frischer Tat ertappt. Ich habe noch versucht, sie zu verstecken und zu schützen, doch …“ Er schluckte. „Sie beschuldigte mich, sie gegen ihren Willen genommen zu haben.“

„Sie hat *Euch* beschuldigt?“ Gwyneth setzte sich im Bett auf. „Aber Ihr sagtet doch gerade, *sie* sei zu *Euch* gekommen.“

„So war es auch.“

„Das ist ungeheuerlich!“

„Aber gar nicht unähnlich dem Verhalten einer gewissen Dame, die mich beschuldigte, sie entführt zu haben, nachdem sie mich zuvor zur Ehe gezwungen hatte“, erwiderte er mit schiefem Lächeln.

Gwyneth ließ sich in die Kissen zurücksinken und spürte, wie ihr die Schuld aufs Herz drückte. „Glaubt mir, Jared, ich bereue es. Es lag nicht in meiner Absicht, Euch das Leben schwer zu machen.“

Er nahm ihre Hand und küsste ihre Finger. „Sie tat, was sie in ihren Augen tun musste, um sich zu schützen – so wie Ihr, nehme ich an. Vielleicht habe ich zu hart über sie gerichtet.“

Verunsichert kaute Gwyneth auf ihrer Unterlippe und wusste nicht recht, was sie sagen sollte.

„Die Männer ergriffen mich, doch ich konnte fliehen und nahm das nächstbeste Schiff ins Nirgendwo.“

„Oh.“

„Auf dem Schiff habe ich James kennengelernt, Euren Schwager. Rafe glaubte seiner Braut und hat sie geheiratet, obwohl sie nicht mehr unberührt war. Doch er hat sie beileibe nicht aus Liebe geehelicht. Sie war eine vermögende Dame. Später habe ich erfahren, dass sie mein Kind unter dem Herzen trug. Es war zu groß für sie, und sie beide …“ Jared atmete tief durch und richtete seine lebhaften grünen Augen auf Gwyneth.

„Ihr seid nicht schuld daran, dass sie und das Kind starben.“

„Aber wenn ich ihr nicht beigelegen hätte …“

Sie berührte ihn am Arm. „Jared, Ihr habt sie nicht umgebracht. Frauen sterben bei Kindsgeburten, das kommt vor. Es ist Teil des Lebens.“

Wieder fuhr er sich durchs Haar. „Genug der Fragen über mich. Erzählt mir von Euch. Habt *Ihr* je einen Menschen getötet?“

Er stellte die Frage leichthin, als halbherzigen Versuch, dem Gespräch eine andere Richtung zu geben, aber Gwyneth zuckte dennoch zusammen.

Zu spät merkte sie, dass ihr Mund vor Entsetzen offen war

und die Schuld ihr wahrscheinlich im Gesicht geschrieben stand. Sie räusperte sich und schmiegte sich wieder an seine Brust. Jared wusste nichts über den Schänder und das, was Irma und sie getan hatten. „Selbstredend nicht."

Eine lange Pause folgte. Draußen kratzte ein Ast über die Mauer.

Jared strich sich über den Kinnbart und musterte sie mit diesem besonderen Blick, der ihr Innerstes bloßzulegen schien. „Weshalb lügt Ihr?"

Sie tätschelte ihm die Brust und sprach betont ruhig. „Macht Euch nicht lächerlich. Ich könnte nie jemanden umbringen."

„Und das sagt eine Frau, die mich auf ein Sklavenschiff schaffen wollte." Unbeirrt sah er sie an, bis sie sich unter seinem prüfenden Blick regelrecht wand.

Das Beben begann in ihren Schultern und erfasste schließlich ihren ganzen Körper, als sie in Gedanken in der Zeit zurückreiste, noch einmal den Mord durchlitt und die leblosen Augen des Mannes zu sich aufstarren sah. Sein Kinn war von einem borstigen Bart bedeckt, und er hatte eine aristokratische Nase. Mit weit aufgerissenen Augen sah er dem Knüppel entgegen, den sie auf seinen Schädel hatte niederfahren lassen. Und schließlich war er, die Tunika voller Steine, als schlaffer Halbkreis auf den Grund des Flusses hinabgetrudelt.

„Öffnet die Tür!"

Gwyneth fuhr hoch, als vom Gang her ein ohrenbetäubendes Hämmern und Scheppern erklang.

„Wa…?"

Mit lautem Krach flog die Tür auf, und herein stolperte Ivan in Gesellschaft zahlreicher bewaffneter Ritter. Neben ihm tauchte der Kerkerknecht auf sowie ein Mann, in dem Gwyneth einen der städtischen Richter erkannte. Schwerter sirrten durch die Luft. Waffen klirrten. Männer brüllten.

Noch immer nackt, sprang Jared auf die Füße und ergriff seinen Stab.

„Nehmt sie fest!", befahl Ivan, den Finger auf Gwyneth gerichtet. *Oh, Gott.* Ihre Sünden hatten sie eingeholt.

Schwere Stiefeltritte hallten auf den Holzbohlen wider. Die Krieger schoben Jared beiseite und stürzten auf sie zu. Kräftige Hände packten sie am Oberarm und zerrten sie vom Bett.

„Haltet ein!" Sie wurde in die Mitte der Kammer gezogen. Ihr pochte der Kopf, und kühle Luft strich ihr über die Haut. Das Betttuch, das sie sich rasch umgeschlungen hatte, schleifte über den Boden.

Jared stürmte vor und zog einem der Ritter den Stab über den Schädel. Das Schwert erhoben, wirbelte der Mann herum. Drei andere traten ebenfalls auf Jared zu und schnitten ihn von Gwyneth ab. Erneut riss er den Stab hoch und ließ ihn niederfahren, doch als er eine Klinge traf, wurde er ihm aus der Hand gerissen. Er bückte sich danach, doch einer der Ritter trat den Stecken außer Reichweite, ehe Jared ihn ergreifen konnte. Der Stab polterte über die Bohlen davon und rollte neben einer der Truhen aus.

Schwertspitzen wiesen auf Jareds nackte Brust und drängten ihn an die Mauer zurück.

Zwei Männer hielten Gwyneth neben dem Bett fest. „Jared!" Sie versuchte, sich deren Griff zu entwinden, doch vergebens.

„Was hat das zu bedeuten?", verlangte Jared zu wissen.

„Eure werte Gemahlin ist kein solches Unschuldslamm, wie sie zu sein vorgibt", entgegnete Ivan scheinheilig und strich sich über die Tunika. „Sie hat Euren Bruder gemordet und seine Leiche im Fluss versenkt."

Oh, Grundgütiger.

Aller Augen richteten sich auf sie.

Gwyneth spürte Gänsehaut auf Armen und Beinen, und die Spitzen ihrer Brüste wurden hart in der kalten Luft. Sie neigte den Kopf. Das Haar fiel ihr ins Gesicht, war jedoch nicht mehr lang genug, ihren Körper zu bedecken.

Unheilvolles Schweigen erfüllte das Gemach.

„Auf Anordnung des hohen Gerichts ist Lady Gwyneth of Windrose hiermit verhaftet, und Ihr habt nicht das Recht einzugreifen", sagte der Richter.

Herrje.

„Gebt ihr ein Kleid, und nehmt sie mit."

„*Nay!*" Ihr klopfte das Herz, und ihre Gedanken überschlugen sich. „Jared!"

Die Ritter schlossen den Kreis um sie, und der Geruch von Schweiß und übereifrigem Pflichtgefühl drang ihr in die Nase.

Sie sah, wie Jared, der auf der anderen Seite der Kammer stand, die Brauen zusammenzog.

Ihre Schultern sanken nach vorn, und sie sackte in sich zusammen.

„Es war ein Unfall!"

Die Männer, die sie hielten, verstärkten den Griff um ihre Oberarme.

„Erzählt es ihnen", forderte Ivan sie auf. „Erzählt ihnen, wie Ihr seine Tunika mit Steinen gefüllt und seine Stiefel verkauft habt, um davon Schmuck zu erstehen. So etwas nennt sich nicht Unfall."

„Habt Ihr das getan, Gwyneth?", fragte Jared.

Sie schluckte und wagte nicht, ihn anzusehen.

„Es gab noch andere Männer", warf Ivan ein. „Sie treibt sie in Bordellen auf, nimmt sie aus und verkauft die gestohlene Ware. Sie ist ein kaltherziges Luder."

„*Nay* …"

„Habt Ihr wirklich seine Stiefel verkauft?", fragte Jared erneut.

Nur zu deutlich spürte sie seinen Blick. „Ich …"

„Schweigt, Hexe!"

Eine dürre Frau mit verkniffener Miene trat hinter den Soldaten hervor. „Sie hat mir den Mann genommen."

„Und mir den Sohn", warf eine andere ein, die ebenfalls bislang von den Rittern verdeckt gewesen war. „Er hat ihr Gold gegeben, und wir haben ihn nie wiedergesehen."

Oh, lieber Himmel.

„Das ist nicht wahr …"

„Schweigt, sagte ich!", brüllte Ivan.

Die Spitze eines Messers stach ihr in die Haut.

„Führt sie ab", befahl Ivan den Kriegern und wies auf die Tür.

Der Richter wandte sich an Jared. „Vergebt uns, dass wir Euch in den Kerker gesperrt haben, Mylord. Nun, da wir die wahre Mörderin gefasst haben, werden wir alles Notwendige veranlassen."

„Jared! Ihr glaubt doch nicht etwa …"

„War es der Mord an meinem Bruder, den Ihr mir verheimlicht habt?"

Gwyneth erschauderte.

„Sagt wenigstens einmal die Wahrheit, *Gemahlin*. Wie viele weitere Männer habt Ihr so wie mich getäuscht?"

Schmerz durchbohrte ihr Herz.

„Habt Ihr meinen Bruder getötet oder nicht?"

Unfähig, seinem vernichtenden Blick standzuhalten, schloss sie die Augen und ließ den Kopf hängen. Tränen liefen ihr über die Wangen.

„Sagt es mir."

„I… i… ich …"

Jared ballte die Hände zu Fäusten. „Ausgerechnet, verdammt. Ihr habt also tatsächlich einen Mann umgebracht und einen anderen für Eure Sünde büßen lassen."

„Aber …"

Entschieden wandte er sich von ihr ab. „Wann werde ich endlich lernen, dass man Weibern nicht trauen darf!"

Ivan befingerte die Spitzenborte, die seine Ärmelbündchen zierte. „Nun schafft sie schon hinaus."

Gwyneth wehrte sich gegen die Hände, die sie hielten. Sie wollte sich losreißen, zu Jared laufen und ihn anflehen, doch zu verstehen. Dann würde er sie gewiss in seine starken, sanften Arme schließen.

Breitbeinig stand Jared da. Er hatte den Stab wieder aufgehoben, machte aber keinerlei Anstalten, sie zu retten, wie er es bislang stets getan hatte.

„Jared?“

Keine Erwiderung.

„Jared!“

Ein Kleid wurde ihr über den Kopf gezogen, und dann nahm ihr eine Kapuze die Sicht.

30. KAPITEL

Noch immer nackt und breitbeinig dastehend, starrte Jared auf die Eichentür des Wohngemachs, die sich hinter der Schar geschlossen hatte. Die Astlöcher auf dem Holz wirkten wie kleine Strudel. Er fürchtete, entzweizubrechen, sobald er sich rührte, und ein qualvoller Schmerz drohte ihm die Brust zu zerreißen. Die Männer waren fort und hatten Gwyneth mitgenommen.

Er hatte ihr vertraut und an sie geglaubt.

Das Wissen darum, dass sie es gewesen war, die seinen Bruder ermordet hatte, fühlte sich an, als habe er einen großen Stein verschluckt, der ihm nun so schwer gegen die Lunge drückte, dass er kaum atmen konnte. Noch immer hatte er den Gestank von Rattenpisse und faulendem Heu in der Nase; noch immer spürte er, wie ihm die Eisenschellen in Hand- und Fußgelenke schnitten.

Narben überzogen seine Beine – er hatte sie dem Umstand zu verdanken, dass man ihn über den rauen Steinboden des Kerkers geschleift hatte.

Erschöpft ließ Jared sich neben dem Bett zu Boden sinken, barg den Kopf in den Händen und rieb sich die Schläfen. Die Frauen hatten bezeugt, dass Gwyneth auch andere Männer benutzt hatte, und er selbst hatte beobachtet, wie sie Burschen zu ihrem Vorteil betörte.

Ihn durchzuckte die Erinnerung daran, wie sie ihn gezwungen hatte, über die Steinfliesen der Kirche zu kriechen, genauso wie sie die Ehe erzwungen hatte. Anschließend bezichtigte sie ihn, sie entführt zu haben, um später auch ihn für ihre eigenen Zwecke zu umgarnen.

Dennoch hatte er ihr letztlich vertraut. Was für ein Narr er doch gewesen war.

Aeliana schlug mit den Flügeln. Jared hob den Kopf und stützte sich mit der Hand auf dem Boden ab, um aufzustehen. Dabei streifte er das lange Stück geflochtenen Haars. Er schreckte zurück, als sei Gwyneth noch immer da und habe ihn mit den Fingern berührt.

Tief atmete er durch und betrachtete den langen silbrig-goldenen Zopf, der sich wie eine glänzende Schlange über die Dielen kringelte und das Licht der Kerzen in den Wandhalterungen einfing.

Was für eine Frau ließ zu, dass ein Mann ihr die gesamte Mähne nahm, ohne auch nur mit der Wimper zu zucken?

Langsam hob er den Zopf auf. Er war weich und dick, viel schwerer als die Locke, die er damals mit ins Gefängnis genommen hatte. Er hielt ihn sich an die Nase, wie er es unzählige Male mit der Locke getan hatte. Lavendel. Lavendel und Unschuld.

Und doch – es war ihre Schuld, dass er in jenem Dreckloch von Kerker gesessen hatte. Sie hatte ihm mit betäubenden Kräutern versetztes Bier eingeflößt. Alles hatte sie ihm genommen.

Er schloss die Augen, wand sich das Haar um den Unterarm und überlegte, was er als Nächstes tun sollte. Er könnte fortgehen, auf einem Schiff anheuern und fliehen wie zuvor – und nie wieder jemanden an sich heranlassen.

Doch das Volk hier – sein Volk – war auf Aelianas Jagdkunst angewiesen, wenn es den Winter überstehen wollte. Irgendwie war es diesen Menschen gelungen, sich einen Weg in sein Herz zu bahnen.

Das Ende des Haarzopfs strich ihm übers Handgelenk und schien ihn sanft zu necken. Die Menschen hier brauchen dich, meinte er ihn flüstern zu hören, und du brauchst Gwyneth.

Er erinnerte sich, wie sie den Kopf hatte hängen lassen, als man sie holen kam. Ohne ihre prachtvolle Mähne war sie nackt gewesen. Verletzlich. Sie hatte gestanden, Rafe kaltblütig ermordet, seine Tunika mit Steinen gefüllt und ihn in den Fluss geworfen zu haben, aber dennoch wollte er sie.

War sie nun Hexe oder Unschuldsengel?

In diesem Augenblick platzten Kiera und das andere Mädchen herein.

Rasch griff Jared sich eines der Betttücher und wickelte es sich um die Hüften.

Braunes Haar kräuselte sich um Kieras Elfengesicht. Auch sie war nun sauber gewandet. Im Gegensatz zu Kieras wilden Locken waren die dunklen Flechten des anderen Kindes lang und glatt. Es war größer als Irmas Tochter, und die Ärmel seines Kleids waren zu kurz für seine knochigen Arme.

Kiera stemmte eine Hand in die Hüfte und bedachte ihn mit einem Blick, der ebenso dreist war wie der ihrer Mutter. „Wo ist Lady Gwyn?"

„Sie ist nicht hier." Er sah dem Mädchen in die Augen und las dort Vertrauen. Im Geiste sah er noch einmal, wie der Richter Gwyneth ein Kleid über den nackten Leib gezerrt und eine Kapuze übergestülpt hatte. Ein höllischer Schmerz bohrte sich ihm ins Herz. Sie war eine Mörderin, und dennoch liebte er sie. Er konnte nicht anders. Und wie Colette würde sie ihm einen Teil seiner Seele rauben, ihn verschachern und daraus Gewinn schlagen, sofern er es zuließ.

Kiera betrachtete den langen Zopf, der in seiner Faust baumelte. „Ihr habt sie geschoren!"

„*Nay*", setzte Jared an. „Ich …"

Sie deutete auf den Zopf. „Das da ist ihr Haar!" Tränen traten ihr in die Augen. „Warum habt Ihr das getan?"

Jared drehte den Zopf in seinen Händen. Erneut stieg ihm Lavendelduft in die Nase. „Das ist eine verzwickte Sache." Welch Untertreibung. Aber unmöglich, es einem Kind zu erklären.

Noch immer eine Hand in die Hüfte gestemmt, wedelte Kiera mit dem Zeigefinger der anderen in Jareds Richtung. „Mutter sagt, Edelleute sind schlechte Menschen, aber Lady Gwyn ist nicht schlecht."

Er dachte daran zurück, wie Kieras Mutter und Gwyneth ihn an ein Bett gefesselt und geplant hatten, ihn zu vergiften. Wie er auf dem Boden hatte knien müssen.

Das dunkelhaarige Mädchen zupfte Kiera am Ärmel und

wies zur Tür. Zeit zu gehen, sollte das wohl heißen.

„*Aye*“, stimmte Jared ihrer stummen Geste zu. „Zeit, euch zurückzubringen.“ Ins Bordell.

Trotz allem ging ihm diese Vorstellung ans Herz. Gwyneth hatte sich ein besseres Leben für die beiden Mädchen erhofft. Sie hatte ihnen eine Bildung ermöglichen und Fertigkeiten beibringen wollen. In wenigen Jahren schon würden sich Kiera und das andere Kind als Huren verdingen, so wie Irma. Die einzige „Fertigkeit“, die sie sich aneignen würden, bestünde darin, mehrmals in der Nacht die Beine breit zu machen.

Jared biss die Zähne zusammen.

Er war nicht für das Burgvolk verantwortlich.

Er war nicht für die Frauen im Kerker verantwortlich.

Er war nicht für diese Mädchen hier verantwortlich.

Sie alle würden ihn nur benutzen, so wie jeder Mensch, für den er je etwas empfunden hatte.

„Also, auf zum Bordell“, sagte er hastig. Je früher er die beiden Kinder los war, desto besser. „Wartet draußen, bis ich mich angekleidet habe.“

Eilig zog er sich an, streifte die Stiefel über und warf sich den Umhang um, fest entschlossen, die beiden Mädchen ins Bordell zu Irma zu bringen. Er würde sich ihrer entledigen, seinen Falken holen, England für immer den Rücken kehren und diese Ehe aus seiner Erinnerung streichen.

Kurz darauf stiegen sie die Stufen vor dem Wohnturm hinab in den Burghof.

„Meine Freundin hier heißt Elizabeth“, erzählte Kiera, während sie den nun wieder sauberen Burggraben überquerten. „Sie spricht nicht, aber ihr Name ist in die hölzernen Perlen geschnitzt, die sie trägt. Das hat Lady Gwyn mir gesagt.“

„Hölzerne Perlen?“ Ein kaltes Gefühl breitete sich in seiner Brust aus, doch er schritt weiter, die Augen auf den Pfad geheftet. „Was meinst du damit, Kind?“

„Na, die Perlen – die Kette, die sie um den Hals trägt.“

Ohne langsamer zu werden, betrachtete Jared das Mädchen

Elizabeth und legte die Stirn in Falten. Die Kleine hatte grüne Augen und glattes dunkles Haar. War es möglich, dass sie …

„Zeig mir die Kette."

Kiera zog ihre Freundin an sich und schlang ihr fest die Arme um die Schultern. „Ihr bekommt die Kette nicht, Ihr habt Lady Gwyn schon die Haare gestohlen."

Jared blieb stehen und bedachte den trotzigen Zwerg mit einem bösen Blick. Ganz wie die Mutter. Und ganz wie Gwyneth. „Ich will sie nicht stehlen. Ich will sie mir nur *ansehen*."

„*Nay.*" Kiera drehte sich zu ihrer Freundin um. „Trau niemals einem Mann. Niemals."

Unbehagliches Schweigen folgte. Elizabeth legte den Kopf schräg und sah zu Jared hoch, als wäge sie für sich selbst ab, was sie tun solle.

„Ich habe dir doch das Leben gerettet, Kleine", sagte Jared schließlich. „Ich will dir nichts zuleide tun." Er streckte ihr eine Hand entgegen, die Handfläche nach oben gewandt. Eine Friedensgeste.

Da nickte sie, warf den Umhang zurück und hob die Perlen an, damit er sie sehen konnte.

Ihm bebten die Knie, als er die hölzerne Kette um ihren Hals betrachtete. Es war die, die er für Colette geschnitzt hatte. Er hatte nicht ihren ersten, sondern den zweiten Taufnamen gewählt: Elizabeth.

Dies war sein Kind. Aufgewühlt betrachtete er die Augen, das Haar. Er hätte es viel früher erkennen müssen.

Großer Gott! Er hob die Hand und berührte ihre Wange.

Seine Beine zitterten und gaben schließlich nach. Langsam sank er neben dem kleinen Mädchen auf die Knie.

„Was tut Ihr da?", fragte Kiera.

Benommen blinzelnd schloss er Kiera und Elizabeth in die Arme. Die beiden wanden sich ein wenig, wehrten sich aber nicht gegen diesen jähen Anflug von Zuneigung.

„Wieso weint Ihr?", wollte Kiera wissen.

„Tu ich doch gar nicht", murmelte er.

Elizabeth strich ihm über die Wange und hielt ihm ihre feuchten Finger hin.

„Gut, vielleicht doch."

Dann hatte der Herrgott ihn also doch nicht verlassen. Durch irgendein Wunder hatte er ihm sein Kind zurückgegeben – hatten er und Gwyneth es ihm zurückgegeben. Seine wundervolle, unmögliche, herrliche, aufsässige Frau.

Geschwind hob er ein Mädchen links, das andere rechts auf den Arm und schritt schneller aus als zuvor.

Kiera umfasste seinen Hals. „Müssen wir uns beeilen?"

„*Aye.*"

„Warum?"

„Weil ich Antworten brauche."

31. KAPITEL

Gwyneth tastete über die feuchte Steinmauer, auf der Suche nach einer Erhebung, die sie nutzen konnte, um zu dem einsamen Fenster hinaufzuklettern, das hoch oben in der Kerkerzelle angebracht war. Trübes Licht fiel auf die Streu, in der es von Flöhen nur so wimmelte. In einem Winkel stöberte eine Ratte in einem verrottenden Haufen Unrat.

Schließlich gab sie auf und ließ sich zu Boden sinken, ohne auf Cotte und Umhang zu achten – die einzigen beiden Dinge, die man ihr erlaubt hatte mitzunehmen, als die Wachen sie aus dem Gemach gezerrt und in dieses Höllenloch hier gesteckt hatten. Sie kannte das Schicksal gefangener Frauen nur zu gut: die Sklaverei.

Gwyneth barg den Kopf in den Händen und zog die Knie an die Brust. Jared hatte drei Jahre lang an einem Ort wie diesem ausharren müssen – durch ihr Verschulden. Das alles war ihre Schuld. Hatte auch er sich so einsam und verlassen gefühlt? Noch einmal sah sie vor sich, wie seine Lippen zu einem schmalen Strich wurden, als er erfahren hatte, dass sie eine Mörderin war.

Vom Sims über sich hörte sie Flügel schlagen. Sie blickte auf. Ein Falke schob den Kopf durch die Gitterstäbe, die gelben Augen leuchteten im schummrigen Licht.

„Aeliana!“ Hoffnung keimte in Gwyneth auf.

Die Falkendame schwang sich vom Sims, eine Taube in den Klauen, die sie Gwyneth mit einem dumpfen Laut vor die Füße fallen ließ. Ganz so, wie sie es Jared zufolge für ihn getan hatte.

„Was zu essen!“, rief eine der Gefangenen aus.

Flink ergriff Gwyneth die Taube. An einem Bein war mit einem Faden ein kleines Stück zusammengerolltes Pergament befestigt. Verwirrt band sie es los und rollte es auf.

Es war mit dicker, kühn geschwungener Schrift bekritzelt.

Kein Wort.

Jared?

Sie presste sich die Botschaft ans Herz, las sie erneut und drückte sie wieder an ihre Brust. Jared hatte sie also doch nicht im Stich gelassen!

Aber was meinte er damit, *kein Wort*?

In diesem Augenblick flog die Zellentür polternd auf. Herein kam der Wärter, begleitet von Jared und Irma. Jareds sonst so anziehendes Gesicht wurde von einem grimmigen Ausdruck verdüstert, und seine Hand war fest um Irmas Oberarm geschlossen. Er trug eine schwarze Tunika, Irma hingegen ein scharlachrotes Gewand. Ein Todesengel und eine Dame der Nacht.

Gwyneth sprang auf die Füße. „Irma! Jared!"

Man hatte Irma die Hände im Rücken gefesselt, und um den Kopf hatte sie sich ihren gelben Schal gewunden.

Hinter ihnen trat der Richter ein, bekleidet mit einem weinroten Mantel. Er trug ein flaches Barett.

„Ich bin unschuldig!", rief Irma, die Augen weit aufgerissen. „Sag's ihnen, Gwyneth! Erzähl's ihnen doch!"

Das Pergament knisterte in Gwyneths Hand. *Kein Wort*, stand darauf.

Sie musterte Jareds Gesicht. Sein Kiefer war angespannt, sein Blick wachsam. Kein Zucken, kein Blinzeln verriet ihr seine Gedanken.

Irma fasste sie an den Schultern. „Du musst mir helfen! Bitte, Gwyneth!"

Kein Wort.

„Lady Gwyneth?", sprach der Richter sie an. Sein Barett saß so schief, dass sie versucht war, es gerade zu rücken.

„Diese Dirne hier war an der Ermordung meines Bruders beteiligt." Jared stieß Irma vor sich her und weiter in die Zelle hinein. „Behaltet sie hier."

„Wir sind gekommen, uns Eure Geschichte anzuhören, Lady Gwyneth", erklärte der Richter. „Ich weiß von Eurer

Güte gegenüber den Armen und würde Euch gern freilassen. Keine Edelfrau sollte an einem solchen Ort weilen."

Kein Wort.

„Sofern Ihr unschuldig seid, sprecht, Lady Gwyneth." Der Richter warf sich in die Brust.

Kein Wort.

„Gwyneth! So rede doch! Was ist denn nur mit dir?", flehte Irma.

Gwyneth versuchte, Jareds Blick einzufangen, um herauszufinden, wie sie sich verhalten solle. Wenn sie redete, durfte sie womöglich gehen. Aber die Botschaft. Konnte sie Jared trauen?

Der Richter nestelte an seiner schief sitzenden Kopfbedeckung mit dem Ergebnis, dass sie nun zur anderen Seite hin schräg saß.

Ihre Gedanken überschlugen sich.

Ihr werdet Euch nicht länger mit Huren abgeben. Er war fuchsteufelswild geworden, als er erfahren hatte, wie Irma und sie ihn hinters Licht geführt hatten. Er hatte sie in die Schandmaske gezwungen.

Doch sie sah auch vor sich, wie er Kiera nach der Flucht aus dem Gefängnis getragen und wie er sich um die Burgbewohner gekümmert hatte.

„Nun, Lady Gwyneth?" Der Richter stemmte die Hände in die Hüften.

Gwyneth betrachtete das verschwitzte Gesicht des Mannes. Offenbar stand sein Ruf auf dem Spiel.

„Versteht doch", drängte Jared. „Es ist, wie ich sage. Sowohl Lady Gwyneth als auch die Hure Irma sind schuldig."

Verzweifelt rang Gwyneth die Hände. „Es hat noch keinen Prozess gegeben."

Jared fuhr brüsk zu dem Amtsmann herum. „Gewiss wollt Ihr nicht, dass bekannt wird, welch Fehler Euch unterlaufen ist, als Ihr mich eingesperrt habt. Das wäre eine arge Schmach, nicht wahr?"

Gwyneth setzte fast das Herz aus. Wenn sie schwieg, würden Irma und sie für den Rest ihres Lebens im Kerker schmoren. Hatte Jared auch wirklich einen Plan?

Kein Wort.

Sie rief sich all die Male ins Gedächtnis, die er auf ihr Schweigen bestanden hatte; all die Male, die er ihr mit dem Knebeleisen gedroht hatte.

War sie eine Närrin, ihm zu vertrauen?

„Bitte, Gwyneth, bitte!“ Irma hob die Hände wie zum Gebet.

„Ihr müsst nur für sie sprechen, und ich werde sie gehen lassen“, wandte sich der Richter an Jared und tippte sich mit dem Finger ans Kinn.

„Sie ist schuldig“, entgegnete Jared ungerührt.

Gwyneth ließ den Blick von seinem ernsten Gesicht über Irmas flehentliche Miene zu dem Richter wandern, der begierig auf ihr Wort zu warten schien. Setzte sie ihrer beider Leben gerade für etwas so Flüchtiges wie eine zage Hoffnung aufs Spiel? Was, wenn Jared ihr die Nachricht nur deshalb hatte zukommen lassen, um sich ihr Schweigen zu sichern, damit er sowohl sie als auch Irma loswurde? Wenn er doch nur einen Herzschlag lang seine Deckung aufgäbe, damit sie sich vergewissern könnte, dass ihm zu trauen war.

Doch nichts.

Er war ein Rätsel, wie stets.

Sie ist weit edler als Rubine. Er hatte ihr eigenhändig einen Armreif geschnitzt. Selbst matt gewordene Rubine waren doch gewiss zu wertvoll, als dass man sie einfach fortwarf, oder nicht?

Jared ließ Irma los und schubste sie in Gwyneths Richtung.

Mit lautem Knall schlug die Zellentür zu.

Irma schoss auf Gwyneth zu, die Hände wie Klauen ausgestreckt. „Was fällt dir ein!“

So gewaltig war der Zorn ihrer Freundin, dass er Gwyneth wie eine Faust in den Magen traf. „Irma?“

Irma wirbelte zu den Stäben der Zellentür herum, umklammerte sie und spähte den Gang entlang. „He! Kommt sofort zurück, ihr vertrottelten Esel!“ Sie rüttelte an den Stäben. „Ich werd’s euch auch vergelten. Wir könnten doch drum feilschen. Ich hab da was, das euch gewiss …“

Gwyneth sank das Herz. „Irma, nicht.“

„Du halt den Mund! Wir können eine größere Zelle ergattern, wenn diese Kerle nur erkennen, dass sie auch was davon haben.“

Eine Welle der Übelkeit erfasste Gwyneth. Beim bloßen Gedanken daran, sich den Wärtern gefügig zu zeigen im Austausch gegen solch nichtige Vergünstigungen, stieg ihr Galle in die Kehle.

Irma drehte sich zu ihr um und zwinkerte. „Dein Aussehen wird uns ein paar zusätzliche Decken einbringen, wenn’s kalt wird.“

„Auf gar keinen Fall werde ich …“

Wieder rüttelte Irma an den Gitterstäben und brüllte den Gang hinunter. „Komm zurück, Wärter! Ich werd sie für dich festhalten, während du ihn ihr reinsteckst.“

Grundgütiger.

„Irma, hör auf!“

„Oder komm später wieder!“ Irma winkte den Wachen zu. „Sie ist ’ne Edeldame. Fast noch Jungfrau.“

Gwyneth schlang ihrer Freundin einen Arm um den Leib und hielt ihr den Mund zu. „Still!“

Ihre Blicke trafen sich. Doch nicht Angst oder Verzweiflung leuchteten in Irmas Augen, sondern unergründliche Weisheit. Sie zog Gwyneth dicht zu sich heran. „Wir haben einen Plan“, hauchte sie ihr ins Ohr.

Einen Plan? Herrje. Einer von Irmas Plänen hatte sie beide überhaupt erst hierhergebracht. Wenn sie Jared nicht entführt und zur Ehe gezwungen hätten …

„Was meinst du damit?“, flüsterte Gwyneth.

„Kein Wort.“

Kein Wort? Eben das stand auch auf dem Pergament. „Ich verstehe nicht …"

„Gibt's hier Schwierigkeiten?" Einer der Wärter war an der Zellentür erschienen und linste durch die rostigen Stäbe. Er trug eine schäbige Tunika und abgewetzte Hosen, und eine Narbe lief ihm quer über die Wange.

„Du verräterisches Biest!", kreischte Irma und stieß Gwyneth so hart von sich, dass sie zurücktaumelte. „Ich will mir nicht mit der da eine Zelle teilen."

Kein Wort?

„Irma …"

Der Wärter schaute von Irma zu Gwyneth. „Braucht ihr was?"

„*Nay.*" Irma schlenderte zur Wand und kauerte sich unter das einsame Fenster.

Kein Wort?

Gwyneth betete stumm, dass sie das Richtige tat, und schüttelte den Kopf.

Durchtrieben grinste der Mann sie an. „Zu *dir* komme ich später noch. Das Schiff legt heute Nacht ab."

Stunden vergingen. Gwyneth schritt in der kleinen Zelle auf und ab. Unter ihren Füßen war die von Flöhen bevölkerte Streu zunächst immer platter geworden, und allmählich schimmerte auf ihrem Pfad der blanke Steinboden durch. Verdrossen rieb sie den kleinen Pergamentfetzen zwischen den Fingern, der schon ein Loch aufwies.

In ihrem Kopf ging alles durcheinander; ihre Gedanken wanden sich hin und her, als sei ihr Gemüt eine Grube voller gereizter Schlangen. Sie betrachtete Irma, die an die feuchte Steinmauer gesunken war und schlief.

Irma hatte geäußert, was auch auf dem Pergament stand: *Kein Wort.*

Wir haben einen Plan, hatte sie behauptet.

Wir?

Etwa Jared und sie?

Ihre Freundin hatte sich geweigert, zu reden oder ihr auch nur nahe zu kommen, und während Stunde um Stunde verging und das Mondlicht immer wieder hinter den Wolken hervor durchs Fenster blinzelte, erwog Gwyneth, sie wachzurütteln und eine Erklärung zu verlangen.

Kein Wort.

Warum?

Hatte Jared ihre Freundin vielleicht hereingelegt, so wie sie beide ihn hereingelegt hatten? Plante er, sie hier zurückzulassen?

Schritte ertönten auf dem Steinboden. „In der Zelle da hinten. Hol beide. Und geh achtsam mit dem Blondschopf um, die Kleine wird ’nen hohen Preis erzielen."

Preis?

Ihr pochte das Herz. Leise trat sie zu der hinteren Wand, streckte die Hände nach dem hoch liegenden Fenster aus und wünschte, sie wäre eine Spinne, die an den Steinen hinaufkrabbeln und entschlüpfen könnte.

„Das Schiff ist da. Mach schnell."

Zwei Männer blieben vor der Zelle stehen. Quietschend wurde ein Schlüssel im Schloss herumgedreht, und die Tür öffnete sich knarrend.

„Komm mit, Weib."

Gwyneth klopfte das Herz bis zum Halse. Wenn Jared doch einen Plan hatte, weshalb war er dann nicht hier? Ihr Blick huschte hin und her, sie maß die Entfernung zur Tür und spannte die Beinmuskeln an, bereit zu rennen. „*Nay!*"

„Hier entlang, Kleine." Eine fleischige Hand schloss sich grob um ihren Oberarm. „Schnapp du dir die andere."

Irma schrie auf, als der zweite Kerkerknecht sie mit einem Tritt aus dem Schlaf riss. Er zerrte sie auf die Beine und schubste sie vorwärts.

Die Schultern schmerzhaft verkrampft, wehrte sich Gwyneth gegen den Griff des Mannes.

„Bist du störrisch, legen wir dich in Ketten. Auf dem Schiff wird's dir allerdings besser ergehen, wenn du nicht gefesselt bist."

Heilige Maria! Verzweiflung legte sich ihr wie eine Schraubzwinge um die Brust. Was für ein Schaf sie doch gewesen war, Jared zu vertrauen. Er würde zu spät kommen, um sie noch retten zu können.

„Nicht!" Gwyneth schüttelte den Kopf. „Ich kann zahlen."

Der Kerl ohrfeigte sie. „Wir kriegen unser Geld schon. Beweg dich."

Wachmänner schoben sie und Irma durch dunkle Straßen. Hauchdünne Nebelschwaden verdeckten den Mond und legten sich ihnen feucht auf die Haut. Die Kälte drang Gwyneth bis ins Mark. Ein Hoffnungsschimmer glomm in ihr auf, als sie sich daran erinnerte, wie Jared ihr in der Gasse hinter dem „Bald Cock" zu Hilfe geeilt war. Sie versuchte, die vorbeiziehenden Schatten zu beiden Seiten mit dem Blick zu durchdringen, in dem verzweifelten Wunsch, ihn zu erspähen.

Nichts.

Keine Spur.

Tränen traten ihr in die Augen. Jared würde nicht kommen, um sie zu befreien. Wenn er es hätte tun wollen, wäre er längst hier.

Sie berührte den hölzernen Armreif. *Sie ist weit edler als Rubine.*

Kurz darauf wehte ihnen der Geruch von Salzwasser entgegen. Sie näherten sich dem Anleger. Mondlicht spiegelte sich glänzend auf dem Hafenbecken.

„Das alles ist ein Missverständnis." Ihr Herz raste nun. Dies konnte doch unmöglich geschehen.

„Gib Ruhe, Frau, oder du wirst geknebelt."

Irma starrte stur auf den Hafen, der vor ihnen lag. Die Spitzen der sanften Wellen glitzerten.

Ihre Schritte klangen hohl auf dem hölzernen Landungssteg,

den man sie entlangtrieb, um sie aufs Schiff zu führen. Wasser leckte am Rumpf.

Irma und sie wurden unter Deck in eine Kajüte gebracht, die voller zerlumpter Frauengestalten war. Die Dunkelheit und der Gestank ungewaschener Leiber drohten Gwyneth zu überwältigen. Der Ruch der Schwermut, der über allem hing, war noch durchdringender als der Mief von Schmutz, Moder und Verwahrlosung. Bei dem Anblick wurde Gwyneth das Herz schwer. Hier saßen die Frauen, die sie nicht hatte retten können. In einem Winkel erblickte sie Blythe, die noch immer den dünnen Schal um die Schultern geschlungen hatte. Elfreda kauerte an der Wand, die Augen geschlossen, das Gesicht zur Decke gewandt. Dies musste das Schiff sein, das bereits vergangene Nacht mit Kiera hätte ablegen sollen.

Ihr Blick trübte sich, als zwei dicke Tränen ihr die Sicht nahmen. Sie konnte nicht verhindern, dass sie ihr über die Wangen kullerten.

Wütend wischte Gwyneth sie fort, als der Verrat sie wie eine Klinge in die Brust traf. Jared hatte ihr diese Falle gestellt, um sie zu strafen. Letzten Endes hatte er seine Rache also doch noch bekommen – so wie er es ihr bei ihrer Vermählung versprochen hatte.

Er hatte ihr alles genommen. Burg, Freiheit, Freundin. Sie zupfte an ihren kurzen Locken. Selbst das Haar.

Und das Herz, flüsterte eine Stimme in ihr.

Der rote Stein in ihrem Holzreif schimmerte leicht. Hätte er ihr tatsächlich diesen Stein geschenkt, wenn er die Absicht gehegt hätte, sich ihrer zu entledigen?

Hin und her gerissen kaute sie auf der Innenseite ihrer Wangen, um sich abzulenken. Sie sollte sich jetzt nicht den Kopf darüber zerbrechen, sondern lieber einen Fluchtplan ersinnen. Irgendwie würde sie einen Weg finden, sich zu befreien; sich und die anderen. So wie sie es all die Jahre getan hatte, und zwar ohne die Hilfe Jareds oder irgendeines anderen Mannes.

Sie spürte, wie das Schiff unter ihnen schaukelte und schwankte. Eine Frau stolperte gegen sie und kniff sie in die Wange. „Oh, so feine helle Haut. Ist dein Busen auch so weiß wie Sahne? Na, wir werden's ja sehen, wenn sie dir die Kleider vom Leib reißen und dich auf den Sklavenblock zerren."

Gwyneth zuckte zusammen und schloss die Augen. Wieder biss sie sich von innen auf die Wangen, bis sie den kupfernen Geschmack von Blut auf der Zunge schmeckte.

„Vielleicht kriegst du ja 'nen reichen Herrn, der sich damit zufriedengibt, dich ab und an zu bespringen."

Der Atem blieb ihr im Halse stecken, und dunkle Punkte tanzten ihr vor den Augen. Sie wich vor der Frau zurück und drängelte sich bis zur verriegelten Eichentür durch, die entmutigender vor ihr aufragte als jede Festungsmauer.

Heilige Maria, voll der Gnade.

Nay.

Maria hatte sie verlassen.

Kaltes Entsetzen stieg in ihr auf. Sie hämmerte mit der Faust auf die Tür ein und hieß den Schmerz willkommen, der ihr durch den Arm schoss. „Lasst mich raus! Lasst uns alle raus!"

„Solche wie dich lässt man hier nicht raus, Mädchen."

Gwyneth trommelte fester, und Verzweiflung schnürte ihr die Kehle zu, als sie spürte, wie das Schiff sich sanft wiegend vom Anleger entfernte. Die Nachricht, kein Wort zu sagen, war offenbar eine Falle gewesen.

Kopflos begann sie zu schreien.

Ein anderes Weib, mit einem zahnlosen Grinsen, lachte auf.

32. KAPITEL

Irma, die zusammengesunken jenseits von Gwyneth an der Wand gekauert hatte, sprang auf, als ein Knall wie von Kanonenfeuer ertönte und das ganze Schiff erzittern ließ. In der Kajüte war es finster, und Gwyneth fragte sich, wie viele Stunden vergangen sein mochten. Es gab keine Luken nach draußen, die Auskunft darüber gegeben hätten, ob es schon dämmerte oder noch immer Nacht war. Der durchdringende Gestank von Schweiß und Urin hing schwer in der Luft.

„Jetzt, Gwyneth! Jetzt! Wir müssen die Frauen hinausschaffen." Irma riss sich den gelben Schal vom Kopf, und ein langer Schwall silbrig-goldenen Haars ergoss sich ihr über die Schultern bis zur Taille. Eine Perücke.

„Was ...?"

„Keine Zeit für Erklärungen. Wir haben sie aus deinem Haar gemacht. Gib mir deinen Mantel, und führ die Frauen nach oben ans hintere Ende des Schiffs, sobald ich die Aufmerksamkeit der Wachen hab."

Noch ehe Gwyneth etwas sagen konnte, hatte Irma ihr schon den Umhang abgenommen und das gelbe Tuch um den Kopf geschlungen. Sie nahm den Mantel und schob Gwyneth zu den übrigen Frauen. „Na los! Jared ist gleich da!"

„Aber ..." Gwyneths Gefühle waren in Aufruhr und ihre Gedanken ein einziges Wirrwarr.

Irma warf sich den Umhang über die Schultern und drängte zur Tür.

„Ich verstehe nicht ..."

Wie durch Zauberei tauchte ein Schlüssel in Irmas Hand auf. „Nun komm schon, steh nicht rum und halt Maulaffen feil!"

„Aber woher ...?"

„Von Jared. Hab das Ding im Saum versteckt. Jetzt ist keine Zeit für Erklärungen. Nimm die Frauen mit! Na los!"

Aus der Verblüffung wurde Begreifen. Dies war einer von Irmas aberwitzigen Plänen. Ungestüm schloss sie ihre Freundin in die Arme. „Ich dachte, du hättest mich im Stich gelassen."

„Aber niemals! Wo du doch die beste Freundin bist, die ich auf der Welt hab."

Mit der neuen Zuversicht überkam Gwyneth auch neue Kraft. Sie richtete sich auf, winkte die Frauen heran und zählte sie.

„Kommt her!", rief Irma ihnen zu, als ein weiterer Kanonenschuss das Schiff erschütterte. Sie wedelte mit den Armen, um sich die Aufmerksamkeit aller zu sichern. „Hört mir zu!"

Verschmutzte Gesichter wandten sich Gwyneth und Irma zu und starrten sie an. Auch Irma sah Gwyneth nun erwartungsvoll an. Die atmete tief die muffige Luft ein und straffte die Schultern. Sie beide hatten sich schon aus vielerlei Zwangslagen herausgewunden, und dieses Mal würde es nicht anders sein.

„Hierher, meine Damen!", rief Gwyneth. „Wir haben einen Plan, mit dem wir euch alle sicher hier herausholen werden." Zwar hatte sie keine Ahnung, wie dieser Plan aussah, doch sie würde glaubhafter erscheinen, wenn sie das für sich behielt. Irma hatte gesagt, sie solle die anderen ans hintere Schiffsende führen, und sie vertraute ihrer Freundin.

„Die Wachen vor der Tür werden von dem Durcheinander auf Deck abgelenkt sein", erklärte Irma und richtete ihre Perücke. Das silbrig-goldene Haar umgab sie wie ein Schleier. „Ich werde an ihnen vorbeirennen, damit sie mich verfolgen. Wenn die Obrigkeit eine Edelfrau auf diesem Schiff findet, werden die Burschen hier sich vor der Krone verantworten müssen, und das wissen sie. Man wird sie ins Gefängnis stecken und dort schmoren lassen bis zum Prozess. Wir gehen davon aus, dass sie daher Anweisung haben, dich zu töten, Gwyneth, ehe man dich entdeckt."

„Mich zu *töten*?"

„*Aye* – weil du von Stand bist. Deine Aussage könnte sie allesamt an den Galgen bringen. Aber wenn wir uns bis zu Jared durchschlagen, können wir dem gesamten Sklavenhandel den Garaus machen. Bring du also die Frauen nach oben."

„Jared hat dies alles veranlasst?"

„*Aye*, er ist zu mir gekommen."

Gwyneth zitterten die Hände. „Er hat mich also nicht fallen lassen."

Irma berührte die Wange ihrer Freundin, und wieder leuchtete diese unergründliche Weisheit in ihren Augen auf. „Er hat mir Kiera und Elizabeth in den ‚Bald Cock' gebracht. Hab noch nie einen Mann so zerfressen von Schuld gesehen, weil er eine Frau in den Kerker gebracht hat. Ich hab ihm die ganze Geschichte über den Mord im Wald geschildert. Er liebt dich."

Gwyneths Herz schlug einen Takt schneller. „Ich liebe ihn ebenso, Irma. Er ist …"

„Nun, dann los. Wir müssen zu ihm."

Glücklich nickte Gwyneth und wandte sich den Frauen mit ihren verschmierten Gesichtern und dem stumpfen Haar zu, die sie noch immer anstarrten. Seit nunmehr drei Jahren strebte sie danach, den unmenschlichen Seelenhandel zu unterbinden. Sie hatte immer nur eine Frau nach der anderen retten können, und die Aussicht darauf, gleich dem gesamten Handel ein Ende zu setzen, jagte ihr einen Schauer der Erregung über den Rücken.

„Jemand ist gekommen, uns zu befreien", verkündete sie. „Haltet euch dicht bei mir, und alles wird gut."

Banges Flüstern hing in der Luft, doch Gwyneth hob die Hand und gebot ihnen zu schweigen. „Still jetzt." Sie nickte Irma zu, und sie tauschten einen Blick, aus dem Vertrauen sprach.

Leise schob Irma den Schlüssel ins Schloss und öffnete die Tür einen Spaltbreit. Laute Rufe, das Stampfen von Stiefeln und das Donnern von Kanonen drangen herein. Die Wachposten standen nicht vor der Tür, sondern waren zum Ende des Ganges geeilt. Einer hatte die schmale Stiege halb erklommen, und nur seine Beine und Füße waren zu sehen. Er schien dem unten Verbliebenen zu berichten, was sich oben tat.

„Wenn ihr an Deck seid, bringst du die Frauen ans hintere

Ende", raunte Irma dicht an ihrem Ohr. „Ich werde die Wachen ablenken."

„Aber ..."

„Was immer du tust, behalt das Tuch um, und gib vor, ich zu sein. Die anderen Frauen sind ohne Bedeutung für sie, denn sie sind nur Gemeine und Huren. Aber wenn man *dich* hier entdeckt ..."

Gwyneth zog sich schmerzhaft der Magen zusammen. „*Nay*, es ist zu gefährlich für dich."

„Mir wird schon nichts passieren."

„*Nay!* Lass *mich* gehen!" Gwyneth wollte ihre Freundin am Ärmel festhalten, doch die warf einfach die Tür auf und polterte auf den Gang hinaus. Die Wachen drehten sich um.

„Heda!", rief einer.

Irma warf das lange Silberhaar zurück und stob in die entgegengesetzte Richtung davon.

„Das ist das feine Fräulein!"

„Ihr nach!"

Die Männer trampelten an der offenen Tür vorbei und nahmen die Verfolgung auf. Die übrigen Frauen standen mit großen Augen da. Sorgsam zählte Gwyneth sie erneut. Zwanzig. Zwanzig Seelen, die sie retten konnte. Und Jared würde ihr beistehen.

Mit laut pochendem Herzen wartete sie, bis Irma und die beiden Wachen hinter einer Ecke verschwunden waren, ehe sie die Frauen hinaus auf den Gang winkte. „Schh", machte sie, während sie die anderen zur Stiege führte und flink hinaufkletterte. Sie befanden sich im unteren Teil des Schiffsrumpfs und mussten noch ein paar weitere Leitern erklimmen. Gwyneth wählte eine Frau, die ihr kräftig und gesund erschien, und beorderte sie ans Ende der Gruppe. Anschließend suchte sie eine andere, die zählen konnte und dafür sorgen sollte, dass auch alle Frauen nach oben gelangten. Die Geräusche der kämpfenden Männer wurden immer lauter.

Endlich schob sich eine Frau nach der anderen aus dem düsteren Rumpf aufs Deck, und das grelle Licht der aufgehenden Sonne ließ sie blinzeln und die Augen mit der Hand beschatten. In die frische Meeresbrise mischte sich der Schwefelgestank von Kanonenfeuer.

Am Bug des Schiffs, weniger als einen Steinwurf entfernt, fuhren blitzend Schwerter durch die Luft. Männer brüllten.

Sie reckte den Hals und hielt nach Jareds dunklem Schopf und dem Stab Ausschau, den er stets bei sich trug.

Über ihr schrie ein Vogel, und sie sah auf. Aeliana saß auf einem der Masten und starrte aus gelben Augen auf die Kämpfenden an Deck.

Gwyneth sprach ein stummes Dankgebet. Jared war gekommen, sie zu holen, und die Frauen würden bald in Sicherheit sein.

„Hier entlang, meine Damen." Von neuer Zuversicht erfüllt, führte sie die Gruppe ans Heck des Schiffs, wie Irma ihr aufgetragen hatte. Der salzige Wind strich ihr übers Gesicht, und das Schiff schaukelte und schlingerte. Seevögel kreischten.

„Im Namen des Königs beschlagnahme ich dieses Schiff!"

Als Gwyneth die Worte vernahm, die wie Donner über das Deck hallten, fuhr sie herum.

Jared stand breitbeinig am Bug des Schiffs, den Stab in der Hand. Verlangen durchzuckte sie. Er trug eine derbe schwarze Tunika und schwarze Beinlinge. Nie hatte sich ihr ein großartigerer Anblick geboten. Unwillkürlich spannte sie die Beine an, denn wie gern wäre sie zu ihm gelaufen, um ihn in die Arme zu schließen und nie wieder loszulassen.

Neben Jared standen Montgomery und seine Mannen. Sie waren in Kleidung gewandet, die sie als Kämpen des Königs auswies. Schwerter gleißten, und die Schurken, die sie und Irma zum Schiff geschleppt hatten, streckten als Zeichen der Kapitulation die Hände in die Luft. Sie erblickte den Kerkerknecht mit den ungleichen Ohrläppchen. Unter den Siegreichen machte sie den Richter aus.

Erleichtert stieß Gwyneth die Luft aus. Längs dem ihren lag ein weiteres Schiff, und an den Flaggen erkannte sie, dass es Montgomerys war.

„Jared!"

Beim Klang ihrer Stimme hob er den Kopf. Ihre Blicke trafen sich, und er reckte den Stab wie zum Gruße. Der eingeschnitzte Drache wirkte vor der Kulisse, die Schiff und Meer boten, geradezu majestätisch. Der Wind fuhr unter Jareds dunkles Haar, sodass die Strähnen seine markanten Züge umspielten. „Teure Gemahlin!"

Verlegen sahen sie sich an, und Gwyneth erkannte, dass sie noch immer nicht so recht wusste, woran sie bei ihm war. Irma hatte gesagt, dass er sie liebe, doch seine finstere Miene ließ sie innehalten.

„Ihr müsst dem Richter erzählen, was Euch widerfahren ist", sagte Montgomery.

Hinter sich hörte sie die Frauen tuscheln.

Jared streckte ihr die Hand entgegen, eine Geste, aus der sowohl Zärtlichkeit als auch Stärke sprachen. „Kommt, Gwyneth, Ihr gehört zu mir."

Wie erlöst sie sich fühlte bei diesen Worten. Sie raffte die Röcke und eilte ihm entgegen, und ihre Leiber verschmolzen, als er sie hochhob und fest an sich drückte. Sie spürte ihrer beider Herzen pochen, seines an dem ihren. Er war warm, so wunderbar warm, und sie wollte sich in seinen Armen verlieren.

Sie vergrub die Finger in seinen dichten dunklen Haaren. „Ich glaubte schon, Ihr hättet mich im Stich gelassen."

In seinen grünen Augen glühte es wie Feuer, und sein Atem strich ihr sanft über die Wange. Er berührte ihren hölzernen Armreif. *„Sie ist weit edler als Rubine."*

„Ich verdiene nicht …"

Jared erstickte ihren Einwand mit einem Kuss. Ein Sturm der Leidenschaft erfasste sie und riss sie mit sich fort. Sie spürte ihre Abwehr bröckeln, als er ihr mit der Zunge zwischen die

Lippen drang und die ihre umspielte. Der Tumult um sie herum rückte in den Hintergrund, bis nur noch Hitze und Herzklopfen blieben.

Montgomery räusperte sich.

Gwyneth fuhr zusammen. Jared löste seine Umarmung, hielt jedoch weiterhin besitzergreifend ihre Taille umschlungen. Sie wandten sich den Männern zu, die die Gefangenen umzingelt hatten.

„Was hat dies nun alles zu bedeuten, Montgomery?“, verlangte der Richter zu wissen. Sein Barett thronte ihm nach wie vor schief auf dem Kopf.

„Diese Burschen wollten meine Gemahlin als Sklavin verhökern“, erwiderte Jared an Montgomerys statt und wies auf die Tunichtgute.

Plötzlich stürzte ein Fass auf Deck um und rollte auf sie zu, und Irma kämpfte sich zwischen Kisten, Tauwerk und Ketten hervor. Das lange silbrig-goldene Haar wehte hinter ihr her.

Zwei vierschrötige Kerle setzten ihr nach. „Bleib steh’n, du Aas!“

Der Amtsmann warf sich in die Brust. „Verhaftet auch diese beiden dort!“

„Halt!“, rief einer der königlichen Krieger und trat aus dem Kreise seiner Kameraden.

Irmas Verfolger schauten verdutzt drein, als sie gefasst und unsanft zu den übrigen Gaunern gezerrt wurden.

Irma taumelte an die Reling, wo sie erschöpft keuchend niedersank. „Endlich.“

„Erkläre dich!“, wandte sich der Richter an sie.

„Sie wollten mich töten“, brachte Irma schwer atmend heraus und deutete auf ihre Perücke aus glänzendem Haar. „Weil ihnen bekannt war, dass Lady Gwyneth von dem unerlaubten Sklavenhandel wusste.“

Gwyneth sah ihre Chance gekommen, räusperte sich und trat vor. Sie zeigte auf die Frauen, die sich am hinteren Schiffsende zusammendrängten. Elfreda hatte die Augen so weit aufgerissen, dass sie zwei runden Monden glichen. „Unzählige Frauen sind schon an brutale Herren in die Sklaverei verkauft worden, und ich habe mich der Aufgabe verschrieben, sie zu befreien."

Die Hände des Richters zuckten, und sein Blick wanderte hin und her. Er gab den Männern durch ein Zeichen zu verstehen, die Gefangenen in Schach zu halten, und winkte Gwyneth, Jared, Montgomery und Irma, ihm zu folgen. „Kommt, es gibt einiges zu bereden."

Der Vollmond schien auf Gwyneth und Jared herab, als sie Hand in Hand die Stufen zu ihrer Heimstatt hinaufstiegen. Gwyneth drückte die Finger ihres Gemahls, das Herz zum Bersten voll von den Ereignissen des zurückliegenden Tages.

„Ihr habt sie allesamt gerettet", sagte sie staunend, „und den unmenschlichen Handel ein für alle Mal beendet." Er hatte etwas erreicht, das sie nie für möglich gehalten hätte. „Ich weiß noch nicht einmal, wie es Euch gelungen ist, so rasch genügend Männer zusammenzutrommeln."

Er lächelte ihr zu, ein warmes Leuchten in den achatgrünen Augen. „Mir den Richter gefügig zu machen war nicht allzu schwer. Ihm rutschte glatt das Herz in die Hose, als ich ihm drohte, überall zu erzählen, dass man mich fälschlich eingesperrt hatte. James schuldete mir noch einen Gefallen – und nicht zuletzt *ist* er schließlich der Vollstrecker des Königs."

„Aber Ihr habt dies alles für mich getan."

„Allerdings." Er führte ihre Finger an seine Lippen, und sein Bart kitzelte sie, als er ihr die Handfläche küsste. „Es war überaus tapfer, dass Ihr Euch dem Kerker gestellt habt."

Sie schluckte. „Aber Jared, ich ..." Sie stockte. „Ich habe Euch die Wahrheit gesagt, ich bin wirklich eine Mörderin."

Er zog sie an sich, sodass ihr Kopf unter seinem Kinn ruhte. „Irma hat mir alles erklärt."

„Sie hat mir berichtet, dass Ihr zu ihr gekommen seid."

„Stimmt. Sie hat beschrieben, wie Rafe sie im Wald geschändet hat und dass Ihr einen Knüppel genommen und ihn niedergeschlagen habt. Danach habt Ihr und Irma seinen toten Leib im Fluss versenkt."

„Und Ihr seid mir nicht gram?"

„Wie könnte ich Euch gram sein, wo Ihr doch nur der Gerechtigkeit Genüge getan habt?"

Gwyneth dachte an das Narbengeflecht an seinen Beinen. „Ihr habt drei Jahre im Kerker verbracht für ein Verbrechen, das Ihr nicht begangen habt – sondern ich."

„Aber ich bin am Leben."

Die Schuld lastete schwer auf ihr. „Ihr habt all diese Narben davongetragen."

„Wenn ich nicht ins Gefängnis gewandert wäre, hätte man womöglich Euch verhaftet, und dann wäret Ihr verkauft worden wie all die übrigen Frauen." Er umschloss sie fester, als sei sie das Kostbarste auf Erden. „Es hätte mir das Leben vergällt, wenn dies geschehen wäre. Ich bin froh, dass ich es war, der im Kerker gelandet ist, denn dadurch wart Ihr sicher."

Seine Gelassenheit und sein Edelmut rührten ihr Herz. Er war so vollkommen anders als andere Männer.

„Zudem habe ich meine Tochter gefunden."

„Eure Tochter?"

„Elizabeth. Sie ist mein Kind, von Colette."

Gwyneth zog die Brauen zusammen. „Wirklich?"

„Ich werde es Euch später erklären. Sie trägt die Holzkette, die ich ihrer Mutter geschenkt hatte."

„Ihr habt ihr eine Kette geschenkt?"

Jared umfasste ihren Armreif und drehte ihn. „Colette hielt mein Geschenk für unter ihrer Würde."

„Sie war eine Närrin, Jared."

Er zuckte nur mit den Schultern.

Gwyneth fuhr ihm mit dem Finger über den Arm und sah bewundernd die Muskeln unter seiner Haut tanzen. „Euer wahres Geschenk bestand nicht in der Kette, Mylord, sondern in dem Mann, der sie gefertigt hat."

Jared ließ die Schultern sinken, und seine Augen wurden feucht.

Sie berührte seine Wange. „Was habt Ihr?“ Eine Träne stahl sich ihm in den Augenwinkel, und Gwyneth wischte sie mit dem Finger fort. Dann führte sie ihn an die Lippen und kostete das Salz in der Träne.

„Niemand hat mich je ein Geschenk genannt“, erwiderte er bewegt, die Stimme heiser. „Selbst meine Mutter …“

Gwyneth stellte sich auf die Zehenspitzen und küsste ihn auf den Mund. Sein Kinnbart kitzelte sie. „… war ebenfalls eine Närrin, dass sie in Euch nicht den Schatz gesehen hat, der Ihr seid.“

Kerzen brannten in den Halterungen, während sie den Gang zu ihrem Gemach entlangschritten. Gwyneth legte den Kopf schräg und klimperte aufreizend mit den Wimpern. „Mich jedenfalls habt Ihr durchaus an ein Geschenk gemahnt, als Ihr damals sorgsam verschnürt auf der Pritsche lagt.“

Verlangen glomm in seinen Augen. Er zog die Mundwinkel nach oben und zeigte ein lüsternes, wissendes Lächeln.

Sie erreichten die Tür, doch ehe Jared sie aufstoßen konnte, blieb Gwyneth stehen, wandte sich ihm zu und fuhr keck mit den Händen an seiner Brust hinauf. „Da ist noch etwas, das ich Euch gern fragen würde.“

„Aye?“

„Jared, Mylord, wollt Ihr mich heiraten?“

– ENDE –

Jessica Trapp
In den Armen meines Feindes
Band-Nr. 25530
6,95 € (D)
ISBN: 978-3-89941-864-4
336 Seiten

Jillian Hunter
Sündige Geheimnisse eines Lords
Band-Nr. 25596
7,99 € (D)
ISBN: 978-3-86278-323-6
368 Seiten

Loretta Chase
Die Königin der Kurtisanen
Band-Nr. 25622
7,99 € (D)
ISBN: 978-3-86278-464-6
352 Seiten

Loretta Chase
Eine verführerisch unnahbare Lady
Band-Nr. 25570
7,99 (D)
ISBN: 978-3-89941-973-3
352 Seiten

Lynsay Sands
Die Braut aus den Highlands
Band-Nr. 25616
7,99 € (D)
ISBN: 978-3-86278-352-6
320 Seiten

Lynsay Sands
Der Teufel und die Lady
Band-Nr. 25576
7,99 € (D)
ISBN: 978-3-89941-983-2
352 Seiten

Candace Camp
Geheimnis um Mitternacht
Band-Nr. 25602
7,99 € (D)
ISBN: 978-3-86278-333-5
352 Seiten

Candace Camp
Ein Kuss vor Mitternacht
Band-Nr. 25561
7,99 € (D)
ISBN: 978-3-89941-957-3
304 Seiten